Dominique Sylvain
Ungesühnt

PIPER

Zu diesem Buch

Dank ihres psychisch kranken Bruders und eines Vaters, der sein Leben lang die Wohnung der Familie mit Fotos von Mordschauplätzen tapeziert hat, kennt Kriminalkommissarin Franka Kehlmann sich mit den finsteren Seiten des Lebens bestens aus. Auch wenn sie immer wieder versucht, ihrem Leben Normalität zu verleihen, kann sie sich von ihren dunklen Wurzeln nicht lösen. Doch dieses Mal, als in einem Keller die Leiche einer bestialisch gefolterten Frau gefunden wird und die Polizei im Dunkeln tappt, ist es ausgerechnet ihr Bruder Joey, der ihr den entscheidenden Hinweis gibt – doch da ist es fast zu spät …

Dominique Sylvain, geboren 1957 in Thionville in Lothringen, begann ihre Karriere als Journalistin in Paris und verbrachte anschließend viele Jahre in Japan und Singapur. Mittlerweile widmet sie sich ganz dem Schreiben und hat für ihre Thriller bereits mehrere Preise erhalten.

Dominique Sylvain

UNGESÜHNT

Thriller

Aus dem Französischen
von Monika Buchgeister

PIPER

München Berlin Zürich

Mehr über unsere Autoren und Bücher:
www.piper.de

Das dem Buch vorangestellte Motto entstammt der nachfolgenden Quelle und wurde von Monika Buchgeister ins Deutsche übertragen: *Œuvres complètes I–III/Pierre de Ronsard.* Édition critique par Paul Laumonier, révisée et complétée par Isidore Silver et Raymond Lebègue. Didier, Paris 1959–1960.
Die Bibelzitate im Fließtext wurden folgender Ausgabe entnommen: Elberfelder Bibel, revidierte Fassung, Wuppertal 1995.

MIX
Papier aus verantwortungsvollen Quellen
FSC® C083411
FSC
www.fsc.org

Deutsche Erstausgabe
April 2016

Titel der französischen Originalausgabe:
»L'archange du chaos«, Éditions Viviane Hamy, Paris 2015

Umschlaggestaltung: www.buerosued.de
Umschlagabbildung: MundusImages/Getty Images (Stadt)
Satz: Kösel Media GmbH, Krugzell
Gesetzt aus der LinoLetter
Druck und Bindung: CPI books GmbH, Leck
Printed in Germany ISBN 978-3-492-30786-4

Bestraft euch selbst, damit nicht Gottes erhabene Gerechtigkeit eure Fehler bestraft.

Pierre de Ronsard

1 Toxine

Freitag, 15. März

»Ein verletztes Kind … und ein Jugendlicher … unter Schock«, tönte es, von Rauschen untermalt, aus dem Funkgerät.

»Alles klar«, antwortete Victoire. »Wir sind in spätestens fünf Minuten da.«

Sie lächelte Laetitia an, die hinter ihr saß. Olivier schaltete das Blaulicht ein, schlängelte sich rasant zwischen den Autos hindurch, passierte die rote Ampel und überquerte die Seine. Die hohen Fassaden des Louvre. Die schattigen Ecken der Tuilerien, Paris ungerührt in seiner Schönheit, gleichgültig gegenüber den Leiden seiner Bewohner. Olivier drückte aufs Gaspedal, ließ die Opéra hinter sich, querte den *Boulevard Haussmann* und fuhr die *Rue de Mogador* hinauf.

Direkt vor ihm lag jetzt die *Rue de Clichy*.

»Da kommt der Notarzt! Macht ihm Platz!«

Das Bein des Jungen war in einem üblen Winkel abgeknickt, sein Gesicht geschwollen. Er schluchzte und rief nach seiner Mutter.

»Wie heißt du?«

»Samy! Ich will nicht sterben!«

»Beruhige dich, Samy. Deine Mama kommt gleich. Sag mir, wo es dir wehtut.«

»Am Kopf und überall. Wo ist mein Bruder?«

Ein Feuerwehrmann erklärte, dass der Jugendliche einen Schock erlitten habe, aber bei Bewusstsein sei. Er hatte den Motorroller gelenkt, als sie vom Auto erfasst wurden.

»Trugen die beiden Helme?«

»Ja, Frau Doktor, zum Glück.«

»Wie alt bist du, Samy?«

»Acht.«

»Alles wird gut, versprochen.« Sie tastete ihn ab. »Offener Bruch mit Verschiebung der Knochenfragmente. Wir müssen ihn sofort betäuben, um den Oberschenkelhals wieder in die richtige Position bringen zu können.«

Samy begann laut zu heulen. Victoire versuchte, ihn zu beruhigen, während Laetitia die Spritze vorbereitete.

Fast dreiundzwanzig Uhr, der Friede der Tapferen.

Laetitia, das neue Mitglied ihrer Abteilung, saß in den Umkleideräumen auf einer Bank und blickte starr auf ihren Spind. Gerade einmal zweiundzwanzig Jahre alt, und die Welt stöhnt und blutet unter ihren Händen.

»Bist du schon länger Notärztin, Victoire?«

»Seit zehn Jahren. Die Zeit vergeht wie im Flug.«

»Jeder Tag ist eine neue Herausforderung. Und jede Nacht auch. Außerdem ist man eine Art Familie, nicht wahr?«

»Genau so ist es. Du hast verstanden, wie es läuft, Laetitia.«

Feiner Sprühregen, kaum spürbarer Wind. Es tat gut, endlich nicht mehr laufen und reden zu müssen. Den Regen die Haut benetzen zu lassen.

Victoire setzte sich ans Steuer ihres Citroën und fuhr los.

…*In ganz Japan wurden heute Tausende Gedenkfeiern abgehalten. In Fukushima bleibt die Bilanz weiterhin beklemmend. Noch immer sind mehr als dreitausend Arbeiter tagtäglich an der Unglücksstelle beschäftigt, aber es wird vierzig Jahre dauern, bis man die beschädigten Reaktoren aus ihrer Ummantelung befreien kann. Jeden Tag fließen dreihundert Tonnen kontaminiertes Wasser in den Ozean…*

Sie suchte den Klassiksender im Radio.

Das Auto fand den Weg in ihr Viertel beinahe von selbst. Sie malte sich bereits die Wohltat eines warmen Bades aus.

Die Auffahrt zum Parkdeck, der Wachmann im Dämmerzustand vor seinen Bildschirmen. Morgen endlich Ferien. Eine ganze Woche, um in den Bergen zu wandern und abzuschalten.

Sie parkte wie gewöhnlich zwischen dem dicken Mercedes und dem winzigen Smart, fischte die Elektroschockpistole aus dem Handschuhfach, die sie sich nach dem Vorfall mit dem Verrückten zugelegt hatte. Seine Stimme und seine glasklare Artikulation hatten ihr damals das Blut in den Adern gefrieren lassen. Zwei seltsame Sätze, ein unheimliches Gedicht.

Auf dem verlassenen Parkdeck sang France Gall ein Lied von Gainsbourg und verbreitete die gute Laune der Sechzigerjahre.

Ich bin ein Haifischbaby/Mit weißem Bauch und perlmuttschimmernden Zähnen…

Hinter ihr eine Bewegung. Victoires Finger krallten sich um ihren Taser.

Ich fress dich auf mit Haut und Haar/Weil ich ein Haifischbaby bin.

Kaltes Metall. Ein brennender Schmerz im Nacken. Schwarze Untiefen.

Sie kam zu sich, um sie herum roch es nach Salpeter und schmutziger Erde.

Dunkelheit. Hämmernde Kopfschmerzen. Toxine benebelten ihren Verstand. Sie lag auf der Seite, Arme und Beine gefesselt, ihre Haare kitzelten sie. Tränen stiegen ihr in die Augen. Sie wähnte sich in einem Sarg. Lebendig begraben.

In ihrem tiefsten Inneren suchte sie nach einem Anker, um nicht zu verlieren, was ihr noch geblieben war. Das Wissen, Victoire zu sein. Victoire Pélissier.

Sie wachte wieder auf. Wie viel Zeit war vergangen? Sie hatte geträumt. Von einem Weg, um hier herauszugelangen? Nur eines stand fest: Man hatte sie nicht begraben, sonst wäre sie bereits tot.

Es herrschte eine dichte Stille, die Luft war feucht. Ein Keller? Also müssten sich darüber Wohnungen befinden. Und Bewohner.

Sie schrie, bis sie vor Erschöpfung nicht mehr konnte.

Schritte. Ein Luftzug.

»Was wollen Sie von mir?«

Sie spürte einen Atemhauch.

»Antworten Sie mir doch, ich flehe Sie an!«

Jemand wühlte in einer Nagelkiste oder einem Werkzeugkasten. Sie bedauerte, geschrien zu haben.

»Sprechen Sie mit mir. Ich kann Sie verstehen. Sie verwechseln mich sicher mit jemandem, der Ihnen übel mitgespielt hat, nicht wahr?«

Sie hörte, wie er näher kam. Spürte seinen Atem nur wenige Zentimeter vor ihrem Gesicht. Der üble Geruch von Desinfektionsmitteln. Nein, es war Kampfer.

»Ich bin Ärztin, ich kann alles verstehen. Sprechen Sie.«

Keine Antwort, stattdessen das Wühlen in der Metallkiste.

Sie dachte an den kleinen Samy. An die Überlebenden, an die Auferstandenen. An ihre Freunde, die Leben retteten. *Olivier, hol mich hier heraus. Ich flehe dich an … rette mich …*

Der Lichtstrahl einer Taschenlampe stach ihr ins Auge.

»Ich kann Ihnen helfen. Ich sage es noch ein Mal, ich bin Ärztin.«

»Du redest zu viel. Deine Stimme ist zu nichts mehr nutze.«

In der Dunkelheit konnte sie zwei Hände ausmachen, die Handschuhe trugen. Die eine Hand hielt eine Spritze, die andere ein Skalpell.

»Hören Sie auf, ich werde nichts mehr sagen!«

»Natürlich. Ohne Zunge kann niemand mehr reden.«

Victoire schrie, bis das in ihre Vene gespritzte Mittel ihren Körper mit einer unwirklichen Ruhe erfüllte.

2 Das Team

Langsam tauchte er nach oben. Als er endlich zu sich kam, lag Garance immer noch an seinen Rücken gekuschelt neben ihm, während das Telefon ungeduldig klingelte. Der Wecker zeigte 5:10 Uhr.

»Bist du's, Carat?«

Er erkannte die Stimme der Polizeidirektorin.

»Ja, Chefin.«

»Ein Mord bei La Motte-Piquet Grenelle.«

Christine Santini umriss die Situation in knappen Worten. Gegen drei Uhr morgens war ein anonymer Anruf im Kommissariat des 15. Arrondissements eingegangen. In höchstem Maße aufgelöst, hatte eine Jugendliche einen Mord im Untergeschoss eines im Bau befindlichen Hauses in der *Rue du Laos* gemeldet. Das Opfer war gefoltert worden. Der Erkennungsdienst war bereits vor Ort.

»Haben die Kollegen des 15. Arrondissements den Wachmann befragt?«

»Einen Wachmann gibt es nicht, da ein Baustopp verhängt wurde. Gegen Victor Frey, den Bauunternehmer, läuft ein Verfahren.«

»Hat man ihn bereits kontaktiert?«

»Ja, aber er ist seit zwei Tagen in Marseille.«

»Weswegen?«

»Wegen eines Sanierungsprojektes, das er mit der dortigen Stadtverwaltung aushandelt. Was wir noch überprüfen müssen.«

»Klar.«

»Seine Mitarbeiterin erwartet Sie.«

Er legte auf und spürte Garance' Hände auf den Schultern.

»Musst du los, Bastien?«

»Ja, schlaf weiter.«

»Ich mach dir rasch einen Kaffee.«

Trotz seines Protestes stand sie auf und übernahm es, das Taxi zu rufen, während er Bergerin kontaktierte und ihm auftrug, Kehlmann und Garut zu informieren.

Marc Bergerin lag dicht neben dem warmen Körper seiner Frau und strich liebevoll über ihren Bauch. Dieser Anruf kam ihm überhaupt nicht gelegen. In sechs Wochen war der errechnete Geburtstermin. Da mochte er sich noch so sehr damit beruhigen, dass es normal war, sich beim ersten Kind zu ängstigen, Alexandras Aufregung übertrug sich einfach auch auf ihn.

Ein gefoltertes Opfer in einem Keller. Vermutlich eine ziemlich üble Sache, sonst würden die Kollegen aus dem 15. Arrondissement den Fall nicht an sie abgeben. Er rief Franka Kehlmann an und unterrichtete sie vom Einsatz des Teams Carat. Im Hintergrund war ein Typ zu hören, der herumgrölte.

»Was ist denn das für ein Radau?«

»Das Radio.«

Entweder hörte seine Kollegin reichlich seltsame Frequenzen, oder sie machte ihm etwas vor.

»Warst du etwa um diese Zeit schon auf?«

»Mein Bruder hat mich geweckt. Und dann konnte ich einfach nicht mehr einschlafen.«

Kehlmann junior war ein seltsamer Kauz. Er war ihm ein Mal im Präsidium am Quai des Orfèvres über den Weg gelaufen, als er dort von seiner älteren Schwester Geld pumpen wollte. Er teilte sich eine Wohnung mit ihr und arbeitete als Pizzalieferant, hielt sich jedoch für einen Künstler.

Bergerin rief Polizeihauptmeister Hervé Garut an.

»Der Herr wird seine Flügel ausbreiten und sich in den weiten Himmel stürzen. Er wird eure Leiber mit Drohnen niedermähen! Niemand wird ihm entkommen! Es wird eine Jagd ohne …«

»Jetzt halt endlich deine verdammte Schnauze, du Blödmann!«

»Ich sage es dir, eine Jagd, Herr Polizist! Und auch du wirst ihm dabei nicht entkommen. Gott hat Augen im Rücken. Und auch oben auf dem Schädel!«

Franka Kehlmann sah sich die Szene bereits eine Weile an, dem wachhabenden Polizist gelang es nicht recht, dem bärtigen Schreihals Einhalt zu gebieten. Ein Vorteil war, dass der Prophet ihren Bruder mittlerweile aufgeweckt hatte und dieser nun bemerkte, dass die Ausnüchterungszelle nach Erbrochenem und Urin stank.

»Los, Joey, wir gehen.«

»Es tut mir leid, Franka.«

»Ich habe andere Dinge zu tun, als dich in den Zellen der Polizeiwachen einzusammeln. Das ist das letzte Mal.«

»Ich habe mit einem Typ zusammen interessante Fotos gemacht, wir waren am Grab von Eugéne Delacroix. Der sah wie ein Engel aus und muss einen IQ von hundertachtzig gehabt haben.«

»Und warum sollte mich das interessieren?«

»Aber er liebte den Wodka zu sehr. Um ihm näherzukommen, musste ich auch trinken, verstehst du?«

»Komm nicht auf die Idee, noch einmal so viel zu trinken, dass du nicht mehr weißt, wo oben und unten ist. Sei es nun auf einem Friedhof oder sonst wo. Ist das klar?«

»Glasklar, Franka. Ich liebe dich auch.«

»Medikamente und Alkohol sind keine glückliche Kombination.«

»Ich hab alles im Griff, glaub mir. Jedenfalls hat mein Psychiater die Dosis verringert.« Er setzte sein übliches Grinsen auf. »Was hast du denn für einen neuen Fall?«

Sie musterte ihn schweigend.

»Du sagst mir doch sonst alles, Schwesterchen.«

»Das war nicht eine meiner besten Ideen. Außerdem wartet mein Chef.«

»Lass mich mit dir gehen.«

»Du träumst wohl.«

»Ja, das ist mein Traum. Und Träume sollen schließlich wahr werden. Ich will die Kripo bei der Arbeit fotografieren. Die Zeitschriften werden sich darum schlagen, mir eine solche Reportage abzukaufen.«

Er wedelte mit seiner Leica herum, die ihm zum Glück niemand gestohlen hatte, während er delirierend auf den Wegen des Père-Lachaise-Friedhofes herumgestolpert war.

»Sprich mit deinem Vorgesetzten darüber. Überzeug ihn davon.«

»Mein Chef lässt sich nicht in seine Arbeit reinreden.«

Als Franka die Wache des 20. Arrondissements verließ, fiel ein kalter, dichter Regen. Joeys Verhalten ließ weiterhin sehr zu wünschen übrig. Er trieb sich in den sozialen Netzwerken herum, kommunizierte am Bildschirm mit Unbekannten auf der ganzen Welt, aber er brachte keinen einzigen Freund mit nach Hause. Die wenigen Individuen, mit denen er Umgang pflegte, waren Sonderlinge. Und die Treffen mit ihnen ebenso absurd wie zufällig. Obendrein stellte sich die Frage, ob die zwei Mal pro Woche stattfindenden Sitzungen bei seinem Psychiater irgendeinen Nutzen hatten.

Sie suchte Schutz im Unterstand einer Bushaltestelle, holte ihr iPhone aus der Tasche und rief den Métroplan auf.

Als sie die *Rue du Laos* erreichte, war es noch dunkel, aber es hatte aufgehört zu regnen. Sie sah Hervé Garut in seiner alten Bomberjacke und seiner ebenso alten Battle-Dress-Hose. Er diskutierte mit einer dunkelhaarigen Frau, die immer wieder besorgte Blicke zu Hauptkommissar Carat hinüberwarf. Ihr Chef trug zwar einen grauen Anzug und eine blaue Krawatte, hatte sich aber nicht die Mühe gemacht, sich auch noch zu rasieren. Mit seinen breiten Schultern strahlte er die ruhige Selbstsicherheit eines Mannes aus, der in seiner Jugend Kampf- oder Boxsport betrieben hat. Den Kopf hielt er gesenkt.

Kehlmanns Handy vibrierte. *»Dein Chef hat die Visage eines Mammutjägers. Ich will ein Foto von ihm machen!«*

Sie streifte ihre Armbinde mit dem Schriftzug POLICE über und gesellte sich zu ihrer Truppe.

3 Das Vorhängeschloss

Bastien Carat beobachtete sie, während sie näher kam. Sie war jetzt bereits zwei Monate bei ihnen und hatte sich gut eingewöhnt. Sie steckte die unregelmäßigen Arbeitszeiten, den Stress und auch die Witze der alten Hasen gut weg. Und sie war pünktlich. Im Gegensatz zu Bergerin, der in der Hierarchie über ihr stand.

Das Mädchen war clever, motiviert und kooperativ. Ihr einziger Fehler bestand darin, der Schoßhund von Christine Santini zu sein. Ihr Karriereplan sah wahrscheinlich so aus, dass sie sich an den Rockzipfel der Polizeidirektorin hängte. Auf diese Art war sie vermutlich auch von der Steuerfahndung zur Kripo gelangt.

Franka Kehlmann schüttelte dem Kollegen vom 15. Arrondissement die Hand, wobei dieser es nicht unterlassen konnte, sie zu taxieren. Langes schwarzes Haar, dazu die dunklen Augen – das verfehlte seine Wirkung auf die Männer nicht. Und dass sie sich nichts daraus machte, verstärkte diese Wirkung nur noch. Ihre strengen Stoffhosen und die hochgeschlossenen T-Shirts brachten zum Ausdruck, wie gleichgültig ihr das alles war.

Eine etwa dreißigjährige Frau, die ein blaues Kostüm und Seidenstrümpfe inklusive Laufmasche trug, redete aufgeregt auf den Polizeihauptmeister ein. Sie sah abgespannt aus und versicherte, während sie nervös an einer Zigarette zog, dass ihr Chef nicht dafür verantwortlich war, dass sie zum ersten Mal in etwas so Schreckliches hineingezogen wurden und so weiter. Wuchtige Schultern, wilde Mähne und ein rundes Gesicht. Garut ließ diesen Ansturm mit seiner üblichen Gutmütigkeit an sich abprallen. Hinter einem Holzzaun konnte man die Baustelle erahnen. Eine Metallkette, ein Vorhängeschloss aus Stahl, ein Zahlenmodell. Es war offen.

»Das ist nicht das Schloss, das ich gekauft hatte«, klagte die Assistentin. »Meines war viel stabiler, und es war aus Messing. Außerdem funktionierte es mit einem Schlüssel. Nicht mit einem Zahlencode wie dieses hier.«

Der Polizeihauptmeister zog seine Taschenlampe hervor, kauerte sich suchend ganz tief vor den Zaun, bis er schließlich der Länge nach auf dem staubigen Boden lag. Eingeklemmt unter einer Latte, entdeckte er ein zweites Schloss. Die Assistentin erkannte es wieder.

»Es wurde mit einem äußerst wirksamen Werkzeug aufgebrochen«, stellte er fest. »Einer Art Bolzenschneider.«

Carat streifte sich Einweghandschuhe über, griff nach den beiden Schlössern und ließ sie in kleine verschließbare Plastiktüten gleiten.

Ein Motorroller knatterte heran, Marc Bergerin traf endlich auch ein. Blonde Strähnen lugten unter dem roten Helm hervor, auf dem das Bild eines Drachen prangte. Ein baumlanger Kerl: Hatte der Oberkommissar seine ein Meter fünfundneunzig erst einmal entfaltet, erinnerte er an einen Wikinger, der nicht mehr plündern darf. Ein Irrtum der Natur. Alle wussten, dass er sich, seit seine Frau schwanger war, nach einem ruhigeren Job sehnte. Seine Leidenschaft galt jetzt den Gewerkschaftsaktivitäten.

»Ist das etwa ein Journalist?«, fragte die Assistentin aufgeregt.

»Nein, er gehört zu uns und schreibt das Protokoll für den Tatortbefundbericht.«

Carat beobachtete, wie Bergerin und Kehlmann einander

herzlich zulächelten. Im Grunde wünschte sich der Wikinger eine Stelle bei der Steuerfahndung, genau so eine, wie sie zuvor das Schoßhündchen innegehabt hatte.

Zu seiner Glanzzeit war er ein außergewöhnlicher Bulle gewesen. Pünktlich, engagiert und voller Ideen. Eine segensreiche Quasselstrippe, die auch die Beschuldigten unweigerlich zum Reden brachte. Er verstand es, ihr Vertrauen zu gewinnen und zu ihren geheimsten Widersprüchen vorzudringen. Und auch für den Zusammenhalt der Gruppe war er wichtig gewesen.

Das war jedoch seit einiger Zeit vorbei.

»Warum kommst du so spät?«

»Wegen meiner Frau, Chef. Sie glaubte, die Wehen hätten eingesetzt. Aber es war falscher Alarm.«

Carat rieb sich wortlos die Nase, bevor er ihnen bedeutete, ihm zu folgen.

Sie durchquerten einen Eingangsbereich, in dem Zementsäcke und eine Betonmischmaschine lagerten, dann einen kleinen Innenhof, der von Häuserfassaden mit vernagelten Fenstern umgeben war. Der Zugang zum Keller lag im Hinterhaus. Aus den Augenwinkeln studierte der Hauptkommissar den Gesichtsausdruck seiner Mitarbeiterin. Gefasst im Hinblick auf die zu erwartenden Schrecken. Seit ihrem Wechsel zur Kripo hatte Kehlmann bereits einige Leichen zu Gesicht bekommen, aber was sie nun erwartete, würde vermutlich ihre Feuertaufe sein. Die echte Feuertaufe.

Jemand, der wie ein weißes Michelin-Männchen aussah, winkte sie zu sich. Jetzt mussten auch sie Schutzkleidung anlegen. Sie streiften die dafür vorgesehenen Anzüge über und schlüpften in Überschuhe aus Polypropylen, bevor sie eine von Kies und Bierdosen übersäte Treppe hinunterstiegen.

Unten erblickte Carat den Mitarbeiter der Spurensicherung, Séguret. Endlich einmal etwas Erfreuliches. Die Arbeit mit ihm war entspannend, denn er begriff die wesentlichen Fragen, bevor man sie ihm stellte.

Es herrschte ein durchdringender Geruch, ein beißendes Gemisch aus verwesendem Fleisch und Exkrementen. Das Licht der Scheinwerfer fing einen nackten, blutverschmierten Körper ein. Die Hände waren unterhalb der Brust zusammengelegt, die Beine ausgestreckt. Die Kehle durchgeschnitten. Der gestampfte Erdboden hatte das Blut aufgesaugt. Die Leiche war in die Mitte des Raums, parallel zu der gemauerten Wand, gelegt worden.

»Die Fußabdrücke wurden verwischt«, erklärte der Kriminaltechniker.

Sie traten nun ganz in den Kellerraum hinein. Drei Benzinkanister aus Plastik, von denen einer zur Hälfte mit einer farblosen Flüssigkeit gefüllt war. Ein hoher Kochtopf aus Metall auf einem Gaskocher. Ein leerer Becher, in dem Geldscheine und eine Menge Münzen steckten.

»Hast du den Inhalt der Benzinkanister überprüft?«

»Wasser.«

Bergerin zog eine HD-Kamera aus seiner Tasche und begann zu filmen. Seiner Auffassung nach erleichterte es die Aufgabe der Ermittler, wenn sie den Schauplatz eines Verbrechens noch einmal in aller Ruhe ansehen und die einzelnen Details heranzoomen konnten.

Dieses Vorgehen war ganz neu und vermutlich eine Generationenfrage.

Der Hauptkommissar kniete sich neben den Leichnam. Durch die Feuchtigkeit war die Verwesung weit fortgeschritten. In den Nasenlöchern wimmelte es von Larven, die Wunde war übersät von ihnen, auch auf den Extremitäten krochen sie herum. Die Lippen waren aufgequollen, die Augen in ihre Höhlen zurückgesunken. Grünliche Verfärbungen zogen sich über Brustbein und Schenkel; das Opfer musste seit mindestens einer Woche tot sein. Das Gesicht war blutverschmiert, die Haare jedoch waren sorgsam zurückgekämmt worden. Eine dunkle und glatte Haarpracht von ungewöhnlicher Dichte, beinahe asiatisch – tatsächlich ähnelte sie Kehlmanns Haar. Ihre Finger waren ineinander verschränkt. Und man hatte ihr die Lider geschlossen.

»Sie wurde so gefunden«, kommentierte Séguret, »mit geschlossenen Augen und gefesselt an Handgelenken und Knöcheln.«

Ein in die Wand einbetonierter Ring war offenbar erst vor Kurzem angebracht worden, denn er wies keinerlei Rost auf. Der Ort war ohne jeden Zweifel von langer Hand vorbereitet worden.

»Sieh dir die unterschiedlich verfärbten Hautbereiche an, Bastien. Der Körper wurde nach dem Tod noch bewegt, allerdings keine sehr große Strecke.«

»Sie wurde hier getötet.«

»Ja. Dafür spricht das viele Blut.«

Carat wies auf den rechten Unterarm und die Hand.

»Das ist eine hochgradige Verbrennung.«

»Und zwar *ante mortem*. Ich wette, dass es kochendes Wasser war.«

»Du meinst, der Arm wurde in den Kochtopf getaucht?«

»Nach den Umrissen der Wunde zu schließen, ist das möglich. Außerdem gibt es Spuren von Pflaster.«

»Sie wurde zu einem bestimmten Zeitpunkt verbunden.«

»Möglich.« Er wies auf den Mund des Opfers. »Man hat ihr die Zunge herausgeschnitten. Mit einem Skalpell, würde ich sagen – so sauber, wie die Arbeit gemacht wurde.«

»Das kann nicht sein erster Versuch gewesen sein. Er hat das schon ein Mal gemacht.«

»Wahrscheinlich.«

»Zuerst foltert er sein Opfer, dann verarztet er es. Hab ich noch nie gesehen.«

»Ich auch nicht, Bastien.«

Der Kollege von der Spurensicherung hatte bereits einen Gebissabdruck für die Identifizierung genommen.

»Vergewaltigung?«

»Weder Vagina noch Anus scheinen verletzt zu sein. Aber man wird die Bestätigung des Gerichtsmediziners abwarten müssen.«

Bergerin hatte aufgehört zu filmen. Sie gingen an die frische Luft nach oben zurück. Der Himmel hatte sich mittlerweile in ein sattes Apricot gefärbt, über das violette Streifen zogen. Carat rief den Staatsanwalt an.

»Verrückt, echt.« Garut seufzte.

»Er hat seine Tat vorbereitet und alles sehr genau ausgekundschaftet.«

»Also muss er hier in der Gegend unterwegs gewesen sein«, schloss Bergerin.

Kehlmann war ein wenig blass und schwieg immer noch. Carat stellte einen Vergleich zwischen ihr und Colin an. Die junge Steuerfahnderin hatte den alten Haudegen ersetzt. Colin Mansour hatte einen unverwüstlichen Magen besessen – das galt ebenso für den Schauplatz eines Verbrechens wie für den Tresen eines Bistros. Seine Witze waren nicht immer geschmackvoll gewesen, aber sie lösten die Spannung. Er hatte der Gruppe Zusammenhalt gegeben. Vor allem der Wikinger wirkte seit seinem Ausscheiden unmotiviert; aber Colin Mansour war eine tickende Zeitbombe gewesen und hatte ihm keine andere Wahl gelassen, als ihn auszumustern. Hatte er mit Kehlmann bei dem Wechsel etwas gewonnen? Es gab Tage, da wünschte er sie sich nicht ganz so wohlerzogen. Mit mehr Ecken und Kanten.

»Garut, du kümmerst dich um Verstärkung aus den anderen Teams. Ich will ein paar Männer, die überall im Viertel herumfragen. Auch bei den Busfahrern, den Taxiunternehmen und Lieferanten. Bergerin?«

»Ja, Chef?«

»Nach dem Tatortbefundbericht sprichst du dich mit Garut ab.«

»Der Bericht braucht seine Zeit ...«

»Aber du bist doch wohl in der Lage, mir im Laufe des Vormittags alles zukommen zu lassen.«

»Es ist nicht meine Art, schlampig zu arbeiten.«

»Muss ich dir wirklich wie einem Anfänger erklären, dass die ersten Stunden entscheidend sind?«

»Nein, natürlich nicht.«

»Gut, dann ist ja alles klar. Kehlmann, du gehst in die umliegenden Schulen. Bring uns das Mädchen, das die Leiche entdeckt hat.«

Wie eine eifrige Schülerin hielt Kehlmann Notizblock und Stift bereit und nickte. Polizeihauptmeister Garut trat, das Handy am Ohr, ein wenig zur Seite, um Verstärkung anzufordern. Ein missmutiger Bergerin gesellte sich zur Mannschaft der Spurensicherung. Hauptkommissar Carat atmete tief durch und rief die Polizeidirektorin an. Zunächst erstattete er Bericht, dann teilte er ihr seine ersten Eindrücke mit.

»Sadismus und Planung, sehr überlegtes Vorgehen, extreme Gewalt...«

Er hörte sie aufstöhnen.

»Ich habe den Staatsanwalt angerufen«, fuhr er fort.

»Sagen Sie ihm, dass ich unterwegs bin. Haben Sie schon Journalisten gesehen?«

»Bisher noch nicht.«

»Reden Sie auf keinen Fall mit ihnen«, beschwor sie ihn, bevor sie auflegte.

Die Medien waren ihr Hoheitsgebiet. Santini war diplomatischer als ihr Vorgänger und sehr auf ihr Image bedacht. Nach dem, was auf den Fluren zu hören war, war dieser Posten für sie lediglich eine Station auf dem Weg nach oben. Zu einer prestigeträchtigen Position zwischen Holzvertäfelungen und Goldschnörkeln. Weit weg vom gemeinen Tatort und bereits im Dunstkreis der Macht.

Er trat ein wenig zurück, um die Gegebenheiten besser erfassen zu können. Die Sonne schien jetzt in den Hof. Die finstere Stimmung konnte dies jedoch nicht erhellen. Was hatte das Opfer bewogen, sich auf diese verlassene Baustelle zu begeben? Der Drang, sich an einem ruhigen Ort einen Trip einzuwerfen, oder einfach die Suche nach einem Unterschlupf für die Nacht? Wenn sie jedoch weder drogenabhängig noch obdachlos war, gab es keinen Grund für sie, sich hierher zu verirren, und ihr Mörder hatte sie gegen ihren Willen hierhergebracht.

»Wo versteckt sich Ihr Chef?«

»Herr Frey versteckt sich nicht, Herr …«

»Hauptkommissar Carat.«

»Er wird in Marseille aufgehalten, Herr Hauptkommissar. Er lässt sich entschuldigen.«

»Er soll sich in meinem Büro entschuldigen.«

»Es geht um einen wichtigen Auftrag …«

»Wer ist der Leiter dieser Baustelle hier?«

»Christophe Clavel, aber ich weiß nicht, was …«

»Geben Sie mir seine Telefonnummer.«

»Aber er hat nichts damit zu tun …«

Die Augen geschlossen, rieb Carat sich wortlos die Nase. Dann sah er wieder auf und warf ihr einen vernichtenden Blick zu.

»Die Nummer von Clavel, bitte. Und wo wir gerade dabei sind, auch die von Ihrem Chef. Und zwar sofort.«

Sie zückte ihr Handy und suchte in dem Adressbuch.

Carat versuchte erfolglos, den Bauunternehmer anzurufen, und hinterließ ihm eine Nachricht. Dann wählte er die Nummer des Bauleiters, und während er wartete, fing er den Blick von Kehlmann auf. Ihr Gesicht hatte wieder etwas Farbe bekommen, und nun warf sie ihm ein bewunderndes Lächeln zu. So etwas konnte er nicht brauchen.

»Bist du immer noch da?«

»Nein, nein, Chef, ich bin schon unterwegs.«

4 Die Stimme

Vaugirard. Franka Kehlmann stieg aus der Métro, ging den Bahnsteig entlang und betrachtete die gekachelte, von einem schwärzlichen Schmutzfilm überzogene Wand. Sie hatte im *New Scientist* gelesen, dass der ölige Dreck in den alten

Tunneln und Gängen der Untergrundbahn von London neben den Gusseisenpartikeln, die die Bahnen beim Bremsen erzeugten, vor allem aus menschlicher Haut bestand. Eine Hautschicht, die Millionen von Fahrgästen Tag für Tag gewoben hatten, indem sie winzige Teilchen von sich selbst dort hinterließen. Es gab keinen vernünftigen Grund, warum der Schmutz der Pariser Métro nicht die gleiche Beschaffenheit aufweisen sollte.

Auf der Polizeiwache des 15. Arrondissements fragte sie nach der Person, die den Anruf des jungen Mädchens entgegengenommen hatte. Kurz darauf erschien ein gewisser Roger, etwa sechzig Jahre alt, mit Augen, unter denen bläuliche Tränensäcke hingen, die ein wenig an reife Feigen erinnerten.

»Kommissarin Kehlmann, Kripo. Team Carat. Wir untersuchen den Mord in der *Rue du Laos*. Ich habe den Auftrag, diese Zeugin zu finden...«

»Es war eine Jugendliche, da bin ich sicher. Ihre Stimme klang ernster als die eines Kindes. Außerdem hatte sie einen leichten Akzent.«

Erleichterung. Bisher war es ihr höchst selten gelungen, vernünftig mit älteren Kollegen zu sprechen. Roger wirkte kooperativ trotz seines schiefen Grinsens.

»Können Sie das genauer beschreiben?«

»Nein, ich bin kein Spezialist. Auf jeden Fall hatte sie furchtbare Angst. Oder sie war high.«

»Kann ich die Aufnahme hören?«

Er führte sie zur Telefonzentrale und reichte ihr Kopfhörer.

»Da ist eine Tote in einem Keller... alles ist voll mit Blut...«

»Beruhigen Sie sich bitte.«

»Es ist die Wahrheit!«

»Ich glaube Ihnen. Geben Sie mir bitte die Adresse.«

»Es ist die Baustelle, Rue... du... Laos. Keller B... achtzehn.«

»Welche Hausnummer ist es denn?«

»Die … die weiß ich nicht. Es ist eine große Baustelle.«

»Ist das Opfer tot oder verletzt?«

»Tot, das habe ich Ihnen doch schon gesagt … Es ist, verdammt, es sieht aus wie ein … Menschenopfer … Das … das ist ein total Verrückter, der das getan hat …«

»Nennen Sie mir Ihren Namen. Wir werden Ihre Zeugenaussage benötigen. Um den Mörder zu überführen, verstehen Sie?«

Keine Reaktion.

»Hallo? Sie können uns wirklich sehr helfen. Ihren Namen, bitte.«

Die Verbindung war abgebrochen. Kehlmann konnte die Panik spüren. Der Atem des Mädchens ging stoßweise, ihre Stimme verriet Fassungslosigkeit, mühsam hatte sie die Tränen zurückgehalten. *Eine* Baustelle, hatte sie gesagt, nicht *die* Baustelle. *Die weiß ich nicht*. Das ließ vermuten, dass sie den Ort kannte, ihn womöglich sogar regelmäßig aufsuchte, und das wahrscheinlich nicht allein. Die hysterische Stimme und das Wort Menschenopfer legten nahe, dass irgendwelche Drogen sie geradewegs in einen Horrorfilm versetzt hatten.

»Soso, Carat hat also Mansour durch eine junge Frau ersetzt …«

»Kannten Sie Colin Mansour?«

»Ja, ich habe eine Zeit lang am Quai des Orfèvres gearbeitet.«

Ihr war schon einiges in dieser Hinsicht zu Ohren gekommen. Ihr Vorgänger war von der Kripo abgezogen worden – wegen Alkoholproblemen.

»Mansour und Carat waren dreißig Jahre lang gute Kumpel. Vielleicht sogar noch länger. Carat soll ihn von einem Tag auf den anderen gefeuert haben. Dabei war er ein fröhlicher Typ. Sehr viel netter als Ihr Chef …«

»Ich hätte gern eine Kopie von der Aufnahme, Roger.«

»Wird sofort erledigt.«

»Der Mörder ist nicht zufällig auf das Gebäude gestoßen, Frey. Er brauchte einen möglichst ruhigen Ort.«

»Es ist einfach abscheulich, was geschehen ist, Herr Hauptkommissar, aber ich weiß nicht, wie ich Ihnen helfen könnte.«

»Sie haben keinen Wachmann eingestellt. Dafür fehlt mir das Verständnis.«

»Wer wird denn schon eine Betonmischmaschine oder Zementsäcke stehlen?«

»Aber Sie sparen gern. Ich nehme an, Sie beschäftigen den einen oder anderen Arbeiter schwarz.«

»Ich wette, dass Sie in meinen Büchern keinerlei Verstöße gegen das Gesetz finden. Alle meine Angestellten haben Verträge.«

»Das können Sie mir in meinem Büro berichten.«

Carat gab ihm einen Termin für den nächsten Tag. Der Bauunternehmer protestierte, betonte, dass er »wichtige Meetings in Marseille hätte«. Carat erwiderte, dass das nicht sein Problem sei, beendete das Gespräch und sah nachdenklich in den Regen. Der Tonfall dieses Typen war ihm zutiefst zuwider.

Er griff erneut nach dem Handy und rief einen Kollegen in Marseille an, der ihm versprach, die Termine zu überprüfen. Es würde sich rasch herausfinden lassen, ob Victor Frey tatsächlich dort war, wo er zu sein vorgab. Dann hinterließ er eine Nachricht auf dem Anrufbeantworter des Gerichtsmedizinischen Instituts, in der er Doktor Franklin darum bat, die Autopsie vorrangig einzuplanen. Und schließlich wählte er noch Grampierre in der Zentrale der operativen Fallanalyse OCRVP an, in der alle Gewaltverbrechen in einem Datenbanksystem, dem SALVAC, erfasst wurden. Zeitlich weit auseinanderliegende Serienmorde, nicht identifizierte Leichen, Vermisstenmeldungen mit kriminellem Hintergrund – die Datenbank erfasste Ähnlichkeiten zwischen Morden und Gewaltverbrechen, bei denen kein Affekt und keine organisierte Kriminalität vorzuliegen schienen. Eine kanadische Einrichtung, die Frankreich übernommen hatte, nachdem die Ermittlungen der Polizei im Fall des Serienmörders Guy Georges Anfang der Neunzigerjahre lang erfolglos geblieben waren. Ein hübsches Spielzeug, das bisher noch nie etwas genutzt hatte. Aber jetzt war der Augenblick möglicherweise gekommen.

»Ich lasse Ihnen einen *äußerst* genauen Fragebogen zukommen. Den müssen Sie ausfüllen, sobald Sie alle Informationen beisammenhaben. Vorher hat es überhaupt keinen Wert.«

Der Tonfall weckte auf Anhieb Mordgelüste bei Carat.

»Was geschieht, wenn Sie diesen Fragebogen erhalten, Grampierre?«

»Ich werde Ihre Angaben in die Datenbank eingeben und abgleichen. Wenn SALVAC irgendwelche Ergebnisse liefert, dann wird das schnell gehen.«

Schnelligkeit war allerdings ein reichlich dehnbarer Begriff.

Carat legte auf, beugte sich aus dem Fenster und überließ sich dem Dröhnen des Verkehrs, während der Regen sein Gesicht benetzte. Es war der erste ruhige Augenblick, den er sich an diesem Morgen gestattete. Das Klingeln seines Handys setzte dem jedoch rasch ein Ende. Man teilte ihm mit, dass der Bauleiter eingetroffen sei.

Auf dem Flur saß nur ein einziger Mann. Ein Kahlköpfiger oder vielmehr einer dieser Typen, die sich morgens gern den Schädel rasieren.

»Folgen Sie mir, Clavel. Sie haben vierzig Minuten Verspätung.«

»Ich hatte einen unaufschiebbaren Termin mit einem Architekten.«

»So unaufschiebbar, dass Sie die hübsche Leiche vergessen konnten, die auf Ihrer Baustelle liegt? Interessant.«

Er vergrößerte zwei vom Gerichtsmedizinischen Institut übermittelte Fotos am Bildschirm und drehte seinen Computer zu Clavel herum: Das erste Foto zeigte den Körper des Opfers von oben, das blutverschmierte Gesicht war in Großaufnahme zu sehen. Der Bauleiter zuckte unwillkürlich zurück.

»Erkennen Sie sie?«

»In diesem Zustand ist es schwierig, irgendjemanden zu erkennen.«

»Etwa vierzig Jahre, ziemlich groß und schlank, dunkelhaarig.«

»Nein, ich glaube nicht.«

Carat klickte auf das andere Bild, das den Ring zeigte, der im Mauerwerk einzementiert war.

»Der Kellerraum war schon immer da, der Zement um den Ring ist ziemlich frisch. Er ist fachgerecht angebracht worden.«

»Dieser Typ ist ja vollkommen durchgeknallt. Ich arbeite mit Maurern, nicht mit Schlächtern zusammen.«

»Nun, das werden wir überprüfen. Und wir werden alle Arbeiter befragen, die auf dieser Baustelle gearbeitet haben.«

»Aber …«

»Wo ist Ihre Truppe im Augenblick unterwegs?«

»In der Nähe der Métrostation *Nation*. Dort wird auch ein Gebäude renoviert. Ich kenne meine Arbeiter. Es sind raue Burschen dabei, aber das macht sie noch nicht zu Psychopathen.«

»Geben Sie mir die genaue Adresse. Ist die gesamte Mannschaft dort?«

»Das lässt sich schwer sagen. Möglicherweise gibt es krankheitsbedingte Ausfälle …«

»Haben Sie ein Sekretariat?«

»Ja.«

»Klären Sie, ob alle Arbeiter aus der *Rue du Laos* gegenwärtig bei *Nation* arbeiten. Ich bekomme eine genaue Aufstellung. Samt Adressen und Telefonnummern.«

5 Der Linguist

»Die Stimme sagt mir nichts, Frau Kehlmann. Wie soll ich denn auch die Stimmen all meiner Schüler erkennen?«

»Ich würde die Aufnahme gern dem Lehrerkollegium vorspielen. Bitte rufen Sie Ihre Kollegen zusammen.«

»Die sind jetzt im Unterricht, und ich kann den Lehrkörper nicht herumkommandieren.«

»Dieser Typ wird weitermachen. So viel steht fest. Es ist unbedingt erforderlich, dass Sie uns helfen.«

»Ich werde alles tun, was in meiner Macht steht, aber ich erreiche nichts, wenn ich jetzt in die Hände klatsche und alle zusammentrommele. Außerdem, wer sagt denn, dass das junge Mädchen Schülerin war?«

Sie hatten neunzehn öffentliche und private Schulen im 15. Arrondissement recherchiert, von denen drei unweit der *Rue du Laos* lagen. Das technisch-naturwissenschaftlich ausgerichtete Gymnasium in der *Rue Violet,* wo sie sich jetzt befand, war ihr zweiter Versuch. Der erste hatte vier Stunden in Anspruch genommen. Keiner der Lehrer hatte die Stimme identifizieren können.

Die mürrische Aufsichtsperson hatte einen Termin und rauschte davon. Also versuchte Franka Kehlmann nun selbst, der Lehrer habhaft zu werden.

»Im Prinzip ist die Truppe auf der Baustelle an der Haltestelle Nation vollständig.« Clavel stöhnte.

»Erzählen Sie mir etwas über Ihre Männer.«

»Ich habe nie Probleme gehabt, Herr Hauptkommissar.«

»Das kann ich kaum glauben.«

»Ich versichere Ihnen, dass ...«

»Machen Sie nur weiter so, und Sie kommen nicht mehr so leicht davon, wenn er sich ein neues Opfer vornimmt.«

»Schon gut … es gibt da zwei Maurer … Roberto hat einen Hang zum Alkohol, und was Serge betrifft, seine Frau hat ihn rausgeworfen, und das macht ihn depressiv. Außerdem ist da noch Achmed, ein Choleriker, der sich als Chef aufspielt.«

Carat schickte Bergerin auf die Baustelle bei der Haltestelle Nation und gab ihm den Auftrag, alle Arbeiter zu befragen und ihre Alibiangaben zu überprüfen, mit einem besonderen Augenmerk auf dem vom Bauleiter genannten Trio.

Clavel wand sich auf seinem Stuhl.

Carat drehte seinen Kugelschreiber zwischen den Fingern hin und her wie den kleinen Bâton einer Majorette. Der Stift bedeutete ihm viel, er war ein Geburtstagsgeschenk von Garance. Er dachte daran, wie sie jetzt vermutlich gerade über den Markt ging und die besten Waren für das Restaurant aussuchte, wie sie an einem Bund Basilikum roch …

»Leben Sie mit jemandem zusammen, Clavel?«

»Nein …«

»Liefern Sie mir Ihren genauen Zeitplan der vergangenen Woche.«

Auch die letzte Lehrerin hatte ihr nicht im Geringsten weitergeholfen. Sie setzte sich auf der Terrasse einer Brasserie neben zwei Männer, die sich auf Englisch miteinander unterhielten, und hörte ihre Mailbox ab: *»Dein Hauptkommissar ähnelt einem Werk von Fernand Léger. Dicke schwarze Gesichtszüge und in der Mitte geballte Energie. Ich will eine Porträtaufnahme von ihm machen!«* Sie drückte die Nachricht ihres Bruders weg.

Ihre Zweifel bestätigten sich, es würde ewig dauern. Sie

musste die Suche eingrenzen. Ihre Tischnachbarn unterhielten sich immer noch. Der eine sprach mit einem deutlichen französischen Akzent, die Intonation des anderen ließ sich nur schwer einordnen. Diese Beobachtung brachte sie auf eine Idee.

Als er endlich mit Clavel fertig war, betrachtete Carat die Fotos des Gerichtsmedizinischen Instituts eingehend.

Das geronnene Blut um den Mund herum bestätigte, dass dem Opfer die Zunge herausgeschnitten worden war, als es noch am Leben gewesen war. *Ich arbeite mit Maurern, nicht mit Schlächtern zusammen. Vollkommen durchgeknallt …* Durchgeknallt, ja, aber er ging präzise vor. Und er war erfüllt von einer kalten Leidenschaft. Es war noch nicht bekannt, ob eine Vergewaltigung stattgefunden hatte, aber die meisten Serienverbrechen waren sexuell motiviert. Die Zeit spielte mehr denn je gegen sie, und Carat konnte den Feind nur mit den gegenwärtig zur Verfügung stehenden Mitteln bekämpfen. Mit einem neu zusammengesetzten Team. Bergerin, Garut, Kehlmann. Ein Unmotivierter, ein Gemütlicher und eine Neue.

Julie Mansour schaute vorbei.

»Hast du schon zu Mittag gegessen?«

»Nein.«

»Kannst du dich für ein Sandwich von der Arbeit losreißen?«

»Eigentlich nicht.«

»Bitte, Bastien …«

Er zog seine Jacke über. In der erstbesten Kneipe bestellten sie zwei Sandwiches mit Butter und Schinken. Die Sonne war wieder hervorgekommen.

»Es geht um Colin.«

Das war nicht überraschend. Sie war zwar auch Polizistin – bei der Drogenfahndung –, vor allem aber war Julie die Schwester von Colin Mansour.

»Wie geht es ihm?«

»Er wird die Klinik demnächst verlassen. Das hoffen wir zumindest. Er hat aufgehört zu trinken.«

»Du redest darüber, als sei es eine Katastrophe.«

»Ich glaube nicht recht daran. Er ist zu ruhig. Wie ein Vulkan, der unter der Oberfläche brodelt. Ich möchte dich um einen Gefallen bitten.«

»Hör mal…«

»Besuch ihn. Bitte.«

»Beim letzten Mal ist das ganz schön schiefgelaufen.«

»Da war er noch nicht trocken. Inzwischen hat er vielleicht eingesehen, dass du keine andere Wahl hattest… Freundschaft hin oder her.«

Carat spazierte allein zum Quai des Orfèvres zurück. Aber sein ehemaliger Mitarbeiter ging ihm nicht mehr aus dem Kopf. Er erinnerte sich an den letzten Winter, als Colin sich selbst übertroffen hatte bei der Jagd nach dem Mörder der kleinen Melissa, die im 13. Arrondissement vergewaltigt und umgebracht worden war. Unermüdlich hatte Mansour die Straßen abgeklappert, hatte ihr gesamtes Umfeld aufgerüttelt und bis zur Erschöpfung befragt. Unter den vertraulichen Mitteilungen war schließlich eine, die in Verbindung mit dem Mord an dem Kind gebracht werden konnte. Und so hatte man den Mörder am Ende identifizieren können: ein Barmann aus dem Viertel *Les Gobelins*. Dem Mann war es zuvor gelungen, eine Frau zu überzeugen, ihm ein Alibi zu geben. Colin hatte die Frau so lange verhört, bis sie weich wurde. Das gesamte Polizeipräsidium am Quai des Orfèvres wusste, dass dank Colin Mansour einem Mörder ein für alle Mal das Handwerk gelegt worden war.

Nur hatte er leider danach die Einbalsamierung mit Hochprozentigem so weit getrieben, dass sein Gehirn schließlich vollkommen von Alkohol durchtränkt war.

Colin. Sein alter Freund. Der sich selbst abgeschossen hatte und dafür bestraft worden war.

Inzwischen hat er vielleicht eingesehen, dass du keine andere Wahl hattest …

Er würde ihn besuchen. So bald wie möglich.

Mathieu Oriel, Sprachwissenschaftler am CNRS, dem Nationalen Forschungszentrum für Wissenschaft und Technik, wohnte in der *Rue Oberkampf*. Um ihn zu überzeugen, hatte Franka Kehlmann schwere Geschütze auffahren müssen und unter anderem eine Person erwähnt, auf die sie lieber nicht zu sprechen gekommen wäre.

»Dann ist also der große Bernard Kehlmann Ihr Vater?«

Sie hatten in einem mit Büchern und primitiven Figuren vollgestopften Wohnzimmer Platz genommen. Aus dem Zimmer nebenan waren Anschläge auf einer Computertastatur zu vernehmen.

»Ich erinnere mich an seine Veranstaltungen am Collège de France. Sehr beeindruckend … Franka, ist das ein deutscher Vorname?«

»Ein Einfall meines Vaters. Seine Eltern stammen ursprünglich aus Berlin.«

»Ostberlin, nicht wahr? Ich habe irgendwo gelesen, dass sein Vater mit seiner Frau im Jahr 1961 aus der DDR geflohen ist, als dort die Mauer gebaut wurde.«

»Das stimmt. Sie haben sich für die Freiheit entschieden.«

»Hören wir uns die Aufnahme an?«

Sie nickte. Die jugendliche, angsterfüllte Stimme klang durch den Raum. Oriel verharrte zunächst wortlos, dann holte er zu einer Geste des Entsetzens aus. Franka wiederholte noch einmal, dass sie unbedingt seine Hilfe benötigte.

»Wir haben Glück im Unglück, Frau Kommissarin.«

»Erzählen Sie.«

»Da verbergen sich zwei Personen in einer. Die eine lebt bereits seit einiger Zeit hier in Paris oder der näheren Umgebung. Die andere ist woanders geboren oder hat mehrere Jahre woanders gelebt. In dieser Stresssituation kommt ihre ursprüngliche Artikulation wieder zutage. Sie verschluckt die Vokale. ›O‹ und ›U‹ lassen sich bei ihr nur schwer voneinander unterscheiden.«

»Können Sie diesen Akzent einer Region zuordnen?«

»Es ist lediglich eine Vermutung. Ein unvermischter Akzent ist heute selten. Die Menschen sind nicht mehr so sesshaft wie in der Vergangenheit…«

»Versuchen Sie es trotzdem.«

»Vielleicht stammt sie gebürtig aus der Auvergne. In jedem Fall hat sie eine Zeit lang in dieser Gegend gelebt.«

6 Kräfteverhältnisse

»Die *Rue du Laos* ist nicht die Feria von Madrid. Der Verrückte konnte die Ärmste in den Kofferraum seines Autos schleppen, vor dem Gebäude parken und sich dann unbemerkt und unerkannt in seinem Verlies amüsieren.«

Die Besprechung im Büro von Carat hatte im Beisein der Kommissare Moreau und Dubosc, die beide von ihrer eigenen Einheit abgezogen worden waren, bereits begonnen. Franka begründete ihre Verspätung, und Christine Santini warf ihr einen komplizenhaften Blick zu.

»Die Auvergne!«, ergänzte Garut Santinis Ausführungen. »Die Familie meines Vaters stammt von dort.«

»Die Welt ist wirklich klein«, spöttelte Carat, »aber ich würde jetzt gern weitermachen.«

Er fasste die Untersuchungsergebnisse noch einmal zusammen. Niemand hatte irgendetwas bemerkt; in dem Viertel waren tagsüber viele Touristen unterwegs, nachts aber war dort nichts los. Das Foto des Opfers weckte weder bei den Anwohnern noch bei den ansässigen Geschäftsinhabern irgendeine Erinnerung.

»Deshalb, Bergerin und Garut, erzählt ihr beiden uns jetzt etwas über die Arbeiter.«

»Wir haben etwa zwanzig von ihnen befragt, vor allem die drei, die der Bauleiter uns genannt hat.«

»Meiner Meinung nach sind da auch Schwarzarbeiter ohne Papiere tätig«, äußerte Bergerin. »Aber der Bauunternehmer behauptet natürlich das Gegenteil.«

»Dann setzt du Clavel jetzt unter Druck. Mach die Burschen ausfindig, die er schwarz beschäftigt.«

Dann kamen sie zu den Ergebnissen der Gerichtsmedizin. Keinerlei Spur auf den Benzinkanistern, dem Kocher und dem Aluminiumtopf. Dafür waren ganze Heerscharen von Schreinern und Maurern im Lauf der Sanierungsarbeiten dort gewesen, von deren Fingerabdrücken es auf der Kellertür, dem Türrahmen und den Wänden nur so wimmelte. Der Abgleich mit der über das automatisierte Fingerabdruck-Identifizierungssystem »FAED« erstellten Datenbank hatte keinerlei Resultat ergeben. Weder die Arbeiter noch das Opfer waren jemals in ein Strafverfahren verwickelt gewesen. Zumindest nicht in den letzten zehn Jahren, denn länger werden die Fingerabdruckblätter nicht aufbewahrt. Jetzt mussten noch die toxikologischen Ergebnisse abgewartet werden.

»Dann können wir also drei Wochen herumstehen«, knurrte Garut. »Die Devise der Weißkittel lautet schließlich, schön langsam und immer mit der Ruhe. Wir werden ihnen Dampf machen müssen.«

Carat rieb sich wortlos unter der Nase und fuhr in seinem Bericht fort. Man wusste nicht, wie viel Zeit zwischen der Entführung und dem Mord vergangen war, aber in jedem Fall war das Opfer seit über einer Woche tot. Niemand hatte ihr Verschwinden gemeldet. Die junge Frau lebte also allein, oder ihre Abwesenheit war aus anderen Gründen unbemerkt geblieben: eine berufliche Veränderung, Ferien ... Man konnte daher annehmen, dass der Mörder ihren Tagesablauf und ihre sozialen Bindungen genau studiert hatte.

»Ist der Bauunternehmer noch immer auf Achse?«, fragte Bergerin.

»Ich treffe ihn morgen«, erwiderte Carat.

»Es bringt sicher etwas, die Arbeiter auszuquetschen. Sie haben eine Heidenangst, dass man einen von ihnen als idealen Schuldigen abstempelt. Das ist verständlich.«

»Es geht hier nicht um Klassenjustiz. Es ist sehr unwahrscheinlich, dass ein Arbeiter auf seiner eigenen Baustelle zum Mörder wird …«

»Genau.«

»Ich weise nur darauf hin, dass sie potenzielle Zeugen sind. Der Mörder hat seine Tat von langer Hand geplant. Vielleicht zu einem Zeitpunkt, als die Truppe noch bei der Arbeit war. Kannst du mir folgen?«

Dubosc und Moreau wechselten vielsagende Blicke. Kehlmann las ihre Gedanken: *Sturmwarnung im Carat-Team*.

»Natürlich, Chef. Es fällt mir nur schwer, arme Schlucker zu nerven, die ohnehin schon Mühe haben, mit ihrem Geld über die Runden zu kommen. Frey und seine Kumpane mit ihren Machenschaften in der Immobilienbranche scheinen mir viel interessantere Ziele zu sein.«

Carat schloss die Augen und massierte sich die Augenbrauen.

»Die Untersuchung wird Schritt für Schritt erfolgen. Sie wird niemanden auslassen. Weder die Verdammten dieser Erde noch die Bauunternehmer, ob sie nun zwielichtig sind oder nicht. Und damit kommen wir auch schon zu Victor Frey und dem, was wir über ihn in Erfahrung gebracht haben. Er ist seit etwa zwölf Tagen auf Geschäftsreise. Zum gegenwärtigen Zeitpunkt befindet er sich in Marseille, wo er lokale Abgeordnete und Architekten trifft, mit denen er über ein Renovierungsvorhaben von Wohnungen verhandelt. Aber die Nervosität seiner Mitarbeiterin kommt mir seltsam vor. Hier sollten wir nachhaken. So, und jetzt lasse ich mich gern von Ihren Vorstellungen inspirieren, Kollegen. Was halten Sie von der Inszenierung des Tatorts?«

»Kontrolliert und professionell. Zur Schau gestellter Körper, saubere Amputation, keine Unordnung, kein Raub. Das macht Eindruck.«

»Allerdings, selbst nach neununddreißig Dienstjahren in diesem Schuppen«, gestand Garut.

»Mir geht's genauso«, pflichtete Moreau bei. »Der Typ ist kein Anfänger. Wahrscheinlich hat er bereits gemordet und wird nicht damit aufhören, da es so gut läuft.«

»Entweder soll die Inszenierung uns in die Irre führen, oder sie entspricht einem realen Zwang«, mischte sich Carat nun wieder ein. »Ich tendiere zu dem Zwang.«

»Warum?«, wollte Bergerin wissen.

»Weil die Serienmörder bei uns es nicht gern mit der Polizei zu tun haben, auch nicht, wenn sie sie an der Nase herumführen.«

»Im Gegensatz zu wem?«

»Zu den Amerikanern. Ein Agent des FBI hat mir von einem Mörder in Arizona erzählt, der eine Pumpgun in die Vagina seines Opfers einführte. Als reine Provokation für diejenigen, die am Tatort eintreffen würden.«

»Und die herausgeschnittene Zunge, ist das keine Provokation?«

»Wenn sie *post mortem* herausgeschnitten worden wäre, vielleicht. Wenn er ihr aber tatsächlich das Wort abschneiden wollte? Ein für alle Mal?«

»Ganz ehrlich, ich glaube, dass er sich vor seinem Publikum brüsten will. Im vorliegenden Fall vor uns, den Bullen. Vielleicht ist er kein Franzose, wer weiß?«

Es war nicht zu übersehen, dass der Teamleiter den ironischen Tonfall von Bergerin missbilligte und nur mühsam Ruhe bewahrte.

»Sie benutzen den Begriff des Serienmörders«, mischte sich die Polizeidirektorin Santini ein. »Selbst wenn es nur eine Vermutung ist, deutet alles darauf hin, dass wir es tatsächlich mit einem solchen zu tun haben. Folglich darf die Öffentlichkeit auf keinen Fall auf dem Umweg über die Medien erfahren, dass ein solches Raubtier durch Paris streift. Ich habe einen Zeugenaufruf veranlasst.«

Kerzengerade Haltung, die Hände auf den Hüften, die

Füße fest auf dem Boden. Sie hatte alles darüber gelesen, wie man in einer Führungsposition auftritt und ein Team leitet. *Die Worte sind das eine, Franka, aber was zählt, ist vor allem die Pose.*

»Da werden die Verrückten aufkreuzen wie ein Schwarm Fliegen auf dem Arsch einer Kuh. Und dann wird uns auch noch von oben gründlich der Kopf gewaschen, da einfach zu viele Hitzköpfe herumirren.«

Franka mochte die Ausdrucksweise ihres Kollegen. Auch Christine amüsierte seine derbe Art. »Garut entspannt mich«, erzählte sie bei einer privaten Unterredung.

»Ich bin ganz deiner Meinung«, pflichtete Bergerin ihm bei. »Man sollte niemals zu viel preisgeben, vor allem nicht am Anfang einer Untersuchung. Das Spielchen mit den Beschuldigten wird ganz schön schwierig, wenn sie genauso viel wissen wie wir …«

»Es wird wohl oder übel etwas durchsickern, damit habe ich so meine Erfahrungen«, gab Santini zu bedenken. »Die Zeiten haben sich geändert, Carat. Über das Internet verbreitet sich alles, und zwar rasend schnell. Ein Grund mehr, dem zuvorzukommen.«

Hauptkommissar Carat stieß einen seiner tiefen Seufzer aus, die er in verschiedenen Varianten jederzeit auf Lager hatte, und verkündete, man solle, »solange man darauf warte, dass einem der Kopf gewaschen wird, schauen, dass man ein paar Stunden Schlaf bekommt«.

»Morgen klappern Sie dann die Straßen ab. Wenn ein Zeuge irgendetwas gesehen hat, werden Sie ihn aufspüren und mir präsentieren. Kehlmann?«

»Ja, Chef?«

»Ein sehr guter Einfall, den Sprachwissenschaftler aufzusuchen.«

Erleichterung. Es war das erste Mal, dass er ihr ein Lob zuteilwerden ließ. Ein kostbares Geschenk von Mister Unerbittlich. Böse Zungen behaupteten schließlich, dass er seinem weiteren Aufstieg selbst im Weg stand durch seine schroffe Art. Vielleicht war es aber gerade das, was ihr besonders gefiel, abgesehen davon, dass er wie ein italienischer Ringer aussah.

Es war etwa dreiundzwanzig Uhr, als Carat endlich hoffte aufbrechen zu können und eine noch wache Garance vorzufinden, aber da spitzte das Schoßhündchen sein Schnäuzchen.

»Ich stecke fest, Chef.«

»Wie bitte?«

»In den Gymnasien. Sie schützen ihre Schüler oder haben keine Zeit. Der Tipp von dem Sprachwissenschaftler ist hilfreich, aber ich bin nicht sicher, ob er ausreicht, um fündig zu werden. Was kann ich außerdem noch unternehmen?«

»Hartnäckig bleiben, Kehlmann.«

»Bei der Steuerfahndung hatte ich, mit eindeutigen Zahlen in der Hand, keinerlei Schwierigkeiten, die Steuersünder zum Sprechen zu bringen. Aber hier produziere ich ja nur heiße Luft.«

»Du bist doch nicht erst seit gestern bei uns.«

»Aber bisher habe ich mit Bergerin zusammengearbeitet. Wenn es darum geht, Überzeugungsarbeit zu leisten, ist er echt ein harter Brocken.«

»Ein harter Brocken?«

»Er rückt seinem Gegenüber ziemlich zu Leibe. Bis dieser vollkommen erschöpft ist. Wie eine Boa. Und zwar mit allen nur möglichen Argumenten.«

»Darin besitzt er als Gewerkschaftler sicher einige Übung.«

Sie lächelte ihn an. Es war ein aufrichtiges Lächeln, kein kokettes Manöver, um einen Mann um den Finger zu wickeln.

»Denk dich in die Köpfe hinein. Vergiss das Kräfteverhältnis. Beweg dich wie ein verdeckter Ermittler.«

Sie senkte den Blick.

»Wie eine Öllache, die langsam unter dem Türschlitz hindurchsickert, Chef?«

»Oder wie der Regen, der durch eine löchrige Sohle allmählich bis zum Knöchel hinaufsteigt.«

»Oder wie die serösen Flüssigkeiten, die ins Zellgewebe vordringen?«

»Es reicht. Du hast offenbar mehr Metaphern auf Lager als ich, Kehlmann. Ich will nicht die ganze Nacht hier verbringen. Was sind seröse Flüssigkeiten überhaupt?«

»Der flüssige Teil des Blutes, Serum. Alles, abgesehen von den Globulinen und Blutplättchen.«

»Nun gut, nicht, dass ich mich langweile, aber…«

»Chef, ich würde gern bei der Autopsie dabei sein.«

So, jetzt war sie da, wo sie hinwollte. Ihr erstes Anliegen war nur ein Vorwand gewesen, um zum eigentlichen Thema zu kommen.

»Du weißt genau, dass das nicht nur meine Entscheidung ist, sondern auch die des Protokollführers. Und das ist Bergerin.«

»Es ist unser bedeutendster Fall, seit ich zu Ihrer Truppe gestoßen bin. Da will ich auch nicht das kleinste Detail verpassen.«

Mit hochgezogenen Augenbrauen wartete er, wie es nun wohl weiterging.

»Ich will mich wirklich einbringen, Chef. Und ich will dazulernen.«

Im Vergleich zu Bergerins Gleichgültigkeit war ihre Einsatzbereitschaft erfrischend.

»Gut. Unter diesen Umständen nimmst du jetzt einen Dienstwagen und fährst nach Hause. Morgen früh kommst du dann um sieben Uhr dreißig bei mir vorbei und holst mich ab. Ich fahre kein Auto.«

Er teilte ihr seine Adresse mit.

»Darf ich Ihnen eine persönliche Frage stellen?«

»Versuchen kannst du es ja.«

»Haben Sie italienische Vorfahren?«

»Einen Urgroßvater.«

Sie wünschte ihm eine gute Nacht und zog mit zufriedener Miene von dannen.

Öllache und seröse Flüssigkeiten. Woher nahm sie das alles? Und warum interessierten sie seine Spaghettifresser-Vorfahren? Die Seine glitzerte ebenso im Laternenschein wie der Regen. Es war bereits kurz nach Mitternacht. Definitiv zu spät, um Mansour in der Klinik zu besuchen.

7

Als das Lamm das sechste Siegel öffnete, da entstand ein gewaltiges Erdbeben, und die Sonne wurde schwarz wie ein härenes Trauerkleid, und der ganze Mond wurde wie Blut. Und die Sterne fielen vom Himmel auf die Erde, wie ein Feigenbaum seine Frühfrüchte fallen lässt, wenn ein starker Sturm ihn schüttelt. Der Himmel verschwand wie ein Buch, das man zusammenrollt. Jeder Berg und jede Insel wichen von ihrem Orte.

Das Buch der Bücher sagt die Wahrheit, jetzt und immer. Die tödlichen Wellen kommen und gehen vorüber, der göttliche Zorn schwillt an, der Tag des Gerichts kommt näher.

Ich weiß es, und ich weine.

Ich bin das Alpha und das Omega, der Erste und der Letzte, der Anfang und das Ende.

8 Vanitas

Mittwoch, 27. März

... Es ist der bisher schlimmste Monat seit Beginn des Volksaufstandes in Syrien. Man geht von mehr als sechstausend Opfern aus infolge der gewalttätigen Auseinandersetzungen zwischen

Partisanen und Anhängern des Regimes von Bachar al-Assad. Die vom arabischen Frühling geweckte Hoffnung ist verflogen. Syrien befindet sich im Kriegszustand, die ständigen Anschläge verbreiten Angst und Chaos …

Franka schaltete ihren Radiowecker aus. Keine genaue Erinnerung an einen Traum, lediglich wirre Fetzen standen ihr noch vor Augen. Manche Forscher behaupten tatsächlich, unsere Träume, Erinnerungen und Fantasien auf Video festhalten zu können, und zwar über eine MRI-Aufzeichnung der Blutströme im Großhirn. Sie war jedoch keineswegs sicher, ob sie ihre Träume entziffert sehen wollte. Allerdings mussten die Gestalten, die in der letzten Nacht ihre Träume bevölkert hatten, ein ganz schönes Spektakel veranstaltet haben, denn sie fühlte sich zerschlagen.

In der Küche herrschte ein Durcheinander von schmutzigem Geschirr, leeren Flaschen und übel riechenden Zigarettenstummeln. Joey hatte sich einen kleinen Imbiss gegönnt, als er von seinem Ausflug nach Hause gekommen war. Der Fotoapparat steckte noch in seiner Tasche, die Objektive lagen verstreut auf den klebrigen Fliesen.

Wunderbar.

Verbittert räumte sie den Tisch leer, wollte sich dann aber nicht länger wegen ihres Schicksals bemitleiden. Nur wenn sie der Unordnung standhielt, würde es ihr gelingen, Joey Verantwortungsgefühl abzuringen. Sie vertilgte ihr Frühstück und schob den USB-Stick mit der Kopie des Videos vom Tatort, den Bergerin ihr gegeben hatte, in ihren Computer.

Ihre Hand lag auf der Maus, aber sie zögerte.

Seit ihrem Wechsel zur Kriminalpolizei hatte sie bereits an der Aufklärung mehrerer Mordfälle mitgearbeitet, aber dieser hier war anders. Er stellte die grenzenlose Grausamkeit dar, zu der ein Mensch fähig war. Bisher war für sie die Vorgehensweise eines Nazi-Arztes in Birkenau der Gipfel jeder nur erdenklichen Grausamkeit gewesen: Er hatte der Urgroßmutter eines Freundes beide Hände amputiert, um sie dann wieder anzunähen. Die rechte Hand an den linken Armstumpf, die linke an den rechten. Das war weit weg.

Zu der Tat von heute konnte sie jedoch keinen Abstand halten. Ihr Job verlangte von ihr, sich mit dieser irrsinnigen Gräueltat auseinanderzusetzen.

Sie klickte auf das Icon. Das Video startete.

Der Kontrast zwischen den dem Opfer zugefügten, gewaltsamen Folterungen und der peinlich genauen Inszenierung war auffallend. Die Haare waren gekämmt, die Lider geschlossen, die Hände gefaltet und der Körper sorgfältig in einer geometrischen Harmonie ausgerichtet worden. Es wirkte beinahe friedlich ...

»Ist das dein neuer Fall?«

Ihr Bruder beugte sich über ihre Schulter. Das Hemd stand offen und roch nach Schweiß, die Jeans war abgetragen und schmuddelig. Er hatte in seiner Straßenkleidung geschlafen, und auf seinem Oberkörper waren Kratzer zu sehen.

»Hast du dich wieder einmal geprügelt?«

»Ich muss doch sehr bitten, Franka. Ich prügele mich niemals.«

»Es ist mein Albtraum, dich einmal in der Notaufnahme zu finden. Das weißt du, oder?«

»Wenn ich irgendeinen Schwachsinn aufschnappe, dann erhebe ich eben Einspruch. Das ist sehr heilsam für den Planeten. Ein Übermaß an Dummheit ist genauso gefährlich wie die Klimaerwärmung. Außerdem liegt in meinem Blick offenbar etwas Abschreckendes. Es kommt schließlich nie zu einer echten Schlägerei. Ich wiederhole meine Frage noch einmal: Ist das dein neuer Auftrag?«

»Eine Frau wurde in einem Keller in der *Rue du Laos* gefunden. Man hat ihr die Zunge abgetrennt, sie gefoltert und ihr die Kehle durchgeschnitten.«

»Ja, aber nach ihrer Ermordung hat der Täter sie in eine friedliche Position gebracht.«

An manchen Tagen war Joey durch eine Art Nabelschnur mit der Realität verbunden. Dann sprang ihm das, worauf es ankam, direkt in die Augen, ohne eine rationale Analyse zu durchlaufen. Eine Erleuchtung gewissermaßen.

»Es ist verrückt«, fuhr er fort.

»Was denn?«

»Dein Tatort. Das erinnert mich an die Fotos, die ich in der Kathedrale von Saint-Denis gemacht habe.«

Im letzten Winter hatte er die Grabstätte der französischen Könige besucht. Ein Besuch, der seiner morbiden Vorstellungskraft sehr entsprach. Er hatte beeindruckende Bilder von dort mitgebracht. Es war eine echte Herausforderung gewesen, den in Stein gemeißelten Toten in den Aufnahmen Leben einzuhauchen.

»Dein Opfer sieht beinahe aus wie die Statue einer adligen Dame in einer mittelalterlichen Gruft. Eine Liegende auf einem Hochgrab.«

Überrascht lauschte sie seinen Ausführungen. Joey hob ein verstörendes Detail hervor. Er besaß ein außergewöhnliches Talent: In Sekundenbruchteilen ordnete er ein Gemälde oder ein Foto ein. Sein wirrer Kopf hütete ein sagenhaftes Museum, dessen Ausmaße sie immer wieder verblüfften.

Jetzt aber durchwühlte er seine Tasche und suchte sein drittes Auge.

»Du siehst wunderschön aus im Morgenlicht, Franka.«

»Du hast mindestens schon tausend Fotos von mir gemacht.«

»Was hast du denn, du bist eben meine Muse.«

Wenn ihr Bruder lächelte, ähnelte er dem Lausejungen, der er als Kind gewesen war.

»Und du bist ein Klotz am Bein für mich. Mach nur weiter so und verwechsele die Wohnung mit einem Schweinestall, dann werf ich dich raus.«

»Das geht nicht, ich hab kein Geld.«

»Mach die Küche sauber, oder ich verkaufe deine Leica auf eBay.«

»Das würdest du nie tun.«

»Wollen wir wetten?«

Ihr Handy klingelte, als sie sich gerade ans Steuer des Wagens setzte.

»Hallo, Franka?«

Ein leichtes Zögern.

»Wir müssen uns sehen. Wo immer du willst. Ich will dir zu deiner neuen Stellung gratulieren ...«

Sie legte auf, erwog kurz, den Chip ihres Handys auszutauschen, nahm dann aber doch Abstand davon. Stattdessen setzte sie die Nummer des Schakals auf die Liste derer, die automatisch unterdrückt werden sollten.

Sie musste sich beeilen, denn ihr Chef wohnte fast am anderen Ende von Paris.

Garance Carat bot ihr einen Kaffee und dazu ein fremdartiges Ingwergebäck an – weich und wunderbar geheimnisvoll. Sie war etwa vierzig Jahre alt, hatte blondes Haar, fröhliche Augen und feine Gesichtszüge. Ihr Lächeln hatte eine ansteckende Wirkung. Eine Narbe zog sich vom rechten Ohr bis zum Kinn, und auf ihrem rechten Unterarm war die Spur einer genähten Wunde zu sehen.

»Garance leitet ein Restaurant hier im Viertel.«

»Ja, es ist wirklich schade, dass du dich die meiste Zeit von Butter-Schinken-Sandwiches ernährst. Ich könnte dir einen Imbiss vorbereiten, den du morgens mit ins Kommissariat nimmst.«

»Wie stünde ich denn damit da?«

»Wie ein Mann, der sich für seinen Cholesterinspiegel interessiert.«

Als er seine Frau auf die Wange küsste, wirkte ihr Chef wie ein Bär, der an einer Blume schnuppert. Im Aufzug schlüpfte er raumgreifend in seine Jacke und eilte dann als Erster zum Wagen. Warum hatte er keinen Führerschein?

Als sie den Motor anließ, ertönte aus dem Autoradio ein Song der Bee Gees.

Ah, ah, ah, ah, stayin' alive, stayin' alive/Ah, ah, ah, ah, stayin' alive …

»*Stayin' alive* hat den gleichen Rhythmus wie eine Herzdruckmassage. Wussten Sie das, Chef?«

Er sah sie an.

»Konntest du dich nicht zwischen der Medizin und der Polizei entscheiden, oder wie?«

»Ich habe bei meiner Entscheidung nicht eine Sekunde gezögert, Chef.«

Der Anflug eines amüsierten Lächelns huschte über sein Gesicht. Ein gutes Zeichen.

Man hatte die Leiche auf einen Inox-Stahltisch gelegt. Der grünliche Bauch war fürchterlich aufgebläht. Die Abscheu schlug das Mitgefühl aus dem Feld, aber Kehlmann hielt durch. Ihre Haltung war mustergültig, selbst als der Mediziner den Thorax öffnete und die Rippen entfernte, die Organe auf seiner kleinen Waage wog und die Schädeldecke mit einer Kreissäge aufsägte. Mittlerweile hatte man herausgefunden, dass das Opfer etwa vierzig Jahre alt war, niemals ein Kind geboren hatte und weder herz- noch lungenkrank gewesen war.

»Es ist eine Ewigkeit her, dass ich eine solche Verbissenheit erlebt habe«, sagte Thomas Franklin abschließend. »Dafür, dass Sie gerade erst bei der Kripo angefangen haben, sind Sie wirklich hart im Nehmen, junge Dame. Es gab keine sexuelle Gewalt, aber ihr Peiniger schreckte vor nichts zurück. Amputation der Zunge *ante mortem*. Ganz zu schweigen von den Schlägen, der Folter und dem Hunger.«

»Dem Hunger?«, schaltete sich Bergerin ein.

»Ihr Magen und ihre Eingeweide waren leer, mein Lieber.

Sie war dehydriert. Und wenn du es genau wissen willst: An ihrem Mund fällt eine beginnende Wundheilung auf.«

»Und was heißt das?«

»Es muss eine gewisse Zeit vergangen sein zwischen der Amputation der Zunge und der Brandverletzung am Arm. In jedem Fall aber hat der Irre es mit einem tapferen kleinen Soldaten zu tun gehabt. Diese Frau hat sich gewehrt, aber er hat ihr die Fingernägel ganz kurz geschnitten, sodass wir kaum DNA-Spuren finden werden.«

Der Gerichtsmediziner hob das Haar an und wies in der Halsbeuge auf die Spur eines Einstichs hin.

»Sehr treffsicher, mitten in die Jugularvene. Vermutlich hat er ihr ein Beruhigungsmittel gespritzt, um die Entführung bewerkstelligen zu können.«

»Und was bedeuten die Spuren um die Brandwunde herum?«, fragte Carat.

»Es sind Reste von Pflastern und auch von Mullbinden. Außerdem irgendeine Salbe. Unsere emsigen Laborratten werden dir sagen, um was es sich handelt, lass ihnen etwas Zeit.«

»Diese Geschichte mit dem Verbandszeug irritiert mich, dich nicht?«

»Was willst du von mir hören, Bastien? Dass der Typ ein Medizinstudent ist, den man nicht zum Examen zugelassen hat? Er versteht es, ein Skalpell zu benutzen und eine Wunde zu versorgen, abgesehen davon ...«

»Hast du jemals die Leiche einer Person gesehen, die zuerst grausam gequält und dann fürsorglich gepflegt worden ist?«

»Ich habe Leichen von Babys gesehen, die man in Kloschüsseln abgelegt hatte, ich habe arme Teufel gesehen, denen man alle Glieder so verdreht hatte, dass sie vermutlich sogar ihre Mutter verfluchten, während sie krepierten, und auch Massengräber sind mir schon unter die Augen gekommen. Die menschliche Fantasie ist grenzenlos.«

Der Wikinger blieb noch bei dem poetisch veranlagten Gerichtsmediziner, um den vollständigen Bericht entgegenzunehmen. Carat und Kehlmann begaben sich an den Tresen des nächstgelegenen Cafés. Die alte Theke mit ihrer dunklen Farbe erinnerte an die schwarzen Tische des Gerichtsmedizinischen Instituts.

»Was hältst du nun von der Sache?«

»Man hätte alles kaum besser organisieren können. Dieser Typ ist alles andere als ein Anfänger, da haben Sie vollkommen recht, Chef.«

»Das soll vorkommen.«

»Der zweite Eindruck ist persönlicher Natur.«

»Nur zu, lenk mich ab.«

»Ich glaube, dass ich mich allmählich in Ihre Welt hineinfinde.«

»Was soll das denn heißen? Leben wir etwa nicht auf dem gleichen Planeten? Darauf hat mich ja noch niemand aufmerksam gemacht.«

»Bis jetzt habe ich Zahlen zum Sprechen gebracht, um die Schlauberger aus der Finanzwelt dingfest zu machen. Es gab zwar genug Nervenkrisen, aber kein Blut an den Wänden.«

Er nickte und bedeutete ihr, fortzufahren.

»Ich werde mich in Ihre Welt hineinfinden, weil ich vorhin eine Strategie gefunden habe, um im Hoheitsgebiet von Franklin nicht wie ein Reiher zu kotzen. Ich habe an uns alle gedacht.«

»An *uns alle*?«

»An uns, die sieben Milliarden Bewohner dieser Erde. Es ist alles eine Frage der Perspektive. Der Zustand der Leiche hat mir bestätigt, dass wir bei unserer Geburt zu einhundert Prozent Mensch sind, bei unserem Tod aber zu achtzig Prozent aus Mikroben bestehen. In einem lebendigen menschlichen Wesen gibt es höchstens zwei Kilo Mikroben, nach dem Tod jedoch explodiert die Besiedlung mit Mikroben förmlich. Aber man sollte diese Bakterien nicht mit einem negativen Blick betrachten.«

»Ach nein!«

»Solange wir leben, helfen sie uns, am Leben zu bleiben, sie sind ein für unsere physische Entwicklung und unser Immunsystem unentbehrlicher Bestandteil. Nach unserem Tod sind sie es, die uns verschlingen, aber das geschieht ja zu einem guten Zweck. Sie helfen uns dabei, uns aufzulösen, weil genau das unsere Bestimmung ist.«

Auf eine derartige Ausführung war Carat nicht vorbereitet. Colin hätte so etwas wirklich gefallen. Früher hatten sie immer zu zweit den Autopsien beigewohnt. Sein Mitarbeiter war besessen vom Tod, den er eine »alte hungrige Hure« nannte. Hätten Mansour und Kehlmann unter einem Dach gelebt, so hätten sie sicher weitschweifige barocke Gespräche miteinander geführt.

»Glauben Sie etwa, dass mir der Formalingeruch zu Kopf gestiegen ist?«

»Ich frage mich vor allem, woher du dein Wissen hast.«

»Mein Vater war Forscher und Universitätsprofessor. Er vertrat das Prinzip, den Kindern so früh wie möglich Zugang zu jeglichem Wissen zu gewähren. Mein Bruder und ich sind Ergebnisse dieser Einstellung. Joey ist unschlagbar, was Mythologie und Kunstgeschichte angeht. Ich habe es eher mit den Naturwissenschaften. Aber meine Wahrnehmungen sind im Vergleich zu seinen nicht sonderlich bemerkenswert.«

»Wovon sprichst du?«

»Ich habe ihm das Video von Bergerin gezeigt. Oder vielmehr, ich habe es nicht vor ihm verborgen.«

Seine Hand krallte sich am Tresen fest.

»Lassen Sie mich ausreden, Chef. Joey besitzt ein außergewöhnliches Talent. Er versteht es, Bilder zu analysieren und in Beziehung zueinander zu setzen. Und ich glaube, dass wir davon profitieren können.«

Er drückte seine Unterlippe zwischen Daumen und Zeigefinger zusammen und ließ sie ihre Meinung sagen.

»Er glaubt, dass die Leiche wie eine Liegende auf einem

Hochgrab drapiert wurde. Er sah eine Komposition darin. Für ein Gemälde. Oder ein Foto.«

Aha! Gar nicht so abwegig. Er gab seine Unterlippe wieder frei, um nun mit den Fingern auf den Tresen zu trommeln.

»Also, kurz und gut, für ein künstlerisches Werk.«

»Und als Franklin bestätigte, dass das Opfer nicht vergewaltigt wurde, hat mich das nicht erstaunt. Die Inszenierung ist genau das Gegenteil von derjenigen des amerikanischen Mörders mit der Pumpgun in der Vagina des Opfers.«

Sie hörte also während der Besprechungen aufmerksam zu … das war ja schon einmal nicht zu verachten.

»Wir haben es mit exzessiver Gewalt zu tun«, fuhr sie fort. »Aber am Ende hat der Mörder dann das Ziel, eine beinahe *friedliche* Szenerie zu schaffen. Eine sorgsam arrangierte Leiche an einem so sauber wie möglich gehaltenen Ort. Wie die Darstellung des Todes in einem bestimmten Dekor.«

»Jetzt kann ich dir nicht mehr folgen.«

»Haben Sie schon einmal etwas von Vanitas gehört?«

»Ich wette, dass du nicht von der in Paris so verbreiteten Untugend sprichst.«

»Es geht um eine besondere Art von Stillleben. Menschliche Schädel, die in ein alltägliches Dekor eingebettet werden. Damit soll daran erinnert werden, dass das Leben ebenso kurz wie trügerisch ist.«

»Trügerisch und vergänglich.«

»Genau. Der Betrachter wird ermahnt, sich auf das Unausweichliche vorzubereiten. Wirft man jeden Tag einen Blick auf den Tod und denkt angesichts des Vergänglichen über ihn nach, so ist das eine Art, die Angst im Zaum zu halten.«

»Dieser Typ würde also seine Angst im Zaum halten, indem er kunstvolle Arrangements inszeniert?«

»Weil er begriffen hat, dass alles vergänglich ist, Chef.«

»Das wäre also in gewisser Weise seine Art, mit unserer weitgehend mikrobiellen Zukunft fertigzuwerden.«

Sie antwortete mit einem Lächeln und trank einen Schluck ihres Kaffees.

»Es ist nur eine Theorie. Sie ist ziemlich bizarr, das weiß ich. Aber Sie wollen ja nicht, dass wir mit Scheuklappen durch die Welt gehen, nicht wahr?«

»So ungefähr. Passt die Tatsache, dass er sein Opfer sowohl misshandelt als auch versorgt, denn in deine Theorie?«

»Nein, aber ich denke weiter darüber nach, Chef.«

Ihre Überlegungen waren reichlich abgedreht, aber er musste zugeben, dass sie sich den Kopf zerbrach.

Ein einsames Croissant lag noch auf dem Teller. Er brach es entzwei, schob seiner Kommissarin die eine Hälfte hin und biss selbst in die andere.

9 Der Halbgott

»Carat! In mein Büro.«

Ja, wirklich. Er mochte Santinis Art einfach nicht. Ihre grelle Stimme und ihre verstohlenen Blicke, ihre Kostüme und ihr Lächeln im Stil von Margaret Thatcher. Er war in seinem Berufsleben schon so mancher unerträglichen Person begegnet, aber noch nie einer vom Schlag dieser Frau mit ihrer beunruhigenden Gefasstheit. Es kam tatsächlich vor, dass er in ihrer Gegenwart Beklemmungen verspürte.

Womöglich werde ich alt, dachte er, als er die Polstertür aufstieß.

»Erneuter Alarm in Fukushima. Die Behörden haben einen Zwischenfall im Kühlsystem eines der Abklingbecken mitgeteilt, in denen die verbrauchten Brennelemente gelagert werden …«

Auf dem Bildschirm flimmerten Archivbilder. Die Rettungstrupps – unheimliche, dick eingepackte Gestalten in Schutzkleidung – stapften zwischen Gebäudegerippen und zerschellten Schiffsrümpfen umher.

»In besagtem Abklingbecken lagern mehr als sechstausend abgebrannte Brennelemente. Eine zu hohe Temperatur könnte

eine Verdunstung des Wassers nach sich ziehen und hochgradig radioaktive Substanzen freisetzen …«

Immer auf dem neuesten Stand sein – so musste ihre Devise lauten; das Fernsehgerät war am ersten Tag ihres Amtsantritts geliefert worden.

Sie stellte den Ton aus, behielt aber die Fernbedienung in der Hand.

»Wie kommen Sie voran?«

Er gab ihr eine Zusammenfassung ihrer Aktivitäten und Erkenntnisse.

»Der Staatsanwalt verlangt, dass wir die Sache vorrangig behandeln«, fuhr sie fort. »Ich habe ihm versichert, dass wir Verstärkung aus anderen Abteilungen anfordern. Und er ist selbst auch schon tätig geworden. Er hat Philippe Seimourt abgeordnet.«

Gewöhnlich ließ der Staatsanwalt bei einer neuen Untersuchung eine gewisse Zeit verstreichen, bevor er einen Untersuchungsrichter benannte. Aber bei einem so außergewöhnlichen Fall reagierte man offenbar schnell.

»Dieser Richter ist schwierig, Carat. Vor allem mir gegenüber.«

Er wartete auf genauere Ausführungen.

»Ich bin mit ihm aneinandergeraten, als ich die Steuerfahndung geleitet habe. Man hat mir zugetragen, dass Sie beide befreundet sind. Stimmt das?«

»Das konnte man so sagen.«

»Sind Sie nun befreundet oder nicht?«

Ihre Stimme blieb ruhig, aber ihre Kiefergelenkknochen traten leicht hervor. Eine kaum merkbare Regung.

»Seimourt ist nicht bestechlich.«

»Können Sie das genauer ausführen?«

»Er wird seine Sache machen, wie es sich gehört, und Ihre Differenzen werden dabei keine Rolle spielen.«

»Sie scheinen sich da ganz sicher zu sein.«

»Ich hatte noch nie Schwierigkeiten in der Zusammenarbeit mit ihm.«

Für zwei Sekunden schenkte sie den flimmernden Bildern im Fernsehgerät ihre Aufmerksamkeit.

»Dann bin ich beruhigt.«

Ihr Gesichtsausdruck widerlegte ihre Worte. Carats Handy klingelte. Es war Richter Seimourt; der Anruf kam gerade zur rechten Zeit, um ihn aus den Krallen seiner Vorgesetzten zu befreien.

Philippe Seimourt hatte eine blonde Mähne, die etwas länger war als die übliche Haartracht seiner Kollegen, eine hohe, von dichten Augenbrauen betonte Stirn und rundliche, unter einem Dreitagebart versteckte Wangen. In seinem schicken, verknitterten Anzug und mit dem etwas rundlichen Bauch eines Vierzigjährigen, der mit Sport auf Kriegsfuß steht, lieferte er eine komplexe Mischung aus gewieftem Dandy und sympathischem Kater. Hinter den orangefarbenen Gläsern seiner Brille lauerte ein stets äußerst wachsamer Blick.

»Einen grünen Tee, Bastien?«

»O nein, bloß nicht!«

»Das habe ich mir seit meiner Reise nach Japan angewöhnt. Ich trinke den ganzen Tag über grünen Tee. Ich finde es schön, wieder einmal mit dir zusammenzuarbeiten, alter Kämpe.«

»Geht mir ebenso, Philippe.«

»Dann setz mich mal ins Bild. Ich habe dir schon immer unheimlich gern zugehört.«

Carat reichte ihm eine Kopie des Autopsieberichts und begann zu erzählen. Der Körper war *post mortem* arrangiert worden, um einer bestimmten Inszenierung zu genügen. Der Boden war so sorgfältig gefegt worden, dass keinerlei Rückschluss auf die Anzahl der Täter möglich war, aber die Vorgehensweise ließ auf einen Einzeltäter schließen. Spuren intravenöser Injektionen waren sichtbar, die Ergebnisse der toxikologischen Analysen standen jedoch noch aus. Ausweispapiere, Kleidungsstücke und persönliche Dinge waren nicht gefunden worden. Man hoffte, das Opfer über das Zahnschema identifizieren zu können.

Seimourt warf einen Blick in die Notizen des Gerichtsmediziners und breitete dann ein paar Fotos des Instituts für Rechtsmedizin auf seinem Schreibtisch aus. Die Leiche sah wächsern aus, viel mehr als am Tatort. Die Wände wirkten dunkler.

»Du sprichst von einer Inszenierung. Ich glaube, da hast du recht.«

»Laut Kommissarin Kehlmann wurde der Körper wie der einer Liegenden im Mittelalter drapiert.«

»Franka Kehlmann?«

»Genau die.«

»Gehört sie zu deiner Truppe? Sieh mal einer an.«

»Ein wenig exzentrisch, aber keineswegs dumm. Kennst du sie?«

»Wer kennt das Patenkind von Christine Santini nicht?«

Von diesem Zusammenhang hatte Carat bisher keine Ahnung gehabt.

»Santini ist eine Freundin der Familie Kehlmann. Dass Franka zu den Bullen gegangen ist, hat deine Direktorin zu verantworten. Wie das Schicksal so spielt, nicht wahr? Die Direktorin stammt zwar nicht aus Korsika, gäbe aber eine gute Korsin ab – an erster Stelle steht bei ihr die Sippe.«

Sein Tonfall war eindeutig. *Ich bin mit ihm aneinandergeraten, als ich die Steuerfahndung leitete …*

»Das Opfer wurde nicht vergewaltigt, obwohl die große Mehrheit der Serienmörder Sexualstraftäter sind, Bastien.«

»Vielleicht hat er sich darauf beschränkt, zu masturbieren, oder hat darauf geachtet, keine Spermaspuren zu hinterlassen.«

»Vielleicht ist er gar nicht auf sexuelle Befriedigung aus, sondern auf Herrschaft.«

»Ja, wie Thiery Paulin.«

Jener Mörder, der es auf alte Frauen abgesehen hatte. Der gewalttätig war, aber nicht vergewaltigte. Zunächst schien sein Motiv beziehungsweise seine Rechtfertigung finanzieller Natur zu sein. Die Experten hatten herausgefunden, dass er anfangs mordete, um ein Fernsehgerät, Schmuck oder Geld zu erbeuten. Aber mit der Zeit hatte bei Paulin eine abgründigere Motivlage Oberhand gewonnen. Sie gehörte in den Bereich der Allmachtsfantasien. Es war das Begehren eines Halbgottes.

»Er ließ das Geld seines Opfers ganz ostentativ liegen«, griff Carat diese Anregung auf. »Dieser Persönlichkeitstyp giert nach Macht.«

»Du gehst also von einem Einzeltäter aus?«

»Kannst du dir zwei Komplizen vorstellen, die auf diese Weise vorgehen? Ich nicht. Im Fall eines Täterduos kompensiert der eine meist die Schwächen des anderen. Francis Heaulme war physisch nicht dazu in der Lage, eine sexuelle Beziehung zu haben. Also suchte er sich aktive Partner, um dem Beischlaf als Beobachter beizuwohnen.«

»Was denkst du, Bastien?«

»Der Mörder hat alles genauestens ausgekundschaftet und den Keller vorbereitet. Vielleicht hat ihn ein Zeuge im Viertel beobachtet. Ich setze sehr auf eine unmittelbare Befragung vor Ort. Kehlmann ist unterwegs, um das junge Mädchen ausfindig zu machen, das die Leiche entdeckt hat. Die Kehrseite der Medaille ist, dass alles bereits an die Presse durchgesickert ist. Santini will den Journalisten zuvorkommen, indem sie einen Zeugenaufruf verbreitet.«

»Königin Christine und ihre Besessenheit von den Medien. Das ist mir nicht neu.«

Seimourt hatte damit begonnen, seine Brillengläser mit einem seidenen Einstecktuch zu säubern. Diese Tätigkeit schien seine ganze Aufmerksamkeit zu beanspruchen.

»Ich fände es sehr nett, wenn du mir deine Streitigkeiten mit ihr erklärst, Philippe, das könnte mir Unannehmlichkeiten ersparen.«

»Wir werden bei Gelegenheit darüber sprechen. Mach dir keine Sorgen. Außerdem scheint dieser Fall viel zu kompliziert zu sein, als dass ich mich von meinen persönlichen Gefühlen hinreißen ließe. Ermittlungen im Fall eines Serienmörders, wenn das erst einmal losgeht …«

»Es kann Jahre dauern. Womöglich kleben wir jetzt aneinander fest wie Muscheln an einem Pfahl. Wie schrecklich!«

»Da sagst du etwas.« Seimourt grinste breit. »Wir sehen uns wieder, wenn du etwas Neues hast.«

10 Der Unfall

Ein ungetrübter blauer Himmel überstrahlte die *Place de la Nation*. Helle Wolken zogen rasch über den beiden Säulen mit ihren grünlich verfärbten Bronzestatuen an der Avenue Trône vorüber. Bergerin wusste, dass die rechte Statue Saint Louis, König Ludwig IX., darstellte.

»Ehrenwort, Herr Kommissar, ich habe nichts damit zu tun.«

»Ich habe nie etwas anderes behauptet. Bist du verheiratet?«

»Ja.«

»Ich auch, und meine Frau erwartet ein Baby. Hast du Kinder?«

»Zwei.«

Der Zufall wollte es, dass Bergerin jemanden befragte, der ebenfalls Louis hieß – so wie der legendäre König. Sie wahrten einen deutlichen Abstand zu der Baustelle und den dort beschäftigten Kollegen, die es sicher nicht gutheißen würden, wenn sie sähen, wie ihr Kollege sich einem Bullen anvertraut. Bergerin war sich sicher, dass der Arbeiter etwas wusste und noch nicht preisgab. Er wies auf eine Passantin.

»Er wird sie umbringen.«

»Was?«

»Warum denn nicht? Oder die hier oder die dort. Deine Schwester, deine beste Freundin, die Mutter deiner Kinder, ganz egal. Er ist durchgeknallt, verabscheut Frauen und nimmt sich das Recht, über Leben und Tod von Schwächeren zu entscheiden. In einem solchen Fall die Hände in den Schoß zu legen, das ist einfach nur feige.« Jetzt fasste Bergerin den Mann an der Schulter. »Dieses Arschloch wird dich bis in deine Träume verfolgen. Dieser Dreckskerl belässt es nicht beim Töten. Er schleicht sich in unser Leben ein. Er dringt in unsere Köpfe und hinterlässt dort seine verdammten Schweinereien, denn sie graben sich tief in unsere Erinnerung ein. Versuch nicht, irgendjemanden zu schützen. Du hast etwas gesehen, also sag es auch. Jedes Detail kann nützlich sein.«

Louis rieb sich den Nacken. Seine Haare und Augenbrauen waren von einem feinen Gipsflaum überzogen. Er roch nach Terpentinersatz.

»Dieser Typ hat seine Tat genau vorbereitet. Er hat Spuren hinterlassen«, bedrängte Bergerin ihn noch einmal. »Er hat einen Fehler gemacht und ist nicht so gerissen, wie er glaubt. Wir werden ihn kriegen, das steht fest, aber wichtig ist, dass wir ihn festsetzen, bevor er ein anderes armes Mädchen massakriert, das einfach nur sein Leben leben möchte.« Ein paar Schritte entfernt von ihnen lachte ein Schulmädchen über die Witze eines gleichaltrigen Jungen. »Bis vor Kurzem habe ich mit einem Typen zusammengearbeitet, den ich gern mochte. Er heißt Mansour. Weißt du, welchen Beinamen er dem Tod gab?«

»Nein.«

»Die alte Hure. Wenn er auf dieser Bank mit dir säße, würde er dir sagen, dass die alte Hure vor nichts und niemandem Achtung hat. Sie träumt davon, sich diejenigen zu krallen, die ihr Leben genießen. Mein Kumpel warf ihr gern Knüppel zwischen die Beine. Wir müssen alle irgendwann dran glauben – aber nicht gefoltert in einem Kellerloch. Nicht wahr, Louis?«

»Diese Stadt hat ein eigenes Mikroklima, Herr Hauptkommissar. Im Allgemeinen ist die Globalisierung der Moral der Unternehmer nicht zuträglich, aber für die Baufirmen läuft alles wunderbar. Es werden sich immer Käufer für prestigeträchtige Pariser Wohnungen finden. Früher kamen die Kunden aus dem Mittleren Orient, aus Europa oder den Vereinigten Staaten. Heute strömen sie aus China, Russland und Brasilien hierher ...«

Victor Frey säuberte seine feinen englischen Schuhe mit einem Filztuch vom Staub der Baustelle, der auch vor ihnen nicht haltgemacht hatte. Seine ergebene und plötzlich sehr nervöse Assistentin versuchte, den Kellner auf sich aufmerksam zu machen. Ihr Chef wollte das Tagesgericht essen. Dazu grüne Bohnen anstelle der Pommes frites.

»Was diese Sache angeht, so verstehen Sie sicher, dass ich mich weitaus mehr für meine Geschäfte interessiere als für mittelalterliche Foltermethoden. Ich wiederhole es noch einmal: Ich habe keine Ahnung, wer diese arme Frau massakriert haben könnte. Ich arbeite mit Unternehmen meines Vertrauens zusammen und habe noch nie einen Soziopathen in Arbeitsmontur auf meinen Baustellen gesichtet.«

Ungerührt setzte Carat seine Befragung fort.

»Das Opfer ist seit mehr als sieben Tagen tot. Ich muss Sie fragen, wo Sie sich in der letzten Woche aufgehalten haben.«

»Ich war in Montauban bei der Ausschreibung eines Bauvorhabens. Es geht um ein Einkaufszentrum. Da gibt es reichlich Zeugen, die das bestätigen können.«

Die Assistentin zückte auf der Stelle einen elektronischen Kalender und nannte ihm einige Namen, dann erhob sie sich und machte sich endlich bei dem Kellner bemerkbar. Die beiden Männer wechselten einen Blick.

»Stimmt schon, Édith umsorgt mich. Aber sie leistet auch sonst hervorragende Arbeit. Ich habe ungeheures Glück mit den Frauen, fragen Sie mich nicht, warum.«

Mit seinem bis auf einen weißen Haarkranz kahlen Kopf, seiner platten Nase und den vorstehenden Augen war Frey hässlich wie eine Bulldogge, aber er verströmte eine außergewöhnliche Vitalität und Selbstsicherheit, besaß eine wohlklingende, tiefe Stimme und kleidete sich perfekt. Offenbar wirkte sein Charme auf Frauen ebenso wie auf die Einfaltspinsel, denen er Wohnungen zu völlig überteuerten Preisen aufschwatzte.

»Victor, bitte vergiss deinen Termin mit dem chinesischen Kunden nicht.«

»Welchem Chinesen?«

»Dem aus Shanghai ... du weißt schon.«

»Du lügst ganz schön schlecht, meine Große. Ein netter Versuch von dir, mich aus den Klauen des Hauptkommissars zu befreien, aber ich schätze seine Gesellschaft sehr. Außerdem gibt es nichts, was ich vor ihm verbergen müsste. Sehen Sie, wie weit ihre Loyalität reicht? Édith ist eine Heilige.«

Das Smartphone der Assistentin klingelte bereits zum fünften Mal während ihrer Unterhaltung.

»Wenn ich mich nicht täusche, Frey, ist der Prozess mit Ihren Käufern in der *Rue du Laos* nicht der Einzige, in den Sie verwickelt sind.«

»Es geht allen Baufirmen gleich. Die französische Gesellschaft wird immer pedantischer. Das brauche ich Ihnen ja sicher nicht näher auszuführen.«

»Sie arbeiten in einem schwierigen Gewerbe, das ist klar. Und Sie haben reichlich Feinde. Sind Sie in letzter Zeit bedroht worden?«

»Wer schwebt Ihnen denn vor?«

»Niemand Bestimmtes. Ein verärgerter Käufer. Ein verärgerter Mitbewerber. Ein verärgerter Angestellter. Oder vielleicht gar ein verärgerter Geldgeber.«

»Damit kann ich nicht dienen. Das habe ich Ihnen bereits gesagt. Heutzutage strengen diejenigen, die verärgert sind, gleich einen Prozess an. Der französische Anwalt ähnelt seinen amerikanischen Kollegen immer mehr. Anstatt auf seine Mandanten zu warten, macht er sie selbst ausfindig. Er rät ihnen, ihre Sache vor Gericht zu bringen, weil auf diesem

Weg das große Geld winkt. Es stimmt schon, ich habe einige Prozesse am Laufen, aber ich versichere Ihnen, dass ich keinerlei Drohungen erhalten habe. Was einen etwaigen verärgerten Geldgeber angeht, so bin ich in diesem Bereich ganz konservativ. Ich arbeite nur mit Bankiers zusammen. Ihnen schwebten vermutlich Anleihen bei irgendwelchen mafiösen Wucherern vor, nicht wahr?«

»Ich besitze keine sehr ausgeprägte Fantasie.«

»Dann werden wir uns gut verstehen. Ich stehe immer zu Ihrer Verfügung. Wir sind beide Pragmatiker und haben Anstand im Leib …«

»Ach, Sie müssen von jetzt an in Paris bleiben.«

»Ich habe aber wichtige Termine außerhalb.«

»Die müssen warten.«

»Warum denn?«

»Weil ich es so will.«

»Aber das können Sie nicht … Ich werde mit meinem Anwalt, Maître Bagneux, telefonieren. Sie kennen ja seinen Ruf.«

Louis Bagneux, der Fluch der Gerichtssäle. Der hatte gerade noch gefehlt. Er ließ den Bauunternehmer mit seinen Protesten sitzen und nahm die Métro.

Franka Kehlmann kam aus dem Gymnasium, hielt kurz nach dem Wagen Ausschau und stieg dann hinten ein. Garut presste sein kleines blaues Radio, das die Form eines Sputniks besaß, gegen sein Ohr und hörte die Nachrichten. Plötzlich drehte er die Lautstärke hoch.

»Im 15. Arrondissement wurde in einem Keller der Rue du Laos die Leiche einer Unbekannten gefunden. Die Ermittler ersuchen eventuelle Zeugen dringend, sich zu melden …«

»Santini hat nichts anbrennen lassen«, kommentierte Bergerin diesen Aufruf.

Garut schaltete das Radio aus, während Bergerin berichtete, dass ein Hilfsarbeiter von der Baustelle bei der *Place de la Nation* ihnen eine Information über einen Maurer aus Rumänien gegeben hatte, der sich Frauen gegenüber seltsam verhielt. Neculai Jianu wohnte in Seine-et-Marne und war bereits seit mehreren Tagen nicht mehr zur Arbeit erschienen.

»Was soll das heißen – *seltsam*?«

»Seit die Truppe bei der *Place de la Nation* arbeitet, besucht Jianu die BMC, die mobilen Bordelle am Stadtrand, sooft es nur geht. Er ist quasi jeden Abend im Puff.«

Kehlmann wusste von den mobilen Bordellen, die es in unmittelbarer Nähe des Bois de Vincennes gab. In den Wohnmobilen dort arbeiteten viele Afrikanerinnen, und im Allgemeinen traf man dort die ältesten Prostituierten der Hauptstadt an.

»Das passt nicht zum Profil des Opfers.«

»Mag sein, aber wir müssen es überprüfen.«

»Und was tut ihr dann hier, anstatt diesen Typ zu befragen?«

»Du musst mit Garut dorthin gehen, Franka.«

»Ich bin immer noch auf der Suche nach dem Mädchen, das uns angerufen hat. Du weißt genau, dass das äußerst wichtig ist.«

»Meine Frau ist im Krankenhaus. Nichts Schlimmes. Das hoffe ich zumindest. Alexandra ist sehr empfindlich. Sie hat den Baby-Blues schon vor der Geburt.«

»Du auch«, spöttelte Garut.

»Ja, ich geb's zu.« Dann wandte sich Bergerin erneut an Kehlmann: »Garut kann sich Neculai Jianu nicht allein vorknöpfen.«

»Der Kripo mangelt es nicht an Beamten.«

»Diesen Typ sollte aber das Carat-Team festsetzen«, beharrte Bergerin.

»Sind wir denn nicht alle ein großes Team? Davon war ich bisher zumindest ausgegangen.«

»Im Wesentlichen kommt es darauf an, den Kerl zu schnappen, das stimmt schon. Aber der Chef würde es mir nie verzeihen, das Ganze gerade dann einer anderen Einsatzgruppe zuzuschieben, wenn es brenzlig wird.«

»Und hat er damit unrecht?«

»Hilf mir, Franka. Ich revanchiere mich auch dafür.«

»Dann revanchier dich jetzt. Mich interessiert deine Einschätzung der Geschichte mit Colin Mansour, und zwar ohne großes Palaver.«

»Was willst du wissen?«

»Die Wahrheit.«

»Wir waren zu einem Tatort unterwegs. Colin fuhr den Wagen, in dem sich auch Carat und Garut befanden. Ich fuhr wie gewöhnlich auf dem Motorrad voraus, weil ich so flexibler bin beim Auskundschaften der örtlichen Gegebenheiten. An einer Ampel hat Mansour nicht rechtzeitig gebremst und mich angefahren. Ich bin gestürzt, aber ich hatte ja einen Helm auf. Ich hatte keine schlimmen Verletzungen und wollte kein Aufheben darum machen. Aber Carat ist der Kragen geplatzt. Die Sache brachte das Fass zum Überlaufen. Es kam zum entscheidenden Streit zwischen den beiden. Carat demütigte Colin, indem er ihn auf der Stelle zu einem Alkoholtest zwang. Er verlangte von ihm, dass er sich zum Entzug in eine Klinik begibt, und schickte einen Bericht an die Direktion.«

»Glaubst du nicht auch, dass er ihm damit letztlich einen Gefallen erwiesen hat?«

»Er hätte schon viel früher eingreifen sollen. Zu diesem Zeitpunkt war es bereits zu spät.«

»Warum das denn?«

»Mansour sollte damals zum Hauptkommissar befördert werden. Diese Beförderung war wirklich sehr wichtig für ihn. Da sind wir letztlich alle gleich. Und bei seinen Erfolgen stand ihm die Beförderung auch zu. Nun, nach dieser Sache war es nicht nur mit meinem Motorrad vorbei, sondern auch mit seiner Karriere.«

»Du bist also der Meinung, dass unser Chef den richtigen Zeitpunkt verpasst hat, oder verstehe ich dich falsch?«

»Ich bin der Meinung, dass Carat seinem besten Kumpel in den Rücken geschossen hat. Und das weiß er. Ich verbringe einen nicht unerheblichen Teil meines Lebens damit, mir Typen vorzuknöpfen, die kein ruhiges Gewissen haben. Ich kenne die Anzeichen dafür.«

11

Die Feigen aber und Ungläubigen und Frevler und Mörder und Unzüchtigen und Zauberer und Götzendiener und alle Lügner, deren Teil wird in dem Pfuhl sein, der mit Feuer und Schwefel brennt…

Die Bibel sagt mir, dass ich in der Zeit des Jammers lebe.

Nach dieser Zeit wird die Zeit der Jagd kommen.

Ich werde mich in ein anderes Leben einschleichen.

12 Der Stammkunde

Melun, das Montaigu-Viertel. Ein Wohnungsbrand in der dritten Etage eines großen Wohnblocks. Anstelle der Fenster waren nur noch schwarz verrußte Löcher zu sehen. Vor dem Gebäude stand ein Abfallcontainer, der mit Schutt und verbrannten Möbeln gefüllt war.

»Wenn das die Bude von dem Rumänen ist, dann haben wir das Nachsehen«, stellte Garut nüchtern fest.

Kehlmann wollte ihre Armbinde überstreifen, aber er hielt sie davon ab.

»Die Bullen stehen hier nicht gerade hoch im Kurs. Und wir wollen doch kein Empfangskomitee der besonderen Art auf den Plan rufen!«

Sie betrat den Eingangsbereich als Erste. Zwei junge Männer und ein Jugendlicher in einem T-Shirt, auf dem das Konterfei von Eminem sowie der Titel eines seiner Songs prangten, unterbrachen ihre Unterhaltung. *Not afraid* zählte zu den schönsten Liedern des weißen Rappers. Frankas Bruder liebte das dazugehörende Video und ließ es in einer Endlosschleife laufen, während er mit seinen Hanteln trainierte: Eminem als Superheld, der über die von einer Naturkatastrophe verwüstete Stadt New York fliegt.

»Bist du eine Touristin, meine Süße?«, fragte der Schwarze. »Ich kann dir mein Quartier zeigen.«

»Du wirkst ja genau wie mein Kumpel Souleymane«, spottete ein Rothaariger. »Er hat einen Steifen, seit er mit seiner kleinen Schwester *Pocahontas* im Kino gesehen hat.«

»Seht zu, dass ihr eure Steifen woanders bekommt«, konterte Garut. »Danke, das war's auch schon.«

»Alle Achtung. Wenn ich so eine hätte, würde ich sie auch nicht hergeben wollen.«

»Suchen Sie jemanden?«, wollte Souleymane wissen.

»Wir suchen alle und keinen«, erwiderte Kehlmann. »Wir verkaufen Versicherungen.«

»Da sind Sie aber zu spät dran. Zumindest, was den Brand angeht.«

Der Rumäne wohnte in der siebten Etage. Der Geruch, der im Treppenhaus hing, wurde ab der sechsten Etage eindeutig definierbar. Garut klingelte. Jemand beobachtete sie durch den Türspion.

»Polizei«, ließ der Kommissar verlauten, während er sich dicht an die Türfassung presste.

Drinnen waren hektische Geräusche in Vorbereitung auf die Konfrontation zu hören. Schließlich ging die Tür auf. Hinter der Sicherheitskette erschien das Gesicht eines Dreißigjährigen mit rasiertem Schädel und hellen Augen.

»Neculai Jianu?«

»Wer will das wissen?«

Ein ausgeprägter Akzent, dazu die typisch schwerfällige Stimme einer Person, die gekifft hat.

»Wach auf, mein Lieber. Wir sind nicht vom Fernsehen, es geht nicht um eine Reality-Show. Muss ich wirklich noch einmal wiederholen, dass wir Bullen sind?«

»Ich habe nichts getan.«

»Wir sind nicht von der Drogenfahndung. Wir wollen nur kurz mit dir reden.«

»Ich habe keine Ahnung, was Sie von mir wollen …«

»Lässt du uns jetzt rein, oder sollen wir deine Tür aufbrechen? Das geht ganz schnell.«

Jianu gehorchte. Trotz der geöffneten Fenster hing der Marihuana-Geruch noch deutlich wahrnehmbar in der Wohnung. Während Garut den Maurer befragte, sah sich Franka in den Räumen um. Pornohefte lagen unter dem Bett. Ein Tütchen auf dem Nachttisch enthielt Medikamente und ein Rezept.

Der Rumäne erklärte, dass er seit fast zehn Tagen eine Bronchitis hatte und das Bett hütete. Die Arbeitsunfähigkeitsbescheinigung sei offiziell und von einem im Viertel ansässigen Arzt unterzeichnet. Die Kommissarin nahm das Formular zur Hand und bestätigte seine Behauptungen mit einem Kopfnicken. Garut legte das Foto des Opfers auf den Tisch. Jianu riss die Augen auf.

»Was soll denn das sein?«

»Nun, uns interessiert im Augenblick nichts mehr als deine Einschätzung davon.«

»Ich weiß nicht, wer das ist.«

»Wir haben uns doch gerade erst kennengelernt, und schon enttäuschst du mich?«

»Ich schwöre es, ich kenne sie nicht. Ist sie tot?«

»Bingo. *Rue du Laos,* sagt dir das etwas?«

»Ich habe auf der Baustelle dort gearbeitet, aber sie ist gesperrt. Frey hat einen Prozess am Hals.«

»Wann warst du zum letzten Mal dort, Jianu?«

»Am Tag der Sperrung.«

»Sag mal, man erzählt, du würdest regelmäßig den Strich im Bois de Vincennes besuchen.«

Der Rumäne begann, sich den Nacken zu massieren.

»Das ist nicht verboten.«

»Nein, noch nicht. Aber du bist ein Stammkunde. Sie machen dir einen guten Preis, oder etwa nicht?«

»He, Augenblick mal! Was die Tote angeht, so habe ich nichts damit zu tun. Zugegeben, ich gehe zu Huren, und ich rauche Dope. Aber zu meinen Freizeitbeschäftigungen gehört es nicht, jemanden umzubringen.«

Der Rumäne mochte noch so bekifft und kränklich sein, er spielte nicht länger den Dummen. Franka unterdrückte ein Lächeln.

Garut ließ sich mit einem behaglichen Grinsen aufs Sofa sinken.

»Ich fühle mich wohl bei dir, Jianu. Es ist wirklich gemütlich. Ich werde mich hier einnisten. Es sei denn …«

»Es sei denn was?«

»Es sei denn, du sagst mir, was ich wissen will, das ist doch klar! Unter deinen Kumpeln auf dem Bau gibt es einen Typen, der wie ein Schlächter daherkommt.«

»Sie halten mich wohl für einen Denunzianten!?«

»Eher für einen Schlaukopf, der es vermeiden will, zwei ganze Tage auf der Wache zu verbringen. Ohne Hure und ohne Dope.«

»Ich bin kein Triebtäter, Scheiße noch mal! Sie können es vielleicht nicht glauben, aber ich denke nicht nur ans Bumsen!«

»Schreibst du vielleicht außerdem auch Gedichte? Na gut, kommen wir zu einem anderen Thema. Hast du eine Arbeitserlaubnis?«

Das Gesicht des Rumänen verzerrte sich. Franka beobachtete ihren Kollegen. Das Ganze amüsierte ihn nicht sonderlich. Er machte seine Arbeit. Und das ziemlich gut.

»Teddy Brunet.«

»Macht was?«

»Er ist Fahrer. Für Clavel und Frey. Er spricht seltsam über Frauen.«

»Aha. Mit dir?«

»Mit anderen, aber man hört ihn, weil er so laut spricht. Was mich angeht, mir reicht es nicht, darüber zu sprechen, aber ich mache auch niemandem einen Vorwurf. Mit manchen der Mädchen bin ich sogar befreundet. Bei Brunet ist das anders. Er hat den Kopf voll mit wirrem Zeug.«

»Voll mit was?«

»Mit Wut.«

»Wo hat er seine Bleibe?«

»Bei Montmartre, aber ich weiß nicht, wo genau.«

Als sie wieder ins Erdgeschoss hinunterstiegen, waren die drei Burschen immer noch da.

»Schon wieder zurück? Hat Ihnen unser Fünf-Sterne-Haus nicht gefallen?«, spottete Souleymane.

»Kümmere dich um dein Quartier, dann sieht es vielleicht etwas weniger wie ein Mülleimer aus.«

»Das sagt sich so leicht. Hat dir noch nie jemand gesagt, dass du etwas zu selbstherrlich bist, Herr Versicherungsvertreter?«

»Wenn du mich anquatschst, antworte ich dir eben.«

»He, Fräulein, ist Ihr Kollege immer so genervt?«

Beide stiegen ins Auto. Franka setzte sich ans Steuer und begann, vor sich hin zu summen.

»I'm not afraid/To take a stand/Everybody/Come take my hand…«

»Das klingt gut. Was ist das?«

»Ein Song von Eminem.«

»Gefällt mir.«

»Mir auch.«

»Na, wir waren nicht umsonst unterwegs, Kollegin. Und jetzt auf in Richtung Montmartre.«

Ein paar Kilometer fuhren sie schweigend, dann stellte Franka die Frage, die sie bereits die ganze Zeit umtrieb.

»Der Chef fährt kein Auto. Warum nicht?«

»Er ist am Steuer eingeschlafen. Das ist jetzt ungefähr zwei Jahre her.«

»Die Narben seiner Frau, stammen die von dieser Sache?«

»Ja, sie wäre beinahe gestorben. Ich glaube, dass der Chef sich das nicht verzeihen kann.«

An dieser Information hatte sie zu schlucken. Es gab ihr zu denken. Carat wirkte wie ein Fels in der Brandung. Er zählte zu dem Menschenschlag, der so wenig Fehler wie möglich machte, vor allem, wenn das Leben von anderen auf dem Spiel stand. Trotz der Behauptungen von Bergerin hatte er Colin Mansour, seinen besten Freund, ja nur deshalb von der Gruppe entfernt, um diese zu schützen.

Garut rief im Polizeipräsidium am Quai des Orfèvres an, um die Adresse von Teddy Brunet ausfindig machen zu lassen. Draußen wichen die Betonklötze allmählich Feldern, die in einem fahlen Licht dalagen. Dann fuhren sie durch ein Gemüseanbaugebiet, und Franka entdeckte mehrere qualmende Feuer auf den Äckern. Ein Geruch von verbranntem Grünzeug breitete sich im Wagen aus und rief eine Erinnerung an ihre Mutter wach, die sang und sich dazu selbst auf der Gitarre begleitete. Das Knistern eines Feuers hinter ihr übertönte das Zirpen der Grillen.

Die Lebensfreude des Johannisfestes. Die lodernden Feuer auf den Hügeln im Elsass …

Ihre Mutter hatte erzählt, dass die Hexen die Sommersonnenwende mit wilden Tänzen feierten und man ihre grünen Hüte bisweilen entdecken konnte, wenn man gut aufpasste. Die Hexen konnten einen vor Feinden und auch vor dem Winter schützen.

Nach diesem wunderschönen Tag und Abend war die Familie Kehlmann in die Stadt zurückgekehrt. In der stickigen Wohnung war es schnell vorbei mit dem Frieden. Der Schakal schrie herum, und Ève warf ihm vor, dass er getrunken hatte. Joey flüchtete sich in sein Zimmer und presste seinen Plüschdinosaurier an sich: *Wir wünschen uns von den Hexen einfach, dass sie Papa mitnehmen. Und dafür schenke ich ihnen dann meinen Moko.*

Das Klingeln eines Handys vertrieb die Gedanken an die Vergangenheit. Während Garut seinem Gesprächspartner lauschte, begann er breit zu lächeln.

»Brunet wohnt tatsächlich im Montmartre-Viertel.«

»Wo genau?«

»In der *Rue Muller*. Ganz nah bei Sacré-Cœur.«

Das Viertel war von Touristen überlaufen. Einträchtig stiegen sie die Treppe zur Drahtseilbahn hinauf. Garut kam ein wenig ins Keuchen, betrachtete es aber als Ehrensache, mit Kehlmann Schritt zu halten.

Die Wohnung befand sich in der obersten Etage eines schäbigen Wohnhauses. Als sich auf ihr Klingeln hin nichts rührte, rief sie Clavel an.

»Ist Teddy Brunet heute auf einer Ihrer Baustellen?«

»Warum?«

»Beantworten Sie bitte meine Frage.«

»Er hat sich nichts vorzuwerfen.«

»Das lassen Sie mal unsere Sorge sein.«

»Hören Sie …«

»Herr Clavel, Sie haben behauptet, dass Sie keine Schwarzarbeiter beschäftigen, und Sie haben es sorgfältig vermieden, uns von Brunet und seinen Problemen zu erzählen. Das ist nicht gut für Sie. Deshalb frage ich Sie jetzt, ob Sie Lust darauf haben, dass wir vor Ort auftauchen und die Baustelle dichtmachen?«

Sie hörte ihn seufzen. Er gab zu, dass der Fahrer seit einer Woche spurlos verschwunden war.

»Er ist depressiv, aber das heißt doch nicht, dass er ein Irrer ist. Er hat noch nie jemandem etwas getan.«

Er nannte ihr eine Telefonnummer. Sie rief an, hörte, wie sich am anderen Ende ein Anrufbeantworter einschaltete, und legte wieder auf. Ein Rentner aus der Nachbarwohnung erklärte ihnen, dass Brunet gern trank und ziemlich oft in

Rangeleien geriet. Auch er hatte ihn bereits seit mehreren Tagen nicht gesehen und riet ihnen, in den Bistros im Viertel nachzufragen.

13 Der Vulkan

Kriminalhauptkommissar Carat hörte seine Mailbox ab. Sein Mitarbeiter Garut Hervé teilte mit, dass er einem Fahrer auf der Spur war. Auch der Gerichtsmediziner hatte etwas Neues zu vermelden. »*Hallo, mein Bester. Du hast es ja wieder einmal eilig, also habe ich mit den vorhandenen Mitteln etwas zusammengeschustert. Intuition und Mikroskop. Die Salbe, von der ich gesprochen habe, ist Biafin. Das ist eine gängige Creme bei Verbrennungen. Jetzt bist du am Zug, und grüß deine reizende Mitarbeiterin von mir.*«

Folter und Fürsorge. Immer wieder der gleiche Widerspruch.

Der Regen hatte glitzernde Perlen auf seinem Anzug hinterlassen; Carat wischte sich Gesicht und Hände mit einem Papiertaschentuch trocken und zeigte der Dame am Empfang seinen Ausweis. Als er vor dem Aufzug stand, sah er, wie sie telefonierte. In der dritten Etage nahm ihn ein Krankenpfleger in Empfang, mit dem er unverzüglich in einen hitzigen Wortwechsel geriet. Dann tauchte Colin auf, der deutlich schmaler geworden war.

»Schon gut, Gabriel. Wir kennen uns, er und ich.«

»Gut. Ruf mich, wenn es Probleme gibt, mein Freund.«

Genau so hatte Mansour immer auf seine Umgebung gewirkt. Die Leute mochten ihn. Das war aber zugleich auch der Anfang seiner Probleme gewesen: seine Angewohnheit, das Leben mit einem bunt gemischten Völkchen zu genießen. Die alkoholreichen Nächte am Spieltisch häuften sich. Carat erinnerte sich an seine vertraulichen Geständnisse zwischen zwei Entziehungskuren. *Wie soll ich diese perfekten Augenbli-*

cke vergessen? Ein Glas in der Hand, ein leidenschaftliches Pokerspiel dazu, da verschwinden alle Grenzen im Leben. In einer Nacht bist du ein Bettler, in der nächsten Millionär. Du stehst ständig unter Strom. Du fühlst dich lebendig.

»Du siehst gut aus, Bastien.«

Colin lachte ihn mit seinen grünblauen Augen an. Es hatte immer gutgetan, in dieses Gesicht zu blicken. Carat hatte Schuldgefühle. Gleichzeitig vergaß er nicht, dass Colin zu einem gewissen Zeitpunkt für vernünftige Ratschläge nicht mehr zugänglich gewesen war. Ein unangebrachter Stolz hatte ihn daran gehindert.

»Ich habe dir CDs mitgebracht. Neil Young, Aretha Franklin, Sinatra …«

»Alte Schätzchen zu Ehren einer alten Freundschaft.«

»Zeitlose Schätzchen zu Ehren von was auch immer du willst. Geht es dir gut?«

»Das Pflegepersonal behauptet es zumindest.«

»Und du, was meinst du?«

»Meine Leber ist erleichtert, aber meinem Kopf stinkt es ein bisschen.«

… China hat ein kräftiges Wirtschaftswachstum verkündet und damit seine neue Stellung als zweite Weltwirtschaftsmacht gefestigt, aber die Inflation drückt … ertönte es aus dem Fernsehgerät.

»Entschuldige bitte, aber ich konnte nicht früher kommen; im Augenblick nimmt uns ein ziemlicher Dreckskerl in Beschlag, der mitten in Paris seine ganz persönliche Horror-Oper inszeniert.«

»Ich möchte nicht defätistisch erscheinen, aber solche Typen macht man nicht in fünf Minuten dingfest. Es hat sieben Jahre gedauert, bis wir Guy Georges gefasst haben.«

»Damals gab es noch keine Datenbank, in der genetische Fingerabdrücke gespeichert sind.«

»Hat dein Mörder DNA-Spuren hinterlassen?«

»Wir warten noch auf die Ergebnisse. Aber es würde mich wundern.«

»Stimmt es, dass mich ein junges Mädchen ersetzt? Mit einem deutschen Namen noch dazu. Das kann ich überhaupt nicht begreifen.«

Colin lächelte, allerdings wenig überzeugend.

»Wir haben eine neue Polizeidirektorin bekommen.«

»Das weiß ich.«

»Kehlmann ist in ihrem Gefolge aufgetaucht. Sie leistet gute Arbeit.«

»Nützt sie dir mit ihren Verbindungen, dein Wunderkind? Ach was, ich spinne nur etwas herum. Mit dreiundzwanzig Jahren hat man sich wohl kaum ein Netz von vertrauenswürdigen Informanten erarbeitet, oder?«

Die Isolierung hier hinderte ihn offenbar nicht daran, an Informationen zu gelangen.

»Deine Spitzel und du, ihr hattet echte Beziehungen zueinander, das weiß ich sehr wohl, Colin.«

Immer wieder hatte Camille Mansour beklagt, dass ihr Mann mehr Zeit mit Zuhältern und Typen wie in der Serie »Les beaux mecs« verbrachte als mit seiner Familie; er hatte alles darangesetzt, auch auf privater Ebene mit ihnen vertraut zu werden.

»Ein paar von ihnen haben mich hier besucht. Da ist es schwer, keine Vergleiche anzustellen.«

»Mit mir?«

»Klar, denn du hast mich schließlich fallen lassen. Du hast dich wie ein Mistkerl verhalten.«

Die Schwester Colins lag richtig mit ihrer Einschätzung. *Ein Vulkan, der unter der Oberfläche brodelt.*

»Du musstest endlich akzeptieren, dass du ärztliche Hilfe benötigst, ich hatte überhaupt keinen Einfluss mehr auf dich.«

»Santini ist bekloppt, dass sie dir den Job zugeschoben hat.«

»Beruhige dich bitte.«

»Du kannst dir gar nicht vorstellen, wie ruhig ich bin. Es ist ganz klar und sauber in mir drin. Glasklar. Ich hätte den Sprung in mir doch sehen müssen, Bastien. Man hält sich für einen eifrigen Bullen und ist nur ein blödsinniger Junkie. Heute, da weiß ich um diese beiden Seiten. Aber dafür bin ich ein gebrochener Mann. Das ist der Preis fürs Überleben. Verlieren heißt auch etwas loslassen, wie du weißt.«

»Nein, das weiß ich nicht.«

Colin griff nach einer unter seiner Matratze versteckten Schachtel Zigaretten. Seine Hände zitterten.

»Du wirst niemals das haben, was ich habe, weil du einfach keinen Mumm hast, mein Lieber.«

Draußen peitschte stürmischer Regen auf die Bäume ein. Mansour fing die Asche seiner Zigarette auf dem Handteller auf.

»Mumm wozu?«, fragte Carat seufzend.

»Auf die andere Seite zu wechseln. Das ist der Preis, den man zahlt, um vom Baum der Erkenntnis kosten zu können.«

»Wovon sprichst du denn jetzt?«

»Früher hast du mich immer sofort verstanden. Der Alkohol frisst zwar das Erinnerungsvermögen auf, aber meines ist noch intakt. O Wunder! Ich habe heute noch im Ohr, wie wir uns erzählten, warum wir Bullen geworden sind.«

»Meine Güte, du wirst mir jetzt nicht mit den guten alten Zeiten kommen wollen. Wir sind schließlich noch keine Tattergreise ...«

»In der Schule hast du es kaum ausgehalten. Einem Lehrer stundenlang zuzuhören, fandest du zum Kotzen. Deine Mutter hat nicht lockergelassen, bis du das Abitur in der Tasche hattest. Du hast beschlossen, Bulle zu werden, um einen aufregenden Beruf zu haben, in dem man wirklich etwas tut und zu Ergebnissen kommt. Dein erster Ausbilder hat dir gesagt, dass du ein echtes Talent bist. Daraus hast du abgeleitet, dass du Heldentaten vollbringen würdest. Endlich hast du dich nützlich gefühlt. Erinnerst du dich noch daran?«

»Klar erinnere ich mich noch daran, aber ich sehe nicht ...«

»Wir liefen um die Wette. Wer die spannendere Position bekommt. Als ich mein Abzeichen als Oberkommissar erhielt, standen dir die Tränen in den Augen. Wir haben so richtig einen draufgemacht. Du branntest innerlich. Aber es gab bei uns beiden … ein Bedürfnis … zu teilen. Kannst du mir folgen?«

»Hör mal …«

»Letztlich sind mir aber unsere Erinnerungen auch gleichgültig. Es ist wichtiger, sich an das erste Mädchen zu erinnern, mit dem man geschlafen hat. Oder an den ersten Joint, den man geraucht hat. Du bist ein Scheinheiliger. Einfach nur ein Typ, der Action braucht, weil er die Leere in seinem Leben füllen muss.«

»Ich hätte dich früher hier im Krankenhaus besuchen sollen. Dafür möchte ich mich entschuldigen, Colin. Einverstanden?«

»Ich dachte, es sei lustig, dich hinauszuwerfen. Aber nein.«

»Hör auf, du willst …«

»Verschwinde. Und komm nicht mehr hierher.«

Der Gebrochene schwelgte in seiner Rache. Carat verließ das Zimmer. Neben der Tür lehnte der Pfleger, der die Show offenbar genossen hatte. Der Kommissar unterdrückte das Bedürfnis, dessen Grinsen mit einem Faustschlag zu zerstören.

Als er draußen die Straße entlangging, hatte er ein ungutes Gefühl.

Angst. Als wolle das Nichts wieder nach ihm greifen. Wie beim letzten Mal.

Er lehnte sich an eine Mauer, klammerte sich gedanklich an ihr fest, atmete so tief und langsam ein, wie er nur konnte.

Das Unwohlsein verflog. Er rief bei einem Taxiunternehmen an.

Boulevard Raspail, die naturwissenschaftliche Fakultät und etwa einhundert Meter weiter das Haus mit den beiden erleuchteten Fenstern. Es waren die Fenster des Wohnzimmers, in dem das blaue Gemälde hing, das Joey sehr mochte, ein abstraktes Werk, quadratisch und beruhigend.

Santini, 4. Etage, rechts. Sie klingelte und nannte ihren Namen vor der Sprechanlage.

Die Polizeidirektorin öffnete ihr.

…Man hat Europa stets als einen Giganten betrachtet, der nach dem Zweiten Weltkrieg aus unseren gemeinsamen Anstrengungen und aus einem unerschütterlichen politischen Willen hervorging. Aber nun hat sich der Gigant in einen Satz von Dominosteinen verwandelt. Griechenland ist die erste Volkswirtschaft, die zusammenbricht. Dann folgt möglicherweise Spanien und so weiter. Warum sollte Frankreich Ihrer Meinung nach diesem Phänomen entgehen können? Ja, man darf die Lebensfähigkeit der Eurozone in Zweifel ziehen…

Ein Tablett mit einer vollständigen Mahlzeit stand dem Bildschirm gegenüber: Christine aß allein zu Abend. Denis hatte vermutlich ein Geschäftsessen.

»Es wird mir ganz warm ums Herz, wenn ich dich sehe, Franka. Wie in den guten alten Zeiten.«

Sie verstand es meisterhaft, das Gefühl einer Komplizenschaft zu wecken. Schon zu Zeiten, als ihre Mutter noch lebte. Ève Kehlmann und Christine Santini standen sich so nahe wie zwei Schwestern. Sie zog Franka ins Wohnzimmer, drückte ihr ein Glas Rotwein in die Hand und stellte den Ton des Fernsehers leise.

»Du wirkst erschöpft.«

Die Kriminalbeamtin fasste ihren Tag mit Garut zusammen.

»Habt ihr diesen Teddy Brunet ausfindig gemacht?«

»Wir haben in sämtlichen Bistros des Viertels nach ihm gefragt. Nichts. Aber wir werden ihn schon kriegen. Marc wird morgen die Führung übernehmen.«

»Gut, aber was ist eigentlich im Team von Carat los? Da herrscht ein ganz schönes Durcheinander, nicht wahr?«

»Nein, das finde ich nicht.«

»Du bist zu nachsichtig mit Marc Bergerin. Dieser Jungspund glaubt, dass er sich alles herausnehmen kann. Ich würde ihn am liebsten feuern.«

Franka verfluchte sich dafür, den Wikinger erwähnt zu haben. Nun versuchte sie, ihn zu verteidigen. Es war jetzt nicht der Zeitpunkt, das Team auseinanderzureißen. Carat wusste, was er tat. Trotz oder gerade wegen seines Widerspruchsgeistes war Bergerin ein guter Polizist.

»Er kann ja nicht gerade besonders motiviert sein, wenn er noch Zeit hat, dich zu bezirzen und mich obendrein, damit ich meine Beziehungen spielen lasse und ihn bei der Steuerfahndung unterbringe.«

»Immerhin weiß er, wo es langgeht.«

»Mein Nachfolger ist viel zu beschäftigt damit, sein neues Hoheitsgebiet abzustecken, als dass er irgendeinen Vorschlag von mir akzeptieren würde. Noch dazu einen Gewerkschaftler, der davon träumt, der Finanzwelt auf die Nerven zu gehen. In einer solchen Stellung ist Diplomatie und Zurückhaltung angesagt. Mit anderen Worten, Bergerin ist genau da, wo er hingehört, aber du ...«

»Was, ich?«

»Ich verstehe nicht, was du immer noch bei der Kripo machst.«

»Meine Arbeit.«

»Ich habe dir schon von dem Angebot in der Ermittlungszentrale für Wirtschaftsdelikte erzählt. Ein Traumjob. Bei deinen Fähigkeiten wirst du schnell befördert. Du bist für analytisches Arbeiten geboren.«

»Ich habe genug von Analysen ...«

»Du vergeudest deine Zeit, wenn du dir mit Leuten wie

Garut die Hacken abläufst oder die Punkte im testosterongesteuerten Wettstreit zwischen Bergerin und Carat zählst. Die Kripo zehrt dich aus, sie ist eine gefährliche Welt. Traurigkeit und Tod sind dein tägliches Brot.«

»Aber auch Gerechtigkeit, oder etwa nicht?«

»Franka, du bist dafür gemacht, deinen Kopf einzusetzen. Und zu führen. Dir steht eine außergewöhnliche Karriere offen, aber die Konkurrenz ist hart. Je früher du dich entscheidest, desto besser sind deine Chancen. Komm wieder zu dir.«

Die Sorge stand ihr ins Gesicht geschrieben.

»Ich bin keine zwölf mehr.«

Die Polizeidirektorin stellte ihr Glas auf dem Tablett ab und zündete sich eine Zigarette an. Ihre Hände zitterten nicht. Ihre Hände hatten noch nie gezittert. Und ihre Stimme ebenso wenig.

»Ich erinnere dich daran, dass du damals, als du zwölf warst, nicht besonders glücklich warst…«

»Das habe ich nicht vergessen. Aber ich frage mich, ob unsere Beziehung sich seither weiterentwickelt hat.«

Lächelnd schenkte Santini sich Wein nach.

»Am Ende wirst du noch süchtig nach der Kripo, meine Liebe. Da ich dich aber noch nie süchtig erlebt habe, frage ich mich, was das zu bedeuten hat. Sag mir nicht, dass ich falschliege. Du kritisierst ja schließlich auch Joey. Und wirfst ihm seine Abhängigkeit vom Internet vor.«

»Das ist etwas ganz anderes.«

»Sagst du.«

»Ich habe mich immer bei meiner Arbeit eingebracht, wo ist also das Problem?«

Santini hob die Hände, als wolle sie klein beigeben.

»Versuch nicht, mir irgendetwas weiszumachen. Okay, okay, alles ist in Ordnung. Ich werde den Fall der Carat-Truppe nicht entziehen. Zumindest nicht, solang dein verehrter Chef die Zügel in der Hand behält. Einverstanden?«

»Einverstanden. Ich danke dir.«

»Bleib noch ein wenig, mein Liebes. Lass uns gemütlich auf dem Sofa abhängen wie früher.«

... Es sind die jungen Menschen, die es am stärksten trifft. Künftig dient das Revolvingkonto nicht mehr zur Finanzierung eines Kühlschranks oder eines Autos, sondern einfach dazu, Lebensmittel zu kaufen. Damit ist man in die Schuldenspirale hineingeraten. Sie verschulden sich, bevor sie überhaupt damit begonnen haben zu arbeiten ...

... Ich bin ganz Ihrer Meinung. Aber es geht um weitaus mehr Menschen als nur um die junge Generation. Ein Großteil der Bevölkerung wird in Not geraten. Ist schon in Not geraten. Bald werden die mittleren Einkommensklassen verschwinden. Es wird nur noch die Reichen und die Armen geben – wie im Mittelalter ...

Franka ging zügig durch die Straßen. Der Nieselregen erfrischte sie.

»Tante Christine« hatte sie nie im Stich gelassen. Sie hielt ihnen eine seltene Treue, aber nichts war umsonst. Mit ihrem Bedürfnis, alles zu kontrollieren, brachte Christine sie in Rage. Es war zwecklos, daran etwas ändern zu wollen.

Das Tonsignal einer SMS erklang. »*Was treibst du!?*« Sie tippte: »*War bei Christine*«, und ging weiter. Die Dunkelheit beruhigte sie, und Angst vor der Nacht hatte sie noch nie verspürt.

Zu Zeiten der großen menschenfressenden Tiere hatte sich die Angst vor der Dunkelheit in die DNA des Menschen eingegraben. Hinter baumhohem Farn verborgen, lauerten Tiger oder riesige Hyänen, um den Menschen mit ein paar Bissen zu verschlingen. Die Stadtbeleuchtung hatte die Finsternis der Urgeschichte beseitigt, die Angst aber gab es immer noch. Sie war die Triebkraft, die die Evolution vorangebracht hatte, um den nächtlichen Räubern zu entgehen. Möglicherweise war es ein unglückseliger Umstand, dass gerade eine Polizistin sie nicht verspürte.

Sie stellte sich vor, was ihre Mutter ihr gesagt hätte. Das ist so, seit du auf ihn geschossen hast. Deine Angst ist verschwunden wie eine zu schwere Rüstung. Das ist gefährlich, Franka.

Sie erreichte den Eingang der Baustelle in der *Rue du Laos* in nicht einmal dreißig Minuten. Dort blieb sie stehen und versetzte sich an die Stelle des Opfers, das hier über einen Hof voller Gerümpel und dann eine Treppe hinuntergeschleift worden war, in einen wahren Abgrund.

Unsichtbar und geduldig hatte der Mörder die Gewohnheiten des Opfers ausgespäht, ohne dass er jemandem aufgefallen wäre. Wohnte er hier im Viertel? Hatte er eine Familie, Freunde, Kollegen? Er verstand es, in der Menge unterzutauchen, und ebenso verstand er es, allein vor einem leeren Gebäude zu warten. Geduld, Beobachtung, Hartnäckigkeit. Und wenn er dann beschloss zuzuschlagen, geschah das rasch und gewaltsam. Blitzschnell und blutig.

Er hieß nicht Neculai Jianu.

Vielleicht hieß er Teddy Brunet. Oder auch nicht. Wer schlecht über Frauen sprach oder zu viel trank, war deshalb noch lang kein Mörder. Letztlich war der Schakal ein Irrer vom gleichen Schlag. Ein Dreckskerl, aber kein Mörder. Immer mit der Ruhe. Es war dumm, die Tatsachen den eigenen Wunschvorstellungen anpassen zu wollen.

Wieder klingelte ihr Handy. Ihr Bruder machte sich Sorgen. Sie erklärte ihm, wo sie war und warum.

»Deine Geschichte klingt nach Orpheus, Franka.«

»Ach ja?«

»Eine Frau am unteren Ende einer Treppe. Aber es gibt keinen Musikanten, der sie der Umarmung des Todes entreißt. Nur dich vielleicht.«

»Ja, mich.«

»Du, du willst immer alles verstehen.«

»Genau.«

Sie hörte im Hintergrund den Song *Une seule reine, Eine einzige Königin*, das Lied ihrer Mutter, das er so gern mochte.

Ève hatte es im Jahr 1977 geschrieben. Da war sie zwanzig Jahre alt gewesen. Das war vor ihnen. Vor dem Schakal.

»Kommst du bald nach Hause?«

»Ich bin unterwegs, Joey.«

Sie beendete das Gespräch, schlug den Kragen ihrer Jacke hoch und begann vor sich hin zu summen, während sie in Richtung der nächsten Métrostation ging.

»Deine hellen Augen tanzen in meinen Adern/Tausend Ritter und eine einzige Königin/Das bin ich für dich/Ach, ich glaube dir nicht …«

Sie ging den *Boulevard de Clichy* hinauf, als er aus der Privatstraße *Cité des Fleurs* auftauchte.

»Franka …«

»Halt den Mund. Geh dahin, wo du herkommst.«

»Ich wollte nur, dass du weißt, wie sehr ich mich für dich freue. Du hast die Stelle, die du verdienst …«

»Ich weiß, was du im Sinn hast. Lass uns in Ruhe.«

»Ich habe mich geändert, Franka …«

»Erinnere dich bitte daran, dass es mir beinahe gelungen war, dich außer Gefecht zu setzen. Beim nächsten Mal werde ich dich nicht verfehlen.«

Sie eilte weiter und drehte sich erst in der *Rue des Moines* um. Der Schakal war ihr nicht gefolgt.

Als sie die Wohnung betrat, lümmelte Joey vor dem Fernseher und war ganz auf sein Videospiel konzentriert. Sie fand das Telefon auf der Arbeitsfläche in der Küche und rief die Gesprächsprotokolle auf. Der Schakal hatte mindestens drei Mal in der Woche angerufen. Sie schaltete das Fernsehgerät aus.

Joey griff nach seiner Leica und begann, sie zu fotografieren.

»Du siehst genauso umwerfend aus wie die Göttin des Gemetzels, liebe Schwester.«

»Hast du ihm meine Nummer gegeben? Und unsere Adresse?«

»Zugegeben, ich war's. Ich werde doch keinen Bullen anlügen.«

»Wie oft habe ich dir gesagt, dass du dich von diesem Typ fernhalten sollst?«

»Dieser *Typ* ist immerhin unser Vater.«

»Er ist ein Arschloch.«

»Bisher habe ich geglaubt, dass er ein Schakal ist. Das fand ich besser.«

»Leg deinen Apparat weg, oder ich schmeiß ihn aus dem Fenster.«

Er gehorchte.

»Du hast etwas von einer Löwin in dir, Franka. Vielleicht, weil du dein Zuhause gegen den Schakal verteidigen willst, und vielleicht auch, weil dein Wechsel zur Kripo deine wahre Natur zum Vorschein gebracht hat. Aber ich bin kein Kind mehr. Du brauchst mich nicht mehr zu beschützen.«

»Wenn du ihn noch ein Mal anrufst, kannst du gehen. Verstanden, Joey?«

Er griff nach der Fernbedienung und schaltete das Fernsehgerät wieder ein.

»Du kommst immer später nach Hause. Ist es so schwierig, deinen neuen Chef zu verlassen? Nebenbei bemerkt, und das verstehe ich natürlich, hat er eine weitaus interessantere Visage als Christine. Und die Kripo ist besser als deine kalten Zahlenkolonnen.«

Er warf ihr ein entwaffnendes Lächeln zu und setzte seine Kopfhörer wieder auf.

»Gute Nacht, Schwesterherz.«

Sie nahm eine sehr heiße Dusche und ging ins Bett. Sie hörte, wie ihr Bruder ebenfalls duschte und dann seine Tür zuschlug. Das Lied von Ève ging ihr nicht aus dem Kopf.

Tausend Ritter und eine einzige Königin ... Tausend Ritter und eine einzige Königin ...

Das Album hätte ein Erfolg werden können. Die schlichte und kraftvolle Partitur passte wunderbar zu der melancholischen Stimme. Eine künstlerische Meinungsverschiedenheit mit einem Produzenten hatte verhindert, dass es tatsächlich auf den Markt kam. Christine hatte die Tonbänder an sich genommen und sie Joey an seinem achtzehnten Geburtstag anvertraut. Er betonte immer wieder, dass diese ebenso zeitlosen wie großartigen Lieder neu arrangiert Erfolg haben könnten. Das stimmte vermutlich. Aber sie hatten weder das notwendige Geld noch die Verbindungen.

Ein Fensterladen klapperte im Wind. *Tausend Ritter und eine einzige Königin* ... Verflixt, am Ende ging das die ganze Nacht so weiter! Der Musik in ihrem Kopf konnte sie nur mit anderer Musik beikommen.

Sie verließ ihr Zimmer. Unter der Zimmertür ihres Bruders war noch Licht zu erkennen, und sie sah ihn vor sich, wie er auf seinen Computer einhackte. Leise schlich sie sich aus der Wohnung, ging die Treppe hinunter, erreichte das Untergeschoss und trat in das ausladende, fensterlose Kellergewölbe. Einer ihrer Freunde hatte es schallisoliert. Er hatte ganze Arbeit geleistet. Dieser Raum war ein Refugium, ein Ort, an dem absoluter Frieden herrschte.

Sie schloss die alte Gibson ihrer Mutter an den Verstärker an, stimmte die Saiten und überlegte, was sie spielen sollte. Frank Zappa, diesen herausragenden, heiteren Komponisten, den Ève so sehr bewunderte.

Shut Up 'n Play Ycr Guitar.

Ein sehr sperriges Stück, ideal für schlaflose Nächte. Sie schloss die Augen, griff den ersten Akkord. Diese Gitarre war die beste Gitarre der Welt. Sie spielte beinahe von allein.

15 Jahrestag

Donnerstag, 28. März

Victor Frey parkte in einiger Entfernung vor der polnischen Kirche. Er brauchte ein paar Schritte an der frischen Luft; der Traum der vergangenen Nacht quälte ihn immer noch. Ein verlassener Bahnhof. Magda, die das Kleid trug, das sie auch am Tag ihrer ersten Begegnung getragen hatte. *Ich muss fort, Victor. Wirklich. Du weißt das.* Sie war in den Zug gestiegen. Die Türen waren zugefallen. Mit einem Schlag hatte sich das Innere des Wagens glutrot gefärbt. Durch die Scheibe sah er ihren von lodernden Flammen erfassten Körper. Sie schien nicht zu leiden, ihre Lippen formten ein »Adieu«, und sie winkte dazu. Der rot glühende Zug war zu dem Ort zurückgefahren, von dem er gekommen war.

Sieben Uhr morgens. Zu früh für ein Glas. *Nein, was soll's.*

In einem Café bestellte er ein Glas Wodka und versuchte, seine Gedanken auf friedliche Erinnerungen zu konzentrieren. Ihre Begegnung. Das Konzert. Ihre reine und helle Stimme. Die Sommernächte. Berlioz. *Wenn im Lenz milde Lüfte wehen / Wenn es grün wird im Wald* … Vielleicht war es das, was sie ihm im Traum hatte sagen wollen. *Erinnere dich an die schönen Augenblicke, Victor, hör auf, dich zu quälen. Kehr in dein Leben zurück und lebe, mein Liebster.*

Er musterte sich einen Augenblick im Spiegel hinter dem Tresen. *Lass, o Lieb, Arm in Arm uns gehen/Duft'ge Maiblumen pflücken wir* … Es war ihre Stimme, in die er sich als Erstes verliebt hatte. Weil er zu spät zu dem bei Louis Bagneux veranstalteten Konzert gekommen war. Als er schließlich ihr Gesicht sah, hatte ihm der Atem gestockt. Sein Hals war wie zugeschnürt gewesen vor qualvoller Angst. Sofort war ihm klar, dass sein Leben keinerlei Sinn mehr hätte, wenn er nicht die Liebe dieser jungen Frau gewinnen würde.

Er verließ das Café und ging die Avenue hinauf.

Ich muss gehen, Victor.

Er betrat die Kirche. Die Gedenkmesse hatte bereits begonnen. Der Exehemann, die Mutter und Mathieu, Magdas Sohn, saßen in der ersten Reihe. Frey fand einen Platz ganz in der Nähe von ihnen. Als das Kind ihn entdeckte, schenkte es ihm ein freudiges Lächeln.

Frey sah zu den kunstvoll gearbeiteten Säulen empor. Magda war manchmal in diese Kirche gekommen, um innere Einkehr zu halten. Sie schätzte ihre Architektur sehr, die Schönheit der Flachreliefs, die die einzelnen Stationen des Kreuzwegs wiedergaben.

Sie hatte ihn gefragt, ob er gläubig sei. Er hatte nicht gewagt, ihr zu sagen, dass die einzige Seite am Katholizismus, die ihn interessierte, dessen gewalttätige Bilderwelt war. Das Blut, die Dornen, die Schreie, die Tränen, der Speichel, die Lanze und der Essig. Maria und Maria Magdalena in der Liebe und im Leid. Der zerstörte Körper, die Leidenschaft und die Ekstase.

Die Wiederauferstehung.

Ein Vibrieren setzte ein, dann erklang die Orgel. Bach. Mathematische Genauigkeit, kraftvolle Leichtigkeit, eine Wahl, die Magdas Zustimmung gefunden hätte.

Die Messe begann. Frey betete mit den Anwesenden, weil die schöne Freundin es so gewollt hätte. Sie glaubte an die Beschwörungsformeln, sie glaubte an die Verzeihung. Er meinte, ihr Murmeln zu vernehmen.

Du hast das Schlimmste für mich getan, Victor. Jetzt wünsche ich mir, dass du wieder Frieden findest…

Ein mit einigen Sträuchern bepflanzter Hof. Ein großes verwittertes Holzschild über der Glaswand eines zu Wohn- und Büroräumen umgebauten Ateliers. Ein Kupferschild: *Lorraine Dewaere, Hebamme.*

Während Bergerin auf die Klingel drückte, bemerkte Carat, dass das Schloss aufgebrochen worden war. Es sah ganz so aus, als hätte eine Schar Hunnen die Regale umgeworfen, den Computer zerlegt, einen Berg von Frauenkleidern in Stücke gerissen und die Bar geplündert. Diese Kriegserklärung ging einher mit einem widerlichen Gestank. Nur das Besprechungszimmer war einigermaßen verschont geblieben.

Der Gestank führte ihn zum Badezimmer. Die Wände waren mit braunen Streifen beschmiert. Jemand hatte dort eine skatologische Botschaft hinterlassen. SCHLAMPE!

Der Medikamentenschrank war aus der Wand gerissen und sein Inhalt in die Badewanne gekippt worden. Carat entdeckte eine Tube Biafin. *Eine gängige Creme bei Verbrennungen …*

Hinter ihm war ein Grunzen zu hören. Als er sich umdrehte, sah er sich einem Koloss mit nacktem Oberkörper gegenüber, der nach billigem Fusel stank.

Bergerin hatte bereits einen solchen Schlag abbekommen, dass er zu Boden gegangen war.

Ein Cowboystiefel schnellte in Richtung des Kommissars, der allerdings gerade noch rechtzeitig den Knöchel zu fassen bekam. Der Koloss schrie auf, riss sich los und ging erneut zum Angriff über. Carat entsicherte seine Glock 17. Der Typ baute sich vor ihm auf.

»Du Dreckskerl! Ich werde dich auseinandernehmen!«

»Polizei! Schluss jetzt!«

»Von dir wird nichts mehr übrig bleiben!«

Carat schoss über die Schulter seines Gegenübers hinweg ein Loch in die Wand, daraufhin suchte der Rasende das Weite. Bei dem Gedanken, dass dieser gut und gern zwanzig Kilo mehr als er selbst auf die Waage brachte, unterdrückte Carat einen Fluch und nahm die Verfolgung auf. Im Vorbau wäre der Bursche beinahe zu Fall gekommen, doch dann stieß er zwei Frauen beiseite und machte sich aus dem Staub. Draußen rannte er in Richtung des Boulevards und der nächsten, hier oberirdischen Métrostation. Schon spürte Carat hinter den Schläfen ein bedrohliches, rhythmisches Pochen, und in seinen Lungen baute sich ein ungeheurer Druck auf.

An der Ampel stellte sich Carat einem völlig verdutzten Jungen mit hochgeschobenem Visier in den Weg, stieß ihn zur Seite, schnappte sich dessen Motorroller, bog auf den Gehsteig, schlängelte sich zwischen den Passanten hindurch, holte den Flüchtigen ein und warf ihn zu Boden. Der Typ erbrach einen Schwall Galle, blieb ein paar Sekunden erschöpft liegen, dann schob er sich an einen Metallpfeiler heran, um sich dort anzulehnen.

Carat richtete die Pistole auf ihn und wartete, bis er wieder zu Kräften gekommen war.

»Du heißt Teddy Brunet, nicht wahr?«, fragte er keuchend.

Der besiegte Koloss nickte. Carat befahl ihm, sich mit den Händen auf dem Rücken der Länge nach auszustrecken, und legte ihm Handschellen an. Dann telefonierte er mit der Polizeiwache des Viertels und forderte ein Einsatzfahrzeug an.

In zwanzig Metern Entfernung tauchte eine hochgewachsene Gestalt auf. Der Wikinger näherte sich.

16 Star im Gerichtssaal

Lorraine Dewaere wiederholte, dass sie bereits seit einiger Zeit Opfer seiner Belästigungen gewesen sei. Der Typ, der ihr Hab und Gut verwüstet hatte und nun in der Ausnüchterungszelle seinen Rausch ausschlief, war ihr Ex.

»Das fing an, nachdem ich ihn verlassen habe. Anrufe mitten in der Nacht. Und jetzt die totale Katastrophe. Teddy hat alles kaputt gemacht. Meine Patientinnen werden es nicht mehr wagen, zu mir zu kommen.«

Die Wut der jungen Frau war größer als ihre Angst.

»Haben Sie Anzeige erstattet?«

»Ich bin zur Polizei gegangen, um ihn vor die Tür zu setzen. Deswegen sind Sie ja wohl auch hier aufgekreuzt.«

»Wir sind nicht deswegen gekommen.«

»Warum denn dann?«

»Teddy Brunet wird verdächtigt, eine Frau gefangen gehalten zu haben.«

»Was? Wo denn?«

»In einem Keller.«

»Glauben Sie wirklich, dass er so etwas tun würde?«

»Sagen Sie es mir.«

»Er steht ein wenig neben sich, aber deshalb ist er doch nicht gleich bekloppt... nein, das ist nicht möglich.«

Sie lächelte wie nach einem guten Witz.

»Wie haben Sie ihn kennengelernt?«

Sie zögerte. Er wartete.

»Auf einem Forum im Internet«, gestand sie schließlich. »Bei meiner Arbeit bleibt mir wenig Zeit für romantische Treffen.« Sie sah ihn misstrauisch an. »Wie haben Sie mich überhaupt ausfindig gemacht?«

»Über die Saufkumpane von Brunet.«

»Was? Ich kenne diese Typen doch gar nicht.«

»Brunet hat dort aber von Ihnen erzählt. Ziemlich oft sogar... In Ihrem Badezimmer haben wir Biafin gefunden.«

»Das habe ich schon seit Jahren.«

»Ach ja?«

»Es gehört in jeden Arzneischrank.«

»Wussten Sie, dass es nicht das erste Mal war?«

»Das erste Mal was?«

Es kam oft vor, dass die Lebensgefährtinnen keine Ahnung von sadistischen Mördern hatten oder nicht haben wollten.

»Das erste Mal, dass Brunet bei einer Exfreundin alles kurz und klein schlug.«

»Nein, am Anfang war Teddy sehr liebevoll.«

»Warum haben Sie ihn verlassen?«

»Hören Sie, wo ist denn diese Frau jetzt? Sie ist doch nicht mehr gefangen, oder? Sie haben sie doch gefunden und befreit …«

»Das Opfer ist tot, man hat ihr die Kehle durchgeschnitten.«

Sie starrte ihn an, den Mund aufgerissen, kein Laut war zu hören. Er wiederholte seine Frage und wartete, bis sie sich wieder gefasst hatte.

»… im Bett, da lief es nicht gerade besonders.«

»Was soll das heißen?«

»Meistens konnte Teddy gar nicht. Er sagte mir, dass es am Stress bei der Arbeit läge.«

»Wie verhielt er sich, wenn es nicht klappte?«

»Er wurde depressiv.«

»Auch gewalttätig?«

»Nein, das habe ich Ihnen doch bereits gesagt. Was sich veränderte, war sein Trinkverhalten. Er trank dann nicht mehr heimlich. Aber dadurch wird er doch nicht gleich zu einem perversen Kriminellen. Er quatschte nur mehr als sonst, das ist alles.«

»Hat er Ihnen von seiner Arbeit erzählt?«

»Ja, er hat ein Bauunternehmen.«

Der Fahrer war also ein schamloser Lügner.

»Handelt es sich bei Ihren Kundinnen ausschließlich um Schwangere?«

»Nein, ich mache auch bestimmte gynäkologische Untersuchungen. Wenn Frauen mit Kinderwunsch zu mir kommen.«

Carat hätte lieber auf das verzichtet, was nun anstand, aber er hatte keine Wahl. Es konnte sein, dass Teddy Brunet eine dieser Patientinnen als Opfer auserkoren hatte. Er öffnete seine Aktenmappe, zog die Aufnahme von dem auf dem gestampften Erdboden liegenden Körper heraus und zeigte sie ihr. Ihre Lider begannen zu flattern, sie atmete schwer durch den Mund.

»Erkennen Sie sie wieder?«

Dewaere war auf ihrem Stuhl zurückgesunken, ihre Lippen bebten.

»Ich habe sie noch nie gesehen«, brachte sie mühsam hervor, dann brach sie in hemmungsloses Schluchzen aus.

Drei Stunden später war Brunet dank der guten Arbeit des einbestellten Arztes wieder einigermaßen nüchtern. Bergerin war pessimistisch.

»Ganz der zugeknöpfte Typ.«

»Und weniger dumm als angenommen«, gab Carat zu.

Der Beschuldigte hatte verlangt, dass sein Anwalt vom ersten Verhör an anwesend sein sollte. Das neu erlassene Gesetz war ihm nicht entgangen.

Mit aufgekrempelten Hemdsärmeln, gelöster Krawatte und den Händen in den Hosentaschen beobachteten Carat und Bergerin aus ihrer Position hinter dem Einwegspiegel, wie ihr Kollege Moreau im Verhörzimmer die Gesprächsführung übernahm.

Die schlechte Neuigkeit des Tages hieß Louis Bagneux. Der Anwalt von Frey hatte natürlich bereits Wind vom Ärger seines Mandanten bekommen und vor allem auch vom Ärger der Arbeiter. Trotz seines beträchtlichen Alters hatte er nichts von seinem Elan verloren und witterte einen außergewöhnlichen Fall. Er bot Teddy Brunet seine Dienste ohne Bezahlung an, und dieser war ganz entzückt davon, die Einschätzung eines solchen Stars im Gerichtssaal und in den Medien zu hören.

Carat ging zurück, um zu sehen, wie weit man mit dem Bauleiter inzwischen war.

»Ich habe Ihnen bereits alles gesagt, was ich weiß«, protestierte Clavel. »Teddy ist genau wie die anderen. Geldprobleme, Frauenprobleme. Nichts Anormales.«

»Ihr Teddy hat zwei Wohnungen kurz und klein geschlagen. Die von seinen Exfreundinnen. Halten Sie das für normal? Da dürfen wir doch wohl unsere Schlüsse ziehen, oder?«

»Er war pünktlich bei der Arbeit und maßvoll beim Trinken. Was wollen Sie denn noch?«

»Finden seine Kollegen ihn nicht seltsam?«

»Hören Sie, er ist im Grunde weniger verrückt als der Rest. Das ist eigentlich alles.«

»Sind Sie auch außerhalb von den Baustellen mit ihm befreundet?«

»Aber nein, nicht sonderlich.«

Clavel sah ruhelos hin und her. Wenn er etwas wusste, so musste man es aus ihm herauspressen. Er war ledig. Das Liebesleben von Teddy Brunet war desaströs. Die Nächte beider Männer waren lang und einsam.

17 Respektlosigkeit

Freitag, 29. März

Auch wenn sich die leeren Flaschen türmten, war die Wohnung in einem besseren Zustand als erwartet. Bergerin hatte die Nachbarn befragt; sie bestätigten übereinstimmend, dass Teddy Brunet in betrunkenem Zustand herumlärmte, sonst aber recht freundlich war. Jetzt musste also geklärt werden, ob man es mit einem Doktor Jekyll und Mister Hyde zu tun hatte oder nicht.

Von dem schmalen Balkon, der zur *Rue Muller* hinausging, sah Bergerin die strahlend weißen Wolken vorüberziehen; seine Frau Alexandra hätte den Blick auf Sacré-Cœur gewürdigt. Sie träumte weder von einem Haus noch von einem Garten, sondern war ein eingefleischtes Stadtwesen. Sie forderte nie etwas von ihm, aber er wusste, was ihr wirklich fehlte: Sie wollte ganz einfach das Leben zu zweit und nun bald zu dritt genießen. Der Kommissar massierte sich den Nacken. Das Hämatom hatte die Größe eines Eis. Gestern war sie in Tränen ausgebrochen. *Dieser Verrückte hat dich beinahe umgebracht.*

In einer Teakholzkiste steckte reichlich Gartenwerkzeug,

es stand eine beträchtliche Anzahl von Topfpflanzen herum. Ein verborgener Garten im wahrsten Sinne des Wortes tat sich hier auf: Teddy Brunet war ein Kraftprotz, hatte Fäuste aus Beton, aber er besaß wohl tatsächlich die Seele eines Gärtners.

Bergerin durchforstete die Schränke, sah hinter die Fußleisten, untersuchte die Fugen der Kacheln, den Zulauf unter der Badewanne, das Bett, nahm die an die Wände gehefteten Plakate ab, öffnete das Fach unter dem Spülstein, den Fernsehschrank und den Mülleimer. Er fand nichts Auffälliges, außer vielleicht den Arzneischrank, der vor Medikamenten überquoll, die allesamt aus Belgien stammten. Er rief im Gerichtsmedizinischen Institut an und sprach die Namen aller Mittel auf den Anrufbeantworter von Doktor Franklin. Dann setzte er seine Hausdurchsuchung fort. Drei Belege von Kreditkarten wiesen aus, dass Brunet im Supermarkt um die Ecke seine Lebensmittel kaufte und in einer Kneipe in der *Rue de l'Abreuvoir* reichlich Alkohol konsumierte.

Er ging seine Suchaktion in Gedanken noch einmal durch. Auf einem Ast ganz in der Nähe zwitscherte ein Vogel. Er hatte die Teakholzkiste auf dem Balkon vergessen.

Dort fand er, gut eingewickelt in einer Plastiktüte, das, was er gesucht hatte: ein Werkzeug. Allerdings nicht eines für die Gartenarbeit.

Auch als Carat wieder in seinem Büro war, ließ ihn der Anblick der Fotos von dem Opfer, das im grellen Licht auf dem Boden lag, nicht los. Sie strahlten eine schreckliche Verlassenheit aus.

Teddy Brunet schwieg weiterhin. Christophe Clavel wiederholte immer wieder das gleiche dumme Zeug. Sie kamen nicht voran.

Er ging ins Internet und suchte dort die Adresse des *Office Centrale pour la repression des violences aux personnes* heraus, der Zentrale für operative Fallanalyse. Der Chauffeur, der ihn dorthin fuhr, brachte das Blaulicht in Stellung, und in nicht einmal zwanzig Minuten hatten sie die *Rue des Trois-Fontano* in Nanterre erreicht. Der etwa dreißigjährige Leiter der Datenbank SALVAC trug eine Brille mit verschmierten Gläsern. Das Büro glich einem Saustall. Sein Händedruck war so schlaff, dass Carat ihm beinahe die Finger zerquetschte.

»Ich wiederhole es noch einmal, Herr Hauptkommissar, Sie müssen das Formular ausfüllen. Dann kann ich gezielt suchen. Außerdem vergrößert das unsere Datenbasis, was wiederum anderen Ermittlern zugutekommt. Wir sind schließlich Teamplayer.«

»Ich habe das Formular bereits ausgefüllt.«

»Es ist so gut wie leer.«

Carat knallte eine Nahaufnahme des Opfers auf den Tisch.

»Ich werde erst dann etwas zu deiner Datenbank beisteuern, wenn du mir die Auskunft gibst, die ich haben will, Grampierre.«

»Was genau wollen Sie denn wissen?«

»Gib in dein Programm die Daten ein, die ich bereits habe. Vergiss das Protokoll. Denk ans Wesentliche. Der Mörder ist kein Anfänger. Er geht viel zu professionell vor. Ich brauche Informationen. So einfach ist das.«

»Wollen Sie mir jetzt etwa die Nummer vom Mann der Tat vorspielen, der mit beiden Beinen auf dem Boden steht und die Dinge angeht – im Gegensatz zum lahmarschigen Bürokraten?«

»Darüber bin ich schon lang hinaus, Grampierre.«

Bergerin betrachtete den Bolzenschneider und lächelte. Das konnte kein Zufall sein.

Das Problem war nur, dass es dauern würde, bis die Ergebnisse kamen. Alexandra ängstigte sich, sie brauchte ihn jetzt an ihrer Seite. Die Aufklärung dieses Falles musste schneller vorangehen. Er musste das Werkzeug selbst ins kriminaltechnische Labor der Polizei in Aulnay bringen und mit allem Nachdruck klarstellen, dass diese Untersuchung absolute Priorität hatte. Aber die Zeiten waren hart, die Kollegen von der Technik hatten weitaus mehr Arbeit als Mittel. Er würde jemanden bezirzen müssen.

Auf seinem Motorroller rauschte er nach Aulnay. Ziel war die begabte, sorgfältig arbeitende, zu dünne und zu große Oberkommissarin Liliane Sellier.

Carat ging die große dunkle Treppe hinauf, als er den Anruf Bergerins erhielt, der ihm mitteilte, dass er Anabolika gefunden hatte, die in Frankreich verboten waren, und vor allem einen Bolzenschneider. Jetzt galt es, herauszufinden, ob dieser dazu benutzt worden war, das Vorhängeschloss an der Baustelle aufzubrechen. Es war deutlich spürbar, dass der Wikinger mehr bei der Sache war als sonst.

»Gute Arbeit. Bring den Bolzenschneider ins Labor. Und mach ein bisschen Dampf.«

»Schon geschehen, Chef.«

Im Flur des Polizeipräsidiums veranstaltete ein Pizzalieferant von Rapid'Pizza gerade eine Fotosession: Er schoss Bilder von einem gut erhaltenen Vierzigjährigen in grauer Livree, mit Schiebermütze auf dem Kopf, sowie von Louis Bagneux, die sich beide gefällig in Pose warfen.

»Gib mir deinen Apparat, aber schnell.«

Der Lieferant hielt inne, ein Grinsen auf seinen Lippen.

»Bist du taub oder dumm?«

»Weder das eine noch das andere. Ich bin Joey, der Bruder von Franka.«

Die gleichen Augen wie seine Schwester, allerdings glaubte er, einen Anflug von Irrsinn in ihnen zu erkennen.

»Und das gibt dir das Recht, die Kripo unter Beschuss zu nehmen?«

»Franka hat mir gesagt, dass sie Sie um Erlaubnis bitten würde.«

»Davon ist mir aber noch nichts zu Ohren gekommen!«

Der Anwalt fand das Ganze ungemein amüsant, und sein Lakai ebenso. Carat jedoch löschte die unerlaubt geschossenen Fotos auf dem digitalen Apparat und beauftragte einen Polizisten, den Jungen hinauszuwerfen.

»Ich finde die Respektlosigkeit der Jugend ganz wunderbar, Herr Hauptkommissar, Sie nicht? Das hier ist übrigens Justinien, mein Fahrer.«

Der Bursche nahm seine Mütze ab, unter der kurze, blonde Haare zum Vorschein kamen, und deutete eine leichte Verbeugung an. Er hatte glänzende Augen, hohe Wangenknochen, einen winzigen Diamanten im linken Ohr und legte ein unangenehmes Lächeln an den Tag.

»Wissen Sie, dass ich Teddy Brunet verteidige?«

»Höflichkeitsbesuche statten Sie uns ja eher selten ab.«

»Ich finde, dass er sich in einem schlechten Zustand befindet. Er braucht einen Arzt. Das ist eine Frage des Anstandes.«

»Es war bereits ein Arzt bei ihm.«

»Ein Anfänger, der ihm ein Mittel gespritzt hat, das eher für Pferde als für Menschen geeignet ist. Und das nur, damit er Ihre Befragungen durchsteht. Das sind reichlich sportliche Methoden, die man durchaus noch einmal überdenken könnte.«

Und wie steht es mit deinen Methoden? Carat platzte beinahe der Kragen wegen dieser vollkommenen Inkarnation eines *advocatus diaboli*. Die schlimmsten Spitzbuben hatten ihn für ihre Verteidigung gewählt. Karl Straber, ein hoher Nazi, ebenso wie der Terrorist Markus Perez von der extremen Linken. Mit seiner gewissenlosen Kaltschnäuzigkeit kultivierte er genussvoll seine Freude an der Provokation und die Resonanz darauf in den Medien. Er liebte es, Amtshaftungsklagen zu formulieren, und schwang sich gern zu der Behauptung auf, die polizeilichen Übergriffe seien unverzeihlich und würden immer schlimmere Ausmaße annehmen.

»Ich möchte Sie jetzt nicht länger mit Beschlag belegen, Carat. Sie werden sicher noch genug zu tun haben. Teddy Brunet hat diese Frau nicht umgebracht.«

»Sie sind ja der reinste Hellseher, Bagneux. Ganz große Klasse.«

»Es geht nicht immer nur um die Unschuld meiner Mandanten. Das Entscheidende für einen Anwalt liegt darin, dem Angeklagten Gehör zu verschaffen. Darauf hat er nämlich ein Recht ...«

»Sie stehen noch nicht im Gerichtssaal.«

»Erlauben Sie mir, dass ich meinen Gedanken zu Ende führe. Ein wenig voreilig haben Sie einen destabilisierten Menschen verhaftet. Ich werde mich für ihn ins Zeug legen. Ich übe diesen Beruf nicht mehr wegen des Geldes aus. Nichts macht mir mehr Spaß, als dem System in den Hintern zu treten.«

»Nein, so etwas aber auch!«

»Guten Tag, Herr Kriminalhauptkommissar.«

Carat rieb sich schweigend den Nasenrücken, dann fiel sein Blick auf Kehlmann. Sie hatte das Wortgeplänkel genossen.

»Wie weit bist du mit den Gymnasien?«

»Ich bin schon wieder auf dem Weg dorthin, Chef. Es gibt zwar noch keine Ergebnisse, aber ich versuche es weiter.«

»Lass nicht locker.«

Er erzählte ihr vom Auftauchen ihres Bruders.

»Er ist in einer ... sagen wir mal ... dysfunktionalen Familie aufgewachsen, Chef.«

»Und weiter?«

»Es tut mir leid, was vorgefallen ist. Joey ist ein Künstler.«

Carat seufzte und begann, sein Kinn zu kneten.

»Er ist der Meinung, dass er das Recht hat, alles mit seinem Fotoapparat zu erkunden, was ihn interessiert. Über jede Grenze, über jede Schranke hinweg.«

Joey war trotz seines jugendlichen Alters an der Kunsthochschule angenommen worden, hatte sich aber nicht dort eingeschrieben, weil er eine solche Institution ablehnte. Er fuhr lieber Pizzas aus und streifte kreuz und quer durch Paris, um seine Fotos zu machen.

»Er behauptet, dass du mich wegen seiner Aufnahmen hier bei der Kripo um Erlaubnis bitten wolltest.«

»Das stimmt, aber ich bin noch nicht dazu gekommen.«

»Spinnst du, Kehlmann? Die Antwort kannst du dir ja denken.«

»Ich hab mir keine Illusionen gemacht, aber ich hatte ihm versprochen, Sie zu fragen. Mein Bruder erträgt es nicht, wenn man seine Anliegen nicht ernst nimmt.«

»Was hat er denn für ein Problem?«

»Meine Eltern. Meine Mutter war Musikerin …«

»Und, traf sie die Töne nicht?«

»Sie hat sich umgebracht.«

»Oh, das tut mir leid.«

Er schluckte wortlos einen Fluch hinunter. Seine Witze waren schon genauso übel wie die von Mansour.

»Joey war sechs Jahre alt und ich neun. Was meinen Vater angeht, so ist der Alkohol das Problem. Er feiert das Leben gern mit seinen Freunden. Und er hat viel zu viele Freunde.«

Das war eine knappe Zusammenfassung. Und zutreffend. Er haderte mit sich, dass er sich an ihr abreagiert hatte. Sie machte nur ihre Arbeit. Er dachte einmal mehr an Mansour, der eine ganz normale Kindheit und warmherzige Eltern gehabt hatte und dennoch dem Alkohol verfallen war.

Kehlmann hatte eine schreckliche Kindheit hinter sich, aber sie wollte sich nicht unterkriegen lassen.

»Es ist sehr wichtig, dieses Mädchen ausfindig zu machen«, sagte er milder.

»Ja, Bagneux versteht sein Geschäft.«

»Andere würden sagen, er ist eine fürchterliche Nervensäge. Sei es, wie es sei … uns läuft die Zeit davon.«

»Glauben Sie, dass Teddy Brunet unser Mann ist, Chef?«

Er teilte ihr mit, dass Bergerin einen Bolzenschneider bei Brunet gefunden hatte. Sie reagierte sofort.

»Das Labor wird uns sagen können, ob es der ist, mit dem das Schloss an der Baustelle aufgebrochen wurde.«

»Genau. Und wenn es so ist, können wir Brunet mit gutem Grund in die Mangel nehmen. Umso mehr, als er steroide Anabolika nimmt, deren Verkauf in Frankreich verboten ist.«

»Substanzen, die seine erstaunliche Muskelmasse erklären und zweifellos auch seine Potenzprobleme, was sich wiederum auf seine mentale Verfassung auswirken kann.«

Er nickte zustimmend. Besser hätte er die Situation nicht analysieren können.

Franka hatte sich in einen stillen Winkel zurückgezogen, um zu telefonieren.

»Ich weiß schon, was du sagen willst. Spar dir die Mühe.«

»Ich werde es aber trotzdem sagen, Joey. Wie kannst du es wagen, mich bei meiner Arbeit zu kompromittieren, indem du in unseren Büros auftauchst und fotografierst?«

»Entspann dich, Schwesterlein. Bei allem, was dein Chef am Hals hat, kann er seine Truppe nicht noch dezimieren. Außerdem ist das doch schon wieder Schnee von gestern. Dann werde ich Carat eben nicht für die Ewigkeit festhalten – schade für ihn und schade für mich. Ich habe gerade etwas über Obama gelesen.«

»Obama ist mir scheißegal.«

»Hör mir doch kurz zu. Es geht um die Macht des Bildes. Du weißt doch, dass Obama die Verbreitung von Aufnahmen des toten Bin Laden untersagt hat. Warum, glaubst du wohl, hat er das getan?«

»Keine Ahnung.«

»Jenseits der Empathie steigern blutige Bilder ein Gefühl des Stolzes und der Identifikation mit einem Land, einer Religion, einer sexuellen oder ethnischen Gruppierung. Außerdem hat es die Wirkung, diejenigen auszugrenzen, die nicht in diese Kategorien passen. Obama wollte auf jeden Fall vermeiden, dass sich die antiamerikanische Stimmung weiter verstärkt. Da habe ich an dich gedacht. Ihr könntet doch entsprechend vorgehen …«

Sie lauschte seinen Ausführungen, legte auf und dachte nach. Fotos zurückhalten, um zu vermeiden, dass sich eine antiamerikanische Stimmung weiter verstärkt. Warum eigentlich nicht umgekehrt: Fotos dafür einsetzen, um die Anti-Bullen-Stimmung abzubauen. Ja, das war durchaus eine interessante Idee.

18 Glänzende Ergebnisse

Franka war optimistisch. Die neue Strategie würde sich bezahlt machen, sonst könnte sie den Beruf des Bullen ja gleich an den Nagel hängen.

Der Lehrer, der die Aufsicht führte, trug einen Allerweltsanzug, dazu jedoch eine scheußliche rote Krawatte; Joey würde darin die Zunge eines Drachen sehen, die aus einem Aschehügel herausragt. Sie breitete die Fotos des Gerichtsmedizinischen Instituts auf dem Tisch aus und drehte sie so, dass ihr Gegenüber sie betrachten konnte.

Sie hatte die schockierendsten Aufnahmen ausgewählt.

Als der Mann seinen Blick auf die grauenvollen Bilder richtete, wurde er blass.

»Unser Team ist auf der Suche nach einem Zeugen. Das junge Mädchen, das die Leiche gefunden hat, ist im Augenblick unsere einzige Hoffnung.«

Joey betonte immer wieder, dass Bilder eines gewaltsamen Todes eine sehr starke emotionale Wirkung hatten. Wut, Abscheu und Angst gingen eine seltsame Verbindung ein, die den Verstand schwächte. So wurden die befragten Personen abgelenkt, vergaßen ihre Vorbehalte und unterstützten die Polizei ganz von selbst.

Ihr Bruder hatte recht. Der Lehrer schlug vor, noch am gleichen Tag eine Lehrerversammlung einzuberufen, um dort allen die Stimmaufnahme der Unbekannten vorzuspielen.

Während sie das Gymnasium verließ, rief sie Bergerin an.

Teddy Brunet hatte zugegeben, dass er die Wohnungen seiner Freundinnen verwüstet hatte, aber er bestritt, in den Mord verwickelt zu sein, und schwor, dass der Bolzenschneider nicht ihm gehörte. Das Labor hatte reichlich Fingerabdrücke auf der Plastiktüte gefunden, in die das Werkzeug eingewickelt gewesen war. Keiner davon gehörte dem Fahrer. Und es war immer noch nicht klar, ob das Schloss tatsächlich damit aufgebrochen worden war.

»Gibt es etwas Neues zu dem Mädchen?«

»Noch nicht, Marc. Ich fahre ins Büro zurück.«

»An deiner Stelle würde ich nach Hause fahren und mich ausruhen. Es ist besser, morgen früh zu Schulbeginn wieder an Ort und Stelle zu sein.«

»Ist Carat damit einverstanden?«

»Der Chef ist zwar manchmal ganz schön hart, aber das macht noch keinen Sklaventreiber aus ihm. Bis morgen.«

In der Métro fühlte sie sich etwas fiebrig und empfand es als Wohltat, wieder an die frische Luft zu gelangen.

Der Gehsteig glitzerte noch vom letzten Regenschauer. Sie ging am *Square des Batignolles* entlang, einem kleinen Park im 17. Arrondissement, und sog den Duft der Bäume ein.

Schritte hinter ihr.

Sie drehte sich um. Ein Mann kam eilig geradewegs auf sie zu. Abgesehen von ihm huschten auf der Straße lediglich ein paar Passanten wie flüchtige Schatten vorüber. Sie sah ihn direkt an, die Hand am Holster.

»Franka Kehlmann? Colin Mansour. Ich bin ein Freund von Hauptkommissar Carat.«

Ein zerknautschtes Gesicht, aber mit einem intensiven

Ausdruck und einem bohrenden, durchdringenden Blick. Die Hände in den Taschen seines Gabardinemantels, sprach er weiter.

»Ich weiß, dass Sie zu seinem Team gehören. Seine Karriere lässt sich verfolgen wie eine Fernsehserie.«

»Wenn Sie das sagen.«

»Seit ich in der Entziehungskur bin, fehlt es mir an Abwechslung.«

»Offenbar haben Sie die Klinik ja verlassen.«

»Nein, aber der Nachtpfleger ist mein Kumpel. Er weiß, dass ich ab und zu die Luft von Paris riechen muss.«

Er zündete sich eine Zigarette an, hielt aber die Spannung weiter aufrecht. Es gelang ihr nicht, aus seinem Gesichtsausdruck klug zu werden.

»Ich weiß nicht, wie ich Ihnen nützlich sein kann.«

»Es geht eher um das Gegenteil. Ich bin gekommen, um Sie zu warnen. Sie sind jung. Ihre Ermittlungen werden sich in Ihrem Lebenslauf gut machen, wenn Sie Erfolg haben. Seien Sie auf der Hut vor Carat. Es sieht so aus, als würde er sich für seine Leute ins Zeug legen. Aber in Wirklichkeit ist alles nur Angeberei.«

»Ich vertraue meinem Chef und…«

»Er hat mich besucht. Raten Sie mal, warum?«

Er griff nach ihrem Arm. Mit einer Kraft, die man einem Rekonvaleszenten nicht zugetraut hätte. Sie machte sich los.

»Finger weg, Mansour. Gehen Sie in die Klinik zurück.«

Einen Augenblick lang war er starr vor Staunen.

»Du willst dich wohl aufspielen!?«

»Ich will einfach nichts wissen.«

»Ganz schön enttäuschend für eine ehemalige Mitarbeiterin der Steuerfahndung. Ich dachte, du hättest tatsächlich etwas auf dem Kasten.«

Sie rückte ein wenig von ihm ab.

»Was euren Irren aus der *Rue du Laos* angeht, so musst du schon entschuldigen, dass ich keinen Gefallen an so etwas finde. Die perversen Täter entlocken mir höchstens ein gelangweiltes Gähnen. Oder aber es geht wirklich um etwas sehr Schwerwiegendes, etwas, das außerhalb jeder Norm steht. Wie der ukrainische Terminator.«

Jetzt drehte sie sich wieder zu ihm um.

»Von wem sprechen Sie?«

»Wie, du kennst nicht einmal die klassischen Fälle? Anatoly Onoprienko. Sein selbst gewählter Beiname lautete ›Bestie des Satans‹.«

»Es ist leicht, Namen rauszuhauen. Damit kann man ohne Weiteres die ganze Nacht verbringen. Landru, Ted Bundy, Gilles de Rais ...«

»Der ukrainische Waldarbeiter Onoprienko hat in drei Monaten zweiundfünfzig Personen getötet. Das nenne ich einen Rhythmus. Es gab kein sexuelles Motiv. Einfach nur die reine Lust am Töten. Und vielleicht so etwas wie Ehrgeiz.«

»Ich verstehe Sie nicht wirklich, Herr Oberkommissar.«

»Oho, du gewährst mir tatsächlich noch meinen Rang des Hohen Hauses. Touché. Ich werde dir erklären, was mich umtreibt. Dein Chef hat mich aufgesucht.«

»Und?«

»Er hat mich angefleht, meine Informanten wieder zu aktivieren.«

»Sie lügen.«

»Du musst wissen, dass wir ein verteufelt gutes Duo waren. In Wirklichkeit war es so, dass ich verdeckt für das Wichtigste überhaupt sorgte: für die Informationen. Carat war derjenige, der die Truppe leitete, weil er nach außen hin besser wie ein Chef agieren kann. Das Problem ist, dass Carat ohne Mansour längst nicht so glänzende Ergebnisse vorweisen kann. Die goldenen Zeiten sind vorüber.«

»Hören Sie, ich habe einen langen Tag hinter mir und ...«

»Und dein Boss denkt, dass ihr eine Bande von Spaßvögeln seid. Mit Stümpern wird er seinen Mörder aber nie dingfest machen. Teddy Brunet wird nicht lang im Präsidium bleiben.«

Sie musterte ihn. Er genoss seinen Auftritt. Er verfolgte

ihre Ermittlungen von seiner Klinik aus. Jemand hielt ihn auf dem Laufenden. Aber wer, zum Teufel, war das?

»Das kannst du nicht wissen, Kehlmann, weil du gerade erst anfängst. Aber es ist eine Tatsache.«

»Was für eine Tatsache?«

»Die letzte Partnerin von Teddy Brunet hat einen großen Fehler gemacht. Ihr werdet Brunet für die Handgreiflichkeiten gegen Bergerin festhalten können, das ist klar. Aber ihn vor das Schwurgericht zu bringen, das ist etwas ganz anderes. Vor allem jetzt, wo Bagneux ihm zur Seite steht.«

Mansour war sogar über die neuesten Entwicklungen im Bilde. Wie war ihm das gelungen?

»Jetzt haben Sie zu viel gesagt oder nicht genug ...«

»Sei nicht gierig, Kehlmann. Für einen ersten Kontakt mag dir dieser kleine Tipp reichen. Alles in allem kann man wohl sagen, dass du nicht gerade in einem ›Winning Team‹ arbeitest. Das ist bei deinem Potenzial wirklich schade.«

Sie fühlte, wie sie errötete. Er bemerkte es und grinste.

Er war ein Trinker wie der Schakal. Sie hatte es nicht aussprechen wollen, was ihr auf der Zunge lag, aber nun konnte sie sich nicht mehr beherrschen.

»Sie sind einfach nur ein verbitterter Alkoholiker, der jetzt auf dem Trockenen sitzt. Sie waren eine Gefahr für Ihre Teamkollegen. Bastien Carat hatte recht damit, Sie hinauszuwerfen.«

Er öffnete wortlos den Mund, um ihn sogleich wieder zu schließen; seine Augen verengten sich zu schmalen grauen Schlitzen.

»Du hast ihn wohl noch nicht nach seinem eigenen Unfall gefragt, Kehlmann.«

»Lassen Sie mich in Ruhe!«

»Garance ist beinahe dabei draufgegangen. Und Carat hatte nicht getrunken. So etwas nenne ich Ironie. Sein Kopf hat einfach schlappgemacht. Hast du dich noch nie gefragt, warum er sich nicht ans Steuer setzt? Du stellst nicht die Fragen, auf die es ankommt, Kleine!«

Sie biss die Zähne zusammen. Sie brauchte diesen Typen nicht. Sie wollte in dem Team bleiben und mit Carat arbeiten. Warum war das Leben oft so kompliziert?

»Er wirft mich hinaus, weil ich angeblich das Leben meiner Teamkollegen in Gefahr bringe. Es ist richtig: Ich habe im Dienst getrunken. Aber ich habe nie irgendeinen Schaden verursacht.«

»Und was ist mit dem Unfall von Bergerin, wie verhält es sich damit?«

Er starrte sie wütend an und musste kurz um Fassung ringen.

»Bergerin ist mit dem Motorrad hingefallen, das stimmt. Aber er hat nichts abgekriegt. Ich war nicht schnell unterwegs, und er war derjenige, der zu spät gebremst hat.«

»Das ist Ihre Sicht der Dinge.«

»Du willst es einfach nicht verstehen, nicht wahr? Ich kenne meine Grenzen. Das kann Carat nicht von sich behaupten. Da soll mir noch einmal jemand mit Gleichbehandlung kommen. Das ist der reinste Hohn!«

Da packte sie ihn am Kragen seines Gabardinemantels. Er war zehn Zentimeter größer als sie, aber ihre Wut kannte jetzt keine Grenzen mehr, und sie sah, wie verblüfft er über ihren Angriff war.

»Hau ab, Mansour, und belästige mich nie wieder, verstanden?«

Mit äußerster Beherrschung untersagte Franka es sich, ihm ihr Knie in den Unterleib zu rammen, dann ließ sie ihn wieder los. Endlich suchte er das Weite.

Sie trat in den Hauseingang ihres Wohnblocks, wartete, bis die automatische Zeitschaltuhr für das Licht wieder ausging, und blieb einen Augenblick in dem nun stockfinsteren Treppenhaus stehen. Ihre Hände zitterten. Ihr Herz pochte heftig. Sie glaubte, die Stimme von Christine zu hören. *Man muss sich immer im Griff haben, Franka. Wer sich selbst kontrolliert, kontrolliert auch die anderen*.

Ein seltsamer Geruch stieg ihr in die Nase. Nach Medikamenten. War es Kampfer? Nein, ihre Fantasie spielte ihr einen Streich. Sie musste alles unter Kontrolle behalten, und sie musste schlafen.

19 Hybris

Joey hatte die Wohnung andeutungsweise aufgeräumt und saß nun vor seinem Computer. Hinter ihm lief der Fernseher. Als sie zu ihm trat, ließ er mit einem Mausklick das Bild auf dem Monitor verschwinden. Ihr Bruderherz trug noch immer seine Uniform von Rapid'Pizza, und er roch nicht gerade angenehm.

… Radioaktives Jod in der Muttermilch? Das ist Wirklichkeit und kein Szenario eines Katastrophenfilms, erklärt eine japanische NGO. In manchen Proben wurden schwache Spuren gefunden. Die japanische Regierung reagierte mit einer Erklärung, in der sie betonte, dass es keinen Grund gebe, Alarm zu schlagen …

»Was ist das?«

»Ein Dokumentarfilm über die Katastrophe in Fukushima.«

»Was hast du davon, wenn du gar nicht hinschaust?«

»Ich denke mir, ausgehend von der Tonspur, Bilder aus. Das ist eine gute Methode, um die Vorstellungskraft weiterzuentwickeln.«

»Mir ist noch gar nicht aufgefallen, dass das bei dir nötig wäre.«

Sie schaltete das Fernsehgerät aus.

»Du siehst vollkommen erledigt aus, Franka.«

»Richtig beobachtet.«

»Und unzufrieden.«

»Mich hat gerade so ein Blödmann angemacht.«

»Carat?«

»Natürlich nicht.«

»Dein Chef ist aber wirklich nicht gerade umgänglich. Er hat mich wie einen Bettler hinausgeworfen.«

»Du stinkst auch wie ein Bettler. Dusch endlich mal.«

»Das kommt nur daher, weil du mich zwingst, den Haushalt zu machen. Und was meine Fotos in deinem und Carats Hoheitsgebiet angeht, so hast du unrecht. Die Kunst ist das Leben und vice versa. Und das Leben der anderen ist auch mein Leben, wenn ich etwas damit anstelle. Wohlportionierte Schönheit. Gut abgehangen wie eine metaphysische Keule. Joey Caméléon Kehlmann schlüpft in das Dekor und passt sich ihm an. Und Hauptkommissar Bastien Bulldog begreift überhaupt nichts. He, hörst du mir zu?«

»Mach jetzt endlich Platz hier.«

Sie schubste ihn beiseite und nahm seinen Platz vor dem Computer ein. Im Internet machte sie eine im Jahr 2006 aufgenommene Sendung ausfindig. Elegant wie ein dem Zirkus entsprungener Maestro saß Louis Bagneux neben einem hübschen jungen Mädchen mit großen, ratlos dreinblickenden Kulleraugen und hielt eine endlos lange Rede.

»Das da, ja, das nenne ich eine stattliche Erscheinung, Franka. Er ähnelt einem Selbstporträt von Rubens, auf dem dieser einen großen schwarzen Hut trägt. Was seinen Chauffeur betrifft, der geht mehr in die Richtung von Tizians *Mann mit Handschuh*. Findest du nicht?«

»Keine Ahnung. Jetzt sei still, ich höre hier zu.«

»Der Begriff Gerechtigkeit existierte bereits in den archaischen Gesellschaften, wie Sie sich denken können. Lange, bevor es Verträge und Gesetze gab, bezog man sich auf die Natur, um Fehler zu benennen und Gerechtigkeit zu statuieren. Der Blitz, das Wasser, die Erde, das Feuer oder die Stürme straften beziehungsweise verschonten. Später brachten die alten Griechen die Situation auf den Punkt. Sie kannten den Begriff der Sünde nicht, aber sie kannten den Begriff der Hybris. Der grundlegende Fehler besteht darin, mehr zu wollen, als das Schicksal uns zugestanden hat. Maßlose Gier stellt den Menschen außerhalb des von Gesetzen geregelten Raumes und

konfrontiert ihn mit Nemesis, der Rachegöttin, die Gerechtigkeit übt.«

»Letztendlich könnte man also sagen, dass unser gegenwärtiger Justizminister ein Nachfahre von Nemesis ist«, scherzte der Moderator der Sendung.

»Nicht wirklich«, erwiderte Bagneux. *»Das Dogma der Vernunft hat diese zauberhaften Zeiten ausgelöscht. Früher verneinte man den Zufall in der Überzeugung, dass jedes Geschehen eine durch eine göttliche Macht ausgelöste Ursache hätte. Heute verkehren die Toten nicht mehr mit den Lebenden, der göttliche Wind weht nicht mehr, und das Urteil ist nur noch die Anwendung einer Norm …«*

»Gar nicht so blöd, der Anwalt«, machte sich Joey wieder bemerkbar. »Ich bin froh, dass ich ihm begegnet bin. Weißt du, was ich glaube, Franka?«

»Was?«

»Es ist viel damit verloren gegangen, dass man den Polytheismus verabschiedet hat. Die Naturgottheiten gaben sehr gute Richter ab. Außerdem war es schlauer und nützlicher, in allen möglichen Lebenslagen und bei allen noch so kleinen Sorgen – um eine gute Ernte, die Geburt eines Nachkommen oder die Gesundheit des Stammes – den jeweils dafür vorgesehenen Gott um Hilfe anzuflehen, statt einen einzigen Weltenschöpfer als Quell der Wahrheit anzubeten. Denn wer die Wahrheit in seinen Händen zu halten glaubt, der legt sie auch gern selbst fest.«

»Der Monotheismus oder die Erfindung der Intoleranz.«

»Und außerdem zeichnete es die Götter des Olymp aus, dass sie ebenso viele Fehler wie Vorzüge besaßen, womit sie natürlich den Sterblichen recht nahekamen …«

Der Moderator erwähnte die Verbindung der hübschen jungen Frau, einer Sängerin, mit dem Sohn eines berühmten Komikers, der selbst Komiker war.

Joey verzog das Gesicht und stoppte das Video.

»Kann ich jetzt den Computer zurückhaben?«

»Schon wieder Videospiele?«

»Nein, ein Projekt. Ich erzähle dir davon, wenn es so weit ist. Träum schön, Schwesterchen.«

20

Welch ein Frieden herrschte an diesem Zufluchtsort, in dieser Stille! Bilder und Gerede sind verschwunden. Dieses unbändige Rauschen auf den Bildschirmen und in den Radiosendern, aus den Mündern von all diesen Leuten, die so geil aufs Reden sind, ist einfach nur Schmutz.

Die Schreie, das überflüssige Flehen und der geschundene Körper – das ist jetzt für eine gewisse Zeit vorüber.

Der Tod schlummert.

Bestand hat nur das Wort des Allerhöchsten.

Das Seltsamste war, dass das Wasser, das sonst alles löscht, die Kraft des Feuers noch verstärkte; denn die Natur kämpft für die Gerechten.

21 Das Kreuz

Samstag, 30. März

Ein sonniger Strand. Dünen, Seevögel, Badende. Ève, bis zum Hals eingebuddelt in den Sand. Das Spiel bringt sie zum Lachen. Dann nicht mehr, denn ihre Spielgefährten laufen davon, einer nach dem anderen, je weiter die Flut steigt. Ève ist allein, die Wellen klatschen ihr ins Gesicht. Vergeblich bemüht sie sich, aus den Fängen des feuchten Sandes freizukommen …

Franka schaltete ihren Wecker aus. Wieder hatte sie von ihrer Mutter geträumt. Verflucht.

Sie spülte den Albtraum mit der Dusche weg, dann ging sie in die Küche zu Joey. O Wunder, er hatte bereits Kaffee gekocht.

In aller Eile machte sie sich auf den Weg zu ihrem Termin. Die Schulleiterin des Gymnasiums René-Descartes und der Leiter der *Surveillants* – jener während der Freistunden Aufsicht führenden Personen – erwarteten sie bereits. Sie stellte den MP3-Player auf den Tisch und breitete die Fotos aus.

»Das ist ja grauenhaft«, sagte die Schulleiterin entsetzt.

Dann spielte sie die Aufnahme ab.

Der Leiter der *Surveillants* verharrte schweigend, aber die Schulleiterin bat darum, die Tonspur ein zweites Mal abzuspielen und dann auch noch ein drittes Mal.

»Diese Stimme … ja, die kommt mir irgendwie bekannt vor, aber wir haben hier über tausend Schüler.«

»Vielleicht hilft Ihnen das weiter, was uns ein Linguist zu der Aufnahme gesagt hat. Er meint, dass das Mädchen aus der Auvergne stammt oder dort zumindest eine Zeit lang gelebt hat.«

»Ich verstehe. Es gibt eine Schülerin, die erst im Lauf des Schuljahres zu uns gekommen ist. Ihr Vater stammt aus Clermont-Ferrand. Élodie. Ein problematisches Mädchen.«

»Élodie Chauvin?«, schaltete sich der *Surveillant* jetzt ein. »Sie ist in der zehnten Jahrgangsstufe, im technologischen Zweig.«

»Ich habe sie ohnehin bereits mit ihrem Vater einbestellt. Sie schläft im Unterricht ein, und ihre Noten befinden sich im freien Fall.«

Franka schob ihre Hand in die Manteltasche und tastete suchend nach ihrem Handy. Sie freute sich schon auf den Augenblick, wenn sie ihrem Chef diese Neuigkeit mitteilen würde.

Sorgenvoll sah der Vater immer wieder zum Leiter der *Surveillants* hinüber. Seine Tochter war bereits von mehreren öffentlichen Schulen verwiesen worden. Ihre, wenn auch indirekte, Verwicklung in diesen Fall war mit Sicherheit nicht von Vorteil für sie. Jetzt war auch noch bekannt geworden, dass ihre Clique sich nachts auf stillgelegten oder abgeriegelten Baustellen herumtrieb und dass Alkohol und Drogen bei ihren Treffen mit im Spiel waren.

Élodie war fürs Erste so erstarrt, dass sie kein Wort von sich gab. Carat und Kehlmann erhielten die Erlaubnis, sie allein zu befragen, und zogen sich in ein winziges Büro zurück.

Carat öffnete das Fenster. Das Mädchen sah elfengleich aus und war sehr zart gebaut, aber sie stank fürchterlich. Er hatte schon so manchen Drogensüchtigen vor sich gehabt, der gerade seinen bevorzugten Stoff eingeworfen hatte und auf einem Trip war. Sie alle stanken furchtbar. In diesem Fall war die Diagnose einfach. Amphetamine.

»Ich bin von der Kripo, nicht von der Drogenfahndung. Ich werde dich nicht wegen Drogenmissbrauchs verhaften. Dein Anruf bei uns hat gezeigt, dass du Pflichtgefühl und Reife besitzt. Du bist viel anständiger, als der *Surveillant* denkt. Hilf uns auch weiterhin, und ich werde mich für dich einsetzen.«

Sie biss sich unentwegt auf die Unterlippe, während sie ihm zuhörte.

»Dieser zu Tode gequälten Frau kann niemand mehr helfen«, fuhr er fort, »aber es gibt andere Frauen. Wir müssen verhindern, dass er weitermordet, Élodie.«

Er ließ sich Zeit. Die Jugendliche fasste schließlich Vertrauen zu ihm, teilte ihm aber unmissverständlich mit, dass sie keine Namen nennen würde. Es stand nicht zur Diskussion, dass sie ihre Freunde verriet.

Ihre Clique hatte die Baustelle schon vor einiger Zeit ausfindig gemacht. Es war ein durch seine Abgeschiedenheit verlockender Rückzugsort.

»Diesmal hing kein Schloss an der Absperrung. Wir bekamen Lust, in den Keller hinunterzusteigen. Um uns ein wenig zu gruseln ... Die Tür zu der B.13 war nur angelehnt. Dort haben wir die Leiche entdeckt. Wir sind sofort nach oben gerannt. Auf der Straße war niemand zu sehen.«

Er ließ sie die Geschichte noch einmal vom Ende her erzählen, erfuhr aber auch dadurch kein weiteres, interessantes Detail. Außerdem hatte die Droge Élodies Gehirn ein wenig benebelt; die Leiche lag nicht im Keller B.13, sondern im Keller B.18.

Sein Handy klingelte. Santini wollte Neuigkeiten hören. Carat verließ das Büro.

»Das Mädchen kann nicht viel sagen, aber wir tun unser Bestes.«

»Ich will nicht, dass die Paparazzi ihrer habhaft werden, Carat. Das ist äußerst wichtig.«

»Verstanden.«

Er legte auf und lehnte sich für einen Augenblick an die Wand. Im Büro nebenan, wo sich der *Surveillant* und der Vater befanden, wurde der Tonfall schärfer: »Nur weil man geschieden ist, muss man seine Tochter noch lang nicht sich selbst überlassen.« Der Vater legte seinem Gegenüber daraufhin nahe, sich um seine eigenen Angelegenheiten zu kümmern. Carat entfernte sich, aber eine Sache ging ihm nicht aus dem Kopf.

Das Gesicht des jungen Mädchens, ihre nervösen Hände, ihre schrille Stimme. Ihre Angst vor dem, was Kehlmann und er offenbar für sie darstellten. Die Autorität, der Ärger mit der Schule. Dazu eine bestimmte Neugier. Die Lust auf einen Augenblick, in dem endlich etwas geschieht, selbst wenn es unangenehm ist. *Wir bekamen Lust, in den Keller hinunterzusteigen. Um uns ein wenig zu gruseln ... ein verlockender Rückzugsort ...*

Er kehrte in das Büro zurück und fragte, was sie und ihre Freunde an diesem alten Gebäude angezogen hatte. Sie zuckte nur die Achseln.

»Der *Square Cambronne* ist ganz in der Nähe, und der

Champ-de-Mars ist auch nicht viel weiter weg. Warum also diese stillgelegte Baustelle?«

Kehlmann hatte ihren Stuhl ein Stück zurückgeschoben. Er bemerkte, dass sie ein Zwiegespräch für günstiger hielt und sich im Hintergrund halten wollte, um die Befragung nicht zu stören.

»Es ist vielleicht blöd, aber …«

»Erzähl, Élodie, mich interessiert alles.«

»Es waren Lichter auf dem Hof zu sehen. Zuerst dachte ich, es seien Glühwürmchen.«

Nachdem sie sich den Hals verrenkt hatte, um besser durch die Latten des Bauzauns sehen zu können, konnte sie auf dem Boden ein Kreuz aus Lichtern ausmachen. Groß und schmal. Auch der angenehme und geheimnisvolle Geruch hatte ihre Neugier geweckt. Die vermeintlichen Glühwürmchen hatten sich als kleine, flache Kerzen entpuppt. Es waren mindestens hundert Stück.

»Jemand saß in dem Hof. Ich habe aber seinen Kopf nicht gesehen. Nur einen Schatten.«

»Wann war das?«

»Mindestens einen Monat bevor wir die Tote entdeckt haben. Deshalb habe ich auch gedacht, dass es keinen Zusammenhang gibt …«

»Was für ein Kreuz war es?«

»Ein Kreuz eben …«

»Ein katholisches?«

»*Katholisch*?«

»Ein großer vertikaler Balken und ein kleinerer horizontaler?«

»Genau, so eines war es.«

Er hatte die Frontal- und Profilaufnahmen von Teddy Brunet mitgebracht. Sie versicherte nachdrücklich, ihn niemals gesehen zu haben.

—

Carat rief Séguret an. Die Techniker des Gerichtsmedizinischen Instituts hatten keinerlei Wachsspuren gefunden. Er legte auf und strich sich so fest über die Wange, dass die sprießenden Bartstoppeln unter seinen Fingern knisterten.

»Ein Geruch nach Wachs, ein Duft nach Religion…«

»Das passt genau zu der Tatsache, dass er ihr die Augen geschlossen hat, nachdem er sie getötet hatte, Chef.«

»Wieder ein Detail, das dir nicht entgangen ist.«

»Aber es ist nicht bewiesen, dass der Unbekannte mit den Kerzen der Richtige ist. Vielleicht war es ein Obdachloser, der seine Zeit totschlägt.«

»Kennst du einen Obdachlosen, der extra ein eigenes Vorhängeschloss mitbringt? Denn um hineinzugelangen, hätte er ja das Schloss aufbrechen müssen, das die Assistentin des Bauunternehmers besorgt hatte. Und er hätte, um hinter sich wieder abzuschließen, ein anderes kaufen müssen. Ich habe beide Schlösser aufgetrieben. Das von der Assistentin war billig und aus Messing. Das andere war aus Stahl, qualitativ hochwertig, und es besaß eine Zahlenkombination.«

»Und nachdem er die Leiche dort zurückgelassen und sich aus dem Staub gemacht hatte, hielt er es nicht für nötig, wieder abzuschließen, nicht wahr?«

»Richtig.«

»Ja, das klingt plausibel. Und er muss Teelichter verwendet haben, die man leicht aufstellen kann, ohne Wachsspuren zu hinterlassen.«

»Der Typ geht wirklich sehr gewissenhaft vor, Kehlmann.«

»Er hat sich reichlich Zeit gelassen, um den geeigneten Ort für diese Schlachtung vorzubereiten. Nach der Zeugenaussage des Mädchens mindestens einen Monat.«

»Außerdem muss er eine kontemplative Ader haben, die er auslebt, wenn sich die Möglichkeit dazu bietet. Serienmörder haben fast alle eine von Gewalt geprägte Kindheit erlebt und verspüren das Bedürfnis, eine Zufluchtsstätte zu finden, an der sie atmen können.«

»Logisch.«

»Wir werden in der Vergangenheit von Teddy Brunet suchen und seine religiöse Einstellung überprüfen. Das ist ein guter Ansatz.«

Sie startete den Renault, schaltete das Blaulicht ein und fuhr in Richtung Präsidium, während ihr Chef Bergerin anrief, um ihn ins Bild zu setzen. Dann telefonierte er mit seiner Frau und teilte ihr mit, dass er womöglich die ganze Nacht arbeiten müsse. Als er sein Gespräch beendet hatte, hielt sie den Augenblick für gekommen, ihm von ihrer unschönen Begegnung mit Mansour zu erzählen.

Carat nahm die Information mit zusammengepressten Lippen auf. Sie fand, dass er jetzt wie ein verwundeter Löwe wirkte. Aber er fasste sich rasch wieder.

»Mansour spinnt, aber im Augenblick hat das für uns keine Priorität.«

Dann fuhren sie ein Stück des Weges schweigend.

»Du hattest damit begonnen, mir von deiner *dysfunktionalen* Familie zu erzählen, Kehlmann. Erzähl weiter. Jetzt haben wir gerade etwas Zeit dafür.«

»Meine Eltern waren in etwa so unterschiedlich wie Sonne und Mond. Und ich bin überzeugt davon, dass meine Mutter eine bedeutende Künstlerin geworden wäre, wenn sie die Kraft besessen hätte, meinen Vater zu verlassen.«

Die junge Sängerin Ève Loubier hatte den brillanten Historiker Bernard Kehlmann kennengelernt, als sie ein Konzert im Elsaß gab. Sie waren verrückt nacheinander und verbrachten dennoch ihr Leben damit, einander zu zerfleischen, woran Bernards ernstes Alkoholproblem einen wesentlichen Anteil hatte. Er hatte seine Frau zu ihren schönsten Liedern inspiriert. Zugleich hatte er ihr das Leben schwer gemacht, indem er ihr vorwarf, ständig auf Tournee zu gehen. Außerdem betrog er sie immer wieder. Ève hatte die Probleme mit ihrem Selbstmord »gelöst«. Er hatte daraufhin noch tiefer ins Glas geschaut. Franka übernahm bei ihrem jungen Bruder die Mutterrolle und beschützte ihn vor einem Vater, dem allzu leicht die Hand ausrutschte.

»Und da tauchte Santini auf?«

Franka beobachtete Carat von der Seite. Ein verwundeter Löwe, dem aber nichts entging.

»Richter Seimourt hat mir erzählt, dass die Direktorin eine Freundin deiner Familie ist«, erklärte er.

»Seimourt ist eine Klatschbase.«

»Da hast du nicht unrecht. Erzähl weiter.«

»Als Christine mitbekam, dass unser Vater uns schlug, setzte sie sich sehr für uns ein.«

»Und so bist du ihretwegen bei der Polizei gelandet?«

»Ja, und um meinen Vater zu ärgern. Er träumte von einer glänzenden Zukunft für mich. Als ich meinen ersten Anstellungsvertrag bei der Steuerfahndung bekam, beschimpfte er mich als Idiotin. Wenn es nach ihm gegangen wäre, so wäre ich eine herausragende Wissenschaftlerin geworden. Es war eine unglaubliche Genugtuung für mich, ihm zu erwidern, dass ich niemals so enden wolle wie er – in Büchern versunken, verbittert und vertrocknet.«

»Und wie steht es heute um euch?«

»Er versucht, wieder Kontakt aufzunehmen, ruft an, um zu sagen, dass er mir verzeiht. Mein Alter versteht es meisterhaft, die Rollen zu vertauschen. Jedenfalls haben Joey und ich mit ihm abgeschlossen.«

Er nickte und wirkte, als hätte er tatsächlich verstanden, worum es ihr ging. Manche sagten ihm nach, er hätte allzu unbeirrt nur die eigenen Ansprüche im Blick. Sie irrten sich. Carat entsprach ganz und gar nicht dem eindimensionalen und hartherzigen Bild, das Colin Mansour oder sonst jemand von ihm zeichnete.

22 Badewannen

Joey parkte seinen Motorroller auf dem Gehweg und genoss die Stimmung. Die Wolken jagten in Fetzen vorüber, wurden auseinandergerissen, um dann wieder neu und unvorhersehbar miteinander zu verschmelzen. Sie ähnelten grauen, riesigen Katzen, die sich dehnen und strecken, bevor sie zum Angriff übergehen. Ein nicht zu bändigender Wind wirbelte das Geäst der großen Bäume durcheinander. Es war doch eigentlich erstaunlich, dass der Mensch seine Umwelt in so vielen Bereichen unter Kontrolle hatte, aber nicht beim Wetter. Man konnte ein Gesicht transplantieren oder gar ein Herz, aber man war immer noch außerstande, einen Tornado oder einen Tsunami rechtzeitig vorherzusagen. Im Grunde waren seine Zeitgenossen nicht besser dran als die Alten. Die Natur zermalmte sie wie Insekten. Sie bestimmte den Ort, die Zeit und das Ausmaß ihrer Wut.

Die Menschen sind Marionetten ohne freien Willen. Nur die Natur besitzt die absolute Freiheit.

Er machte Fotos von der Brücke aus. Gleich einer Komplizin des Windes bäumte sich die Seine zu ungestümen Wellen auf; Gebäude und Lagerhallen wirkten wie Dominosteine, an denen das aufgewühlte Wasser emporleckte. Das letzte Jahrhunderthochwasser hatte es im Jahr 1910 gegeben; die Pariser hatten vergessen, wozu ihr Fluss in der Lage war. Sollte die Seine beschließen, ein weiteres Mal über die Ufer zu treten, musste er unbedingt zur Stelle sein, mit der Leica in der Hand, um einen Bruchteil ihrer Wut festzuhalten.

Jetzt erinnerte er sich an seinen Kunden. Die Pizzas würden kalt werden. Er nahm den Aufzug und klingelte an der Wohnungstür, die umgehend von einer blonden Frau mit umgebundener Schürze geöffnet wurde. Ihre Haare glänzten ein wenig unnatürlich, aus ihren Augen sprach Langeweile. Joey reichte ihr die Kartons von Rapid'Pizza samt Rechnung.

»Rechtsanwalt Bagneux erwartet Sie.«

»Wie bitte?«

»Sie sind doch Joey Kehlmann?«

»Laut den neuesten Nachrichten, ja.«

Sie führte ihn in einen mit teuren Möbeln und Bildern vollgestopften Salon. *Louis Bagneux*. Jetzt fiel es ihm wieder ein. Das war derjenige, der sich in der Fernsehsendung so feinsinnig gegeben hatte. Und ganz nebenbei war er der Verteidiger des dicken Brunet und des alten Frey, den er mit seinem Chauffeur auf dem Flur des Präsidiums fotografiert hatte. Das Ganze wurde allmählich wirklich lustig.

Die doppelten, grauseidenen Vorhänge waren halb zugezogen und dämpften das ohnehin eher fahle Licht des Tages noch zusätzlich. Er bewunderte ein Aquarell von Foujita. Kiki de Montparnasse, die in traumwandlerischer Nacktheit damit beschäftigt war, ihr tiefschwarzes Haar zu bürsten. Aus seiner ersten und zugleich schönsten Schaffensperiode. 1910. Als hätte sich das Talent des Japaners zur gleichen Zeit Bahn gebrochen wie die Fluten der Seine.

Die blonde Frau führte ihn in ein Badezimmer, in dem tausend Kerzen ihren Lichtschein auf die Marmorkacheln warfen. Eine Kapelle, die einen alten Engel barg, der zum Klang des Bolero von Ravel in seiner Badewanne lag.

»Aha, Joey. Endlich. Haben Sie keine Angst. Ich stehe nicht auf Männer.«

»Ich auch nicht. Meine Vorliebe gilt eher der Nekrophilie ... das war ein Scherz.«

Das Licht verlieh den Körpern ein interessantes Volumen. Sie erinnerten ihn an Caravaggio und seine herausragende Technik des diagonalen Lichteinfalls und der Hell-Dunkel-Kontraste.

»Ich dachte mir, dass wir das Nützliche mit dem Angenehmen verbinden können, Joey. Pizzas und dazu eine Fotosession. Im Gegensatz zu Carat bin ich damit einverstanden, mich vor Ihr Objektiv zu setzen. Im Übrigen haben Sie Ihren Apparat ja bereits um den Hals hängen.«

»Ich habe vor Ihrem Haus Aufnahmen gemacht. Der Himmel ist unwiderstehlich schön.«

»Wenn Sie an Porträts interessiert sind, so gibt dieser Raum ein gutes Dekor dafür ab.«

Das ließ Joey sich nicht zwei Mal sagen. Er erinnerte sich an die Porträtaufnahmen von der schönen und nachdenklich blickenden Kriegsfotografin Lee Miller in Hitlers Badewanne, die der Fotograf David Sherman in Hitlers Münchener Residenz intelligent in Szene gesetzt hatte – gerade zu dem Zeitpunkt, als die Stadt von den amerikanischen Truppen befreit worden und man auf die Vernichtungslager gestoßen war.

Er entdeckte an einer Wand Fotos von einer eleganten dunkelhaarigen Frau. Auf einigen der Aufnahmen nahm sie ein Bad in ebendiesem über und über mit Kerzen bestückten Badezimmer. Eine reizvolle Verschachtelung.

»Meine Frau. Sie war eine sehr begabte Architektin.«

»Was hat sie gebaut?«

»Häuser.«

»In welchem Stil?«

»Sehr puristisch. Die von ihr entworfenen Gebäude sollten stets im Einklang mit der Natur stehen. Auch für uns hat sie ein Haus entworfen…«

»Wo denn?«

»Etwas außerhalb von Paris. Sie wollte den Eindruck vermitteln, dass das Haus ein Abkömmling des Waldes ist. Irgendwann können Sie auch dort Fotos machen. Ich habe mich nie dazu durchringen können, es zu verkaufen.«

Der Anwalt blickte zur Decke, die aus Spiegelglas bestand, und betrachtete sein Spiegelbild. Das trübe Wasser und kleine Schaumberge verbargen sein Geschlecht und seine Beine; sein magerer Torso wirkte in dem gedämpften Licht weniger kantig.

»Caroline ist tot, müssen Sie wissen.«

»Das tut mir leid.«

»Ein Flugzeugabsturz über den Pyrenäen. Sie flog ihre Robin DR vierhundert selbst. Das war im Jahr 1975. Gott war zu gnädig mit mir. Meine Feinde hätten mich eigentlich schon längst erwischen müssen, aber mir wurden offenbar mehrere Leben gewährt. Eines davon hätte ich gern meiner Frau gegeben…«

Seine Stimme war brüchig geworden, er benetzte sich das Gesicht mit Wasser, strich seine Haare zurück, und Joey machte eine Nahaufnahme von ihm. Bagneux zog den Stöpsel heraus, das Wasser verschwand glucksend im Abfluss.

»Ich lade Sie zum Mittagessen mit meiner kleinen Sippe ein, Joey. Justinien und Muriel sind meine Freunde. Sie begehren auf und lassen sich nicht unterkriegen. Das mag ich. Justinien hat fünfzehn Jahre für eine Vergewaltigung bekommen, die er nicht begangen hat. Er hat es mir zu verdanken, dass es am Ende nur sechs Jahre geworden sind. Heute lebt er glücklich mit Muriel zusammen, die er kennengelernt hat, weil sie Häftlinge im Gefängnis besuchte. Sie ist hübsch und mutig und zudem auch noch eine gute Köchin. Ja, ich gebe es zu, die Pizzas waren nur ein Vorwand, um Sie wiederzusehen.«

»Das finde ich sehr schön, aber ich habe wenig Zeit.«

»Ach ja, die Auslieferungen warten. Ich wette, Sie mögen das?«

»Pizzas ausliefern?«

»Durch die Stadt streifen und den Zufall fotografieren.«

»Ja, und Sie sind ein interessanter Zufall. Ihre Wohnung sieht aus wie ein Mausoleum, aber Sie mögen gleichzeitig auch das Scheinwerferlicht der Fernsehstudios.«

»Ich habe immer die schwierigen Fälle übernommen. Nur über sie kann man Einfluss auf die Gesellschaft nehmen. Da gehört der Medienrummel zwangsläufig dazu.«

»Sie haben sehr viele Prozesse gewonnen und sich viele Feinde gemacht.«

»Mit einem habe ich mich im Laufe der Zeit abgefunden: Man kann nicht kämpfen und dann auch noch erwarten, dass die Öffentlichkeit einen als Unschuldslamm wahrnimmt. Ich werde nur in die allerbilligsten TV-Shows eingeladen. Aber – ich lehne nie ab; denn so kann ich für meine Mandanten etwas erreichen. Was zählt, ist, dass man sich vor einem großen Publikum äußert. Glauben Sie nicht?«

»Ich glaube gar nichts. Ich bin lediglich ein Auge.«

»Ich glaube, dass Sie weit mehr als das sind, junger Mann.«

Der Anwalt wickelte sich in einen Bademantel. Das Auge fotografierte derweil den Widerschein ihrer beiden Gestalten im Spiegel.

»Machen Sie oft Selbstporträts, Joey?«

»Nein, nicht oft. Das Genre des Selbstporträts ist eine gefährliche Sache.«

»Dennoch frönt heute die ganze Welt dieser Beschäftigung. Jeder macht Selfies und beschreibt sein Leben in Autofiktionen oder in den sozialen Netzwerken.«

»Ich bin jung, aber nicht modern.«

Das Hausangestellten-Paar aß am Tisch des Hausherrn in der Küche. Justinien hatte seine Jacke ausgezogen und trug darunter nun ein makellos weißes Hemd samt Hosenträgern, auf denen Nashörner abgebildet waren. Muriel hatte ihre Perücke abgelegt, und ihr kahler Schädel glänzte unter der Deckenleuchte. In Joey keimte sofort der Wunsch auf, Bilder von ihr zu machen. Ihr ungeschminktes Gesicht hatte etwas Anrührendes. Sie willigte ein. War es Gleichgültigkeit? Wagte sie es wegen ihres Chefs nicht abzulehnen? Das ließ sich nicht feststellen. Sie erinnerte ihn ein wenig an Isabelle Huppert in dem Film *Die Spitzenklöpplerin*, der von den unüberwindbaren Gräben zwischen Menschen und sozialen Klassen handelt. Bagneux gratulierte Muriel zu ihrem Hähnchen mit Morcheln und Vin Jaune.

»Die Journalisten sprechen bereits von Ihnen, Maître«, erklärte der Chauffeur und hob die Zeitung *Le Figaro* hoch. »Sie wissen, dass Sie Ihren Mandanten am Ende heraushauen werden.«

»Langsam, Justinien. Mein Name ist Bagneux und nicht Merlin, der Zauberer.«

»Was macht es mit einem, wenn man jemanden verteidigt,

von dem man weiß, dass er schuldig ist?«, wollte Joey wissen. »Ich meine jetzt nicht Brunet, sondern ganz allgemein ...«

Der Anwalt lächelte und schenkte sich Wein nach.

»Das ist eine interessante Frage. Um ehrlich zu sein, ist die Justiz doch nur dazu da, das Chaos in Schach zu halten. Sie hält die öffentliche Ordnung einigermaßen aufrecht, aber in keinem Fall verteidigt sie die Moral. Im Grunde waren die Alten nicht schlechter dran, als sie in den Naturgewalten den Ausdruck einer rohen und authentischen Gerechtigkeit sahen.«

»Das finde ich auch. Es kommt doch vor allem darauf an, den Schaden zu begrenzen.«

»Ja, und manchmal ist das sehr schwierig. Er treibt seinen Spaß mit Ihrer Schwester und ihren Kollegen.«

»Der Mörder?«

»Ja, der echte Mörder, nicht dieser arme Teddy. Er lässt die Baustelle in der *Rue du Laos* offen, um aufmerksam auf sich zu machen und in einen Dialog zu treten. Er interessiert mich.«

»Weil er ein Spieler ist?«

»Weil er ein menschliches Wesen ist. Monster gibt es nicht. Finden Sie nicht auch?«

Irgendwo in der Wohnung klingelte ein Handy. Die ersten Takte eines Stückes der Eurythmics erklangen: *There Must Be An Angel*. Ève hätte es wunderschön gesungen.

Dann erstarb der Klingelton.

Carat verließ seine Wohnung, verschwand im Schlund der Métrostation und las in seinen Notizen, während er auf die Bahn wartete. Véronique Brunet arbeitete als Friseurin in einem Salon des 10. Arrondissements und machte sich Sorgen um ihren Bruder. Sie wusste von seinen Alkoholproblemen und seinem nicht sehr erfüllten Liebesleben. Mit großer Einfühlsamkeit und viel Geduld hatte sie ihn dazu bewegen können, an den Treffen der Anonymen Alkoholiker in seinem Viertel teilzunehmen, und hatte ihn sogar dorthin begleitet. Ihre Eltern, die mittlerweile Rentner waren, lebten in Toulouse. Sie versicherte, dass sie, ebenso wie Teddy, ein gutes und spannungsfreies Verhältnis zu ihnen hatte. Sie sagte die Wahrheit.

Kein Serienmörder hatte jedoch eine normale Kindheit erlebt.

Wenn Brunet der Mörder aus der *Rue du Laos* war, so stünde das im Widerspruch zu jeder Statistik.

Carat verdrängte einen Anflug von Überdruss, steckte das Notizbuch wieder in die Tasche seines Regenmantels und bestieg die Bahn. Santini erwartete ihn, um von ihm auf den neuesten Stand gebracht zu werden. Sein Bericht würde nicht sonderlich aufregend ausfallen.

23 Die hellen Augen

»Beruhige dich. Was ist denn jetzt schon wieder passiert?«

Joey erzählte. Nach einem Mittagessen, bei dem ausgiebig über die Unterschiede zwischen der antiken und der modernen Justiz, über Gleichheit und Moral philosophiert worden war, hatte Bagneux ihm ein unwiderstehliches Angebot unterbreitet.

Franka platzte beinahe vor Ungeduld. Dieser Manipulator hatte sich an ihren Bruder herangemacht, an das schwache Glied in der Kette, dabei hatte er es auf sie abgesehen und im weiteren Sinne auf das Team von Carat.

»Ein Handy hat geklingelt, als ich in der Wohnung von Bagneux war. Es waren die ersten Takte von *There Must Be An Angel.*«

»Von den Eurythmics, na und? Soll das etwa Eindruck auf mich machen?«

»Unbedingt, ich dachte sofort daran, dass Ève dieses Lied viel besser als Annie Lennox gesungen hätte. Also habe ich

Bagneux von Mama erzählt. Das fand er sofort sehr interessant. Es gibt keinen Zufall. Das ist ein Zeichen.«

»Joey, was erzählst du denn da?«

»Bagneux kennt ein ganz hohes Tier bei Sony. Er kann ihn davon überzeugen, die Lieder unserer Mutter zu produzieren. Wir können Ève zu neuem Leben erwecken, Franka!«

»Da hast du dich aber ganz schön einwickeln lassen.«

»Bagneux ist wirklich von Musik begeistert, und zwar, ohne dass er alles in bestimmte Schubladen stecken muss.«

»Was meinst du denn damit?«

»Er hört Ravel, aber er erkennt auch, dass Ève ein Riesentalent war.«

»Was? Wie kann er das denn wissen?«

»Ich habe ihm das alte Video von Mama auf YouTube gezeigt.«

»Dieser Typ versucht, über dich an mich heranzukommen.«

»Wenn du diese Möglichkeit im Auge behältst, brauchst du dich ja nicht mehr davor zu fürchten. Und außerdem, ich sage es noch einmal, ist Bagneux ein Ästhet. So eine Chance gibt es kein zweites Mal.«

»Du bringst mich noch um, Joey.«

Christine Santini empfahl Carat, sich mit dem Untersuchungsrichter Seimourt zu treffen. Der Hauptkommissar hatte ihr seine magere Bilanz vorgelegt. Der von Bergerin gefundene Bolzenschneider hatte vermutlich nichts mit dem Fall zu tun. Grossisten und Einzelhändler von Kerzen hatte man ohne Erfolg befragt. Was die DNA anging, so befand man sich in der interstellaren Leere. Die wenigen Spuren – Haare, Schamhaare und Reste von Körperflüssigkeiten – stammten von ein und derselben Person: dem Opfer. Der Kellerraum B.18 war der sauberste Keller der Welt. Es schien, als habe der Mörder einen kabellosen Staubsauger benutzt.

Der Typ liebte die Grundelemente. Das Feuer, das Wasser, die gestampfte Erde eines Kellerbodens. Das Feuer, um ein Kreuz zu formen, das Wasser, um es zu erhitzen und seine Gefangene zu verbrühen. Ein düsterer Keller, der seit Anfang des 19. Jahrhunderts nicht verändert worden war. Und ein nacktes Opfer, dem man alles genommen hatte, was mit der Gegenwart in Verbindung stand.

Was folgte daraus?

Santini presste die Stirn gegen die Fensterscheibe. Die Seine zog sich wie ein unruhiges, nervöses Band durch die Stadt, und die in den Wolken gespeicherte Feuchtigkeit würde sich demnächst entladen.

Warum, zum Teufel, hatte der Täter der Frau die Lider geschlossen?

Dieses ganze Theater passte überhaupt nicht zu dem grobschlächtigen Kerl, den man im Vernehmungsraum ausquetschte. Das war offensichtlich. Und die Zeugenaussage seiner Schwester bestätigte das.

Es hatte seit Ewigkeiten keinen Serienmörder mehr in Paris gegeben. Die Ermittlungen in einem solchen Fall konnten sich Jahre hinziehen. Aber wenn man diesen Irren nicht in absehbarer Zeit ins Kittchen brachte, würde dieser Kerl Ausdruck ihrer Ohnmacht werden.

War Carat der richtige Mann für diese Situation? Einige behaupteten, dass er seit Mansours Suspendierung nicht mehr das nötige Feuer besaß. Er hatte das Mädchen befragt, das man als Zeugin ausfindig gemacht hatte, aber auch das war Franka zu verdanken. Und sonst, was hatte er sonst noch erreicht?

Es waren Lichter auf dem Hof zu sehen. Zuerst dachte ich, es seien Glühwürmchen.

Glühwürmchen. Was konnte man mit diesen Glühwürmchen schon anfangen?

Franka kam früher nach Hause als gewöhnlich. Der Chef hatte ihr geraten, sich auszuruhen. Das passte ihr gut, denn das wirre Gerede von Joey bezüglich der »Auferweckung« ihrer Mutter erforderte eine ernste Unterredung mit ihm.

Sie befürchtete, in Ohnmacht zu fallen. Der Schakal saß gemütlich auf dem Sofa. Als er sie erblickte, sprang er auf. Eine jämmerliche Aktion, eine lächerliche Erscheinung. Ihr Brüderlein schaute drein wie ein Jugendlicher, der sich bei einer Dummheit ertappt fühlt. Zu dämlich! Er fiel wieder in seine alten Verhaltensmuster zurück, sein Psychologe musste wirklich eine vollkommene Niete sein.

»Wir dachten nicht, dass du so früh nach Hause kommen würdest«, stammelte der Vater.

»Was machst du hier?«

»Erspar uns deinen Zorn«, deklamierte Joey. »Es ist mein Fehler, mein riesengroßer Fehler. Wenn du nicht da bist, kommt Papa mich besuchen. Ab und zu.«

»Hau ab«, herrschte sie ihren Vater an und packte seinen Stock.

Sie schob ihn nach draußen und warf die Tür ins Schloss.

Er hatte nicht protestiert. Sein zerknittertes Gesicht, seine flehende Miene blieben ihr im Gedächtnis. Sie hätte Joey am liebsten angeschrien und verprügelt.

»Dich schmeiße ich auch hinaus.«

»Mir reicht's, dass ich keine Familie mehr habe, Franka. Es gibt so etwas wie Verjährung, findest du nicht?«

»Nein.«

»Du wirst ihn nicht allein krepieren lassen.«

»Was mich betrifft, so ist er bereits tot.«

»Mann, du bist ja noch verrückter als ich, echt.«

Joey warf die neben dem Fernsehgerät aufgestapelten Bücher um. Kriminalromane, Essays über die Folter, die Mafia oder Serienmörder.

»Diese Bücher hat Papa mir gegeben.«

»Du hast behauptet, du wolltest in Antiquariate gehen.«

»Mich interessiert das Thema Gewalt schon seit Langem. Genau wie ihn. Und für dich gilt das Gleiche. Lass mich also tun, was ich will.«

Er stand auf, um in seinem Zimmer zu verschwinden. Kaum war die Tür geschlossen, erklang die Stimme von Ève in voller Lautstärke durch die Tür.

Deine hellen Augen tanzen in meinen Adern / Tausend Ritter und eine einzige Königin…

Sie schwor sich, dass sie nicht weinen würde.

Carat überquerte die *Place Igor-Stravinsky,* um die Lieblingsbar von Seimourt, das *Étoiles*, aufzusuchen. Unter dem himmlischen Deckengewölbe zappelten Modelle von Satelliten und Raumschiffen zwischen glitzernden Discokugeln. Die Fotos an den Wänden erzählten von der Eroberung des Weltalls. Neil Armstrong tanzte auf dem Mond. Eine Gruppe von Astronauten lächelte vor der amerikanischen Flagge. Es war die Mannschaft jener Raumfähre, die beim Wiedereintritt in die Erdatmosphäre auseinandergebrochen war.

Things on your chest/You need to confess/I will deliver/You know I'm a forgiver…

»*Depeche Mode*. Ein Remix von *Personal Jesus*. Einfach zeitlos, Bastien.«

»Wenn du es sagst.«

»Ich empfehle dir diesen Single Malt.«

»Einverstanden. Ich nehme auch einen.«

»Zum ersten Mal habe ich diesen Laphroaig in Port Ellen getrunken, auf der kleinen Insel Islay. Nicht einmal dreitausend Einwohner, aber sieben Schnapsbrennereien. Ein unvergleichliches Aroma von Torf und Algen, stimmt's?«

»Mag schon sein.«

»Diejenigen, die nichts davon verstehen, behaupten, es sei ein Abführmittel, Bastien.«

Seimourt hatte ein Buch über Whisky geschrieben und mit der Vorstellung geliebäugelt, den Richterberuf aufzugeben und Reiseschriftsteller zu werden. Nach ein paar Wochen hatte er wieder Abstand von diesem Traum genommen und war zur Vernunft gekommen.

»Schön, wie ist denn der Stand der Dinge?«

Carat fasste die Tatsachen zusammen. Die Verhaftung von Teddy Brunet und die Zeugenaussage seiner Ex, den auf dem Balkon versteckten Bolzenschneider. Das in der Wohnung der Hebamme und auf der Leiche gefundene Biafin. Die Befragung des Mädchens, das die Leiche entdeckt hatte und dessen Aussage nahelegte, dass der Mörder sich schon einen Monat vor dem Verbrechen in der *Rue du Laos* herumgetrieben hatte, um sein Ritual vorzubereiten.

»Geht es voran mit Brunet?«

»Er leugnet alles. Und das Mädchen hat ihn nicht wiedererkannt.«

»Das wäre ja wohl zu schön gewesen.«

»Solange das Opfer nicht identifiziert ist, wird man den Zeitraum nicht abschätzen können, über den sich die Entführung erstreckt hat. Und man wird auch die Schwachstellen in seinem Zeitplan nicht finden können.«

Seimourt nippte schweigend an seinem Abführmittel.

»Ich habe einen Anruf von Mansour erhalten«, gab er dann preis. »Er behauptet, dass Kehlmann ihn in der Klinik ausgefragt hat. Sie habe seine Version eurer Streitigkeiten hören wollen.«

»So ein Gerede. Er war derjenige, der ihr nachgestellt hat, um mich in den Dreck zu ziehen. Und um Zwietracht in unserem Team zu säen.«

»Unser alter Kumpel wirkte aber sehr aufrichtig. Da steht Kehlmanns Wort gegen das seine.«

»Ich vertraue ihr.«

Noch immer nicht überzeugt, verzog der Richter das Gesicht.

»Mich hat sie seinerzeit mit ihrer Unschuldsmiene hereingelegt.«

Carat trank einen Schluck Whisky und wartete ab.

»Das Ganze ist jetzt ungefähr ein Jahr her. Man verdächtigte den Direktor eines Betriebs der Unterschlagung und Veruntreuung, der Hehlerei und der Geldwäsche im großen Stil.«

»Und weiter?«

»Er hatte einen Bruder in der Politik, und die ganze Affäre stank zum Himmel. Ich geriet ständig mit Santini aneinander. Ich wollte, dass sie die Ermittlungen beschleunigt, um zu verhindern, dass sich der Kerl in ein Steuerparadies absetzt. Sie erwies sich jedoch als Verfechterin eines diskreteren Vorgehens, um den politischen Schaden im Rahmen zu halten.«

Franka Kehlmann und er seien erstaunlicherweise Komplizen geworden. Sie habe ihn oft im *Étoiles* getroffen und behauptet, die Atmosphäre hier zu mögen. Sie habe seinen Rat gesucht, weil sie fürchtete, aus Mangel an Erfahrung nicht alles zu überblicken.

»Sie kam oft im Justizpalast vorbei, denn sie hatte geschickt eine gewisse Vertrautheit mit meiner Assistentin hergestellt. Das ging so weit, dass Marthe sie allein in meinem Büro auf mich warten ließ.«

»Was hätte sie denn dort finden können?«

»Sie muss meine Mails und meine persönliche Post durchwühlt haben, um irgendwelche kompromittierenden Bemerkungen auszugraben.«

»Kannst du vielleicht etwas genauer werden? Ich kann nicht recht folgen, um ehrlich zu sein…«

»Kritische Äußerungen über meine Vorgesetzten, zum Beispiel. Irgendeinen Beweis für ein unangemessenes Verhalten meinerseits. Vermutlich sollte der Oberste Rat der Magistratur angespitzt werden, um mir ein Disziplinarverfahren anzuhängen.«

Der Richter hatte sich bestätigt gefühlt, als ein Freund ihn davon unterrichtete, dass Kehlmann Fragen über ihn stellte. Sie tat so, als wolle sie lediglich auf Nummer sicher gehen: Die Feinde von Seimourt beschuldigten ihn des Karrierismus, ja sogar der Unehrlichkeit, obwohl sie ihn doch als ganz wunderbaren Menschen kennengelernt habe. Woher stammten also diese üblen Verleumdungen? Und wie konnte man den Gegnern das Maul stopfen?

»Der klassische Trick: Ich behaupte, etwas Entlastendes herausbekommen zu wollen, suche aber tatsächlich etwas Belastendes. Kehlmann und Santini haben nichts gefunden. Aber Tatsache ist doch, dass sie es versucht haben. Kurz und gut, diese beiden Weiber haben mich ein Mal reingelegt, aber das wird auch das letzte Mal gewesen sein.«

»Philippe, solche Drohgebärden mag ich nicht.«

»Schon gut, ich bin ein braver Junge. Unser Fall hat oberste Priorität. Ich bin zwar immer noch scharf auf Kehlmann, aber wenn ich sie tatsächlich ins Bett kriegen sollte, dann würde ich ein Schießeisen unterm Kopfkissen deponieren.«

»Sehr witzig.«

Mittlerweile hatte Léo Ferré Depeche Mode ersetzt.

Une robe de cuir comme un oubli/Qu'aurait du chien sans l'faire exprès/Et dedans comme un matin gris…

»Santini möchte ich nicht einmal geschenkt haben, aber Kehlmann bekommt mildernde Umstände«, gestand Seimourt großmütig ein.

»Warum das denn?«

»Wegen ihres jüngeren Bruders Joey.«

»Der verflixte Fotograf?«

»Kennst du ihn?«

»Ich bin ihm begegnet.«

»Ein verwirrter Junge, der mit ihr zusammenlebt. Verständlicherweise. Der Vater, ein bekannter Historiker, aber leider auch Alkoholiker, hat seine Kinder vernachlässigt. Als sie einmal allein zu Hause waren, ist Joey aus dem Fenster gestürzt.«

Die Abstände zwischen den Gitterstäben des Balkons waren so groß, dass sein zarter Körper hindurchgepasst hatte. Der Junge verdankte sein Leben einem Passanten, der gerade vorbeiging und ihn genau im richtigen Augenblick auffing wie ein Rugby-Ei.

»Seither fühlt sich seine Schwester verantwortlich für ihn. Das entschuldigt sie in meinen Augen in gewisser Weise.«

Carat sah gedankenverloren auf das Foto der Mannschaft, die in der Raumfähre Columbia ums Leben gekommen war.

…ich bin überzeugt davon, dass meine Mutter eine bedeutende Künstlerin geworden wäre, wenn sie die Kraft besessen hätte, meinen Vater zu verlassen. Und wie ist es mit dir, Kommissarin Kehlmann, wer bist du wirklich?

»Was ist der Grund für das Begehren, was meinst du?«

»Du bist mir zu kompliziert.« Carat stöhnte.

»Sie ist ein Mädchen, das dich reinlegt und dabei lächelt. Die Stärke von Kehlmann ist ja gerade ihre Sanftheit…«

Et dans la musique du silence/Une fille qui tangue et vient mourir/C'est extra/C'est extra/C'est extra/C'est extra…

24 Ewige Trauer

Wieder einmal die Stimme von Ève.

»Hat dich dein Spaziergang beruhigt?«

»Die Bässe, Joey, denk an die Nachbarn.«

»Deine Nachbarin war schon hier. Ein nerviges Gespräch, aber ein ansehnlicher Hintern. Ich habe ihr vorgeschlagen, sie zu fotografieren.«

»Auf einem Friedhof oder einer Müllhalde?«, witzelte Franka und drehte den Ton leiser.

»So weit war ich noch nicht mit meinen Annäherungsversuchen. Grundregel Nummer eins: Man nähere sich seiner Beute behutsam an.«

»Wo wir schon beim Thema sind: Es wäre gut, wenn du dich mit Leuten treffen würdest.«

»Welchen Leuten?«

»Mädchen, Freunden. Aus Fleisch und Blut. Nicht nur mit anonymen Gestalten im Netz.«

»Deine Haare sehen seltsam aus.«

»Der Regen.«

»Hast du dir Gedanken gemacht wegen der CD?«

»Das werden wir ein andermal überlegen.«

»Wann?«

»Wenn wir mit unserem Fall weitergekommen sind. Im Augenblick ist Bagneux der Feind. Das verstehst du doch hoffentlich.«

Joey setzte einen Kopfhörer auf, schloss ihn an die Hi-Fi-Anlage an und wandte sich mit trotziger Miene dem Computer zu. Die Stimme von Ève verstummte.

Franka ging duschen, im Wasserdampf sah sie das Gesicht von Carat vor sich. *Dieser zu Tode gequälten Frau kann niemand mehr helfen, aber es gibt die anderen. Hilf uns dabei, dass er nicht weitermorden kann, Élodie.* Sie waren ein wenig vorangekommen, dachte sie.

Sie taute das Abendessen in der Mikrowelle auf.

»Findest du das schön, Franka?«

Auf dem Bildschirm des Computers war ein Schwarz-Weiß-Foto von einer Frau mit langen hellen Haaren vor einem Grab zu sehen.

»Schon wieder eine Friedhofsgeschichte. Genau das meinte ich eben.«

»Manchmal ist auf den Friedhöfen mehr Leben zu spüren als an anderen Orten, weißt du?«

»Nein, das weiß ich nicht.«

»Ich fotografiere den Tod und den Verfall, weil ich mittlerweile einen sehr genauen Blick für diese Sujets habe. Wo andere den Tod sehen, sehe ich die Schönheit.«

»Wer ist sie, diese Frau?«

»Ich kenne sie nicht. Sie kommt fast jeden Abend ans Grab eines Typen, der mit zwanzig Jahren gestorben ist. Es ist ganz hier in der Nähe.«

»Auf dem Friedhof von Batignolles?«

»Genau, man muss nicht in die Ferne schweifen, um einen Funken Ewigkeit einzufangen. Sie spricht mit dem Verstorbenen. Sie bemerkt nicht, dass ich sie fotografiere, genauso wenig wie ihr der Typ auffällt, der sie von Weitem beobachtet. Siehst du ihn? Man kann sein Gesicht in der linken Ecke erahnen.«

»Ja, er sieht wie ein Schatten aus.«

»Er ist mit Sicherheit eifersüchtig. Auf einen Rivalen, der so gar nicht angreifbar ist, da er sechs Fuß unter der Erde ruht.«

»Essen wir zu Abend, oder was meinst du?«

»Ich habe keinen Hunger. Ich habe heute Mittag zu viel gegessen. Pizza als Vorspeise und Hähnchen in Vin Jaune als Hauptgericht, zu dem ich auch nicht Nein gesagt habe.«

»Na toll, und weiter?«

»Ich hatte noch keine Zeit, es dir zu sagen … Bagneux hat mir vorgeschlagen, eine Reportage über ihn zu machen. *Auf den Spuren des transparenten Anwalts*. Er versteckt nichts, ich fotografiere, was ich sehe.«

Er zeigte ihr, was er auf seiner Leica gespeichert hatte: Bagneux in seiner Badewanne. Eine kahlköpfige Frau, die bei Tisch bedient. Der Chauffeur, der fröhlich an seinen Hosenträgern zieht.

»Du hättest annehmen sollen. Da haben wir die Chance unseres Lebens verpasst. Allein werden wir es niemals schaffen.«

Seine Augen füllten sich mit Tränen, er zitterte.

»Joey, hör mir zu …«

»Bagneux sagt, dass Carat ganz schön abgehalftert ist. Er glaubt, dass du deine Zeit vergeudest. Und ich auch.«

»Man nennt Bagneux den ›Anwalt des Teufels‹, und das aus gutem Grund. Er treibt sein Spiel mit uns.«

»Dann müssen wir einfach nur besser spielen als er, Franka.«

»Sei nicht dumm.«

»Und du, sei ehrlich zu dir selbst. Ihr werdet den Mörder niemals kriegen. Er macht, was er will.«

»Hör auf, herumzuspinnen, ja?«

»Der Beweis ist, dass er die Baustelle offen gelassen hat, damit man die Leiche auch wirklich findet. Das gut sichtbare, aufgebrochene Vorhängeschloss. Er wollte, dass jemand seine Inszenierung sieht. Er ist derjenige, der bestimmt, wie alles läuft. Wen er umbringt, und wann die Bullen dort auftauchen dürfen.«

Sie starrte ihn wie versteinert an. Die Tatsache, dass die Baustelle nicht verschlossen gewesen war, hatten sie nicht an die Presse weitergegeben.

Sie rief Carat an. Sein abweisender Tonfall überraschte sie. Die Stimme wurde etwas freundlicher, als sie ihm berichtete, was sie herausgefunden hatte.

»Wir treffen uns in Asnières, vor dem Haus von Louis Bagneux.«

Sie legte ihr Holster an, gab auf die Fragen ihres Bruders keine Antwort mehr und rief ein Taxi.

Es war 22:20 Uhr, als ihr Taxi am Quai du Docteur-Dervaux eintraf; das Gebäude ragte hoch über dem Jachthafen auf. Das Carat-Team quetschte sich in den Aufzug.

»Welch schöne Überraschung!«, schleuderte Justinien, Bagneux' Fahrer, ihnen entgegen.

»Führ uns zu deinem Chef.«

Der Chauffeur mit dem losen Mundwerk gewährte ihnen Zutritt zu einer großartigen Wohnung. Die breite Fensterfront bot einen unverstellten Blick auf die Seine-Schleife und das Lichtermeer von Paris. In der Küche räumte eine kahlköpfige Frau den Tisch ab. Carat erkannte die Lebensgefährtin des Chauffeurs.

»Chemotherapie«, sagte sie erklärend.

»Ich stelle Ihnen Muriel vor«, brachte sich Bagneux ein, der mit einem Glas und einem Buch am Tisch saß. »Machen Sie mir die Freude, diesen ausgezeichneten Cognac zu probieren.«

»Woher wussten Sie, dass das Tor von der Baustelle offen war? Diese Information wurde nicht an die Presse weitergegeben.«

»Ich weiß auch, dass ein paar Jugendliche die Leiche gefunden haben.«

»Wer hat Ihnen das gesagt?«

»Victor Frey natürlich. Mein Mandant und Freund.«

Carat rief auf der Stelle den Bauunternehmer an.

»Was haben Sie denn nur? Bagneux interessiert sich eben für den Fall. Ich habe nur auf seine Fragen geantwortet«, verteidigte sich Victor Frey.

»Unterstehen Sie sich, noch ein Mal Einzelheiten meiner Ermittlungen weiterzugeben, Frey.«

Der alte Anwalt hatte Frey so lang in den Ohren gelegen, bis dieser ihm schließlich davon erzählt hatte.

»Wie Sie sehen, Carat, habe ich nichts zu verbergen.«

»Da nehmen wir Sie gleich beim Wort, Maître. Auf geht's, wir durchsuchen Ihre Wohnung.«

Zimmer für Zimmer wurde durchkämmt. Bagneux folgte ihnen wortlos. Der Chauffeur und die Haushälterin protestierten, aber er brachte sie mit einer kurzen Geste zum Schweigen. Jede einzelne DVD des Heimkinos wurde geöffnet, ebenso die Bücher der beeindruckenden Bibliothek. Die Matratzen wurden aus den Betten gehoben, die Kopfkissen aus ihren Bezügen gerissen, die Vertäfelungen, Kacheln und Leisten abgeklopft.

»Ich verstehe das nicht, Maître«, regte Muriel sich auf und blies eine Feder weg, die auf ihrer Schulter gelandet war. »Die verwüsten alles, und Sie lassen das einfach zu.«

»Ich bin kein Bourgeois, meine Liebe.«

Es war ein Fehlschlag auf ganzer Linie. Sie hatten das Unterste zuoberst gekehrt, aber es war nichts aufgetaucht. Nicht der geringste Hinweis, der Victor Frey, Louis Bagneux oder Teddy Brunet belastet hätte.

»Die Hebamme hat sich nach ihrer Trennung von Teddy Brunet in den sozialen Netzwerken ausgetobt«, teilte Bergerin ihnen mit. »Sogar die sexuellen Probleme von Teddy hat sie nicht ausgelassen.«

Franka erinnerte sich an die Ausführungen von Mansour: *Die letzte Partnerin von Teddy Brunet hat einen großen Fehler gemacht. Ihr werdet Brunet für Handgreiflichkeiten gegen Bergerin festhalten können, natürlich, das ist klar. Aber ihn vor das Schwurgericht zu bringen, das ist etwas ganz anderes. Vor allem jetzt, wo Bagneux ihm zur Seite steht.*

»Brunet hatte also einen objektiven Grund, sich an ihr zu rächen und ihre Wohnung zu verwüsten«, lautete die Schlussfolgerung von Carat.

»So kann man das sagen, Chef.«

Franka begriff allmählich, warum Bagneux selbstsicher wirkte. Die Verleumdungen der Hebamme machten aus seinem Mandanten einen in seiner Ehre verletzten Mann. Ein Opfer. Das erklärte auch, warum Teddy es vermied, lautstark seine Unschuld zu beteuern. Bagneux hatte ihm die Anweisung gegeben zu schweigen.

Eine traumhafte Gelegenheit, die Dinge in die Länge zu ziehen und die Polizei lächerlich zu machen.

Frey genoss einen polnischen Wodka und den freien Blick auf Notre-Dame. Es war Magda gewesen, die die Wohnung ausgesucht hatte. Wegen dieser Aussicht. Sie war eine hervorragende Immobilienagentin gewesen. Die Kunden hatten nach ihr verlangt, sie schätzten ihren weiblichen Blick. Eigentlich träumte sie davon, Opernsängerin zu werden. Ernsthaft. Sie wollte sich nicht damit begnügen, Hauskonzerte bei Privatleuten zu geben …

Das Mädchen hatte sich noch nicht wieder angekleidet, sie verlangte ebenfalls ein Glas Wodka und fragte, wer gerade angerufen habe. Eine dreiste Person.

»Unwichtig, es war geschäftlich.«

Ihre blonden Haare verdeckten ihre kleinen Brüste. Ihr breites Kreuz passte nicht recht zu ihrer zarten Gestalt, aber im Bett war sie eine enthusiastische Partnerin gewesen.

Er wünschte sich, dass sie jetzt ginge. Da er nicht reagierte, schenkte sie sich selbst ein Glas Whisky ein.

Sie war ihm aufgefallen wegen ihrer Art, sich zu kleiden. Diese schlichte Eleganz erinnerte ihn an den Stil von Magda. Sie begann, ihm etwas vollkommen Belangloses zu erzählen.

»Ich muss los, ich habe einen Termin.«

Endlich begriff sie, dass sie verschwinden sollte. Er log, als er behauptete, er würde sie wieder anrufen.

Im Grunde hatte er sogar wirklich Lust, hinauszugehen, Louis zu treffen, in eine andere Atmosphäre einzutauchen, mit jemandem zu reden. Sein alter Freund war exzentrisch und mondän, aber er besaß ein großes Herz. Auch er war dem Charme Magdas erlegen, was bei einem Mann wie ihm sicher nicht so leicht vorkam. Er hatte ihr andere Musiker vorgestellt und sich uneigennützig darum bemüht, weitere Konzerte für sie bei Freunden zu organisieren.

Als man Frey von ihrem Tod in Kenntnis setzte, hatte er Bagneux angerufen, ohne jede Überlegung, ohne jedes Zögern. Sein Freund war zu ihm geeilt und hatte ihm zugehört, als er ihm von Magdas Ende erzählte.

Man hatte sie in einer der Wohnungen gefunden, die sie gerade zum Verkauf anbot. Der Mörder hatte sie vergewaltigt und dann ein Messer benutzt. Anschließend hatte er die Leiche in einen Vorhang gewickelt, in den Kamin geschoben und dann Feuer gemacht.

Die schöne Freundin. Vier Jahre war das jetzt schon her.

25

Ein auserkorenes Opfer.

Das göttliche Wort ist wieder erwacht, es weist mir erneut den Weg.

26 Absenzen

Sonntag, 31. März

»Hallo? Liliane? Was ist denn los, es ist vier Uhr morgens …«

»Und es ist obendrein Wochenende, ich weiß schon, Marc. Ich habe ganz schön viel Zeit mit deinem verflixten Bolzenschneider im Labor verbracht. Aber jetzt hör zu, es hat sich gelohnt. Das Schloss von der Baustelle wurde tatsächlich mit diesem Ding aufgebrochen.«

Bergerin huschte eilig in die Küche. Zum Glück war Alexandra nicht wach geworden.

»Du bist genial, Liliane.«

»Ich habe nur meine Arbeit gemacht.«

»Ich weiß gar nicht, wie ich dir danken kann.«

»Zieh einfach beim nächsten Mal nicht so eine Show ab. Ihr seid auf der Jagd nach einem Mörder. Ein Dreckschwein, das Frauen massakriert. Die Zeit drängt. Da weiß ich auch ohne eine Einladung zum Abendessen, was ich zu tun habe. Das war's auch schon. Bis zum nächsten Mal, mein Wikinger.«

Damit legte sie auf. Bergerin lächelte sein Smartphone an.

Liliane Sellier hatte ihn ganz schön abgekanzelt.

Er rief seinen Chef an und teilte ihm die Neuigkeit mit.

»Sehen wir uns im Präsidium, um mit Teddy über den Bolzenschneider und das Schloss zu sprechen, Chef?«

»Du kannst ja Gedanken lesen, mein Lieber.«

Gegen sieben Uhr reckte und streckte sich Bergerin vor der Kaffeemaschine. Brunet war ein Ausbund an Widersprüchen. Er leistete sich abgrundtiefe Nervenzusammenbrüche und verwüstete die Wohnungen seiner Partnerinnen, er verstand es aber auch, den unerschütterlichen Fels in der Brandung zu spielen. Seit Stunden wiederholte er ihnen, ohne müde zu werden oder sich aufzuregen, dass der Bolzenschneider ihm nicht gehörte. Jemand hatte ihn dort versteckt, um ihm zu schaden.

»Bergerin!«

Als der Kommissar sich umdrehte, wurde ihm ein Anblick zuteil, den er seit dem Ausscheiden Mansours nur selten zu sehen bekam. Auf dem Gesicht Carats lag ein breites Lächeln. Er wirkte geradezu wie verwandelt.

»Der letzte bekannte Wohnsitz liegt in der *Rue Jean-Jacques-Rousseau.*«

»Des Opfers?«

»Ja. Das Gerichtsmedizinische Institut hat gerade angerufen. Der Zahnstatus hat endlich Aufschluss gebracht. Das ist doch eine gute Neuigkeit, mein lieber Bergerin, nicht wahr?«

Carat tätschelte ihm freundschaftlich die Schulter. Das war recht ungewöhnlich. Als Kehlmann jetzt zu ihnen stieß, erstarb das Lächeln auf Carats Lippen. Er empfahl ihr, sich von »ihrem Kollegen« ins Bild setzen zu lassen, und verzog sich in sein Büro.

Heute bin ich auf der Sonnenseite, und Kehlmann steht im Regen, konstatierte Bergerin. *Was hat das wohl zu bedeuten?*

Carat lauschte einer energischen Ansage. Auf dem Anrufbeantworter klang ihre Stimme ernster, als er sie sich vorgestellt hatte. Ihr Gesicht tauchte in seiner Erinnerung vor ihm auf. Sie öffnete die Augen und drehte sich zu ihm um.

Victoire. Victoire Pélissier.

Endlich hatte sie einen Namen.

Sie gingen gemeinsam zum Parkplatz hinunter. Der Wikinger setzte sich ans Steuer. Sie fuhren in Richtung Börsenviertel.

Ein Angestellter, der gerade den Eingangsbereich des Wohnblocks reinigte, öffnete ihnen. In der vierten Etage fanden sie eine gepanzerte Tür vor, auf ihr Klingeln erfolgte keine Reaktion. Carat rief einen Schlosser an, der nach einer Viertelstunde eintraf und ihnen Zutritt zu einer Zweizimmerwohnung verschaffte.

Im Wandschrank hingen Frauenkleider. Ein Foto von Victoire in weißer Uniform vor einem Krankenwagen. Die Durchsuchung ergab, dass sie Notärztin beim ärztlichen Bereitschaftsdienst von Paris war und einen Parkplatz in unmittelbarer Nähe ihrer Wohnung gemietet hatte, in der *Rue du Louvre*.

»Bergerin, du kümmerst dich um den Parkplatz, Kehlmann und ich um den Bereitschaftsdienst.«

Während der Fahrt herrschte ein unangenehmes Schweigen im Wagen. Kehlmann ging bereits auf das Krankenhaus zu, als sie sich noch einmal zum Auto umdrehte. Ihr Chef saß immer noch in dem Renault und starrte ins Leere. Sein Gesicht war aschfahl. Sie rief ihn. Da er nicht reagierte, rannte sie zum Empfang.

Als sie in Begleitung eines Arztes zurückkam, führte ein Autofahrer gerade ein Ausweichmanöver durch und hupte, während Carat wie ein Schlafwandler über die Straße ging. Franka und der Arzt holten ihn ein und brachten ihn in einen Untersuchungsraum, wo er wenige Minuten später wieder zu sich kam.

»Passiert Ihnen so etwas wie heute zum ersten Mal?«

»Nein.«

»Wann kam es das letzte Mal vor?«

»Ungefähr vor einem Jahr. Ich war in den Küchenräumen

des Restaurants, in dem meine Frau arbeitet. Es war, als wäre ich in ein schwarzes Loch gefallen. Man hat mich dann draußen auf der Straße herumirrend aufgefunden.«

»Sie werden nicht ohnmächtig, aber Sie haben keine Kontrolle mehr über Ihren Körper, der sich wie im Freilauf bewegt. So in etwa?«

Carat nickte. Kehlmann begriff, dass er am Boden zerstört war, weil sie sein Geheimnis entdeckt hatte. Er weigerte sich, liegen zu bleiben, zog seine Jacke an und verkündete, dass der Anfall vorüber sei. Sein Blick hatte die gewohnte Schärfe wiedergefunden.

»Man kann nichts dagegen tun. Ich habe bereits mehrere Ihrer Kollegen konsultiert. Außerdem bin ich nicht deswegen hier.«

Er berichtete dem Arzt von dem Mord an seiner Kollegin. Der Mediziner nahm die Neuigkeit zur Kenntnis, stellte mit tonloser Stimme die üblichen Fragen und telefonierte dann mit einem Teamkollegen von Frau Doktor Pélissier, einem gewissen Olivier. Ein etwa vierzigjähriger Pfleger stieß zu ihnen, der sehr erschüttert wirkte und ihnen berichtete, dass er Victoire Pélissier zum letzten Mal in der Nacht des 15. März nach ihrem Dienst gesehen hatte. Kehlmann rechnete nach: Das war also an einem Freitag.

»Sie wollte am nächsten Tag in die Ferien fahren.«

»Wohin?«

»In die Berge. Zum Wandern.«

»War sie erfahren im Bergwandern?«

»Nein, aber sie hatte bei einer Organisation gebucht, die auf diese Art von Ferien spezialisiert ist. Victoire war ledig und sprach wenig über ihr Privatleben, aber ich weiß, dass es seit einiger Zeit niemanden in ihrem Leben gab.«

»Ist Ihnen irgendetwas aufgefallen?«

»Sie hatte sich einen Taser gekauft.«

»Wann war das?«

»Ungefähr vor zwei Monaten. Nach einer merkwürdigen Sache in einem Kaufhaus. Sie befand sich in einer abgelegenen Umkleidekabine. Da hörte sie plötzlich die Stimme eines Mannes. Er sagte zwei seltsame Sätze, die sich auf sie bezogen. Bevor sie ihn ausfindig machen konnte, war er jedoch verschwunden.«

»Hat sie Ihnen gesagt, wie diese Sätze lauteten?«

»Ja, aber ich habe sie nicht mehr im Kopf. Ich weiß allerdings noch, dass sie wie eine Drohung klangen.«

Das Polizistenduo verließ den ärztlichen Bereitschaftsdienst und stieg wieder ins Auto.

»Was genau war das vorhin, Chef?«

»Ich habe doch alles schon dem Arzt gesagt, oder etwa nicht?«

»Ich arbeite mit Ihnen zusammen und habe das Recht, es genauer zu wissen. Ich will verstehen, was mit Ihnen los ist.«

»Vor ein paar Jahren habe ich einen Hirninfarkt gehabt, ohne es zu merken«, erklärte Carat gequält. »Mein Gehirn wurde für einen kurzen Augenblick nicht durchblutet. Das ist die Ursache für meine Absenzen. Sie treten vollkommen unvermittelt auf. In einem Monat, in zehn Jahren, morgen oder niemals wieder. Es gibt keinerlei Behandlungsmöglichkeit. Ich fahre kein Auto mehr, um einen Unfall zu vermeiden.«

»Der Unfall, bei dem Ihre Frau beinahe gestorben ist, war das so ein Anfall?«

Vermutlich hätte er sie jetzt am liebsten zum Teufel gewünscht. Aber er vergrub nur sein Gesicht in beiden Händen.

»Das war der dritte Anfall. Die beiden vorherigen hatte mein Arzt bisher nicht in Beziehung zueinander gesetzt. Jetzt treffe ich Vorsichtsmaßnahmen.«

»Es hätte nicht viel gefehlt, und Sie wären eben unter die Räder des Autos geraten.«

»Was schlägst du denn vor, Kehlmann? Dass ich mich von einer Brücke stürze oder mein Leben zu Hause, eingesperrt wie ein Tattergreis, verbringe? Ich habe beschlossen, ganz normal zu leben und meinen Job zu machen. Jetzt kannst du

Santini diesen Leckerbissen vorwerfen, wenn es dir Spaß macht. Sie wird dann sicher sehr schnell irgendeine Arbeit am Schreibtisch für mich ausfindig machen.«

»Das werde ich Santini nicht erzählen.«

»Bist du da sicher? Da wir jetzt mit offenen Karten spielen, solltest du wissen, dass Philippe Seimourt mir alles berichtet hat.«

Carat führte in allen Einzelheiten aus, was der Richter ihm offenbart hatte. Franka hörte ihm mit flammend roten Wangen zu. Sie hatte sich damals geschworen, nie mehr jemanden für Santini auszuspionieren. Jetzt holte die Vergangenheit sie mit aller Wucht ein.

Sie versuchte, sich zu rechtfertigen. Seimourt wollte den in den Fall verwickelten Unternehmer erledigen und dessen Freund aus der Politik noch dazu. Santini hatte Anweisungen von oben erhalten. Das Innenministerium wünschte nicht, dass man eine Person aus der Politik in die Mangel nahm. Noch dazu jemanden, der sehr gut informiert war und den deshalb niemand in einer Situation sehen wollte, in der er womöglich der Presse unliebsame Mitteilungen machte, um seine eigene Haut zu retten.

»Und da warst du bereit, im Auftrag von Santini und ihres Ministers einen Richter auszuspionieren?«

»Jetzt denken Sie, dass ich im Kielwasser von Santini schwimme, und das nehmen Sie mir übel, nicht wahr?«

»Dir bleibt nichts verborgen.«

Sie erwiderte, dass Santini niemals irgendjemanden verraten oder erledigt hätte, um in der Hierarchie nach oben zu gelangen oder um persönliche Rache zu nehmen. Aber sie konnte sich auch nicht selbst beruflich ins Abseits manövrieren, indem sie ihren Vorgesetzten im Regen stehen ließ.

»Christine ist pragmatisch. Sie tut in einer unvollkommenen Welt das Bestmögliche.«

»Das bedeutet wohl, dass sie den Anweisungen gehorcht, ohne Fragen zu stellen?«

»So naiv sind Sie nicht, Chef. Wie viele Fälle werden vor ihrer Aufklärung eingestellt? Die Staatsräson hat es immer schon gegeben. Und Klugheit in dieser Hinsicht ist überlebensnotwendig.«

»Du hältst dich für klug, wenn du einer Person gehorchst, die von dir verlangt, einen Richter auszuspionieren? Was die Auffassung von Berufsethos angeht, so ist das zumindest diskutierbar. Und gefährlich.«

»Ich habe ja ohnehin nichts über Seimourt gefunden.«

»Aber du hast es versucht.«

»Es tut mir leid, was ich getan habe. Und es gehört der Vergangenheit an, Chef.«

»Bist du sicher?«

»Ich will in unserem Team weiterarbeiten. Und dafür muss es weiter existieren. Was Sie mir gerade erzählt haben, wird niemals jemandem außerhalb dieses tollen Schlittens zu Ohren kommen.«

Einen Augenblick musterten sie einander schweigend. Dann gab Carat das Zeichen zum Losfahren.

Bergerin hatte dem anwesenden Wachpersonal des Parkhauses das Foto von Victoire gezeigt. Alle hatten sie sofort wiedererkannt. Eine »freundliche Kundin«, die ihren Stellplatz für das ganze Jahr mietete, so wie etwa dreißig Prozent der Kundschaft. Das Parkhaus hatte ein Obergeschoss, in dem sich eine Self-Service-Zapfsäule befand, und drei Untergeschosse. Achtzehn Kameras waren auf den verschiedenen Ebenen verteilt, besonders in der Nähe der Zahlstellen, der Zapfsäule und am Aufzug. Bergerin bat darum, die Videoaufnahmen von Freitag, dem 15. März, einsehen zu dürfen.

Daniel, der älteste Mitarbeiter der Wachmannschaft, suchte die DVDs heraus und stellte dem Kommissar einen Computer zur Verfügung. Bergerin spulte vor, bis er den grauen Citroën des Opfers entdeckte. Das Autokennzeichen war lesbar, und am Steuer war auch Frau Doktor Pélissier zu erkennen. Die Uhr verriet, dass sie die Einfahrtschranke um 23:28 Uhr passiert hatte. Bergerin verfolgte ihren Weg in dem leeren Parkhaus bis in das zweite Untergeschoss. Dort konnte er lediglich den Anfang ihres Einparkmanövers beobachten; der Parkplatz mit der Nummer 207 befand sich zum Teil in einem toten Winkel. Er stoppte das Band.

»Macht der Wachhabende ab und zu eine Runde?«

»Fünf Mal pro Nacht.«

»Wer hatte in dieser Nacht Dienst?«

»Amédée. Ein anständiger Kerl. Etwa fünfzig Jahre alt. Er macht das schon seit Ewigkeiten.«

»Hat er etwas Außergewöhnliches bemerkt?«

Daniel warf einen Blick in ein Spiralheft und verkündete, dass sein Kollege nichts notiert hatte.

Bergerin schaltete die Videoaufzeichnung wieder ein. Für einen kurzen Augenblick war überhaupt kein Auto zu sehen, dann tauchte der Citroën erneut auf dem Bildschirm auf. Diesmal war ein Mann am Steuer zu sehen. Bergerin hielt die Aufzeichnung an. Eine Sturmhaube ließ nur die Augen frei. Der Mann trug Handschuhe. Der Timecode zeigte 23:42 Uhr an.

»Hat Ihr *anständiger Kerl* das gesehen und nicht reagiert?«

Der Dienstälteste starrte regungslos, die Arme verschränkt, auf den Bildschirm. Ein anderer Kollege schaute betroffen drein.

»Gibt es mehrere Ausgänge für Fußgänger?«

»Es gibt genau einen auf jeder Ebene. Man muss an der Kasse vorbei. Erst dahinter befindet sich der Zugang zum Aufzug und zum Treppenhaus.«

Bergerin befahl Daniel, besagten Amédée unverzüglich einzubestellen. Er sah sich die verschiedenen Videoaufzeichnungen an, die es für die kurze Zeitspanne zwischen dem Ein- und Ausfahren des Citroën gab. Es war aber nicht die geringste Bewegung auszumachen, weder von Autos noch von Personen. Das Parkhaus wirkte in diesem Zeitraum wie erstarrt.

Dann ging er über die Treppe ins zweite Untergeschoss hinunter. Die Räumlichkeiten waren gut beleuchtet, aus Lautsprechern ertönte leise Musik. Man konnte sich in Sicherheit wähnen. Ein Mercedes und ein Smart standen neben dem leeren Parkplatz mit der Nummer 207. Er schrieb sich beide Kennzeichen auf. Ein Pfeiler bot einem Angreifer die Möglichkeit, sich problemlos zu verstecken. So wie die Kameras angebracht waren, befand sich der Weg bis zum Aufzug im toten Winkel, falls das Opfer unmittelbar nach dem Ausstieg aus seinem Auto angegriffen worden war. Sie konnte unbemerkt niedergeschlagen oder betäubt worden sein und anschließend noch in den Kofferraum des Täters verfrachtet. Ein so reibungsloses und schnelles Vorgehen erforderte eine gründliche Vorbereitung.

Bergerin beugte sich unter den Smart und entdeckte ein kleines dunkles Kunststoffgehäuse. Er streifte Handschuhe über, um es aufzuheben.

Es war ein Taser.

Er schob ihn in einen Plastikbeutel.

In dem Personalraum wartete inzwischen der verängstigte Amédée. Er erklärte, dass er seinen Dienst jeden Abend um zwanzig Uhr antrat und an jenem Abend kein verdächtiges Individuum bemerkt hätte.

»Sie haben einen maskierten Mann hinausfahren lassen.«

»Ich habe diesen Typen nicht gesehen, ich schwöre es! Ach du meine Güte, ich muss kurz eingenickt sein. Das passiert mir normalerweise nie, aber ich war ziemlich angeschlagen. Als ich wieder wach wurde, hatte ich außerdem furchtbare Kopfschmerzen.«

»Haben Sie irgendetwas getrunken oder gegessen?«

»Ich habe wie üblich meinen Kaffee getrunken. Aus meiner Thermosflasche.«

»Schließen Sie Ihr Wachhäuschen ab, wenn Sie Ihre Runden drehen?«

»Ja…«

»Sind Sie sicher?«

»Es kommt vielleicht schon mal vor, dass ich es vergesse.«

»Und in dieser Nacht?«

»Das weiß ich nicht mehr.«

Die drei Wachposten bekamen es mit der Angst zu tun. Er wandte sich jetzt an die beiden anderen.

»Und Sie, haben Sie tagsüber irgendetwas bemerkt?«

»Nein, da ist hier im Parkhaus der Teufel los. Der Louvre liegt ja gleich nebenan.«

»Versuchen Sie trotzdem, sich zu erinnern.«

»Keine Chance, außer man bekommt es zufällig mit dem Clown von McDonald's zu tun«, erwiderte der Jüngste gereizt.

Bergerin hatte den Clown von McDonald's mit seinem starren Lächeln immer schrecklich gefunden. Er gab ihnen seine Karte.

»Für den Fall, dass Ihnen noch irgendein Detail einfallen sollte, sei es auch noch so winzig.«

»Wir werden es versuchen. Aber tagsüber wimmelt es hier von Menschen, sodass sich die Gesichter irgendwann alle gleichen.«

27 Unterschiedliche Ausgaben

Die Wohnung des Opfers schien Zielscheibe eines Terrorangriffs gewesen zu sein. Garut wedelte hochzufrieden mit einem DIN-A4-Blatt herum. Darauf war eine Nummer zu lesen – 11311 – und zwei handgeschriebene Sätze.

»Das habe ich aus dem Berg von Rechnungen und persönlichen Papieren herausgefischt.

›Du wirst vom Licht erleuchtet sein.
Du wirst ertränkt werden im feurigen Pfuhl.‹«

Carat telefonierte mit dem Notarzt-Kollegen, der ihm seine Vermutung bestätigte. Es könnte sich um die beiden Sätze handeln, die der Unbekannte gesprochen hatte, als Victoire sich in der Umkleidekabine des Kaufhauses befand, aber sicher war er nicht.

»Es handelt sich um zwei sehr widersprüchliche Sentenzen«, analysierte Kehlmann. »Belohnung und Strafe. Klingt irgendwie nach Bibelsprüchen.«

»Das könnte stimmen«, bestätigte Carat.

Kehlmann erinnerte sich an eine sehr tüchtige und herzliche Bibliothekarin am CNRS, dem Nationalen Forschungszentrum für Wissenschaft und Technik, die Assistentin ihres Vaters gewesen war und ihr sicher helfen würde. Wenn es irgendeinen Bezug zur Bibel gab, so würde sie ihn finden. Carat fand ihre Idee gut, teilte ihr dann jedoch mit, dass eine sofortige Besprechung auf dem Präsidium anstand, um die der Richter gebeten hatte.

Kehlmann verzog das Gesicht. Sie hätte gern darauf verzichtet, Philippe Seimourt wieder zu begegnen.

Mit seinem kleinen Sputnik-Radio unterm Arm war Garut am Fuß der großen Treppe in ein Gespräch verwickelt. Carat hörte ihm lächelnd zu.

»Ne, einen Aufzug gibt's hier nicht. Na und? Diese Treppe hat doch wohl Format. Manchmal habe ich tatsächlich den Eindruck, dass sie zuckt, weil sie sich an die zahllosen Ganoven erinnert, die sie benutzt haben. Wenn es nach mir ginge, so würde ich die schwarze Farbe abbeizen und das Linoleum entfernen, damit die Treppe wieder in ihrer ganzen Pracht erstrahlt. Wenn ich nur daran denke, dass wir nach Batignolles umziehen sollen! Schluss, aus mit dem Präsidium hier am Quai des Orfèvres Nummer sechsunddreißig. Wie wird sich das denn nur anhören, wenn ich sage: *Guten Tag, ich bin Bulle in der Nummer siebenundsiebzig B.*«

»Die Straße heißt *Rue du Bastion*«, schaltete Carat sich

ein. »Das klingt doch gut. Und außerdem wird man uns sicher zugestehen, unsere altbewährte Zahl, sechsunddreißig, beizubehalten.«

»Wie, *Rue du Bastion Nummer* sechsunddreißig? Ach was, das bringt es doch nicht.«

»Bei den Engländern gibt es jetzt New Scotland Yard, und das läuft auch ziemlich gut. Auf geht's, Kollegen.«

Bergerin hatte die Autofahrer ausfindig gemacht, die die Stellplätze neben demjenigen der Notärztin angemietet hatten, aber keiner von ihnen war ihr jemals begegnet. Niemand hatte irgendetwas Außergewöhnliches in diesem verflixten Parkhaus bemerkt.

»Was hat denn deine Bibliothekarin vom CNRS gesagt, Kehlmann?«

»Die beiden Sätze stammen nicht wortwörtlich aus der Bibel, Chef. Aber sie sind von ihr inspiriert. Der ›feurige Pfuhl‹ kommt in der Apokalypse vor, dem letzten Buch des Neuen Testaments. Wir werden noch genauere Nachforschungen anstellen müssen.«

Philippe Seimourt betrat den Konferenzraum und stellte befriedigt fest, dass seine absichtliche Verspätung den erwünschten Effekt zeitigte. Das diplomatische Lächeln von Santini kaschierte ihren eisigen Blick und ihre Ungeduld nur schlecht. Kehlmann rang sich mühsam einen kurzen Gruß ab. Carat hatte seine Brille auf der Nase und sah nur kurz von seinen Notizen auf. Der Richter dachte, dass er erschöpft wirkte.

Der Hauptkommissar bestätigte die Identität des Opfers, dessen letztes Lebenszeichen das Video der Überwachungskamera war, das sie am Steuer ihres Citroën DS5 beim Einparken auf ihrem Stellplatz zeigte. Ihr Angreifer hatte seine Tat gründlich vorbereitet. Er hatte genau ausgekundschaftet, wo die Kameras angebracht waren, und sehr wahrscheinlich hatte er dem Nachtwächter Schlafmittel verabreicht. Auf dem von Bergerin gefundenen Taser hatten die Gerichtsmediziner nur die Fingerabdrücke des Opfers gefunden. Ein paar Wochen vor ihrem Tod war die Ärztin von jemandem bedroht worden, der ihr durch die Wand einer Umkleidekabine rätselhafte Worte zugeraunt hatte. Schließlich hatte man unter ihren Rechnungen ein mit der Ziffer 11311 nummeriertes Velinpapier gefunden, auf dem zwei Sätze in einer außergewöhnlichen Schrift standen:

Du wirst vom Licht erleuchtet sein.
Du wirst ertränkt werden im feurigen Pfuhl.

»Derjenige, der das verfasst hat, kennt die Bibel und insbesondere die Apokalypse. Zudem kann man auf diesem Weg eine Verbindung zu der Zeugenaussage der Schülerin herstellen.«

»Sie meinen die Kerzen im Hof und das Feuerkreuz?«, fragte Seimourt.

Carat nickte und bedeutete Kehlmann, nun zu übernehmen. Sie erläuterte, dass man nicht so einfach herausbekommen würde, ob die Ziffern 11311 in den verschiedenen Bibelausgaben irgendeinen Bezug zu dem Fall aufweisen könnten. Die Jerusalemer Bibel, die Bibel in der Übersetzung von Louis Segond, die Bibelausgabe der Pléiade: Es gab eine Unmenge von Ausgaben unter den katholischen, protestantischen und ökumenischen Übersetzungen.

»Hinzu kommt, dass es sich um Bücher handelt, die sehr viele Annotationen und nummerierte Verweise enthalten«, fügte sie hinzu.

»Bewegte sich das Opfer in religiösen Kreisen?«, fragte Santini.

»Es sieht nicht so aus«, erwiderte Carat.

»Wenn ich recht verstehe, so haben wir es mit einem ziemlich komplizierten Kerl zu tun.« Seimourt stöhnte. »Kaum hat er einen Augenblick Zeit, verfasst er irre Gedichte. Er foltert, und anschließend versorgt er die von ihm herbeigeführten Wunden. Und er stößt Warnungen aus, bevor er mordet.«

Er amüsierte sich über den Gesichtsausdruck von Santini, die aussah, als hätte sie einen verdorbenen Hering verschluckt. Dieser vielschichtige Fall bedeutete eine echte Strafe für die werte Polizeidirektorin, die von einem reibungslosen Aufstieg in die paradiesischen Gefilde der allerhöchsten Ämter des öffentlichen Dienstes träumte.

Kehlmanns Wangen waren leicht gerötet. Ihre über dem Aktenordner gefalteten Hände verliehen ihr das Aussehen einer jungen Lehrerin. Die Süße schlug sich tapfer, aber in Wirklichkeit sprach sie nicht gern vor Publikum. Ihr schlichtes schwarzes T-Shirt brachte ihr Gesicht und ihren schlanken Hals sehr vorteilhaft zur Geltung. Der Richter hätte ihr liebend gern die Finger um den Hals gelegt.

Carat erkannte die theatralische Stimme sofort und trat auf den Flur hinaus. Louis Bagneux sprach mit seinem Chauffeur, diesem schrecklichen Justinien. Auch die Köchin oder Haushälterin war zur Stelle, diesmal mit einer langen, dunklen Perücke auf dem Kopf, die sie wie eine verunstaltete Isabelle Adjani aussehen ließ. Sie verschlang die ihr bislang unbekannten Örtlichkeiten mit Blicken wie ein Kind, das den Mond entdeckt.

»Ich bin hier, um sicherzustellen, dass mein Mandant keine Minute länger in Ihrer ungesunden Verwahrung bleibt.«

»Muriel hat sogar einen Apfelkuchen mitgebracht, um Teddy etwas Gutes zu tun«, spottete Justinien. »Wir sorgen uns nämlich um unsere Mandanten.«

Carat bestätigte, dass Brunet freikommen würde. Er hatte ein Alibi für den Zeitpunkt der Entführung. Einen denkwürdigen Alkoholrausch über mehrere Tage hinweg. An Zeugen in den von ihm vorrangig besuchten Bistros mangelte es nicht.

»Aber ich habe trotz allem Probleme mit dem in seiner

Wohnung gefundenen Bolzenschneider. Sie haben Teddy vermutlich ordentlich in die Enge getrieben, indem Sie ihm erklärt haben, dass mit dem gleichen Werkzeug das Schloss von der Baustelle in der *Rue du Laos* aufgebrochen wurde, nicht wahr?«

Carat ersparte sich eine Antwort, denn der Anwalt konnte die Ergebnisse des Labors einsehen, wenn ihm der Sinn danach stand. Sein Blick fiel auf Santini, die jetzt zu ihnen herüberkam.

»Und wenn Ihre Leute die Sache einfach nur vorantreiben wollten, Carat?«

»Vorsicht, Bagneux, Sie bewegen sich auf dünnem Eis. Sie werden uns doch wohl nicht beschuldigen wollen, Indizien zu fälschen?«

Der Vielschwätzer warf ihm ein bitterböses Lächeln zu. Er grüßte die Polizeidirektorin mit einem leichten Kopfnicken und entfernte sich, gefolgt von seinen beiden Lakaien.

Santini musterte Carat mit strengem Blick. Grauer Hosenanzug, schmale Perlenkette, zusammengekniffene Augen.

»Bagneux stellt genau die entscheidende Frage. Brunet ist unschuldig. Wie konnte man da diesen Bolzenschneider bei ihm finden?«

Er wusste, dass er seine Worte bedauern würde, konnte sich aber nicht zurückhalten.

»Sie verdächtigen also Bergerin, Druck auf die Burschen im Labor ausgeübt zu haben, damit sie bestätigen, dass der Bolzenschneider derjenige ist, den wir suchen?«

»Für was halten Sie mich, Carat?«

»Ich will wissen, was Sie eigentlich denken. Das ist alles.«

Santinis Gesichtszüge entgleisten, und für eine Sekunde zeigte der harte Panzer, an dem so viel abprallte, erste Risse. Dann war es auch schon wieder vorüber.

»Nun, ich will Fortschritte sehen. Sie werden sich ranhalten müssen, Sie und Ihre Truppe. Was den Bolzenschneider angeht – und auch sonst.«

Mit forschem Schritt eilte sie davon. Carat verschwand in

der Toilette, wo er den Kopf zunächst unter das kalte Wasser hielt, sich dann auf das Waschbecken stützte und einen Augenblick vornübergebeugt verharrte. *Ich will Fortschritte sehen*. Diese Frau forderte Ergebnisse um jeden Preis. Nichts als Wichtigtuerei und heiße Luft, um im Ministerium Eindruck zu schinden.

Oder bin ich tatsächlich langsamer geworden?

Seit wann? Seit dem Unfall, bei dem Garance beinahe ums Leben gekommen wäre? Oder schlimmer noch, seit dem Zeitpunkt, seit dem mein Gehirn verrücktspielt?

Da war ein Riss, noch war er trügerisch fein und kaum sichtbar, aber er würde sich zu einer Spalte auswachsen und ihn verschlingen.

Das Klingeln seines Telefons riss ihn aus diesen abgründigen Überlegungen. Eine unbekannte Nummer.

»Du hast also deinen aussichtsreichsten Kandidaten wieder freigelassen? Schade, Bastien. Ich wette, du hast nichts Besseres auf Lager…«

Mansour.

Er widerstand dem Bedürfnis, sein Handy gegen die gekachelte Wand zu schleudern.

28 Erbe

Den restlichen Tag hatten sie damit verbracht, das Umfeld von Victoire Pélissier zu befragen. Bei dem ärztlichen Bereitschaftsdienst sprach man von einer kompetenten und unabhängigen Frau, die ihre Arbeit liebte und dieser auch sehr viel Zeit widmete. Die Bankauszüge wiesen nichts Ungewöhnliches auf. Die Notärztin ging ab und zu in ein Restaurant oder gönnte sich einen Besuch in einem Jazzclub im Beaubourg-Viertel. Der Barkeeper beschrieb sie als einen unauffälligen Gast.

Seimourt rief Carat gegen zwanzig Uhr an. Er wollte ihm

einen »erstaunlichen Typen« vorstellen, der ihnen möglicherweise nützlich sein konnte.

Carat brauchte dringend ein wenig Entspannung. Seine Auseinandersetzung mit Santini und die Provokationen von Bagneux und Mansour hatten einen üblen Nachgeschmack hinterlassen, und so stimmte er der Verabredung zu. Das Taxi brachte sie zur *Place de la République*. Dort stiegen sie aus, und der Richter führte ihn mit verschwörerischer Miene in die *Rue de Malte*, gab dort zielsicher den Code an einer Haustür ein und mühte sich die Treppe hinauf.

»Für einen so besonderen Menschen betätige ich mich sogar sportlich«, ächzte Seimourt.

Der *besondere Mensch* war ein gut fünfzigjähriger Mann mit breiten Schultern und traurigen Augen, der sich über nichts mehr zu wundern schien. Er trug eine Hausjacke, ausgetretene Filzpantoffeln und stützte seine imposante und zugleich melancholische Erscheinung auf einen Stock.

»Salut, Bernard, trinken wir ein Glas zusammen?«

Das dunkelrot tapezierte, winzige Wohnzimmer roch nach kaltem Rauch und war so voll von ungeordneten Bücherstapeln, dass man unweigerlich klaustrophobische Anwandlungen verspürte. Zum Glück drang durch das geöffnete Fenster der frische Duft des plätschernden Regens herein. Ihr Gastgeber besaß einen eigentümlichen Geschmack, was die Bilder an den Wänden anging. Enthauptung, Ausweidung, Pfählung, Pranger, Vierteilung, bei lebendigem Leibe gehäutete Opfer – alle möglichen Horrorszenarien waren an einer Wand des Wohnzimmers vertreten, während die drei anderen Wände von einer außergewöhnlichen Bibliothek bedeckt waren.

»Bernard ist Rechtshistoriker, Forscher und Spezialist für Folter. Man kann sogar sagen, dass er die französische Autorität auf diesem Gebiet ist.«

Einer der Stiche zeigte einen armen Teufel, der öffentlich gevierteilt wurde. Carat trat näher. Auf den vier Pferden waren vier lachende Ritter zu erkennen.

»Das ist die Hinrichtung des Domestiken Robert François Damiens an der *Place de Grève* in Paris«, erklärte Seimourt. »Er hatte König Ludwig XV. mit einem lächerlich kleinen Messer eine leichte Verletzung zugefügt und wurde dafür aufs Schlimmste gefoltert. Man quälte ihn mit glühenden Zangen, goss Pech, flüssiges Wachs und Blei in seine Wunden. Die Vierteilung dauerte mehr als zwei Stunden. Und selbst als nur noch sein Rumpf übrig geblieben war, atmete er noch. Die Überreste des armen Schluckers wurden verbrannt, seine Familie aus dem Königreich verbannt. Die Revolution schwelte bereits, und diese Gräueltat der Justiz hat die Glut weiter angefacht.«

Ihr Gastgeber hatte drei üppige Gläser Scotch serviert und nippte bereits an seinem Drink. Seimourt holte zu einem weiteren Monolog aus. Carat wusste, dass es besser gewesen wäre, endlich einmal ein wenig Zeit mit seiner Frau zu verbringen, aber dieser Typ und seine Höhle machten ihn neugierig. Der Historiker hatte die ganze Welt bereist und überall zu den schlimmsten Foltermethoden geforscht, die die Vertreter der Gerechtigkeit aus aller Herren Länder ihren Mitmenschen zugemutet hatten. Seimourt wies auf ein Foto, das vermutlich um 1904 in Peking von einem französischen Militär aufgenommen worden war und den vornehmen Wang Weiqin zeigte, der zum Tode durch Lingchi verurteilt worden war und damit einen »schleichenden Tod« erdulden musste. Seine Henker hatten ihm nacheinander Körperteile abgeschnitten, bevor sie ihn enthaupteten. Danach hatte man die Überreste in einem anonymen Grab beerdigt.

»Philippe, du solltest nicht unterschlagen, dass er zuvor mit Opium betäubt wurde und dass sein Henker ihm unmittelbar nach den ersten Schnitten ins Herz gestochen hat.«

Der Freund von Seimourt hatte die Stimme eines begnadeten Geschichtenerzählers und kam Carat jetzt gar nicht mehr so hinfällig vor.

»Sag bloß, du willst mildernde Umstände dafür fordern?«

»Lingchi war die Bestrafung für blutrünstige Mörder. Der Mandarin Wang Weiqin hatte zwölf Menschen auf dem Gewissen. Er hat zwei ganze Familien gemeuchelt, darunter auch zwei Kinder.«

»O ja, ich weiß schon, was du jetzt sagen wirst, Bernard. Das Abendland hat lange Zeit ziemlich herablassend mit einer Mischung aus Faszination und Abscheu auf die Foltermethoden des Orients geblickt, aber die Europäer schämten sich nicht, zur Zeit ihrer Kolonialherrschaft ihre Rechtsprechung mit der Folter zu kombinieren.«

»Genau. Und ich erinnere dich auch daran, dass bis ins 18. Jahrhundert in der ganzen Welt jedes Todesurteil auf der Basis ein und desselben Prinzips ausgeführt wurde: Wer ein besonders schreckliches Verbrechen begangen hatte, musste auf eine besonders schreckliche Art und Weise bestraft werden.«

»Du kannst beruhigt sein, ich habe nicht vergessen, was ich bei dir gelernt habe. Das ist unsere Vergangenheit als Beamte der Justiz. Mit diesem blutigen Erbe müssen wir leben. Heute ist die Folter, um Geständnisse zu erpressen, zwar verboten, aber die Vergangenheit holt uns immer wieder ein. Meine Kollegen und auch ich üben hin und wieder durchaus eine Art moralischer Folter aus. Ganz besonders bei schwachen Personen. Ich habe schon mehr als ein Mal einen Beschuldigten in die Mangel genommen, indem ich mir seine psychischen Schwächen zunutze gemacht habe. Nun, meine Unterhaltungen mit dir helfen mir, diese Geister auszutreiben. Man soll sich eben nur auf seinen eigenen Scharfsinn verlassen. Du weißt ja, wovon ich spreche, Bastien.«

»Nein.«

»Deine Geständnisse erreichst du doch nicht mit Streicheleinheiten. Komm, Bernard, erzähl ihm von der Vorgehensweise der *épreuve du congrès*, das wird ihn entspannen.«

Der Historiker führte aus, dass die *épreuve du congrès* eine Erfindung des Mittelalters war. Es handelte sich um eine Prüfung, die während eines Prozesses durchgeführt wurde, bei dem die Auflösung einer Ehe erwirkt werden sollte. Dem der Impotenz angeklagten Ehemann wurde abverlangt, seine Erektionsfähigkeit unter Beweis zu stellen, indem die eheliche Pflicht vor einer Zeugenschaft vollzogen wurde. Diese Zeugen waren in der Regel eine Horde von Geistlichen, Ärzten und Beamten. Die Methode war im Königreich Frankreich sehr beliebt und wurde erst reichlich spät, nämlich im 17. Jahrhundert, abgeschafft.

»Ein Porno *avant la lettre*, als Koproduktion von Kirche und Justiz«, gluckste Seimourt. »Stell dir einmal die Demütigung der armen Männer und ihrer Ehefrauen vor, die diesen öffentlichen Beischlaf ausführen mussten. Nun, Spaß beiseite. Bernard, ich habe dir ein Dokument mitgebracht, zu dem ich gern deine Meinung hören würde. Das ist eine ganz bestimmte Schrift, oder?«

Carat war kurz davor, Einspruch zu erheben. Worauf wollte sein Freund hinaus? Seimourt reichte dem Historiker die Kopie, die man ihm in der Besprechung überlassen hatte. Bernard setzte seine Brille auf und studierte den Text.

»Das ist die römische Unziale, die vor allem von Mönchen benutzt wurde, die die Kodizes abschrieben – jene Pergamentblätter, die bereits das Format eines Buches besaßen und nicht mehr als Schriftrolle angelegt waren.«

»Aus welcher Zeit?«

»Die Unziale war die Schrift der Kopisten ab dem 3. Jahrhundert. Die ursprüngliche Linienführung ist sehr klar, hat sich im Lauf der Zeit aber verändert, es kamen mehr Schnörkel hinzu. Im 10. Jahrhundert verwendeten die Mönche sie immer noch für Abschriften der Bibel.«

»Ist sie schwer zu schreiben?«

»Mit etwas Übung nicht. Und mit einer guten Kalligrafiefeder kann man die Rundungen und Haarstriche der biblischen Manuskripte recht gut nachahmen. Eine solche wurde auch bei Ihrem Dokument benutzt.«

»Wo bekommt man so etwas?«

»In jedem Schreibwarenladen, Philippe.«

Das Klingeln eines Handys unterbrach Bernard. In seinem chaotischen Büro vergraben, hatte Grampierre die SALVAC, seine Datenbank, zum Sprechen gebracht.

»Ich habe mein Programm mit dem Material gefüttert, das Sie mir gegeben haben, Carat. Das Ergebnis ist dementsprechend. Mickrig. Aber Sie wollten es ja so haben.«

»Es gibt Neuigkeiten, Philippe. Wir müssen gehen.«

Der Richter bedankte sich bei dem Historiker für seine Gastfreundschaft und folgte dem Hauptkommissar zur Treppe.

»SALVAC hat einen Ertrunkenen an die Oberfläche gespült. Der Fall stammt aus dem Oktober 2005. Eine Leiche im Kanal von Chalifert.«

»Halleluja. Aber welche Beziehung gibt es zu deinem Mörder?«

»Dem Toten, einem Mann namens Maurice Aubernay, wurde die Zunge herausgeschnitten.«

»Ich hätte eher mit einem weiblichen Opfer gerechnet. Gibt es noch andere Ähnlichkeiten?«

»Nein.«

»Das ist dürftig.«

»Wir müssen jedem Hinweis nachgehen.«

»Genau.« Während sie zu der Taxistation liefen, fügte er hinzu: »Übrigens habe ich dir nicht alles gesagt über meinen Freund Bernard. Er ist der Vater von Franka und Joey Kehlmann.« Der Polizist erstarrte. »Als ich mit seiner Tochter zu tun hatte«, fuhr er fort, »wollte ich ihn kennenlernen. Sie hatte mir von ihm erzählt. Er hatte ihr das Leben schwer gemacht.«

»Und weiter?«

»Bernard ist ein Freund geworden. Jetzt verstehst du vielleicht manches besser.«

»Was verstehe ich besser?«

»Franka Kehlmann und ihr Bruder haben unter dem Einfluss eines außergewöhnlichen Mannes gelebt, dessen Hauptbeschäftigung der Tod und das Leiden sind. Die Situation hätte unter Kontrolle bleiben können, wenn Bernard Kehlmann keinen Hang zur Flasche gehabt hätte. Und wenn seine Frau nicht beschlossen hätte, sich umzubringen. Interessant, nicht wahr?«

»Wenn du meinst.«

»Er hat bei der Einordnung der Schrift kein bisschen gezögert, war also deutlich schneller als die *Spezialistin* seiner Tochter. Du kannst ihn noch einmal aufsuchen und ihn um seinen Rat fragen, was die weitere Vorgehensweise betrifft.«

»Das wird sich zeigen.«

»Entschuldige bitte, aber das war kein Vorschlag, Bastien, sondern eine Anordnung. Bernard ist eine Kapazität. Franka ist ein artiges Mädchen, sie müht sich redlich, aber der Denker, das ist ihr Vater. Er wird uns helfen, die Fährte des Mörders aufzunehmen.«

»Ach ja?«

»Ein Feuerkreuz, biblische Sprüche, eine antike Kalligrafie, eine quasi mittelalterliche Folter. Das ist genau sein Fachgebiet.«

Seimourt war betrunken. Es war also kein guter Moment, um ihm zu widersprechen. Carat dirigierte das Taxi zunächst zu Seimourts Wohnung und fuhr von dort zum Quai des Orfèvres weiter. Unterwegs rief er seine drei Mitarbeiter an und bestellte sie ins Präsidium.

Als alle eingetroffen waren, verkündete er die neue Fährte, die die Datenbank SALVAC ausgespuckt hatte. Jetzt mussten Informationen über diesen Fall aus dem Jahr 2005 beschafft werden. Das Team machte sich an die Arbeit. Von den Kollegen erfuhren sie, dass das Opfer Maurice Aubernay, ein Wirtschaftsprüfer im Ruhestand, einundsiebzig Jahre alt gewesen war und im Marne-Kanal zwischen Meaux und Chalifert, etwa fünfundzwanzig Kilometer von Paris entfernt, ertrunken war. Sein nackter Körper war in die Schiffsschraube eines Lastkahns geraten. Seine Zunge war herausgeschnitten gewesen.

Sie planten ihre Vorgehensweise für den nächsten Tag.

Carat und Kehlmann würden möglichst früh dorthin fahren, während Bergerin und Garut auch morgen wieder im sozialen Umfeld der Notärztin recherchieren würden.

Anschließend nahm er endlich ein Taxi in die *Rue de la Glacière* und ließ sich vor dem Restaurant *Les Amitiés* absetzen. Er begrüßte zwei Kellner, öffnete die Tür zu den Küchenräumen, wo sein Blick geradewegs auf Garance fiel, die konzentriert damit beschäftigt war, einen Teller zu dekorieren; der Auszubildende folgte fasziniert jeder ihrer Bewegungen. Carat wartete ruhig ab, bis sie ihre Arbeit beendet hatte. Als sie ihn entdeckte, begann sie zu strahlen. Sie wies ihm seinen üblichen Platz zu und servierte ihm ein Kalbsragout mit einem salzigen Clafoutis und dazu ein Glas Côtes-du-Rhône.

»Welche Freude, dich mal wieder zu sehen, Liebling«, sagte sie schelmisch.

»Ganz meinerseits, Garance. Dein Ragout ist sehr gut.«

»Ich weiß.«

Brunet fror in der Kälte. Dann erkannte er das Auto und stieg ein. Clavel fragte ihn, was es Neues gäbe.

»Alles in Ordnung, mach dir keine Sorgen.«

»Jetzt haben sie dich also endlich laufen lassen, diese Arschlöcher. Ich bringe dich nach Hause.«

»Nein, gehen wir noch etwas trinken.«

Im Père Mathieu, einer seiner Stammkneipen, blickte ihnen ein missmutiger Barmann entgegen. Die Kellnerin ließ sich eine ganze Weile Zeit, bis sie auftauchte. Der Bauleiter bestellte für beide Bier und Whisky-Shots. Teddy sah der Kellnerin zu, wie sie mit wackelndem Hintern zur Bar kam, und dachte bereits sehnsüchtig an den ersten Schluck. Beinahe wäre er im Gefängnis gelandet. Der Arzt hatte ihm eine verdammte Spritze verpasst, die ihn völlig außer Gefecht gesetzt hatte. Er hatte sich gefühlt wie ein Stier, den man in einem Schrank voller Watte eingesperrt hatte.

Er dachte an sie. Er hatte für den Schaden bezahlt. Aber das war offenbar nicht genug. Mein Gott, wie er Lorraine liebte! Wie sollte er nur Vergebung von ihr erlangen?

»Was soll ich deiner Meinung nach denn jetzt tun? Blumen schicken? Oder vielleicht eine Reise für uns beide buchen? Würde ihr das gefallen?«

»Spinnst du jetzt vollkommen, Teddy? Dieses Flittchen hat dich erledigt. Hast du gelesen, was sie auf Facebook geschrieben hat?«

»Deswegen habe ich doch ihre Wohnung auseinandergenommen. Das wird man mir doch hoffentlich nicht ewig vorhalten.«

»Die Schweinereien auf Facebook, die bleiben aber für die Ewigkeit. Sie ist eine Schlampe. Und zwar durch und durch. Daran änderst du nichts. Lass sie sausen.«

Das Gesicht, das Clavel zu diesen Worten schnitt, war nicht besonders angenehm. Das von der Kellnerin allerdings auch nicht. Ihr aufgesetztes Lächeln wirkte boshaft und gemein. Sie machte sich über ihn lustig. Und für den Barmann und die Stammgäste galt das Gleiche. Teddy war zum Gespött hier in der Kneipe und vielleicht sogar im ganzen Viertel geworden. Denn er hatte einer Frau sein Innerstes zu Füßen gelegt. Das hatte er jetzt davon.

Nach dem ersten Schluck Bier wurde ihm übel. Er rannte zu den Toiletten und übergab sich neben die Kloschüssel. Die Kellnerin folgte ihm und beleidigte ihn.

Als Joey nach Hause kam, hatte seine Schwester Unmengen von Akten um sich herum ausgebreitet.

»Ich will richtig zu dem Team dazugehören, Joey.«

»Jeder hat sein Karma.«

»Ich muss etwas finden, das uns weiterbringt.«

»Und du glaubst, dass du das schaffst, wenn du die gleichen Papierfetzen noch einmal durchliest?«

»Sicher ist mir irgendein wichtiges Detail entgangen. Ich

habe heute eine Bibliothekarin um Rat gefragt, aber nichts klappt so schnell, wie ich möchte. Es ist einfach frustrierend.«

»Bleib du nur auf deinem hohen Ross sitzen, Franka. Das ist letztlich bequemer, als du denkst.«

»Wovon sprichst du?«

»Euer Mörder ist ein Foltermeister. Frag Papa um Rat.«

»Nie im Leben.«

»Gut, du langweilst mich. Ich gehe wieder.«

»Du bist doch gerade erst gekommen.«

»Ich brauche frische Luft, Franka. Und außerdem, das sage ich dir jetzt einfach mal ... ich fühle mich hier – nur mit dir – allein.«

29

Töten ist wie lieben.

Du dringst in den Körper des anderen ein. Du schenkst ihm einen Teil von dir. Dieser Augenblick der Wahrheit. Intimität.

Das Blut wäscht alles rein.

Und befreit uns. Die anderen und mich, selbst wenn ich nicht wie die anderen bin.

30 Die Pandas

Montag, 1. April

Der Polizist Scotto war bereits im Ruhestand und wollte sie bei sich zu Hause empfangen, in Chalifert. Kehlmann wirkte erschöpft, lenkte den Wagen aber mit ihrer wie immer geschmeidigen Fahrweise durch den Verkehr.

»Mein Bruder hat mich zu einer unmöglichen Zeit aufgeweckt, Chef. Danach konnte ich nicht mehr einschlafen. Also konnte ich genauso gut arbeiten. Ich bin die Akten noch einmal durchgegangen.«

»Irgendeine Erleuchtung?«

»Nein.«

Joey Kehlmann war alt genug, um endlich abgestillt zu werden. Was trieb ihn bloß dazu, seiner Schwester das Leben mit seinen Launen dermaßen schwer zu machen? Dass er als Kind durch einen Sturz vom Balkon beinahe gestorben wäre, rechtfertigte nicht alles.

Sie passierten die Porte de Bercy und bogen dort auf die Périphérique. Eine ganze Weile sagte keiner ein Wort, aber dieses Schweigen war nicht unangenehm. Dann nahm sie die Auffahrt zur A4.

»Danke für Ihr Vertrauen, Chef.«

»Wie meinst du das?«

»Gestern, Ihr Geheimnis. Sie waren nicht verpflichtet, es mir zu sagen.«

»Du warst doch Zeuge meines Aussetzers.«

»Ja, aber Sie hätten sich mit dem Arzt zurückziehen können, Sie hätten eine Ausrede oder einen kurzzeitigen Anfall von Erschöpfung erfinden können.«

»Ja, das hätte ich.«

»Deswegen habe ich beschlossen, Ihnen auch ein Geheimnis anzuvertrauen. Im Gegenzug, gewissermaßen.«

»Ich wette, es geht um deine Familie.«

Sie zuckte mit den Schultern, hielt den Blick auf die Fahrbahn gerichtet und begann zu erzählen.

Sie war damals zehn Jahre alt. Wenn ihr Vater betrunken war, schlug er Joey und sperrte sie selbst in den Keller, sobald sie ihn zu verteidigen wagte. Christine Santini gelang es zwar, ihn kurzzeitig zur Vernunft zu bringen, aber sobald sie weg war, kehrte er zu seinen Flaschen zurück, und die Hölle begann von Neuem.

»Da nahm ich eines Tages die Waffe von Christine an

mich. Sie hatte sie immer im Handschuhfach ihres Autos liegen. Und als mein Vater Joey wieder eine Tracht Prügel verpassen wollte, habe ich auf ihn geschossen …«

Carat stockte der Atem.

»Da ich nicht zielen konnte, habe ich ihn in die Hüfte getroffen. Er lag ohnmächtig in seinem Blut. Joey war vollkommen fertig. Ich habe den Krankenwagen gerufen. Und Christine hat alles geregelt. Mein Vater war damit einverstanden, die Sache zu vertuschen. Nach dem Unfall hat Christine uns beide dann zu sich genommen.«

Unfall. So konnte man das auch nennen.

Da ich nicht zielen konnte, habe ich ihn in die Hüfte getroffen. Und wenn du hättest zielen können, Kehlmann?

Alexandra hatte darauf bestanden, dass er sie zu der Untersuchung ins Krankenhaus begleitete. Der Gynäkologe verspätete sich. Bergerin blickte immer wieder auf seine Uhr. Da glaubte er plötzlich, ein Gespenst vor sich zu sehen. Verblüfft ging er auf es zu.

»Bei meinem ersten Kind war ich in der gleichen Verfassung, Marc. Verkrampft. Entspann dich, es wird alles gut gehen, mein Lieber.«

»Was machst du denn hier, Colin?«

»Ich wollte dich sehen. Ohne Carat.«

Mansours Gesichtsfarbe glich der eines Zombies, und er steckte in einem viel zu weiten Leinenanzug, der reichlich abgetragen war. Hinter das rechte Ohr hatte er eine Zigarette gesteckt. Wie früher.

»Auch wenn ich mich möglicherweise wie eine Schwuchtel anhöre, ich muss dir einfach sagen, dass … ihr fehlt mir, Garut und du. Unser Job und das alles …«

»Du fehlst mir auch. Wir hatten viel Spaß, als du noch da warst.«

Mansour fasste ihn an der Schulter und senkte die Stimme. »Ein wenig bin ich im Grunde immer noch da. Ich verfolge eure Ermittlungen aus der Ferne. Deshalb bin ich auch gekommen. Ein Kumpel hat mir von einem Gerücht erzählt, worüber man sicher streiten kann.«

»Erzähl.«

»Victor Frey, das ist doch der Bauunternehmer von der Baustelle in der *Rue du Laos,* oder?«

»Ja.«

»Es heißt, dass es eine Abmachung gab.«

»Mit wem?«

»Das weiß niemand.«

Der Gynäkologe öffnete die Tür des Sprechzimmers und rief Alexandra auf. Bergerin sagte seiner Frau, dass er gleich nachkäme. Der ehemalige Bulle schnüffelte ein paar Sekunden an seiner Zigarette, bevor er sie wieder hinter das Ohr steckte. Das war sein Ritual gewesen, wenn das Team einen Beschuldigten schmoren ließ, aber auch dann, wenn ihm der Tabak ausgegangen war.

Bergerin versuchte, blitzschnell zu kombinieren. Eine Abmachung. Etwa mit dem Opfer Victoire Pélissier? Oder hatte Frey Nachforschungen entgehen wollen, indem er eine finanzielle Angelegenheit durch ein wahnsinniges Verbrechen kaschierte? Aber wie konnte eine Notärztin die Geschäftspläne eines reichen Bauunternehmers stören? Allerdings passte das Ganze zu dem armen Ertrunkenen in Chalifert. Ein ehemaliger Wirtschaftsprüfer, der kleine, unsaubere Geschäfte gern mal hatte durchgehen lassen.

Mansour beobachtete Bergerin lächelnd, als würde er seinen Überlegungen Schritt für Schritt folgen. Das war früher oft so gewesen.

»Darf ich eine Vermutung äußern, Marc, ohne dass du gleich sauer wirst?«

Bergerin nickte.

»Der Bauunternehmer ist stinkreich. Der hat kein Problem mit einem sehr üppigen Schweigegeld für Carat. Verstehst du, was ich sagen will?«

»Hast du Beweise dafür?«

»Nein. Es ist einfach nur logisch. Bastien ist nicht mehr gut in Form. Er weiß, dass sein Problem ihm früher oder später alles kaputt machen wird. Wenn ich an seiner Stelle wäre, so würde ich damit anfangen, mir etwas für die Zukunft zurückzulegen.«

Als sein ehemaliger Kollege verschwunden war, tat sich eine Vielzahl von Möglichkeiten vor Bergerin auf. Er konnte Frey verhaften, ihn gemeinsam mit Garut verhören, vielleicht Geständnisse erzielen und sie triumphierend auf den Schreibtisch von Santini klatschen, um endlich seine verflixte Versetzung zu erreichen.

Bastien ist nicht mehr gut in Form.

Er betrat das abgedunkelte Behandlungszimmer. Der Gynäkologe fuhr in kreisenden Bewegungen über Alexandras Bauch. Auf dem gesprenkelten Bildschirm waren der schöne riesengroße Kopf und der kleine Körper seines Sohnes zu sehen.

Frey hatte Mathieu in den Zoo eingeladen. Die Anwesenheit von Édith und ihre fürsorgliche Aufmerksamkeit, selbst wenn sie nicht echt war, wirkten sich günstig auf den kleinen Jungen aus. Sein Vater, ein bekannter Architekt, war oft unterwegs.

Sie verweilten beim Gehege der exotischen Vögel. In dem dort herrschenden Licht fiel Frey plötzlich auf, wie unglaublich ähnlich Mathieu Magda sah. Er hatte zudem ihre feine Beobachtungsgabe geerbt: Ihm entging nichts von den Regungen der anderen Kinder. Die Empathie Magdas und ihre offene Geisteshaltung wurden für ihn in diesen Kinderaugen lebendig, und man konnte nur hoffen, dass niemand dieses Geschenk des Schicksals verdarb.

Mathieu wollte zu den Pandas.

»Victor?«

»Ja, Mathieu?«

»Ich habe ein sehr interessantes Buch gelesen« – *interessant* war das Lieblingsadjektiv von Mathieu –, »es erzählt die Geschichte eines Gelehrten, dem es gelingt, die Toten wieder zum Leben zu erwecken.«

»Ach, und wie macht er das?«

»Er benutzt in seinem Labor Knochenteile. Und dann wird der Tote wieder zum Leben erweckt. Aber der Gelehrte hat einen Fehler gemacht und die falsche Leiche, nämlich einen bösen Menschen, wieder auferweckt. Jetzt will ich gern wissen, ob das in der Wirklichkeit möglich ist.«

»Heutzutage noch nicht. Vielleicht irgendwann in der Zukunft.«

»Und wenn nur noch Asche da ist, würde das dann auch klappen?«

»Ich kann es mir nicht vorstellen, Mathieu.«

»Heute Morgen habe ich mir gedacht, dass es nicht richtig von Papa war, die Leiche von Mama verbrennen zu lassen.«

»Er hat es gemacht, weil sie gesagt hatte, dass sie das wollte.«

Mathieu sah ihn regungslos an. Die Sonne hatte sich hinter einer Wolkenbank versteckt.

Das war eine fromme Lüge, dachte Frey. Magda hatte zwar keine Angst gehabt, über den Tod zu sprechen, aber sie hatte niemals geäußert, dass sie eingeäschert werden wollte.

In aufgesetzt fröhlichem Tonfall schlug Édith Mathieu vor, nach dem Zoo in den Wissenschaftspark zu gehen. Während er über den Vorschlag nachdachte, schlenderte er zu den Pandas hinüber.

»Du magst Kinder nicht besonders, Édith, warum zwingst du dir solche Unternehmungen auf?«

»Aber ich zwinge mir nichts auf, Victor.«

Ein schlechter Witz. Genau wie ihre Freundschaft zu Magda. Seine Assistentin war immer eifersüchtig auf die schöne Freundin gewesen, und sie war es immer noch, sogar über den Tod hinaus. Er fühlte sich mit einem Mal sehr kraftlos. Vielleicht sollte er sich in Verzicht üben. Ein einfaches Leben führen. Ohne Geld, ohne Tricks, ohne Frauen. Sich zurückziehen. In ein Kloster, zum Beispiel.

Mathieu winkte ihn zu sich.

»Die Pandas essen ja Bambus, Victor …«

»Ja, warum?«

»Im Internet habe ich gelesen, dass sie Fleischfresser sind.«

Frey suchte nach einer Antwort. Die, die ihm in den Kopf kam, war für diese Situation unpassend. Vielleicht waren die Pandas aggressive Unholde, ein Irrtum der Natur. Dem Menschen gar nicht so unähnlich. Vielleicht lag die Gewalt in ihren Genen.

Emmanuel Scotto wohnte in einem Fachwerkhaus unweit der Mairie. Der frühere Polizist hatte Kaffee vorbereitet und seine Akten durchforstet, in deren Lektüre Carat nun vertieft war.

Maurice Aubernay war Witwer gewesen und hatte allein in Meaux gelebt. Sein Sohn hatte die Polizei bereits am Tag nach seinem Verschwinden am 8. Oktober benachrichtigt. Zwischen dem Zeitpunkt, als man ihn zum letzten Mal in der Öffentlichkeit gesehen hatte, und der Entdeckung seiner Leiche waren vier Tage vergangen. Der Sohn hatte seinen Vater anhand der Armbanduhr identifiziert. Der Autopsiebericht vom Oktober 2005 besagte, dass der Körper drei bis vier Tage im Wasser gelegen haben musste. Daher vermutete man, dass zwischen der Entführung des alten Mannes und seinem Ertrinken nur sehr wenig Zeit verstrichen war. Es war weder von Verbrennungen noch von sexuellem Missbrauch die Rede. Der Gerichtsmediziner vermerkte die Amputation der Zunge, ohne näher auf den Zeitpunkt oder die Methode einzugehen. Der Zustand der Leiche mochte diese Nachlässigkeiten rechtfertigen.

»Ein Schiffer hat ihn gefunden«, fügte Scotto jetzt ergänzend hinzu. »Eingeklemmt in die Schiffsschraube. Seine Leiche war beinahe auseinandergerissen worden. Meine Kumpel und ich werden diesen Anblick wohl unser ganzes Leben nicht vergessen.«

Carat las weiter. Endlich ließ ihn ein kleines Detail aufhorchen.

»Der Bericht erwähnt Fesselspuren«, sagte er zu Kehlmann.

»Die Fesseln selbst müssen im Wasser verschwunden sein«, erklärte Scotto, »aber mein Kollege aus der Gerichtsmedizin war sicher, dass Aubernay gefesselt war.«

»Ist er noch im Dienst?«

»Nein, er ist vor zwei Jahren an Krebs gestorben. Er wäre sehr erfreut gewesen, Sie hier aufkreuzen zu sehen.«

Ging man vom Zustand der Leiche aus und zog man die Strömung, den Fahrweg des Lastkahns und die Zeugenaussage des Besitzers der dort gelegenen Gartenwirtschaft in Betracht, so kam man laut Scotto zu dem Schluss, dass Aubernay mitten in der Nacht mit dem Boot hinausgefahren und dann nackt in den Fluss geworfen worden war.

»Er kann dann nicht mehr lang gelebt haben, denn die Wassertemperatur war bereits sehr niedrig. Ich erinnere mich, dass es ein besonders kalter Herbst war.«

»War die Leiche mit Gewichten beschwert worden?«, wollte Kehlmann wissen.

»Nein.«

»Sind Sie sicher?«

»Wenn es so gewesen wäre, hätten wir entsprechende Spuren gefunden.«

»Es gibt also nur diese Ligaturen an den Handgelenken und den Knöcheln, verstehe ich das richtig?«

»Genau so ist es.«

»Und Sie fragen sich zu Recht, warum.«

»Wenn man eine Leiche in einem Kanal verschwinden lassen will, denkt man daran, sie zu beschweren. Außer man ist ein Vollidiot. Einem Idioten würde es aber wohl kaum gelingen, einen Mann, der bei Verstand ist, irgendwo in die Pampa zu locken und ihm in einer kalten Nacht eine Bootstour vorzuschlagen. Der Täter hat sich aber sein Opfer zu Hause geschnappt. Im richtigen Augenblick, ganz unauffällig, ohne dass jemand etwas gesehen hatte. Folglich handelt es sich nicht um einen Idioten.«

»Hat er das Auto des Opfers benutzt?«, wollte Carat wissen.

»Ja, aber er hat es wieder an Ort und Stelle zurückgebracht. Man hat es in der Garage des kleinen Hauses gefunden. Ich habe Analysen machen lassen. Die sandige Erde in den Reifenprofilen hatte die gleiche Zusammensetzung wie der Boden am Ufer, wo die Gartenwirtschaft liegt.«

»Gab es Zeichen eines Kampfes in dem Haus?«

»Nein, ich habe im Übrigen auch den Geldbeutel des Opfers gefunden. Kreditkarte, Ausweispapiere, Geld – es fehlte nichts.«

»Haben Sie seine ehemaligen Angestellten befragt?«, fragte Kehlmann weiter.

»Natürlich. So ein Wirtschaftsprüfer hat sicher ganz schön viele krumme Geschäfte mitbekommen. Aber ich habe vergeblich nachgehakt. Es kam nichts heraus. Dabei ist die Tatsache, dass man ihm die Zunge herausgeschnitten hat, doch sicher eine Botschaft, oder? So in der Art: *Seht nur, was mit demjenigen geschieht, der nicht den Mund hält.*«

Der Farbton des Wassers und der Bäume verschmolz miteinander. Vor dem tiefen Grün wirkten die ausgeblichenen und verwitterten Lastkähne noch farbloser als ohnehin schon. Um eine von der Marne abgetrennte Landzunge herum lagen sie hintereinander aufgereiht vor Anker. Zwischen dem kleinen Hafen und dem Gartenlokal befand sich eine Schleuse. Der Schleusenwärter hatte den Anblick des Körpers, der von der Schiffsschraube des motorisierten Lastkahns Freycinet zerquetscht worden war, ebenso wenig vergessen wie den entsetzten Gesichtsausdruck des holländischen Schiffers. Der Besitzer des Gartenlokals erinnerte sich noch an das kleine Boot, das etwa einhundert Meter entfernt von dem Hafen am Ufer entdeckt worden war. Die labortechnische Untersuchung der Polizei hatte dort DNA-Spuren von Maurice Aubernay gefunden.

Plötzlich begann es heftig zu regnen. Sie flüchteten sich ins Innere des Lokals. Carat bestellte Kaffee für alle. Draußen ließ sich die Gestalt eines Schiffers auf der glatten Oberfläche der Marne nur noch als verschwommener Schatten erahnen.

»Der Himmel hat es nie besonders gut mit uns gemeint.« Scotto seufzte.

Die Gemeinde hatte schon so manches Mal erleben müssen, dass die Behörden den »Ausnahmezustand infolge einer Naturkatastrophe« verhängten.

»Es regnet hier deutlich mehr als an anderen Orten – zwischen den schlammigen Flussarmen und den sumpfigen Niederungen, zwischen dem Kanal und dem Himmel grollt Mutter Natur leider allzu oft.«

Schleusenwärter, Kneipier und Expolizist ergingen sich in einer Fachsimpelei über die Häufung der schweren Unwetter und die außer Rand und Band geratenen Jahreszeiten. Der Schauer ging in einen feinen Nieselregen über. Carat bedeutete seiner Mitarbeiterin, ihm ans Ufer zu folgen.

»Die Amputation der Zunge allein ist keine sehr weitreichende Übereinstimmung, Chef, aber diese Leiche hier war auch entkleidet …«

»Die Ligaturen …«

»Ja, und die Tatsache, dass keine Sorgfalt darauf verwendet wurde, die Leiche so gut zu verstecken, dass man sie nicht so schnell findet.«

»Kein Diebstahl, und in beiden Fällen wurde das Auto des Opfers benutzt. Das ist er, Kehlmann.«

»Ja, es ist möglich.«

Das Klingeln des Handys unterbrach sie. Es war ein Anruf von Bergerin. Carat nahm das Gespräch an.

»Man hat das Auto von Victoire Pélissier gefunden«, teilte er mit.

»Wo denn?«

»Auf einem Abstellplatz für abgeschleppte Autos in der Nähe des Bahnhofs Saint-Lazare. Es war nicht weit von Pigalle entfernt abgestellt worden.«

»Eine weitere Ähnlichkeit, Chef. Er hat Victoire in ihrem eigenen Citroën in die *Rue du Laos* verfrachtet und den Wagen dann bei Pigalle stehen lassen. Er wurde nicht gesehen und nicht bemerkt bei der Geschäftigkeit, die dort Tag und Nacht herrscht.«

»Aber es war deutlich gefährlicher als in Meaux, denn sonst hätte er den Wagen auf den Parkplatz in der *Rue du Louvre* zurückgestellt. Das steht fest!«

Das kleine Haus von Aubernay wurde jetzt von seinem Sohn bewohnt. Es lag in einem ruhigen Wohnviertel, in der offen stehenden Garage war ein tropfnasser Kombi zu sehen. Die Hecke hätte nachgeschnitten werden können, und der Brunnen, auf dem ein Delfin in einer sich aufbäumenden Gipswelle feststeckte, hätte einen Anstrich verdient.

Man konnte kommen und gehen, ohne von den Nachbarn bemerkt zu werden, wenn man sich einigermaßen umsichtig bewegte.

Vincent Aubernay zeigte ihnen Fotos seines Vaters. Graue Haare, eine Brille mit Metallfassung, eine alltägliche Physiognomie.

»Stand Ihr Vater in irgendeiner Beziehung zu einer Ärztin namens Victoire Pélissier?«

»Nicht dass ich wüsste.«

Beim ärztlichen Bereitschaftsdienst war dies ebenfalls überprüft worden: Die Notärztin hatte mit ihrer Mannschaft nie einen Einsatz in dieser Region gehabt.

»Haben Sie seine Sachen aufbewahrt?«

»Nein, ich habe seine Kleider und seine Bücher der Emmaus-Organisation gegeben.«

»Seinen Papierkram hat Vincent freundlicherweise mir überlassen«, glaubte Scotto, einwerfen zu müssen.

»Auch seine persönliche Post?«

»Ja, die auch, aber ich habe sie ihm zurückgegeben«, rechtfertigte sich der Expolizist. »Es war nichts Besonderes dabei.«

Vincent holte einen Pappkarton, der Briefe und Postkarten enthielt.

»Haben Sie noch andere Erinnerungsstücke?«

»Seine persönlichen Aufzeichnungen. Mein Vater hatte ein Hobby. Er schrieb Märchen für Kinder.«

»Würden Sie sie mir bitte zeigen?«

»Was für eine Bedeutung könnten denn diese Texte haben?«

»Das weiß ich noch nicht. Aber ich möchte sie gern sehen.«

Carat blätterte die maschinengeschriebenen Seiten durch, die in perforierten Plastikhüllen steckten. Ganz hinten fand er, was er vage gesucht hatte.

»Die Quelle der Freude wird dich reinigen. Du wirst in den eisigen Fluss geworfen werden«, las er laut vor.

»Papa konnte gut schreiben«, sagte Vincent Aubernay.

Aber das ist nicht von ihm, kommentierte Carat in Gedanken und reichte das Blatt zu Kehlmann hinüber. Papier, Buchstaben, Stil – nichts stimmte mit den Erzählungen von Maurice Aubernay überein. Es war nicht mit den übrigen Blättern zu vergleichen. Die Sätze waren in Unziale geschrieben, jener Schrift, die die Mönche in der Antike bei ihren Abschriften benutzten.

31 Feuerzungen

»Du wirst vom Licht erleuchtet sein. Du wirst ertränkt werden im feurigen Pfuhl. Die Quelle der Freude wird dich reinigen. Du wirst in den eisigen Fluss geworfen werden …«

Es war klar. Der Mörder hatte sich bei der Notärztin und dem Wirtschaftsprüfer eingeschlichen, um dort seine kryptischen Botschaften zu hinterlassen. In dem einen Fall hatte er sie unter den persönlichen Papieren versteckt, im anderen in einem Ordner mit Märchen. Auf dem bei Aubernay gefundenen Blatt standen unten vier Ziffern, 2985. Man musste nun einen Bezug zu der Zahl 11311 herstellen und damit zu dem Mord an Victoire Pélissier.

»Erst foltert er, dann versorgt er die zugefügten Wunden, Chef. Er mordet mit grausamer Gewalt, aber er hinterlässt hochkultivierte Botschaften.«

»Ein Dreckschwein und ein Feingeist zugleich, das kann man über ihn sagen. Es ist wichtig, dass wir verstehen, wie er funktioniert. Nur so können wir ihn erwischen.«

Der Regen wurde erneut stärker. Sie saßen jetzt wieder zu zweit im Auto, denn Vincent Aubernay und Emmanuel Scotto hatten noch einiges miteinander zu klären. Der ehemalige Polizist musste sein Versagen erst einmal verarbeiten. Hätte der Sohn sich die Zeit genommen, die Dokumente seines Vaters zu sichten, wäre er unweigerlich auf den Unterschied zwischen den Kindermärchen einerseits und den Drohungen eines Psychopathen andererseits gestoßen.

»Er muss sich seiner sehr sicher sein, Chef.«

»Warum?«

»Ich habe geglaubt, dass er den Zeitpunkt unmittelbar vor dem Urlaub der Notärztin gewählt hatte, damit ihr Umfeld sich nicht über ihr Verschwinden wundert. Es ist umsichtig, sich Freiraum zu verschaffen.«

»Aber bei Aubernay war er nicht so umsichtig. Der Sohn

hat das Verschwinden seines Vaters sehr schnell bemerkt. Stimmt doch, oder?«

»Ja. Schon am nächsten Tag. Daraus kann man schließen, dass der Mörder sich allen überlegen fühlte. Vor allem der Polizei…«

»Es setzt mir zu, Kehlmann, selbst nach all den Jahren. Ich muss zugeben, dass…«

»Ja?«

»…dass mein Jagdinstinkt geweckt ist. Es kommt sogar vor, dass ich in Gedanken mit den Opfern spreche. Ich sage ihnen, dass ich ihnen die Beute gebracht habe, dass ich sie ihnen zu Füßen lege.«

»Wie eine Art Exorzismus, Chef.«

»Vielleicht.«

Sie bereute jetzt nicht mehr, dass sie ihm von ihrem Vater erzählt hatte. Sie hatte viel riskiert und ihm vertraut. Er hätte sie nach ihrem Geständnis loswerden können, mit dem Argument, dass er keine labile Person in seinem Team gebrauchen könne, die sich nicht unter Kontrolle hat. Aber er hatte es nicht getan.

Sie wollte gerade fragen, ob das mit dem Exorzismus funktionierte. Ob man mit der Zeit lernte, mit der Gewalt umzugehen. Aber das Klingeln ihres Handys hinderte sie daran. Am anderen Ende war Joeys benommen klingende Stimme zu hören.

»Mein Bruder, er hat einfach wieder aufgelegt. Es geht ihm nicht gut.«

»Was ist denn los?«

»Er hat Angstattacken. Ich kann ihn eigentlich immer ganz gut beruhigen. Ich muss kurz nach ihm sehen. Anschließend komme ich dann nach ins Präsidium.«

»Ich begleite dich und warte.«

Sie ließ den Motor an, schaltete das Blaulicht ein und gab Gas, während der Regen in dem böigen Wind auf die Frontscheibe schlug.

Chanson/Toi qui ne veux rien dire/Toi qui me parles d'elle/ Et toi qui me dis tout…

Carat hatte *India Song* und die verstörende Stimme von Jeanne Moreau erkannt.

Sie hatten eine winzige Kunstgalerie in die *Rue Quincampoix* erreicht. Im Fenster waren ein paar Schwarz-Weiß-Aufnahmen ausgestellt. Hackbänke von Fleischern und daneben liegende Steinfiguren. Außerdem die Ganzkörperporträts von zwei Männern: Fleischer, die mit versteinerten Gesichtern Berge ausgelöster Knochen trugen. Über ihren Köpfen schwebten orangerote Feuerzungen. Die Aufnahmen waren von Joey Kehlmann signiert.

Eine schmale Metalltreppe führte in einen an die Rotunde eines Brunnens erinnernden Raum hinunter. Dort entdeckte Carat ein farbiges Triptychon. Ein Grabstein, der die bläuliche Gestalt eines Ritters zeigte, hing zwischen einem Schweinegerippe und einer nackten Frau, die vor einer grünlichen Wand auf einem gelb getünchten Boden lag. Ihr leicht geöffneter Mund war blutverschmiert, ihre dunklen Haare waren glatt nach hinten gekämmt, und ihre rechte Hand ruhte auf ihrem Herzen. Die linke hingegen war an einen phosphoreszierenden Ring gekettet, der an der Wand befestigt war.

Joey trug seine Uniform von Rapid'Pizza, hielt ein Glas in der Hand und war ins Gespräch mit einer hübschen blonden Frau vertieft.

»Mögen Sie Musik, Herr Hauptkommissar? Ich habe das Programm selbst zusammengestellt. Traurige Lieder sind offenbar sehr in Mode.«

Seine Schwester kam ebenfalls die Treppe herunter und betrachtete die Fotos, als sähe sie sie zum ersten Mal.

Joey ist unschlagbar, was Mythologie und Kunstgeschichte angeht. Franka Kehlmann hätte hinzufügen können, dass er auch absolut unschlagbar darin war, bei den Betrachtern seiner Ausstellungen ein gewisses Unbehagen hervorzurufen.

»Erklär mir das«, forderte Carat mit Nachdruck.

»Gefällt Ihnen meine Ausstellung? Die Vernissage ist nächste Woche.«

»Mach nur weiter solchen Mist, und ich bring dich hinter Gitter. Und glaub mir, Santini wird keine Träne vergießen.«

»Franka hat mir die Unterlagen von der *Rue du Laos* gezeigt. Das hat mich inspiriert. Ich habe mein Projekt im letzten Augenblick noch einmal geändert. Eine Freundin war bereit, so für mich zu posieren. Das ist mein allerschönstes Foto. Der Tod ist Ihr Leben, Herr Hauptkommissar. Nun, für mich gilt das Gleiche.«

Kehlmann wollte wissen, warum er ihr bei seinem Anruf etwas vorgemacht hatte. Für einen depressiven jungen Mann machte er einen sehr vergnügten Eindruck. Sturzbetrunken war er, nichts anderes.

»Wärst du sonst gekommen, Franka? Natürlich nicht.«

»Ich habe dich noch nie fallen lassen, aber ich habe eine Arbeit, wenn du das noch nicht bemerkt haben solltest.«

»Du hast nie Zeit.« Dann wandte er sich an Carat: »Macht nichts, jetzt weiß ich immerhin, dass ich doch ein bisschen mehr zähle als ihr Job. Solche Versuche sind sehr aufschlussreich. Deshalb kreuze ich auf meinen Vernissagen auch in meiner Uniform des Pizza-Lieferdienstes auf, also inkognito. Wenn mich die Mädchen ansprechen, dann deshalb, weil ich ihnen gefalle, und zwar so, wie ich bin. Nicht weil ich in einer Pariser Galerie ausstelle.«

Die Blonde fand die Darbietung zum Brüllen komisch, Carat hingegen überhaupt nicht. Er schnappte sich den jungen Mann und zog ihn mit festem Griff auf die Straße hinaus bis zu ihrem Wagen. Seine Schwester protestierte.

»Joeys Erklärungen sind unzureichend, Kehlmann. Es tut mir leid.«

»Aber was wollen Sie denn andeuten? Mein Bruder kann doch gar nicht …«

Mit seiner hageren Statur hing Joey schlaff auf der Rückbank und kostete die Situation aus. Carat wollte von ihm wissen, wo er in dem Zeitraum gewesen war, in dem die Entführung stattgefunden hatte.

»Meine Tage und Nächte sehen ziemlich gleich aus. Pizzas ausliefern, Fotos machen, Videospiele spielen. Und ich habe keinen Zeugen, weil meine Schwester ihre Arbeit leidenschaftlich liebt, seit sie Ihnen begegnet ist. Ich lebe praktisch allein, ich Ärmster.«

Er lächelte und sah jetzt aus wie ein in die Höhe geschossener Junge, dessen Unschuldsmiene derjenigen des pfiffigen Pizzalieferanten vorn auf seiner Uniform in nichts nachstand. Aber war er nicht einem alkoholkranken Vater ausgeliefert gewesen, dessen Spezialgebiet die Folter war?

Carat rief bei Rapid'Pizza an und sprach mit dem Chef. Die Auskunft war nicht eindeutig. Joey hatte zwar eine Schraube locker, aber es hatte sich noch kein Kunde über ihn beschwert. Manchmal arbeitete er von achtzehn Uhr bis Mitternacht, an anderen Tagen von zehn bis sechzehn Uhr, und er war stets pünktlich. Man musste ihn nur daran erinnern, seine Uniform hin und wieder in die Waschmaschine zu stecken. Außerdem neigte er dazu, seine Kollegen mit seinem Geschwätz aufzuhalten.

»Könnten Sie den Zeitplan von Freitag, dem 15. März, überprüfen?«

Joey hatte seine letzte Lieferung in die *Rue d'Auteuil* im 16. Arrondissement gebracht. Fünf Pizzas Quattro Stagioni. Die Bestellung war gegen dreiundzwanzig Uhr eingegangen. Der Kunde? Eine Produktionsfirma von Fernsehsendungen. »Sie mögen das vorlaute Mundwerk von Joey. Und solche Vorlieben unserer Kunden werden von uns natürlich berücksichtigt.« Als Carat bei der Produktionsfirma endlich jemanden am Telefon hatte, bestätigte dieser, dass am 15. März – dem Tag der Entführung von Victoire Pélissier – ein Umtrunk bei ihnen stattgefunden hatte, um den Erfolg eines Fernsehfilms zu feiern. Und es war »Kehlmann, dieser nette Typ«, der die Lieferung gebracht hatte. Obendrein »hat er auch ein Glas Weißwein bekommen und blieb eine ganze Weile«.

Niemand konnte auf dem Parkplatz von Victoire Pélissier im 1. Arrondissement sein und gleichzeitig im 16. Arrondissement Pizzas ausliefern. Carat ließ Joey laufen.

»Nichts für ungut, Herr Hauptkommissar. Es ist schön, einem Superhelden bei der Arbeit zuzusehen.«

Nichts für ungut, ach was! Joeys Gesicht sprach eine andere Sprache. Sein ohnehin brüchiger Stolz hatte einen weiteren Schlag abbekommen. Geschah ihm recht! Carat fand diesen Jungen unausstehlich.

Franka ließ den Motor an und fuhr los. Ihr Vorgesetzter ließ sie schmoren. Erst auf dem Parkplatz des Präsidiums schlug er versöhnliche Töne an.

»Ich werde mich nicht entschuldigen, Kehlmann. Jetzt hat es eben zufälligerweise Joey getroffen. Aber das ist für mich erledigt. Es wäre schade, wenn du mir das übel nimmst. Ich finde nämlich, dass wir gerade dabei sind, ein gutes Team zu werden.«

Da traf ihn ein vernichtender Blick. Sie warf die Autotür ins Schloss und stapfte mit Riesenschritten davon.

Vor dem Kaffeeautomaten holte er sie ein.

»Du hast dich gut im Griff, Kehlmann. Dein Temperament ist ja wirklich beeindruckend.«

»Ihr Charakter aber genauso.«

»Das gebe ich zu.«

»Und ich gebe zu, dass Sie recht haben. Was mein Bruder treibt, ist totaler Schwachsinn.«

»Hat er nur morbide Themen im Sinn?«

»Friedhöfe, Leichenhallen, Schlachthöfe, Totenstädte und Sterbeheime für alte Menschen, außerdem natürlich Müllhalden. Eigentlich schade, dass Sie ihm die Reportage über die Kripo abgeschlagen haben, das hätte eine angenehme Ablenkung bedeutet.«

»Ihr seid schon zwei komische Vögel, ihr Kehlmanns.«

»Sie stecken mich also in die gleiche Schublade wie Joey.«
»Nicht wirklich.«
»Ich bin anders als er. Mich fasziniert der Tod nicht.«
»Es ist seltsam, ich dachte, ich hätte in deinen zahllosen Gehirnwindungen irgendwo einen Wegweiser namens ›Sinn für Humor‹ ausgemacht.«
Santini kam aus ihrem Büro. Carat winkte sie zu sich und teilte ihr die neuesten Informationen mit.
»Es scheint mir, als käme Ihr Team voran, Carat.«
»Das scheint mir auch so.«
»Ich unterrichte Seimourt. Und wir treffen uns zu einer Krisensitzung.«
Diesmal konnte man den Gesichtszügen der Polizeidirektorin nichts entnehmen. Sie verschwand wieder in ihrem Büro, ohne zu verraten, ob die Atmosphäre frostig war oder Tauwetter herrschte.
»Irgendwann gewöhnt man sich an den Stil von Santini, Chef.«
»Man weiß nicht, was sie im Leben wirklich aufregend findet.«
»Möglicherweise ist es die Macht.«
»Möglicherweise, Kehlmann.«
»Aber es ist wohl komplizierter.«
»Mit Sicherheit.«
»Im Grunde genommen glaube ich, dass Christine nicht vor allem deshalb eine Führungsposition haben will, weil sie gern die Chefin ist, sondern dass es ihr vielmehr darum geht, keinen Blödmann über sich ertragen zu müssen.« Jetzt lächelte sie ihn mit engelsgleicher Miene an. »Falls Sie derjenige wären, Chef, würde ich so etwas natürlich nicht sagen.«
»Davon gehe ich aus.«
»Und außerdem habe ich auch Vertrauen in Ihre zahllosen Gehirnwindungen, Chef.«
Diese Retourkutsche steckte er bereitwillig ein. Kehlmann verkündete, sich bis zum Beginn der Krisensitzung »ins Stu-

dium der Bibel vertiefen« zu wollen. Sie wollte die Bibliothekarin vom CNRS anrufen, um weitere Informationen zu erhalten.

Leidenschaftliches Studieren und Analysieren von Dokumenten. Eine höchst effektive Mischung von Konzentration und grauen Zellen. Carat sagte sich, dass seine Kommissarin ihrem Vater stärker ähnelte, als sie dachte.

32 Magda

In seinem Büro wartete Bergerin auf ihn und sah Carat mit einem Gesichtsausdruck an, der ihn stutzen ließ.

»Gibt es ein Problem bei den Ermittlungen?«

»Nein, Chef. Und wegen der Ermittlungen bin ich auch nicht hier. Ich muss etwas anderes mit Ihnen besprechen.«

Bergerin erzählte von seiner Begegnung mit dem Exkollegen, und Carat hörte ihm zu.

»Und hast du die Geschichte von Mansour geglaubt?«

»Was die Geschäftemacherei von Frey betrifft, ja. Was das Schweigegeld von Ihnen angeht, nein, nicht eine Sekunde. Wir hatten ein etwas unterkühltes Verhältnis, Sie und ich, aber das kam daher, dass ich fand, Sie nähmen es zu genau mit den Vorschriften und nicht etwa umgekehrt.«

»Danke, Marc.«

»Gern geschehen. Gehen wir, Chef?«

»Ja, gehen wir.«

Édith öffnete ihnen die Tür. Sie wollte ihren Chef warnen, aber die beiden gingen rasch an ihr vorbei. Vor Frey ausgebreitet lagen einige Fotos, auf die er starrte. Offenbar hatte er schon reichlich dem Wodka zugesprochen. Carat konnte auf den Bildern eine lächelnde junge Frau mit blondem kurzem Haar erkennen.

»Was wollen Sie noch von mir?«

Die Stimme des Bauunternehmers war schwer vom Alkohol, und seine Augen waren feucht.

»Maurice Aubernay«, warf Carat ihm an den Kopf.

»Maurice wer?«

»Sie haben mich verstanden.«

»Kenne ich nicht.«

»Ein Wirtschaftsprüfer.«

»Die muss es auch geben.«

Er schenkte sich noch einen ordentlichen Schluck ein, kippte ihn in einem Zug hinunter und verzog das Gesicht.

»Ich bin müde. So müde.«

Frey nahm ein Foto zur Hand, drückte es für ein paar Sekunden gegen seine Wange und legte es dann wieder zurück. Die beiden Kriminalbeamten warteten.

»Magda war schön, nicht wahr?«

»Sehr schön«, pflichtete Carat ihm bei.

»Sie hatte eine wundervolle Stimme. Aber das war nicht der Grund, warum ich sie geliebt habe. Es war ihre Sanftheit, die mich so … überwältigt hat, und ihre Großmut …«

Bergerin schlich sich aus dem Büro. Édith telefonierte. Vermutlich mit Bagneux. Er wartete, bis sie das Gespräch beendet hatte.

»Wer ist Magda?«

»Scheren Sie sich zum Teufel.«

Er rief Kehlmann an und bat sie darum, Nachforschungen anzustellen zu einer gewissen Magda, die mit Victor Frey liiert gewesen und wahrscheinlich unter dramatischen Umständen ums Leben gekommen war. Informationen diesbezüglich wären unbedingt von Vorteil, wenn sie mit dem Bauunternehmer im Präsidium eintreffen würden.

Die Frau, um die Frey trauerte, war eine gewisse Magda Clermont, geborene Javik. Sie war gebürtige Polin, hatte aber die französische Staatsbürgerschaft durch ihre Heirat mit einem Architekten erlangt, von dem sie sich nach einiger Zeit wieder hatte scheiden lassen. Später hatte sie Frey kennengelernt, der ihr Geliebter wurde. Sie war bei Prestigia angestellt gewesen, einem auf Pariser Luxusimmobilien spezialisierten Unternehmen. Bei einem ihrer Besichtigungstermine war sie in einer Wohnung in der *Rue du Faubourg Saint-Honoré* vergewaltigt und auf bestialische Weise erstochen worden. Ihr Peiniger hatte ihren Körper dann in einen Vorhang eingewickelt, und man hatte die teilweise verkohlte Leiche in einem ausladenden Kamin gefunden. Der Mörder war einem Händler aufgefallen, der im Viertel ansässig war. Er war bereits wegen sexueller Übergriffe aktenkundig und konnte rasch verhaftet werden. Den Polizeibeamten gegenüber hatte er sein »zwanghaftes, unkontrollierbares Verlangen« zugegeben. Er war zu lebenslanger Haft verurteilt worden.

»Und es kommt noch besser«, holte Kehlmann aus.

»Erzähl.«

»Der Typ ist im Gefängnis gestorben. Ihm wurde mit der selbst gebastelten Waffe eines Mitgefangenen die Kehle durchgeschnitten.«

Carat griff nach der Akte, die sie ihm reichte, und betrat den Verhörraum. In Nadelstreifenanzug und mit feierlicher Miene stand Bagneux Frey zur Seite.

»Sie haben nichts gegen meinen Mandanten in der Hand«, ging er in barschem Tonfall sofort zum Angriff über.

Carat legte die Akte auf den Tisch.

»Doch, einen im Gefängnis eliminierten Mörder.«

Zwei Stunden später wartete Carat auf die Reaktion der Polizeidirektorin. Er hatte ihr dargelegt, wie der Fall sich seiner Überzeugung nach verhielt. Frey hatte den Mord am Mörder seiner Geliebten in Auftrag gegeben. Aber das hatte nichts mit Pélissier und Aubernay zu tun. Um Frey und den Fall Magda Clermont musste sich eine andere Einheit kümmern.

»Mansour macht sich einen Spaß daraus, Sie zu verschaukeln, Carat.«

»Vielleicht, aber durch ihn können wir den Bauunternehmer Frey von der Liste der Verdächtigen streichen.«

»Der Liste? So viele sind es?«, fragte sie spöttisch.

Ihre Stimme klang jetzt ungefähr so angenehm wie das Näseln von jemandem, dessen Nasenscheidewand von einer Faust zertrümmert worden war. Er spürte, wie eine Ader an seiner Schläfe gefährlich anschwoll.

33 Die Waagschalen

... Die chinesischen Behörden haben mitgeteilt, dass der Influenza-Subtyp A/H7N9 zum ersten Mal in Shanghai bei einem menschlichen Wesen festgestellt wurde. Die Ermittler haben einen dortigen Geflügelmarkt im Visier. Bei einer raschen Mutation des Virus muss Experten zufolge die Übertragung von Mensch zu Mensch befürchtet werden ...

Als Santini und Seimourt eintraten, schaltete Garut sein Sputnik-Radio aus. Der Richter wandte sich an Carat.

»Bist du sicher, was die Verbindung zwischen den Morden angeht?«

»Ganz sicher. Die Amputation der Zungen ist an erster Stelle zu nennen. Und die Drohungen hat ein und dieselbe Person geschrieben. Mittlerweile lässt es sich allerdings unmöglich feststellen, ob die Amputation *ante mortem* stattgefunden hat. Es gibt Fesselspuren, keine sexuellen Misshandlungen, und außerdem ist noch etwas anderes höchst seltsam.«

»Was denn?«

»Die Leiche von Maurice Aubernay wurde nicht mit Gewichten beschwert, Philippe. Ich will nichts vorwegnehmen, aber es ist gewiss auffällig, dass es den Mörder nicht kümmert, ob man die Leichen rasch findet.«

»Du meinst, weil auch die Baustelle in der *Rue du Laos* offen und zugänglich war?«

»Ja, genau.«

»Gestohlen wurde nichts?«

»Nein. Es ist der gleiche Ablauf wie bei Victoire Pélissier. Unser Mann konnte die Schlüssel seiner Opfer benutzen und seine schriftliche Botschaft in deren Wohnungen hinterlassen. Von dem bei der Notärztin gefundenen Text wusstest du ja bereits.«

»Sicher, die mittelalterliche Kalligrafie …«

»Und bei Aubernay sind wir in einer Sammlung selbst verfasster Märchentexte auf ein Dokument der gleichen Art gestoßen.«

Carat bedeutete Kehlmann, fortzufahren.

»Bei Pélissier lautet der Text: ›*Du wirst vom Licht erleuchtet sein. Du wirst ertränkt werden im feurigen Pfuhl.*‹ Bei Aubernay: ›*Die Quelle der Freude wird dich reinigen. Du wirst in den eisigen Fluss geworfen werden.*‹ Die Quellen, aus denen er seine Inspiration geschöpft haben mag, sind vielfältig. In einem von einem senegalesischen muslimischen Gelehrten verfassten Gedicht heißt es: ›*Und so wirst du von der gewaltigen Schönheit des göttlichen Lichts erleuchtet werden.*‹ Andererseits ist in der Bibel, Apokalypse, Kapitel zwanzig, Vers zehn zu lesen: ›*Und der Teufel, ihr Verführer, wurde in den See von brennendem Schwefel geworfen.*‹ Die Bibliothekarin, die ich befragt habe, hat mir darüber hinaus auch einen Psalm genannt, der folgendermaßen beginnt: ›*Gott ist der Quell meiner Freude.*‹ Und die Worte ›*Jesus, Quell der Freude in diesem Jammertal*‹ können mit dem Lukas-Evangelium in Verbindung gebracht werden.«

»Wollen Sie uns etwa weismachen, Frau Kehlmann, dass der Mörder ein von Gott Besessener ist?«, fragte Seimourt scheinheilig.

»Ich habe keine vorgefasste Meinung dazu. Die Worte des Täters haben etwas Beschwörendes. Und vor allem etwas Widersprüchliches. Er spricht eine Verheißung aus und verkündet anschließend eine Bestrafung. Das passt zu anderen Aspekten seiner Vorgehensweise. Er quält und lässt anschließend Fürsorge walten.«

»Was soll das denn heißen, Fürsorge? Dem Wirtschaftsprüfer wurde die Zunge herausgeschnitten, und er wurde ertränkt, zum Teufel noch mal!«

»Die Verbrennung von Pélissier wurde tatsächlich mit Biafin versorgt und verbunden.«

Carat beobachtete das Duell. Seimourt fuchtelte herum und polterte laut los, während Kehlmann eine olympische Ruhe bewahrte.

»Mir ist eine Idee zu seinem Vorgehen gekommen. Es geht womöglich darum, ein Gleichgewicht zu schaffen, eine Ausgewogenheit ...«

»Kommissarin Kehlmann, ich will etwas Greifbares, kein wirres Gerede.«

»Der Mörder hat Bestrafung gelobt, und seine Opfer wurden bestraft«, beharrte sie. »Pélissier wurde *im feurigen Pfuhl* verbrüht. Aubernay wurde im Winter *in den eisigen Fluss geworfen*. Dann sind da noch die Verheißungen. ›*Du wirst vom Licht erleuchtet sein*‹ und ›*Die Quelle der Freude wird dich reinigen*‹. Meine Frage lautet nun: Warum hat er sie bestraft?«

»Und sie nicht mit Licht und Freude bedacht? Vielleicht, weil er ein Mörder ist ...«, spottete Seimourt.

»Ich für meinen Teil glaube, dass er eher in Ihrem Milieu anzusiedeln ist.«

»Wie bitte?«

»Es könnte ein Richter sein. Jemand, der zwischen Bestrafung und Begnadigung schwankt. Mir geht das Bild einer Waage nicht aus dem Kopf, das Bild von Justitia. Zwei Waagschalen. Zwei Seiten. Zwei Wahlmöglichkeiten.«

Seimourt stieß einen gewaltigen Seufzer aus und blickte zu Santini hinüber.

»Christine, ich muss feststellen, dass Sie es verstehen, Ihre Einheiten dank einfallsreicher Nachwuchskräfte auf Trab zu bringen. Bewundernswert, aber was schlagen Sie an konkreten Maßnahmen vor?«

»Und Sie, Philippe?«

Carat und seine Leute verfolgten die Darbietung, ohne mit der Wimper zu zucken. Nur Garut, dessen kräftige Pranken auf seinem Sputnik ruhten, lächelte wie ein fröhlicher Titan, der unseren blauen Planeten nicht aus den Augen lässt. Diesen kleinen Planeten, den so viele Erschütterungen heimsuchen, von schweren Erdbeben bis hin zu lächerlichen Zankereien, dachte Carat.

»Ich schlage vor, dass Ihre Leute sich wieder an die Arbeit machen. Wir müssen das Unterste zuoberst kehren, ohne irgendwelchen Hirngespinsten aufzusitzen. Wir durchforsten die Vergangenheit von Pélissier und Aubernay, bis wir irgendeine Verbindung finden. Es muss eine solche geben.«

»Es versteht sich von selbst, dass wir all diejenigen noch einmal befragen, die wir im Fall Pélissier bereits befragt haben. Diesmal natürlich mit Blick auf die Fakten, die uns für den Mord an Aubernay vorliegen«, erwiderte Santini.

»Ja, natürlich, aber es ist doch besser, es auch auszusprechen, meine Liebe. Nun gut, wir setzen jetzt alles daran, das Umfeld zu befragen, um mögliche Zeugen aufzutreiben. Da unser Mann die Fahrzeuge seiner Opfer benutzt hat und in ihre Wohnungen eingedrungen ist, muss er irgendjemandem aufgefallen sein.«

»Unsere Leute werden sofort nach dieser Besprechung loslegen, Philippe«, versprach die Polizeidirektorin. »Ich zähle auch auf eine entsprechende Darstellung in den Medien. Wir werden ihnen ein paar ausgewählte Informationen übermitteln. Wenn der Mörder tatsächlich ein Wiederholungstäter ist, gibt es frühere Verbrechen, die weit in die Vergangenheit zurückreichen können. Möglicherweise hat noch ein anderer Polizeibeamter als der damals kurz vor seiner Pensionierung stehende Scotto mit ihm zu tun gehabt, ohne es zu wissen. Zwischen den Fällen Pélissier und Aubernay liegen acht Jahre. Das ist ein großer Zeitraum. Und ich zähle auch auf Opfer, die ihm womöglich entkommen sind.«

Seimourt unterbrach sie mit einer Handbewegung.

»Ja, so ist es bei Guy Georges gelaufen. Und das hätte auch

seine Verhaftung nach sich ziehen können, wenn die Ermittler etwas weniger verkopft, dafür aber besser organisiert gewesen wären. Und etwas bescheidener hätten sie vielleicht auch sein können«, fügte er mit Blick auf Kehlmann hinzu.

»Um es kurz zu machen: Ich stimme mit Ihnen überein, Philippe«, nahm Santini seine Ausführungen auf. »Im Übrigen habe ich mich genau aus diesem Grund von Anfang an selbst um die Presse gekümmert.«

Richter und Polizeidirektorin taxierten einander für einen kurzen Moment und ließen dann die Waffen sinken.

»Wunderbar, Christine, Sie führen diese Ermittlungen wirklich meisterhaft. Aber ich beschwöre Sie, ziehen Sie einen Profiler zurate. Mit den Elementen, die in beiden Mordfällen auftreten, hat man doch reichlich Material, um ein psychologisches Profil zu erstellen, und zwar ein *seriöses*.«

Er grinste bissig, warf seiner Lieblingsfeindin einen kurzen Blick zu und ging. Carat beobachtete Kehlmann. Diese Demütigung hatte sie getroffen.

»Carat, kümmern Sie sich um den Profiler.« Die Polizeidirektorin seufzte. »Oder um den Richter.«

34 Die Welle

Die etwa zwanzig Polizeibeamten hatten sich in das Büro von Carat gezwängt. Der Hauptkommissar verkündete eine neue Vorgehensweise für den Fall Aubernay. Gleich morgen sollte in aller Frühe eine Einheit nach Chalifert aufbrechen, um den Polizisten Scotto erneut zu befragen und nach einer Verbindung zum Fall Pélissier zu suchen.

»Ich verlange peinliche Sorgfalt bei der Arbeit, verstanden? Denn das ist auch die Waffe desjenigen, den wir suchen. Er hinterlässt keinen Fingerabdruck, keinerlei DNA-Spuren. Er ist vielleicht verrückt, aber er weiß ganz genau, wie er vorgehen muss. Vergesst das nie.«

Nach zweiundzwanzig Minuten war die Besprechung beendet. Carat blieb mit seinen eigenen drei Mitarbeitern zurück. Garut gähnte so herzhaft, dass er sich beinahe den Kiefer ausrenkte.

»Ich erbitte die Erlaubnis, in den Schoß der Familie zurückkehren zu dürfen. Mir tut alles weh.«

»Klar, du bist ja schließlich keine junge, einfallsreiche Nachwuchskraft mehr«, spottete Bergerin.

»Für den Auftrag *Stecknadel im Heuhaufen suchen* muss ich mich unbedingt ein wenig aufs Ohr hauen.«

»Erlaubnis erteilt.«

Bergerin folgte ihm. Kehlmann rührte sich nicht.

»Wenn Sie einverstanden sind, grüble ich weiter über den Gerechtigkeitswahnsinn unseres Mannes nach. Diese vier Sätze haben eine Bedeutung.«

»Ich bin vollkommen einverstanden, Kehlmann. Und mach dir keine Sorgen wegen Seimourt. Ich weiß sehr gut, dass deine Überlegungen Hand und Fuß haben.«

»Danke, Chef.«

»Soll ich dich im Taxi mitnehmen und zu Hause absetzen?«

»Ich kann besser hier nachdenken als zu Hause.«

Kein Wunder, wenn man ihren Bruder kannte.

»Nimm dir ein Beispiel an Garut. Schlaf ein bisschen.«

—

... »Die übrige Welt bewegt sich, schaut nach vorn. Aber hier ist die Zeit stehen geblieben.« Das schreibt Tamotsu Bab, der Bürgermeister der Kleinstadt Namie, in seinem Blog. Namie liegt nur wenige Kilometer von dem Kernkraftwerk in Fukushima entfernt. »Ich hoffe, dass der Anblick dieser Straßen den zukünftigen Generationen begreiflich macht, was das große Erdbeben und die Nuklearkatastrophe hier angerichtet haben.« Tatsächlich können Internetbesucher seit einigen Tagen auf Google Earth einen virtuellen Spaziergang durch die Geisterstadt machen. Leere Straßen liegen in Totenstille vor dem Be-

trachter, verlassene Häuser und gestrandete Schiffsrümpfe, eine platt gewalzte, traurige Landschaft ohne Bäume, die die Monsterwelle allesamt niedergemäht hat…

Carat hörte der Radiosendung nicht länger zu. An der Fensterscheibe des Taxis liefen die Tropfen hinunter. Es regnete in Strömen, die Lichter von Paris verschwammen. Die wenigen Fußgänger waren nur noch farblose Umrisse. Er hatte es eilig, zu Garance zu gelangen.

Sie führten ein seltsames Leben. Er kam spät von der Arbeit nach Hause, sie stand oft sehr früh auf, um ihre Lieferanten in Rungis aufzusuchen. *Ob ich sie wirklich glücklich mache?* Sie beklagte sich nie, aber ihr Autounfall hatte ihr die Sorglosigkeit genommen. Seit einigen Monaten las sie keine Zeitung mehr aus Angst, dass ihr »der Irrsinn der Welt aufs Gemüt schlägt«.

Sein Handy klingelte. Rief einer seiner Mitarbeiter an? Nein, es war Seimourt. Das kam ihm gelegen.

»Ich habe mich ziemlich aufgeregt bei unserer Besprechung. Das tut mir leid, Bastien. Mein Ausrutscher war nicht geplant.«

»Das war mir klar. Philippe?«

»Ja?«

»Bitte drück mir keinen Psychofritzen aufs Auge. Einverstanden?«

»Keinen Psychofritzen. Einen Profiler.«

»Du weißt genau, was ich meine. Ich arbeite seit dreißig Jahren ohne diese Schönschwätzer. Und es funktioniert recht gut.«

Ein Klingelgeräusch kündigte den Eingang eines zweiten Gesprächs an. Er kürzte die Unterhaltung mit Seimourt ab, um den zweiten Anruf entgegenzunehmen. Es war Bergerin, der schlechte Neuigkeiten übermittelte. Carat beendete das Gespräch und bat den Taxifahrer, in Richtung Montmartre abzubiegen.

Die Stille war seltsam. Franka realisierte, dass es nicht mehr regnete. Es gelang ihr nicht, Philippe Seimourt aus ihren Gedanken zu verbannen. Vor der ganzen Mannschaft hatte er sie gedemütigt, indem er sie wie eine exaltierte Spinnerin hatte aussehen lassen.

Das war unerträglich. Sie sah nur eine Lösung, ihm beizukommen, aber die war tiefgreifend.

Sie rief ihren Bruder an und fragte ihn nach der Adresse ihres Vaters. Dann fuhr sie mit der Métro zur *Rue de Malte*.

Im Treppenhaus roch es nach Blumenkohl und Reinigungsmittel. Er wohnte in der obersten Etage. Komische Vorstellung bei seinem Hinkebein.

Es verschlug ihm die Sprache.

»Ich brauche deine Fachkenntnis.«

»Heißt das, dass wir wieder Umgang miteinander pflegen?«

»Sei nicht zu voreilig mit solchen Äußerungen.«

Franka unterdrückte ihren Abscheu. Ihr Vater hatte sein fürchterliches blutrotes Arbeitszimmer hier genauso eingerichtet wie zu der Zeit, als die Familie noch im Elsass gelebt hatte.

Sie breitete die Fotos des Gerichtsmedizinischen Instituts auf dem Tisch aus. Sie hatte ihren Laptop mitgebracht und zeigte ihm das Video. Er sah es sich regungslos an. Sie las ihm die vier Sätze vor, ergänzte, dass die Bibliothekarin auf die Bibel und insbesondere auf die Apokalypse verwiesen hatte. Der Mörder holte sich dort offenbar seine Inspirationen.

»Du hast dich nicht verändert. Rational und präzise.«

Er holte eine Flasche Weißwein aus dem Kühlschrank und schenkte ihr ein Glas ein. Sich selbst bedachte er nicht, führte ihr also vor, dass er trocken war. Sie konnte sein wortloses Flehen förmlich hören. *Siehst du, welche Anstrengung ich für dich auf mich nehme, liebe Tochter? Wirst du mir eines Tages verzeihen?*

»Was hältst du davon? Sag es mir.«

»Und du, Franka? Was hältst *du* davon? Du hast doch eine Idee. Ich kenne dich.«

»Fang nicht wieder so an, ja?«

»Ich habe dir immer beigebracht, selbst nachzudenken, oder?«

Sie hatte ihre Erwartungen bereits heruntergeschraubt. Er trug seine alte abgewetzte Hausjacke und strahlte die gleiche klebrige Traurigkeit aus wie immer. Er würde mit ihr spielen und ihr nichts schenken. Sie schaltete ihren Laptop aus und packte ihn samt der Fotos in ihre Tasche zurück.

»Warte. Du regst dich zu schnell auf. Ich meine es ernst. Ich habe irgendwo gelesen, dass die ersten Eindrücke für einen Polizeibeamten von entscheidender Wichtigkeit sind.«

Sie überwand sich.

»Es erinnert an ein bestimmtes Dekor, eine Inszenierung. Noch genauer, an ein Ritual.«

»Das finde ich auch. Eine Frage habe ich noch. Hat er ihr die Zunge herausgeschnitten, bevor er ihr den Unterarm verbrüht hat oder danach?«

»Davor, sagt der Gerichtsmediziner.«

»Und was schließt du daraus?«

»Verschiedenes. Er bringt sich von Anfang an in eine Position der Macht. Er verdinglicht sein Opfer, indem er ihm die Möglichkeit nimmt, sich auszudrücken.«

»Und weiter?«

Sie dachte einen Augenblick nach. Er saß ihr mit verschränkten Armen gegenüber und beobachtete sie.

»Vielleicht interessiert ihn das Flehen des Opfers gar nicht.«

»Genau, das denke ich auch. Also foltert er auch nicht, um sich Lust zu verschaffen. Und wenn es sich so verhält, gibt es nicht viele Lösungen. Es war richtig von dir, mich aufzusuchen.«

Sie spürte seine manipulatorische Macht wie eh und je. Er war im Vorteil, denn er wusste etwas, was sie wissen wollte;

jetzt zog er alles in die Länge, schob den entscheidenden Augenblick hinaus.

»Wenn der Folter keine perverse Lust zugrunde liegt«, fügte er hinzu, »so deshalb, weil sie eine richterliche Funktion hat.«

Gespannt beugte sie sich zu ihm vor.

»Es geht ihm darum, eine Antwort zu erhalten, Franka…«

Kurze Unterbrechung, wohlwollender, geduldiger Blick. Das vollkommene Bild des Lehrmeisters, der darauf bedacht ist, seinem Schüler beizubringen, ein neu gewonnenes Wissen in eigene Schlussfolgerungen umzusetzen.

»Aber wenn er seinen Opfern die Zunge herausschneidet, kann die Antwort, die er haben will, nicht von ihnen kommen«, kombinierte sie.

»Absolut richtig. Dieser Mann fühlt sich zu einer außerordentlichen Macht berufen. Er foltert seine Opfer. Und wenn diese dann nicht mehr in der Lage sind, ihre Verfehlungen zu bekennen, soll ihr Körper es an ihrer Stelle tun.«

»Ihre Wunden sollen sprechen?« Es kam ihr vor, als öffnete sich eine schwere Tür knarrend vor ihr.

»Der Mörder fügt eine Verletzung zu, dann versorgt er die Wunde und wartet ab«, fuhr er fort.

»Die Wundheilung.«

»Genau, oder eben das Gegenteil. Die ausbleibende Wundheilung. Ich glaube, dass wir es mit einem Verfechter des Ordals, des Gottesurteils, zu tun haben.

Dem Vorläufer der modernen Rechtsprechung! Das Gottesurteil oder die Gerechtigkeit eines Gottes. Eine Art und Weise, übernatürliche Kräfte in Anspruch zu nehmen, als es noch keine wissenschaftlichen Beweismittel gab.

Die ersten bekannten Formen des Gottesurteils gehen auf die Assyrer zurück. Und auch der Kodex Hammurabi im antiken Babylon erwähnt es. Im Mittelalter war das Gottesurteil auch in Europa weit verbreitet.«

»Ich dachte, das Gottesurteil beschränkte sich auf das Duell.«

»Da irrst du dich gewaltig. Neben dem Duell als zweiseitigem Ordal gab es verschiedene übliche Formen des einseitigen Ordals.«

Er begab sich zu seinen Bücherregalen und blätterte schließlich eine Weile in einem alten Buch herum.

Schließlich fand er offenbar den Abschnitt, der für ihn von Interesse war, und fasste die wichtigsten Punkte zusammen. Das einseitige Gottesurteil bestand darin, den Angeklagten unter dem Blick der Gottheit einer physischen Prüfung zu unterziehen. Den Richtern oblag es, die Art der Prüfung zu wählen, während das Urteil in Gottes Hand lag. *Aqua fervens* zwang den Angeklagten dazu, seine Hand oder seinen Arm in einen Kessel kochendes Wasser zu tauchen, um dort einen Stein oder einen Ring herauszuholen. Aus dem Zustand des verbrühten Körperteils ließ sich ein paar Tage darauf das Urteil ableiten. Dann nämlich begutachteten die Richter die Wunde. Im Falle einer Wundheilung war die Unschuld bewiesen. Im gegenteiligen Fall galt die Schuld als bewiesen. Schuldspruch und Bestrafung entsprachen dem Zustand der Wunde.

»Daher kommt auch der Ausdruck ›Dafür lege ich meine Hand ins Feuer‹, nicht wahr?«

Sie zog die Fotos aus ihrer Tasche wieder hervor, um sie noch einmal genau anzusehen. Kochtopf, Gaskocher, Wasserkanister. Und die Victoire Pélissier zugefügte Verbrühung. Die Hand und der rechte Unterarm bis zum Ellbogen. Das passte.

»Und wie verhält es sich bei dem Mord an dem Wirtschaftsprüfer, Maurice Aubernay? Gibt es irgendeine Verbindung?«

»Es ist möglich, aber um dies zu beantworten, werde ich weitere Recherchen anstellen müssen.«

Sie spürte, dass er log. Er wollte etwas in der Hinterhand behalten, um sie wiederzusehen. Logisch. Aber egal, sie verbuchte es eher als gute Neuigkeit. Ihr Vater hatte zweifellos bereits eine Verbindung zwischen den beiden Fällen hergestellt. Am Ende würde er ihr die Information geben.

Er hielt sein Buch immer noch gegen seine Brust gepresst. Sie dachte, dass er es wieder in sein Bücherregal zurückstellen würde, aber er machte von den entsprechenden Abschnitten Kopien und gab sie ihr.

»Sobald ich etwas Neues herausgefunden habe, werde ich bei dir vorbeikommen. Bei der Gelegenheit kann ich dann auch Joey begrüßen.«

Scher dich zum Teufel. Diese Worte lagen ihr auf der Zunge.

»Einverstanden. Beeil dich. Es besteht der dringende Verdacht, dass er wieder damit anfängt.«

»Das denke ich auch, mein Kind.«

Er öffnete die Tür mit der linken Hand und wagte es, seine rechte Hand kurz auf ihre Schulter zu legen. Sie konnte ein Zurückweichen nicht unterdrücken, dann war sie auch schon an der Treppe.

»Franka, ich muss dir noch etwas sagen.«

Sie drehte sich um und wartete.

»Dein Chef war hier bei mir.«

Sprachlos starrte sie ihn an.

»Mit Richter Seimourt. Sie wollten, dass ich den Profiler für sie spiele. Aber ich habe ihnen bei Weitem nicht so viel gesagt wie dir.«

Rue Muller. Carat bezahlte den Taxifahrer, draußen entdeckte er vor dem Wohnblock eine in sich zusammengesunkene Gestalt.

»Was ist mit Ihnen, Clavel?«, fragte er und legte dem Baustellenleiter seine Hand auf die Schulter.

»Ich habe Teddy geliebt, verdammt noch mal! Ja, ich habe ihn geliebt. Es ist diese Hebamme. Sie hat ihn in den Schmutz gezogen. Und daran ist er zerbrochen.«

»Wer hat den Arzt angerufen?«

»Ich, und …«

»Und?«

»Bis zu seinem Eintreffen habe ich eine Herzdruckmassage bei Teddy gemacht. Ich konnte ihn nicht… reanimieren. Er ist… in meinen Armen gestorben.«

Der Bauleiter umfasste die Beine des Hauptkommissars und überließ sich einem haltlosen Schluchzen. Auf der anderen Straßenseite konnte dieser einen Mann mit Kappe erkennen. War es Mansour? Als er sich aus der verzweifelten Umklammerung des Bauleiters befreit hatte, war der Unbekannte bereits verschwunden.

Er ging zu der Wohnung hinauf, wo er Bergerin und den angeforderten Arzt antraf. Die Leiche von Brunet lag auf dem Rücken, das Gesicht bläulich angelaufen, die Augen bereits glasig. Auf den Kleidern klebte Erbrochenes.

»Es steht fest, dass er eine große Menge Alkohol getrunken hat und dann einen Schlaganfall erlitt«, fasste der Arzt zusammen. »Ihr Mitarbeiter hat mir gesagt, dass er Anabolika einnahm, stimmt das?«

»Ja, so ist es.«

»Die Einnahme solcher Medikamente über einen längeren Zeitraum hinweg beeinträchtigt die Herzleistung in einem nicht unerheblichen Ausmaß. In der Kombination mit viel Alkohol ergibt das einen unheilvollen Cocktail.«

Carat stellte erstaunt fest, dass er an seinen eigenen Tod dachte. Das Nichts. Aus dem man nicht mehr erwacht.

In der Diele hing ein Gabardinemantel an der Garderobe. Er hörte Stimmen, die aus dem Wohnzimmer zu ihm drangen. Garance lachte.

Mansour saß vor einem Teller Macarons.

»Du bist mit einer Fee verheiratet, mein Lieber. Ihre Törtchen sind sensationell gut.«

»Es ist spät, Colin.«

»Ich kenne den Tagesablauf deiner Frau sehr gut. Sie kommt gerade vom Restaurant, nicht wahr, Garance?«

»Hör zu, ich hatte einen anstrengenden Tag.«

»Ich glaub es nicht! Du wirfst mich hinaus?«

»Jetzt hört doch auf, ihr beiden. Was ist denn mit euch los?«

Carat trat auf Mansour zu.

»Du hättest dich auf keinen Fall an meine Leute heranmachen dürfen, Colin. Du hast Kehlmann angelogen. Und du hast versucht, Bergerin zu manipulieren …«

»Diese dumme Pute hat überhaupt keinen Sinn für Humor, Bastien. Außerdem finde ich, dass ihr undankbar seid, Bergerin und du. Ich habe euch immerhin einen wertvollen Tipp zukommen lassen, was Frey betrifft.«

Carat packte ihn, bugsierte ihn zur Diele und warf ihm seinen Gabardinemantel in die Arme.

»Was hattest du in der *Rue Muller* zu suchen?«

»Wovon sprichst du?«

»Hör auf, mich für dumm zu verkaufen. Ich habe dich gesehen.«

»Aber was erzählst du denn da? Ich bin direkt von der Klinik aus hierhergegangen. Ich wollte einen Kumpel hier in deinem Viertel besuchen. Da habe ich gedacht, ich mache einen kleinen Abstecher, um dir Guten Tag zu sagen …«

»Lass Garance aus dem Spiel, sonst kriegst du eins in die Fresse.«

Er wartete, bis Mansour draußen war, kehrte dann zu seiner Frau zurück und erklärte ihr, was vorgefallen war.

»Sein Verhalten ist unmöglich.«

»Bevor du kamst, war er aber recht umgänglich. Ein wenig zu heiter, das mag sein. Es ist schrecklich. Kann man wirklich nichts tun, um ihm zu helfen, Bastien?«

»Ich glaube nicht. Auf jeden Fall musst du mir versprechen, ihm niemals wieder die Tür zu öffnen.«

Er drückte sie so fest an sich, dass sie sich sanft zur Wehr setzte.

35 Nachhall

Lise Kiefert wartete auf dem übervollen Bahnsteig. Sie hätte am liebsten einen gellenden Schrei ausgestoßen, um die vielen Leute zu vertreiben. Eine fröhliche Menschenmenge hatte die nachts normalerweise verlassene Station überflutet. Noch eine Bewegung, und dieses menschliche Magma würde sie auf die Gleise befördern.

Jetzt schrie sie tatsächlich, allerdings, ohne dass sie es gewollt hatte. Es war die Reaktion auf einen plötzlichen, heftigen Schmerz. Jemand hatte sie hart um die Taille gepackt. Sie versuchte, sich umzudrehen, aber der Klammergriff wurde noch fester. Die ausgelassenen Touristen reagierten nicht. Die nahende Métro war bereits zu hören.

Jetzt werde ich unter den Zug gestoßen.

Die Herde schob sie weiter. Keine Möglichkeit, zu entkommen.

Ein unangenehmer Atem in ihrem Nacken. Eine Männerstimme.

»Du wirst im Äther tanzen … Du wirst in den glühenden Pfuhl geworfen werden …«

Die Métro fuhr ein. Ihr Angreifer gab sie frei, während der Zug an ihr vorbeirauschte. Die Menge drängte nach vorn wie eine unerbittliche Welle aus Beton. Im Wagen eingequetscht, musterte Lise prüfend die Gesichter. Alles Unbekannte, entspannt, sonnengebräunt und brasilianisch. Der Zug fuhr an. Sie stellte sich auf die Zehenspitzen. Der Bahnsteig war leer.

Als sie wieder an die frische Luft kam, fröstelte sie. Der eiserne Griff hallte in ihr immer noch nach. Ihr Angreifer hatte bei seiner Umklammerung einen sehr empfindlichen Punkt gewählt: die unmittelbare Nähe des Ischiasnervs. Dafür hatte sie jetzt keine Zeit, vor allem nicht wegen der Aufgabe, die sie morgen zu bewältigen hatte.

Nach Hause gehen, nachdenken.

Als sie ihre Wohnung erreicht hatte, glaubte sie, einen Hauch von Kampfer zu riechen. Einen Augenblick erwog sie zu fliehen, dann riss sie sich zusammen. Der Typ, der das Gebäude reinigte, hatte das Putzmittel gewechselt. Es bestand also kein Grund zur Panik.

Du wirst in den glühenden Pfuhl geworfen werden. Ein echter Hellseher, dieser Irre. Sie stellte ein regressives Verhalten bei sich fest, hatte eine ähnliche Angst, wie sie sie als kleines Mädchen verspürt hatte. Angst vor all jenen, die hinter ihrem freundlichen Lächeln die Seele eines Monsters verbargen.

Sie öffnete die Fenstertür und stützte sich auf das Balkongeländer. Fünf Etagen weiter unten wiegten sich die runden Wipfel der Bäume sanft im Wind. Ein Mann führte seinen Hund spazieren.

Sie zog sich aus, drehte sich vor dem Spiegel und bemerkte die roten Spuren an ihrem Körper. Hatte der Irre sie mit einer Spritze gestochen oder mit einem Messer geritzt? Offenbar nicht. Lediglich die genauen Druckspuren seines gemeinen Zugriffs waren zu erkennen. *Du wirst im Äther tanzen … Du wirst in den glühenden Pfuhl geworfen werden.* Mit gar niemandem werde ich tanzen, Blödmann.

Sie musste schlafen. Die Müdigkeit hinderte sie am weiteren Nachdenken.

Als sie später aufstand, um etwas zu trinken, glitt ihr Blick zu ihrer Jeans auf dem Sofa hinüber. Sie hätte schwören können, sie über die rechte Armlehne gelegt zu haben, nun aber befand sie sich auf der linken. Niemand hatte die Wohnung betreten können. Die Tür war verschlossen. War sie einen Augenblick unachtsam gewesen? Hatte man ihr den Schlüssel aus der Tasche genommen, bei einem Schlüsseldienst nachgemacht und wieder an Ort und Stelle deponiert? Und war nun die Kopie des Schlüssels ohne ihr Wissen benutzt worden? Sie nahm die Wohnung in Augenschein. Nichts.

Der Schmerz war immer noch nicht verschwunden, strahlte weiter aus.

Sie stresste sich wegen nichts. Niemand hatte sich Zugang zu ihrer Wohnung verschafft, und der Vorfall in der Métro war nur ein Zufall gewesen. Sie musste bei der Redaktionskonferenz in Hochform sein. Sie hatte vor, eine ziemlich kostspielige Reportage vorzuschlagen, und dafür brauchte sie die Unterstützung des Chefredakteurs. Sie legte sich wieder hin, zwang sich zu ein paar Entspannungsübungen. Nur Geduld, und der Schlaf würde sich schon einstellen.

36

Er streifte den Fluch über wie einen Mantel; wie Wasser breitete er sich aus in seinen Eingeweiden, wie Öl in seinen Knochen.

Ich bin in die Wohnung eingedrungen, habe das Hab und Gut und die Gewohnheiten der dort Lebenden studiert. Sie hat nichts bemerkt, ich bin so leicht wie eine auf glänzendem Stahl dahingleitende Wasserperle.

Tod.

Tod.

Tod.

Tod.

Tod. Bald.

Mein Fieber, meine Freude.

37 Besessenheit

Dienstag, 2. April

Rue de Rivoli, nur noch wenige Passanten, fließender Verkehr. Das Leuchtschild einer Apotheke zeigte 00:27 Uhr. Franka war wütend. Seimourt und ihr Vater. Diese beiden trafen sich also bereits seit Monaten, hatten sogar eine Art von Freundschaft geschlossen. Und jetzt auch noch Carat. Warum hatte er ihren Vater um Rat gefragt, ohne sie davon in Kenntnis zu setzen?

In ihrer Tasche klingelte das Handy. Natürlich war es ihr Vater. Von jetzt an würde sie solche Gespräche annehmen müssen.

»Hallo? Franka? Die Bibliothekarin hat dir das Neue Testament und die Apokalypse genannt. Damit ist sie auf dem richtigen Weg, ich habe es überprüft. Aber es ist besser, wenn wir uns bei unseren Nachforschungen und Überlegungen nicht einschränken lassen.«

Unseren Nachforschungen, *unseren* Überlegungen. Jetzt glaubte er wohl, es geschafft zu haben. Er sah Land, sah sich sogar offenbar bereits als Teil ihres Teams.

»Ja, also was …?«

»Erstens bedeutet Apokalypse nicht nur Zerstörung. Im Griechischen heißt es auch Entschleierung. Und wenn man sich auf religiöses Gebiet begibt, dann gelangt man schnell zu dem Begriff ›Offenbarung‹. Im Übrigen heißt die Petrus-Apokalypse auch ›Offenbarung des Petrus‹. Hierbei handelt es sich um eine Prophetie. Sie verkündet also eine Botschaft, und in diesem Fall nehme ich mir die Freiheit heraus, sie als ›Revolution‹ zu bezeichnen. Die Alte Welt bricht auseinander, und eine neue taucht auf, in der das Volk Gottes befreit werden wird. Und das ist nicht alles. Die beiden Sätze, die bei dem Rentner gefunden wurden: *Die Quelle der Freude wird dich reinigen. Du wirst in den eisigen Fluss geworfen werden…*«

»Ja, was hat es damit auf sich?«

»Hier handelt es sich um einen Bezug auf die Apokalypse des Paulus. Das ist ein Text, der aus dem 4. Jahrhundert stammen könnte. Er weist einen viel stärker moralisierenden Ton auf als die Version von Petrus. Er malt die Schrecken der Hölle weitläufig aus und beschreibt Flüsse aus Feuer und Eis. Du kannst davon ausgehen, dass der Mörder eine höhere Bildung genossen hat. Möglicherweise beschränkt sich diese auf die Religion, aber in jedem Fall ist sie nicht nur oberflächlich.«

Effizient und brillant wie immer. Aber sie hatte nicht im Geringsten die Absicht, ihm Komplimente zu machen.

»Danke, ich werde darüber nachdenken.«

»Gute Nacht, mein Kind.«

Sie legte auf, während ein schwarzer Bus voller Partygänger näher kam. Discomusik drang zu ihr herüber. Diese Leute waren auf lächerliche Weise glücklich. Und sie, sie war einfach nur lächerlich und nichts weiter. Manipuliert, hintergangen. Von Philippe Seimourt, der ihr nicht verzieh, dass sie ihn für Christine ausspioniert hatte. Und vielleicht sogar von ihrem eigenen Chef. Sie wählte die Nummer von Carat. Dann wurde es dunkel um sie herum.

Carat sah seine eigene Silhouette auf dem Fenster. Er drückte die Stirn gegen die Glasscheibe. Draußen regnete es. Santini hatte die Nachricht vom Tod Brunets ohne große Kommentare hingenommen. Dachte sie bereits an die Artikel der Journalisten? *Unmittelbar nachdem die Kriminalpolizei einen Verdächtigen aus dem Polizeigewahrsam entlassen hatte, starb dieser an einem Herzinfarkt.* Seimourt gab zu, dass dies ein harter Schlag war. Jedenfalls erklärte er sich jetzt damit einverstanden, sie in Ruhe arbeiten zu lassen. Der Profiler blieb dem Carat-Team erspart.

»Hallo, Bastien, bist du immer noch da?«

»Sieht ganz so aus.«

»Hör zu, niemand wird annehmen, dass es dein Fehler war. Du bist Bulle und kein Sozialarbeiter.«

»Egal. Das konnten wir wirklich nicht gebrauchen.«

Einen Augenblick schwiegen sie beide. Der Freund hatte seine Macken, aber er verstand es, zuzuhören.

»Es hat mir ganz schön zugesetzt, Kehlmann wiederzusehen«, fuhr er fort. »Sie bringt mich jetzt sogar noch mehr in Wallung. Ist dir das schon einmal passiert?«

Seimourt verstand es auch meisterhaft, von einem Thema zum anderen zu springen.

»Was meinst du?«

»Von einer Frau so besessen zu sein, dass du unaufhörlich an sie denkst.« Er wartete die Antwort gar nicht erst ab. »Ich bin schon so weit, dass ich mich frage, ob sie überhaupt einen Mann braucht. Es gibt in ihrem Leben nur ihren Bruder. Ich träume manchmal davon, eine ›törichte Jungfrau‹ besitzen zu wollen. Das macht nicht gerade einen ausgeglichenen Menschen aus mir. Hörst du mir zu, Bastien?«

»Ja, leider.«

Seimourt war so auf Kehlmann fixiert, dass er an Balzacs Erzählung *Die Herzogin von Langeais* denken musste, wie er Carat jetzt erzählte. Eine adlige junge Dame der Pariser Hocharistokratie führt das mondäne Leben ihres Standes. Hochmütig und leichtfertig verschmäht sie die Liebe eines jungen Militärs, der um sie wirbt, obwohl sie leidenschaftliche Zuneigung zu ihm empfindet. Was als kokettes Spiel begonnen hatte, endete schließlich als Tragödie. Die Schöne wählt am Ende lieber den Weg ins Kloster, als dem ungestümen Soldaten zu erliegen, der sie wie ein Wahnsinniger begehrt.

»Das zählt zu den erotischsten Texten, die ich jemals gelesen habe, Bastien.«

»Jedem das Seine.«

»Ich sollte mich schämen, über solche Belanglosigkeiten

zu sprechen, da bei dir gerade ein Verdächtiger das Zeitliche gesegnet hat und ein Irrer noch frei herumläuft. Aber wir tun alles Menschenmögliche, nicht wahr?«

»Genau.«

»Wie wäre es, sollen wir uns nicht alle auf dem Großmarkt in Rungis treffen, Bastien? Heute ist doch der Tag, an dem Garance ihre Einkäufe dort macht, oder?«

»Du hast ein gutes Gedächtnis, mein Lieber. Aber ich habe vor, jetzt ein wenig zu schlafen.«

»Ein Kaffee und ein kleiner Calvados zwischen lauter Fleischgerippen, das wird dir auf die Beine helfen. Komm schon!«

»Lass es gut sein.«

»Sicher?«

»Ein anderes Mal, Philippe.«

Franka tauchte wieder aus der Dunkelheit auf. Aus einer urzeitlichen, undurchdringlichen Nacht. Sie zwang sich, sich daran zu erinnern, dass sie nie Angst vor der Dunkelheit gehabt hatte.

Sie war gefesselt, ihre Lippen wurden durch ein Klebeband zusammengepresst. Das Band stank bestialisch. Jetzt auf keinen Fall den Ekel Oberhand gewinnen lassen – sie würde ersticken.

In der Ferne war das Rauschen von Regen zu hören. Ein leichter Luftzug, und sie bemerkte, dass sie nackt war.

Sie sah sich selbst vor sich, wie sie sich in dem Autopsiesaal über die sterblichen Überreste von Victoire beugte.

Die ungute Vorahnung bewahrheitete sich. Carat konnte nicht schlafen. Er zog die Decke über die Schultern von Garance, lauschte einen Augenblick ihren regelmäßigen Atemzügen und verließ dann lautlos das Zimmer. Kehlmann hatte ihm keine Nachricht geschickt. Warum, zum Teufel, hatte sie versucht, ihn gegen Mitternacht anzurufen? Und dann keine Nachricht auf dem Anrufbeantworter hinterlassen?

Zwischen drei und vier Uhr morgens weckte er Bergerin, der ihm auch keine Auskunft geben konnte. Er schenkte sich ein Glas Saint-Émilion ein und sah nach draußen, wo der Regen das nächtliche Paris auskühlte.

Ihre Zähne schlugen aufeinander, der Geruch von Erde und totem Tier umgab sie, der von der Feuchtigkeit des Regens noch verstärkt wurde. Für ein paar Sekunden war sie in einen Dämmerschlaf gesunken, ein Traum hatte sie heimgesucht. Der Gestank stammte von einem Soldatenregiment, das seit dem Zweiten Weltkrieg hier unter der Erde vergraben lag. Nun waren die Wiedergänger aus ihren Erdlöchern gestiegen, um mit ihr Karten zu spielen. *Halte durch, Franka Kehlmann, du wirst bald wieder frei sein. Wir hingegen, wir stecken hier für immer und ewig fest.*

Es gelang ihr, sich auf den Bauch zu rollen. Kieselsteine zerkratzten ihre Haut, Dreck und Staub stiegen ihr in die Nase. Dann kam sie auch schon nicht mehr weiter voran. An ihrem Knöchel spannte etwas. Ein metallisches Geräusch war zu hören. Sie begriff, dass ihr rechter Fuß angekettet war.

Wie der von Victoire.

Die Fesseln stauten ihren Blutkreislauf. Ihre Haare hingen an dem Klebeband vor ihrem Mund fest und kitzelten sie im Gesicht. Sie erinnerte sich daran, dass der Mörder das Haar der Notärztin sorgsam gekämmt hatte.

Auch sie hatte langes dunkles Haar. Wenn nun der Tod des alten Maurice gar nichts mit dem von Victoire zu tun hatte? Vielleicht war der Mörder von einem bestimmten Frauentyp besessen.

Trotzdem, die beschwörenden Sätze stellten ganz eindeutig die Verbindung zwischen den beiden Mordfällen dar. *Der feurige Pfuhl. Der eisige Fluss*. Beides inspiriert von der Apokalypse, dem Buch der Offenbarung. Der Offenbarung von was, verdammt noch mal!

Meine Schwester, die Göttin des Gemetzels. Die sich von ihren Fesseln zu befreien vermag und gegen das Böse kämpft. Wenn es doch nur so wäre! Wer würde sich um Joey kümmern, wenn sie nicht mehr lebte? Wenn er sich selbst überlassen wäre, würde er endgültig verrückt werden.

Aber so weit würde es nicht kommen. Sie würde alles mobilisieren, was an Durchhaltevermögen in ihr steckte. Sie würde am Leben bleiben. Schon als Kind hatte sie sich nicht kleinkriegen lassen, als der Schakal sie in manchen Nächten zur Strafe in einen Kellerraum des Hauses in Straßbourg einsperrte, weil sie es gewagt hatte, Joey zu verteidigen. Nicht eine Träne hatte sie jemals dort vergossen. Am Ende hatte sie in den Augen ihres Vaters schließlich so etwas wie Respekt erkannt. Er hatte begriffen, dass sie die gleiche Kraft besaß wie er selbst.

Der Regen prasselte auf ein Wellblechdach. Die Geräusche verrieten ihr, dass sie sich an einem sehr geräumigen Ort mit einer beträchtlichen Deckenhöhe befinden musste.

Sie lag also nicht in einem Keller, das war immerhin eine verdammt gute Neuigkeit.

Carat hätte seine Ängste gern so einfach zusammengefaltet wie eine Decke. Aber das gelang ihm nicht. Sein Verstand hatte Risse bekommen, seine Widerstandsfähigkeit gegen Stress hatte gelitten, das musste er zugeben. Er war nicht mehr derjenige, der er einmal gewesen war: dieser Typ, der mit Garance an seiner Seite in die Normandie brauste und dabei alte Hits hörte. Alphaville. *Forever young* in Endlosschleife. Mitten in der Nacht kamen sie dort an. Die Wellen umspielten ihre Füße. Sie kuschelten sich eng aneinander, um sich aufzuwärmen, und lachten über alles und jedes.

Die Zeit der Unbeschwertheit.

Er erwog, Seimourt anzurufen, den ewig Schlaflosen. Aber warum eigentlich? Sie würden sich dann nur beide Sorgen um Kehlmann machen.

Wie zwei alte Vollidioten.

Schritte auf dem Kiesboden. Franka krümmte sich, als hätte ein elektrischer Schlag sie getroffen. Das grelle Licht einer Taschenlampe blendete sie zunächst, dann konnte sie hinter dem Lichthof einen Schatten ausmachen.

»Ich werde dir jetzt deinen Knebel herausnehmen. Aber wenn du schreist, schneid ich dir die Kehle durch.«

Die Stimme war ihr unbekannt. Es musste ein recht junger Mann sein. Nervös schien er außerdem zu sein.

Er hockte sich neben sie. Ein strenger Geruch ging von ihm aus. Der Stress ließ ihn schwitzen.

Ihre Augen hatten sich an die Lichtverhältnisse gewöhnt. Sie konnte eine Kapuzenmütze und dünne OP-Handschuhe erkennen. In den Händen hielt er eine Schere. Sie konzentrierte sich ganz darauf, sich nicht von ihrer Angst überwältigen zu lassen. Der Dreckskerl begann nun, das Klebeband vor ihrem Mund aufzuschneiden, und riss die Stücke mit einem Ruck herunter. Gierig sog sie die Luft und den Geruch ihres Peinigers ein.

»Hast du Angst?«

Mühsam gelang es ihr, ein paar Worte hervorzubringen.

»Ich bin Bulle, weißt du das?«

»Antworte. Hast du Angst?«

»Meine Kollegen werden dich irgendwann kriegen.«

»Gut, du willst nicht antworten. Also brauchst du auch keine Zunge mehr …«

Wieder sah Franka das Gesicht von Victoire vor sich. Mit schwärzlichem Blut verschmiert. Sie rollte sich herum. Die Kette behinderte ihre Beine, sie stieß an eine Wand. Der Mann presste ihren Kopf auf den Boden. Erde drang beim Atmen in ihre Lungen. Sie versuchte, ihn zu beißen.

Ihr Hals. Ein stechender Schmerz. Dann verschwand alles um sie herum.

38 Die Wand

Die Dämmerung brach an. Lise Kiefert hatte kaum geschlafen. Sie nahm eine kalte Dusche und machte sich einen starken Kaffee.

Du wirst im Äther tanzen … Du wirst in den glühenden Pfuhl geworfen werden … Was hatte es mit diesem Unsinn in der Métro auf sich?

Sie erstarrte, als sie das Türschloss hörte. Dann eilte sie zum Eingang und sah, wie ein Mann in der Tür lehnte. Sie wusste, wer er war. Dies war die Fortsetzung einer unschönen Begegnung.

»Hallo, Lise. Ist ja eine Ewigkeit her.«

Dieser hinter ihr gemurmelte Schwachsinn – er war es gewesen. Der Blödmann, der sie im Äther tanzen und im Feuer schmoren lassen wollte. Wann hatte er ihr die Schlüssel gestohlen? Bei der Rempelei in der Métro? Es kam nicht infrage, dass sie seinetwegen die Redaktionskonferenz verpasste.

»Ich sage es dir gleich, ich werde nirgendwo mit dir hingehen. Es mag dir seltsam vorkommen, aber ich arbeite.«

»Warum denn weggehen? Hier ist es doch sehr schön.«

Er packte sie an den Schultern. Sie holte aus, um ihm einen Tritt in die Eier zu verpassen, was ihr Krav-Maga-Lehrer wärmstens zur Selbstverteidigung empfohlen hatte. Aber sie kam eine halbe Sekunde zu spät. Er schlug sie mit der Faust in ihren Plexus. Es war kein Schlag von außerirdischer Kraft, dafür aber gut gezielt. Der Dreckskerl. Sie landete bäuchlings auf dem Boden, er drehte ihr die Hände auf den Rücken und presste sein Knie auf ihre Nieren. Dann zerrte er sie bis ins Schlafzimmer, um sie dort an die Heizung zu ketten.

Ruhe bewahren. Tief durchatmen.

Dieser Typ besaß nicht das Format eines Mörders. Oder sie hatte noch nie irgendetwas über irgendeinen ihrer Mitmenschen verstanden. Er hatte doch nicht etwa vor, sie zu vergewaltigen? Das war einfach lächerlich.

Verdutzt bemerkte sie, wie er sich davonmachte.

Nein, so seltsam war das gar nicht. Der Mann fürs Grobe hatte seine Arbeit getan, jetzt war sein Boss an der Reihe. Was wollten sie nur? Sie daran hindern, über ein heikles Thema zu schreiben? Von ihr verlangen, dass sie die Biografie eines ihrer Schützlinge für sie zusammenschrieb? Das waren ja echte Gangster-Methoden, ins Paradies führten diese nicht gerade.

Später betrat jemand die Wohnung.

Augen bar jeder Emotion. Auch gut, man würde unaufgeregt miteinander verhandeln.

Aber dann sah Lise Kiefert die Spritze in seiner rechten Hand. Und sie begriff, dass jetzt die Hölle begann.

Sie wachte auf mit dem Gefühl, als sei in ihrer Schädelhöhle ein Insekt auf Entdeckungstour unterwegs. Der Verrückte musste ihr ein übles Zeug injiziert haben, das sie für eine unbestimmte Zeit betäubt hatte. Aber sie war am Leben. Und der Morgen dämmerte bereits. Sie befand sich in einer Scheune, gefesselt an einer metallenen Tränke. Ihre Tasche hatte man an dem Schulterriemen ebenfalls dort aufgehängt. Die Tür stand einen Spalt weit offen, draußen konnte sie Felder erkennen. Sie drehte den Kopf nach links, wo ihr Blick auf einen bräunlichen Haufen fiel, den sie zunächst für einen Berg Haare hielt. Stammten sie von Opfern, denen der Mörder die Haare abgeschnitten hatte? Aber auch der Aasgeruch kam aus dieser Richtung, und überall krabbelten Würmer herum. Es war ein kleiner Tierkadaver.

Plötzlich hörte sie ein Motorengeräusch. Ein Auto? Kam der Irre etwa zurück?

Eine Tür wurde zugeschlagen, sie vernahm eilige Schritte.

»Franka! Wo bist du?«

Diese Stimme. Niemals hätte sie geglaubt, dass sie sie einmal so gern hören würde. Sie rief nun ihrerseits. Als er die Tür aufriss, stöhnte sie vor Erleichterung auf.

»Bist du verletzt?«

»Nein, nur total high.«

Philippe Seimourt befreite sie mit einem Taschenmesser und half ihr beim Aufstehen, bevor er ihr seinen Mantel umlegte. Eine wohltuende Wärme, ein angenehmer Geruch. Sie wollte nach ihrer Tasche greifen, aber ihre Beine gaben unter ihr nach. Das Tier war ein toter, bereits halb verwester Hase. Sie ließ es zu, dass Philippe sie bis zum Auto trug. Die Erde war vollkommen aufgeweicht, und er stolperte über die Unebenheiten. Er erklärte ihr, dass sie sich in Yvelines befanden, ganz in der Nähe des Golfplatzes Saint-Marc und der D 446. Er half ihr beim Einsteigen. Als sie endlich saß, begutachtete sie den Inhalt ihrer Tasche und stellte erstaunt fest, dass ihre Waffe, ihr Handy und ihre Papiere noch da waren. Lediglich ein paar Scheine aus ihrem Geldbeutel waren verschwunden.

Er gab ihr ein Schmerzmittel, Wasser und ließ ihr Zeit, sich zu sammeln. Derweil rief er das Gerichtsmedizinische Institut an. Sie hörte, wie er mit Séguret sprach. Danach erzählte sie ihm, wie es zu der Entführung gekommen war, was sie mitbekommen hatte, und schließlich wollte sie wissen, wie er sie gefunden hatte.

»Ein anonymer Telefonanruf. Eine ziemlich junge Stimme. Ein Mann, der mir gesagt hat, dass er dir die Kehle durchschneiden würde, wenn ich nicht rechtzeitig aufkreuze. Er hat mir den Ort genannt. Ich bin wie ein Verrückter hierhergerast.«

»Danke, Philippe.«

Sie hätte vor Wut und Erleichterung weinen müssen, aber es gelang ihr nicht. Und doch bekam eine Mauer in ihrem Innern Risse. Jene Mauer, die sie an dem Tag errichtet hatte, als sie ihren Vater verletzt und den Entschluss gefasst hatte, dass sie niemanden jemals wieder an sich heranlassen würde.

Joey hatte eine ganze Reihe von Nachrichten geschickt. Sie rief ihn an und gab vor, die Nacht bei Christine verbracht zu haben. Ihr Brüderchen gab sich damit aber nicht zufrieden und verlangte weitere Erklärungen. Sie tischte ihm weitere Lügen auf.

Erschöpft beendete sie das Gespräch. Mittlerweile hoben sich die Rapsfelder scharf von dem weißen Licht der Morgendämmerung ab. Es war höchste Zeit, Carat anzurufen. Sie erzählte ihm, was ihr widerfahren war, und konnte seine Wut spüren. Kalt. Geballt.

»Er hat dich beinahe umgebracht, Franka. Dafür wird er bezahlen.«

Sie berichtete ihm von dem Gottesurteil. Ihr Vater war sich seiner Sache sicher. Die Qualen, die die Notärztin hatte erleiden müssen, erinnerten an eine schmerzhafte Methode der mittelalterlichen Rechtsfindung.

»Wir werden der Sache nachgehen.«

»Ich habe mich auch gefragt, ob er vielleicht auf einen besonderen Frauentyp steht. Mit dunklem, langem Haar, wie Victoire und ich es haben. Aber das passt nicht zu dem alten Wirtschaftsprüfer.«

Bevor sie auflegten, befahl er ihr noch, sich im Krankenhaus untersuchen zu lassen.

»Das Gottesurteil?«, fragte Seimourt jetzt. »Ist dein Vater sich bei seiner Hypothese sicher?«

»Er ist der Beste in seinem Fach. Aber das weißt du doch, oder? Und Carat auch.«

Beschämt verzog er das Gesicht. Aber sie hatte ihm bereits verziehen. Nach dem, was sie durchgemacht hatte, waren diese kleinen Seitenhiebe einfach nur lächerlich.

In diesem Zustand hatte er sie schon lange nicht mehr erlebt. Sie war richtiggehend aufgelöst.

»Garance?«

»Früher hat dein Beruf vor unserer Wohnung haltgemacht. Es ist das erste Mal, dass ein Mitglied deines Teams in Lebensgefahr gerät. Franka muss zu Tode erschrocken sein.«

»Was geschehen ist, hat zumindest einen Vorteil. Wir wissen jetzt, dass der Typ keinerlei Grenzen kennt und immer gewalttätiger vorgeht. Wir müssen unsere Vorsichtsmaßnahmen verschärfen.«

»Ich will nicht, dass er dich als Zielscheibe auswählt.«

Sie klammerte sich an ihn.

»Das wird nicht geschehen, Garance, ich verspreche es dir.«

Das Telefon klingelte. Santini. Eisige Wut schlug ihm entgegen. Die Entführung von Franka sei »inakzeptabel«, herrschte sie ihn an, er hätte wohl »die Kontrolle verloren«. Er unterließ es, ihr zu widersprechen.

»Es ist an Ihnen, Ihre Leute zu schützen, Carat. Wenn Sie in den nächsten Tagen keine Erkenntnisse liefern, entziehe ich Ihnen den Fall.«

Damit beendete sie das Gespräch. Er verharrte regungslos. Garance hatte alles mit angehört.

39 Das himmlische Gericht

Die Straßen zogen draußen vorüber, ohne dass er sie wahrnahm. In dem Taxi, das ihn zum Krankenhaus Val-de-Grâce fahren sollte, herrschte eine drückende Luft. Carat bedeutete dem Fahrer anzuhalten, stieg aus und ging zu Fuß weiter.

Auf seinem Weg schaute er weder nach links noch nach rechts, die Krawatte hatte er in seinen Mantel gestopft.

Er dachte an Kehlmann in dieser verdammten Scheune

irgendwo da draußen. Das Undenkbare war geschehen. Der Mörder hatte seine ganze Aufmerksamkeit auf das Team gerichtet. Seinen Hass und seinen Wahnsinn.

Es gelang Carat nicht einmal mehr, Groll gegen Santini zu empfinden. Er war sich nicht mehr sicher, ob er das Zeug dazu hatte, seine Leute zu schützen.

Colin Mansour, der sich über ihn lustig machte, kam ihm in den Sinn. *Mit mir in der Truppe wäre das nicht passiert; ich hätte das Arschloch aufgespürt, bevor er sich an uns heranschleicht.* Vielleicht waren es tatsächlich Spinner wie Mansour, die gegen diese Art von Mördern kämpfen konnten. Weil sie sich sozusagen auf der gleichen Ebene bewegten.

In seiner Manteltasche klingelte sein Handy. Es war Bergerin. Voller Wut auf denjenigen, der sich »an Kollegen vergriff«. Er teilte ihm mit, dass die Scheune, in der Kehlmann gefangen gehalten worden war, aufgrund von Erbstreitigkeiten unbenutzt war. Hinsichtlich der Substanz, die man ihr zwei Mal in die Halsschlagader injiziert hatte, war das Labor mit Hochdruck an der Arbeit.

Nach etwa vierzig Minuten erreichte er das Krankenhaus. Eine fixe Idee hatte ihn gepackt und ließ ihn nicht mehr los: Angewidert von der Kriminalpolizei, würde Kehlmann zur Steuerfahndung zurückgehen oder einen anderen Beruf ergreifen. Was für ein verflixter Schlamassel! Sie war das Beste, was ihm jemals zugeteilt worden war, das unverhoffte Bindeglied, das das Carat-Team fest zusammenschweißte.

Sie schien schmaler geworden zu sein, wie sie da in ihrem Krankenhausbett lag, mit dunklen Schatten unter den Augen und reichlich blass. Vom Flur her drang ein Läuten ins Zimmer. Carat kam es vor, als würde dies das Ende seiner eigenen Karriere ankündigen.

Ein Anruf riss ihn aus seiner Mutlosigkeit. Er schaltete den Lautsprecher seines Smartphones ein. Séguret hatte eine sofortige Untersuchung des Blutes verlangt und erhalten. Das verwendete Betäubungsmittel war Propofol, ein

Hypnotikum, das seit Kurzem in der Chirurgie zum Einsatz kam. Carat bedankte sich bei seinem Kollegen vom Gerichtsmedizinischen Institut, zog einen Stuhl heran und wartete auf Kehlmanns Reaktion.

»Das passt zum Rest, Chef«, brachte sie leise hervor.

»Was meinst du damit?«

»Dieser Mann besaß medizinische Kenntnisse. Er hat mir das Betäubungsmittel mit sehr präzisen Handgriffen gespritzt.«

Dann fügte sie hinzu, dass weder die Notärztin noch der Rentner auch nur den Hauch einer Chance gehabt hätten. Keiner ihrer Angehörigen war durch einen Telefonanruf von den Vorfällen benachrichtigt worden. Warum also war sie mit dem Leben davongekommen? Und warum hatte ihr Angreifer Richter Seimourt verständigt? Das stimmte nicht mit seiner bisherigen Vorgehensweise überein. Logisch betrachtet, müsste sie jetzt tot sein. Der Dreckskerl hätte sie einem Gottesurteil unterziehen müssen. Einer komplexen Foltermethode, die noch dazu schriftlich hätte angekündigt werden müssen.

»Wir haben ihn uns selbstsicher und unerbittlich vorgestellt. Aber er roch förmlich nach Angst, Chef. Ich hatte das Gefühl, dass er nicht wusste, dass ich bei der Polizei bin … Und außerdem hat er mir die hundert Euro gestohlen, die ich in meinem Geldbeutel hatte. Das passt auch nicht. Bei Victoire Pélissier haben wir das Geld gefunden, beinahe überdeutlich. Als wollte der Mörder beweisen, dass er …«

»… auch seinen Stolz hat? Meinst du das?«

Mit einem Mal fixierte sie einen Punkt hinter seiner Schulter, und ihr Gesichtsausdruck veränderte sich abrupt. Carat wandte sich um. Hinter ihm stand Bernard Kehlmann.

»Seimourt hat mich verständigt, Franka. Ich bin so schnell hierhergekommen, wie ich konnte. Hat der Dreckskerl dir wehgetan?«

Er war aschfahl im Gesicht, das Haar stand wirr um seinen Kopf, und er rang nach Luft. Seine Hand krallte sich so fest um den Griff seines Gehstocks, dass die Fingerknöchel weiß hervortraten. Seine Tochter schwieg einen Augenblick lang, dann begann sie zu erzählen. Carat spürte, wie Ohnmacht und Wut gleichsam in elektrischen Wellen durch den Körper des Historikers fuhren.

»Diese Unheil bringende Kakerlake muss festgesetzt werden«, zischte er. »Ich habe etwas Neues herausgefunden.«

»Ich höre.«

»Nach dem letzten Besuch von Franka habe ich nachgedacht und bin zu einer schlüssigen Überlegung gekommen. Aber Sie müssen mir ein wenig Zeit zugestehen, um Ihnen alles darzulegen.«

»Nur zu, das tue ich gern.«

»Die göttliche Gerechtigkeit ist ein Begriff, der nicht nur im Abendland relevant ist. Es ist im Grunde eine universelle Philosophie.

Im mittelalterlichen China strengten Geister Prozesse gegen Lebende an und erhoben Klage bei der Richterschaft des Jenseits. Im Gegenzug brachten die Lebenden ihre diesseitigen Probleme in die Prozesse ein, zu denen die Geister sie zwangen, und hatten Gelegenheit, an die Gottheiten zu appellieren und auf prozessualem Weg zum Gegenangriff auszuholen.«

Carat verstand nicht, worauf er hinauswollte.

»Das System funktionierte nicht nur in eine Richtung«, fuhr Bernard Kehlmann fort. »Die Beschuldigten konnten sich verteidigen. Auf ähnliche Weise hatte der Angeklagte auch in unserem mittelalterlichen Gerichtswesen seine Chancen. Die Richter wählten das Gottesurteil, das am besten zu den Gegebenheiten passte. Sehr häufig wurde damit eine sehr vernünftige Wahl getroffen. Darüber hinaus darf man nicht vergessen, dass die Gesellschaft tief gläubig war. Die Angeklagten waren überzeugt davon, dass Gott sie richten würde. Ein psychologischer Effekt war also garantiert.«

Seine Tochter hatte sich in ihrem Bett aufgerichtet, ihre Müdigkeit schien verflogen zu sein.

»Derjenige, der ein schlechtes Gewissen hatte, würde also eher unterliegen?«, fragte sie.

»Genau. Und ein Unschuldiger war besser gewappnet, ein Gottesurteil über sich ergehen zu lassen. Außerdem wurde das Gottesurteil nur dann angewandt, wenn man sich in einer Sackgasse befand, also wenn die Richter eine Vermutung, aber keine Beweise hatten. Das Ziel war es, die Schuld oder die Aufrichtigkeit im Augenblick der Probe ans Licht zu bringen. Man rechnete mit Schreien, Tränen und vor allem mit Protesten.«

»Du willst uns klarmachen, dass unser Mörder bei seinen Opferungen das Wesen des Gottesurteils überhaupt nicht begriffen hat, oder?«

»Genau, überhaupt nicht.«

»*Seinen Opferungen?* Willst du damit sagen, dass es für dich eine Verbindung zu dem Mord an dem Wirtschaftsprüfer gibt?«

»Wenn meine Theorie stimmt, dann wurde Maurice Aubernay einem Gottesurteil des Typs *aqua frigida* unterzogen.

Hierbei wird der Beschuldigte in eiskaltes, geweihtes Wasser geworfen, häufig in einen Fluss. Ging er unter, so bedeutete das, dass das geweihte Wasser seinen Körper aufnahm, und damit war seine Unschuld bewiesen. Schwamm ein Körper hingegen an der Oberfläche, so hieß das, dass der Fluss einen Schuldigen zurückwies. Bereits die Mesopotamier verfuhren nach diesem Prinzip und nannten dies das *Flussurteil*. In Europa war *aqua frigida* das klassische Gottesurteil für Frauen, die man der Hexerei anklagte.«

»Angenommen, ihre Verletzungen hätten zu ihren Gunsten gesprochen, so hätten Aubernay und Pélissier dennoch nicht die geringste Möglichkeit gehabt, durch das Gottesurteil für unschuldig befunden zu werden, oder?«, fragte Carat.

»Nicht die geringste, umso mehr, als ihr Henker ihnen bereits die Zunge herausgeschnitten hatte. Und zwar vor dem eigentlichen Gottesurteil.«

»Bei Pélissier gehen wir davon aus. Bei dem Wirtschaftsprüfer lässt sich das aufgrund des Zustandes seiner Leiche unmöglich sagen.«

»Wenn man davon ausgeht, dass er sie daran gehindert hat, sich zu äußern, und sie deshalb nicht einmal den Versuch unternehmen konnten, etwas zu ihrer Entlastung vorzubringen, bevor sie der Folter unterzogen wurden, kann man daraus schließen, dass der Täter nicht als Richter im strengen Sinn agiert.«

»Als was denn dann?«

»Als Racheengel.«

»Warum das?«

»Er lädt sie nicht zu einem Prozess vor. Er verhängt von vornherein ein Urteil, weil er sie für schuldig hält«, fügte Franka hinzu.

Ihr Vater lächelte und nickte zustimmend.

Überfordert stützte Carat seinen Kopf in beide Hände und massierte sich die Schläfen.

»Aber wessen schuldig?« Er seufzte.

»Ich habe nicht die leiseste Ahnung«, erwiderte der Historiker. »Aber diese Auffassung von Schuld ist der Kernpunkt des Problems. Da können Sie ganz sicher sein. Ich wollte Ihnen das alles unverzüglich mitteilen, damit Sie Ihre Ermittlungen entsprechend ausrichten können.«

Sein Tonfall war jetzt beinahe aggressiv geworden. Mit einem Mal überfiel Bastien Carat das unbändige Verlangen, sich auf dem erstbesten Bett auszustrecken und in einem hundertjährigen Schlaf zu versinken. *Der Kernpunkt des Problems.* Das sagt sich so leicht.

Sie drehte sich in ihrem Krankenhausbett von einer Seite auf die andere, ohne einschlafen zu können. Vielleicht war es falsch von ihr gewesen, Schlafmittel abzulehnen. Auf dem Nachttisch vibrierte ihr Handy. Das Display zeigte 21:45 Uhr an.

»Hallo ... Franka ...«

Es war Joey. Im Hintergrund war Regen zu hören, heftiger Regen.

»Wo bist du?«

»Sie wird eine Überraschung erleben ... sie wird mich dort finden ... morgen früh ...«

»Was treibst du denn schon wieder?«

»Wenn sie kommt ... um ihren ... wurmstichigen Verlobten zu besuchen ...«

Der Empfang war immerhin gut genug, um vermuten zu können, dass ihr liebes Brüderchen sturzbetrunken war und vor Kälte mit den Zähnen klapperte. Dann wurde die Verbindung unterbrochen.

Joey draußen bei diesem Mistwetter. Wo war er nur?

Ihr *wurmstichiger Verlobter*.

Aber natürlich. Er war auf dem Friedhof im Batignolles-Viertel. Dort, wo das junge Mädchen immer wieder am Grab ihres Freundes trauerte, das er heimlich fotografierte.

Sie zog sich an, warf einen raschen Blick in den leeren Flur, eilte die Treppe hinunter und verließ das Krankenhaus durch den Liefereingang. Draußen rief sie ein Taxi und ließ sich zum Friedhof fahren. Sie bat den Fahrer, auf sie zu warten.

Das Tor stand offen, heftiger Wind drückte das Geäst der Eichen zu Boden. Sie rannte durch den prasselnden Regen.

Schließlich entdeckte sie ihren Bruder zusammengesunken und regungslos an einem Grab. Im ersten Moment hielt sie ihn für tot und schrie seinen Namen. Da öffnete er die Augen.

»*Die Quelle der Freude wird dich reinigen. Du wirst in den eisigen Fluss geworfen werden!* Ach Franka, schwimm doch mit mir in diesem verdammten Fluss.«

Mit Mühe gelang es ihr, ihn zum Ausgang zu bugsieren. Trotz seiner Diät aus Pizza und Hochprozentigem hatte ihr Bruder in letzter Zeit an Muskeln zugelegt. Der Taxifahrer protestierte zunächst, willigte dann aber doch ein, sie in der *Rue des Moines* abzusetzen.

Vor ihrem Hauseingang begann Joey herumzugrölen.

»*Die Meere des Südens werden dich umspülen, du wirst in den Pfuhl der Taugenichtse gestoßen werden!* Ich kann auch todgeschwängerte Gedichte zusammenbasteln, ich auch, Franka. Hör mir nur ein Mal zu. *Du wirst dir den Bauch mit Kaviar vollschlagen, du wirst Ratten verschlingen …*«

»Sei still!«

In der Wohnung konnte sie ihn gerade noch davon abhalten, Akten der Kriminalpolizei aus dem Fenster zu werfen. Sie befahl ihm, sich auszuziehen, rieb ihn mit einem Handtuch ab, verabreichte ihm ein Aspirin und steckte ihn ins Bett.

»Papa war da. Er hat mir erzählt, was dir passiert ist. Ich weiß nicht, was mich dann geritten hat. Ich habe einfach angefangen zu trinken.«

»Mir ist nichts passiert, Joey, das siehst du doch.«

»Dieser Irre hat dich beinahe umgebracht.«

»Morgen sehen wir weiter. Erst einmal musst du jetzt schlafen.«

»Du lässt mich nicht im Stich, Franka, nicht wahr?«

Seine Zähne schlugen aufeinander, fürsorglich breitete sie die Decke über ihn. Als sein Atem ruhiger wurde, verließ sie das Zimmer.

Ihr Bruder hatte eine ganze Armee von Psychiatern aufgesucht. »Im Allgemeinen kommen die jungen Leute im Alter von fünfundzwanzig Jahren wieder zur Ruhe, was Alkohol und Rauschgift angeht. Das ist die Phase, in der das Gehirn ausgereift ist«, hatte einer der Therapeuten abschließend erklärt. Nun gut, dann galt es, noch fünf Jahre zu überstehen.

Das Telefon klingelte. Es war Christine, die vor Sorge beinahe umkam und gegen Carat wütete. Franka wartete, bis sie ihrem Herzen Luft gemacht hatte.

»Ich habe im Krankenhaus angerufen. Man hat mir gesagt, dass du spurlos verschwunden bist. Was treibt ihr eigentlich alle miteinander?«

»Ich habe eigenmächtig gehandelt. Es ging um Joey.«

»Du bist gerade erst Opfer einer Entführung geworden. Kaum hat man dich gerettet, hast du nichts Besseres zu tun, als mitten in der Nacht auf einem Friedhof herumzurennen …«

»Nichts beweist, dass der Mörder und der Typ, der mich entführt hat, ein und dieselbe Person sind.«

»Was redest du denn da?«

Sie legte ihre Argumente dar und führte aus, dass ihr Team sogar einen Vorteil aus dieser unschönen Geschichte ziehen konnte. Wenn ihr Entführer tatsächlich der Mörder war, so war er nicht so perfekt organisiert und ging nicht so systematisch vor, wie sie es gedacht hatten. Handelte es sich bei dem Entführer um einen Komplizen, so war dieser zweite Mann das schwächere Glied, und das mussten sie ausnutzen. Allerdings bestand auch die Möglichkeit, dass sie es mit einem Trittbrettfahrer zu tun gehabt hatte. Und wenn dies der Fall war, musste dieser Typ nicht vorrangig gesucht werden.

»Es kommt darauf an, dass wir den Mörder von Pélissier und Aubernay finden. Gefahr erkannt, Gefahr gebannt. Mich kriegt so schnell keiner mehr.«

Christine wollte protestieren, aber Franka unterbrach sie und beteuerte, dass Carat für nichts, aber auch gar nichts von all dem, was ihr widerfahren war, verantwortlich wäre.

»Vertrau uns.«

»Franka …«

»Warst nicht du diejenige, die mir immer wieder gesagt hat, dass ich fürs Analysieren wie geschaffen bin? Also lass mich jetzt auch analysieren.«

Dagegen konnte Christine nichts sagen. Sie ließ sich davon überzeugen, dem Team eine letzte Chance zu geben, und legte endlich auf.

Joeys Computer war im Stand-by-Modus. Sie setzte sich vor den Bildschirm, öffnete den Ordner mit dem Namen *Frankas Traum* und schaute sich die Fotos an.

Eine Kreatur, die halb Mensch, halb Tier war, sah ihr

entgegen. Ein mächtiger Körper, eine ölig glänzende Haut, ein Furcht einflößendes Maul, spitze Hörner. Ein wahrer Minotaurus. Zu den Fotos gab es auch einen Text: *Als wir Kinder waren, wollte Franka immer die Verfechterin der Gerechtigkeit spielen. Sie rannte hinter dem Monster her und jagte es so lange, bis sie es am Ende erwischt hatte. Heute ist sie in das Labyrinth hineingeraten, in das echte. Und ich mache mir Sorgen um sie. Aber meine Schwester ist stark. Sie glaubt, dass sie es schaffen wird. Und wisst ihr was? Ich glaube es auch.*

Sie musterte den Minotaurus eingehend. Ein Detail störte sie, und so vergrößerte sie die Aufnahme.

Es waren die Augen.

Sie waren intelligent. Menschliche Augen in einem Tiergesicht. Joey war wirklich ein Profi, was die Bearbeitung in Fotoshop anging.

40

Es gibt wunderbare Kathedralen, die dem menschlichen Auge verborgen sind. Diese hier ist weiß, hoch und umso schöner, als sie vergänglich ist.

Die Frau liegt im Chorraum. Ein Opfer, das nicht gerade Würde ausstrahlt. Sie windet sich wie ein Wurm. Und wimmert. Eine einzige Beleidigung. Sie schreit, dass sie unschuldig ist. Wer ist die Bestie von uns beiden? Na, wer denn wohl?

Idiotin. Ich werde es dir schon zeigen.

Der Erzengel ist derjenige, der alles mit einem Blick erfasst. Er hält die Seelenwaage in seinen Händen. Der Kämpfer des Allerhöchsten. Er fürchtet sich nie, sein Schwert zu erheben, nicht einmal gegenüber dem Lamm, denn die Seele des Unschuldigen tritt nicht so einfach ans Licht.

Nichts in dieser Welt ist das, was es zu sein scheint.

Nichts.

»Hör zu, du dumme Gans! *Und sie beteten den Drachen an, der dem Tier die Macht gab, und beteten das Tier an und sprachen: Wer ist dem Tier gleich, und wer kann mit ihm kriegen? Und es ward ihm gegeben ein Mund, zu reden große Dinge und Lästerungen …«*

Die Zähne des Verderbens.

In meinem Mund.

Ich beuge mich über sie. Ich atme ihre Angst ein. Ich weiß nicht, warum, aber ich verspüre ungeheure Lust, ihre Zunge mit meinen Zähnen herauszureißen. Ein unbändiges Verlangen.

Blut trinken. Fleisch essen. Kommunion.

41 Zwei Labyrinthe

Dienstag, 9. April

Franka wachte mit der Gewissheit auf, dass sie die Albträume nun gebannt hatte. Eine Woche war seit ihrer Entführung vergangen. Christine hatte ihre Angst für sich behalten, und das Carat-Team hatte seine mühevolle Kleinarbeit wieder aufgenommen.

Aus der Küche zog Kaffeeduft zu ihr herüber. Joey saß, die Hand auf der Maus, vor seinem Computer, als sie hinter ihn trat. Der Minotaurus nahm den gesamten Bildschirm ein.

»Ich werde ihn löschen.«

»Schade, Joey, das ist eine wirklich gute Figur.«

»Du wirfst mir doch vor, dass ich mich von euren Ermittlungen inspirieren lasse.«

»Behalte dieses Bild, wenn du es gut findest. Es stammt von dir. Du bist der Künstler.«

»Mit den Minotauren ist es in jedem Fall vorbei, ich habe eine andere Idee.«

Sie hatte keine Lust, ihr Frühstück mit wandelnden Toten und anderen Ungeheuern einzunehmen, aber sie riss sich zusammen. Auf dem Bildschirm tauchte jetzt ein Wesen mit bläulicher Haut und rosafarbenen Augen auf, das eine goldene Waage in der Hand hielt. In der einen Waagschale lag eine weiße Orchidee, in der anderen eine graue Kröte.

»Das ist der Hüter der Seelenwaage.«

»Nicht schlecht.«

»Es ist großartig, meinst du wohl. Ich habe mich von Papas Erzählungen inspirieren lassen. Eine wahre Geschichte. Im Jahr 1907 beschloss der Arzt Duncan MacDougall, die menschliche Seele zu wiegen. Er ging so vor, dass er sterbende Menschen auf eine Waage setzte und dann wartete, bis sie ihren letzten Atemzug getan hatten. MacDougall kam zu dem Schluss, dass die Seele etwa einundzwanzig Gramm wiegen müsse. Eine wissenschaftliche Untersuchung seiner Annahme …«

»Wir sind also ganz schön klein und unwichtig, und außerdem muss ich jetzt zur Arbeit.«

In der Métro dachte sie an das Familienflickwerk, das sie mit Joey und Bernard bildete. Drei Mal Kehlmann, eine schwere Schuld und dreiundsechzig Gramm spirituelle Essenz. Im Augenblick war sie auf ein einziges Ziel fokussiert. Sie wollte den Hüter der Seelenwaage erwischen, den richtigen.

Als sie aus der Métro wieder nach oben an die frische Luft kam, hatte sie eine Nachricht in ihrer Mailbox: »Es gibt ein weiteres Opfer. Komm so schnell wie möglich her.«

Der Anruf bei der Polizeiwache war um 7:15 Uhr eingegangen, Garut hatte ihn entgegengenommen. Die Leiche befand sich in einem ehemaligen Steinbruch im Wald von Garancière, nicht weit von Clichy-sous-Bois. Auch hier war dem Opfer die Kehle durchgeschnitten und die Zunge herausgetrennt worden, sexuelle Gewalt hatte es nicht gegeben. Carat forderte einen Dienstwagen an. Bergerin übernahm das Steuer.

... Die Demokratie war die große politische Idee des 20. Jahrhunderts. Jetzt ist sie im achten Jahr in Folge rückläufig in der Welt. Die orangene Revolution in der Ukraine ist ebenso gescheitert wie der arabische Frühling. Es ist niederschmetternd, wie sich stets der gleiche Ablauf wiederholt. Die nach Freiheit dürstenden Menschen befreien sich von ihren korrupten Politikern. Aber die Nachfolger erweisen sich als ebenso schlimm wie ihre Vorgänger ...

»Es zermürbt mich, was um uns herum geschieht«, sagte Garut. »Eine Katastrophe hier, ein Aufstand dort. Man könnte beinahe annehmen, dass unser Planet Aufputschmittel nimmt. Und eine Atmosphäre der Angst sät. Irgendwann steck ich mich da auch noch an.«

»Na, dann hör dir das nicht noch länger an«, erwiderte Bergerin und schaltete das Radio aus.

»Du löschst einen Brandherd, und schon lodert anderswo ein neuer auf. Ganz zu schweigen von den Irren, die noch hinzukommen. Wie der komische Vogel, hinter dem wir her sind.«

Eine halbe Stunde später verließen sie die Autobahn und bogen auf eine verstopfte Nationalstraße ab, wo sie sich mithilfe der Sirene dennoch zügig vorwärtsschlängelten und schließlich den Wald von Garancière erreichten. Carat wies auf einen Waldweg, den Bergerin sofort einschlug. Nach einem Kilometer lichtete sich der Hochwald, und eine riesige weiße Wüste lag vor ihnen. Der blaue Mégane der bereits eingetroffenen örtlichen Polizeibeamten und auch der blaue Renault Estafette der Kriminaltechniker hoben sich scharf vor dem blassen Hintergrund ab.

Laut den Ausführungen von Kommissar Duvauchelle hatte Père Gus, ein harmloser und den hiesigen Bewohnern gut bekannter Landstreicher, die Leiche am Tag zuvor entdeckt. Geschockt war er zunächst durch die Gegend geirrt, dann hatte er die Polizei alarmiert.

»Es ist ein riesiges Labyrinth aus Gips. Eintausendvierhundert Meter verwinkelte Tunnelgänge. Gus fand den Weg nicht mehr, als er uns hinführen sollte. Wir haben dann einen Spürhund eingesetzt.«

Sie stiegen in eine breite, trichterförmige Rinne hinab, deren Wände steil aufragten und oben messerscharfe Kanten aufwiesen. Die Polizeibeamten hatten den Weg mit fluoreszierenden Fähnchen markiert, die im Schein der Taschenlampen aufleuchteten und der Gruppe den Weg wiesen. Sie tasteten sich vorwärts durch makellos weiße Gänge, an deren Wänden die Schürfspuren der Bagger zu sehen waren, und gelangten schließlich in eine Grotte, die etwa sechs Meter hoch und zehn Meter breit war. Dort schlüpften sie in die übliche Schutzkleidung: Anzug, Mundschutz, Überschuhe.

Sie war in der Mitte auf den Boden gelegt worden.

Ihr Gesicht war aufgedunsen, aber ihr Alter ließ sich noch schätzen. Sie musste ungefähr dreißig Jahre alt sein. Der Mund war blutverschmiert, am Hals befand sich eine klaffende Wunde, Knöchel und Handgelenke wiesen Fesselspuren auf. Sie hatte das Gleiche erlitten wie Victoire Pélissier. Zwei Dinge jedoch waren anders: Die Arme waren seitlich ausgestreckt, die Handteller verbrannt. Carat schauderte bei dem Gedanken, welchem Schicksal Kehlmann womöglich entronnen war, und warf einen kurzen, prüfenden Blick zu ihr hinüber. Sie war ruhig, und er wusste auch, warum. Kehlmann stimmte mit der Überlegung ihres Vaters überein und blieb dabei: Es war nicht der gleiche Typ wie derjenige, der sich an ihr vergriffen hatte. *Chef, wenn er es gewesen wäre, wäre ich jetzt nicht hier und könnte darüber reden. Er hätte mich massakriert wie die anderen.* Das sah Carat anders. Das menschliche Verhalten ist nicht immer rational. Es bleibt stets etwas in uns, das sich nicht ausloten lässt.

Er kniete sich neben die Leiche. Die Frau war groß und kräftig, aber in den Händen eines irrsinnigen Gotteskriegers war sie wie Pélissier und Aubernay nur ein Spielzeug gewesen. Die Grotte aus Gips ähnelte einem Kultort. Eine Krypta mit Spitzbogen und Gewölbe. Ein Ort wie geschaffen, um dort rituelle Handlungen zu vollziehen.

Ein Techniker hatte einen Schürhaken gefunden. An dem gusseisernen Werkzeug hingen Hautfetzen – die Verbrennungen ließen darauf schließen, dass das Opfer den weißglühenden Schürhaken in Händen gehalten hatte. Bergerin hatte schwärzliche Spuren auf dem weißen Gipsboden entdeckt.

»Ich glaube, er hat sie gezwungen, mit dem glühenden Schürhaken zu gehen«, deutete Duvauchelle die Gegebenheiten. »Dabei hat sie ihn offensichtlich mehrmals fallen lassen. Das ist nicht sonderlich erstaunlich, es muss ein höllischer Schmerz gewesen sein.«

Man hatte keine Fußabdrücke gefunden, außer denjenigen des Landstreichers. Auf dem staubigen Untergrund waren alle Spuren sorgfältig beseitigt worden. Offenbar mit einem Besen.

»Er enttäuscht uns wieder einmal nicht«, lautete der Kommentar von Garut. »Der Typ gibt sich wirklich Mühe.«

»Sind außer dem Landstreicher Gus noch andere Zeugen vorhanden?«

»Nein, aber wir befragen so viele Leute wie möglich. Machen Sie sich keine Sorgen.«

»Ich möchte die Stimmung nicht zerstören« – Garut seufzte –, »aber dieser Kerl wirkt ein bisschen wie der Sprössling des Antichristen und des Unsichtbaren von G. W. Wells.«

Santini erschien mit dem Staatsanwalt. Ihre Züge wirkten angespannt, und Carat glaubte sogar, zwei neue Falten um ihren Mund herum zu erkennen. Schweigend lauschte sie seinen Ausführungen, dann trat sie an die Leiche heran. Er spürte, wie sie erstarrte.

»Kennen Sie sie?«

»Es ist Lise Kiefert. Zumindest glaube ich, dass sie es ist.«

»Steht sie Ihnen nahe?«

»Nein, sie ist eine Journalistin. Sie hat mich vor zwei oder drei Jahren für die Zeitung *Le Nouvel Observateur* interviewt. Sie schrieb für die Sparte ›Polizei und Justiz‹. Eine hervorragende Journalistin, die für ihre Arbeit mit dem *Prix Albert Londres* ausgezeichnet wurde.«

Franka hatte erneut das dunkelrote Wohnzimmer aufgesucht. Ihr Vater hörte zu, während sie den Ort des Verbrechens beschrieb. Diesmal musste er keine Bücher zurate ziehen.

»Diese Frau wurde der Folter des *ferrum candens* unterzogen. Es ist das Gottesurteil, bei dem ein glühendes Eisen benutzt wird. Der Beschuldigte musste eine weißglühende Eisenstange mehrere Schritte weit tragen.«

Sie schwieg und brauchte ein paar Augenblicke, um die Erklärung zu verarbeiten, dann rief sie Carat an, um ihn zu informieren.

»Frag deinen Vater bitte, ob er irgendeine Verbindung zwischen den Opfern sieht, ja? Er hat doch den Verdacht, dass der Täter sie bestrafen will. Wenn man irgendetwas findet, kommen wir einen gewaltigen Schritt vorwärts.«

»Er legt an Tempo zu, nicht wahr?«

»Ja, das steht fest. Kehlmann?«

»Ja, Chef?«

»Bleib nicht die ganze Nacht dort. Vergiss nicht, dass du Ruhe brauchst, um wieder zu Kräften zu kommen.«

Sie teilte ihrem Vater die Frage von Carat mit und zwang sich dann, seine Einladung zu einem Abendessen im Viertel anzunehmen.

In der Métro schottete sie sich ab und hing ihren Gedanken nach. Das fahle Labyrinth stand ihr so deutlich vor Augen, als würde sie noch einmal durch seine Gänge gehen. Calciumsulfat, Gipsbrocken, eine weiße Hölle. Der gequälte Körper von Lise Kiefert, der in einem bröckelnden Gewölbe, einer vergänglichen Krypta lag. Man spürte die kalte Grausamkeit des Mörders. Die Art, wie er sein Opfer zunächst in eine tiefe Einsamkeit stürzte, bevor er es wem auch immer darbrachte.

Eine alleinstehende Notärztin, ein pensionierter Wirtschaftsprüfer, eine bekannte Journalistin. Wo war der gemeinsame Nenner? Während des Abendessens hatten sie verschiedene Theorien erörtert, aber es war nichts Stichhaltiges dabei herausgekommen.

Gegen dreiundzwanzig Uhr erreichte sie ihre Wohnung. Ihr Bruder aß, vor seinem Computer sitzend, die Reste vom Vortag. Er klickte durch seine Bilder. Sie konnte zwei Engel mit violettem Haar und kränklichem Lächeln erkennen, dann erschien erneut der unvermeidliche Minotaurus. Mit einem Mal stockte ihr der Atem.

»Du wirkst total erschöpft, Franka. Was ist denn passiert?«

Das Labyrinth. Das mythische Labyrinth. Das Gewirr der Gänge, in dem der König seinen monströsen Sohn versteckte, den menschenfressenden Stier-Menschen.

»Diese Minotaurus-Geschichte, wie bist du auf sie gekommen?«, fragte sie heiser.

»Ist meinem Gehirn entsprungen, verflucht noch mal! Wie Athene aus dem von Zeus! Meine Fantasie ist schließlich mein einziges Kapital!«

Sie beschrieb ihm den Tatort in dem stillgelegten Steinbruch. Das Labyrinth aus Gips. Das Opfer mit der durchschnittenen Kehle.

»*Meine Schwester rannte hinter dem Monster her und jagte es so lange, bis sie es am Ende erwischt hatte. Heute ist sie in das Labyrinth hineingeraten, in das echte. Und ich mache mir Sorgen um sie*. Wie du siehst, habe ich deinen Text nicht vergessen. Erklär mir das.«

Jetzt hatte sie ihn aus dem Gleichgewicht gebracht. Ihr Bruder hatte Angst. Aber wovor? Vor sich selbst?

»Du hattest keinen Zugriff auf die Aufnahmen des Gerichtsmedizinischen Instituts, Joey. Das ist zeitlich gar nicht möglich. Die Leiche ist gerade erst entdeckt worden. Woher also hast du deine Kenntnisse?«

Er suchte nach Worten.

»Als ich deine Akten gelesen habe, ist das nach und nach in meinem Kopf entstanden. Es alles ist ganz schön heftig und lässt mich schließlich nicht kalt, wie auch?«

Das war schlicht unmöglich. Er konnte keine hellseherischen Fähigkeiten entwickeln, nur weil er Bilder ungewöhnlich intensiv wahrnahm.

»Hast du in letzter Zeit irgendeine besondere Begegnung gehabt?«

»Was meinst du denn damit?«

»Du pflegst nun einmal Umgang mit seltsamen Leuten. Du bist fasziniert von ihnen.«

»Aha, jetzt weiß ich, worauf du hinauswillst. Du glaubst, dass ich dem Mörder begegnet bin, ohne es zu wissen. Du hältst mich wohl für vollkommen bescheuert.«

»Das ist wirklich nicht der Augenblick, dich in deinem Stolz verletzt zu fühlen, Joey. Die Lage ist ernst, es geht um Leben und Tod.«

»Ich bin niemandem begegnet, der mir Würmer aus der Nase gezogen hätte. Was ihr mir erzählt, bleibt hier drin«, sagte er und schlug sich dabei beleidigt auf die Stirn.

Was *ihr* mir erzählt. Sie öffnete den Mund und schloss ihn wieder. Seine Naivität war kaum auszuhalten.

»Der Schakal hat dich angerufen.«

Einen Augenblick lang gab sich Joey noch verschlossen wie eine Auster, aber dann gestand er, dass sie regelmäßig miteinander telefonierten. Ihr Vater erzählte ihm auch von Details, die er erfahren hatte. Vor einer halben Stunde hatte er angerufen, um ihm mitzuteilen, dass es ein drittes Opfer gegeben habe. Und dass eine weitere Art des Gottesurteils vollzogen worden war.

»Von ihm stammt auch die Idee des Minotaurus. Ihm zufolge ist der Mörder ein gespaltener Mensch. Jemand, der die Fantasie eines sensiblen menschlichen Wesens besitzt. Aber auch die Kälte und Unerbittlichkeit eines Monsters. Ich für meinen Teil denke, dass dieser Mann seine Opfer in die Finsternis hineinzog. In seine eigene Finsternis, im Grunde genommen. Da kam mir das Bild des Stier-Menschen in den Sinn.«

Franka spürte, dass er erleichtert darüber war, sich ihr anvertraut zu haben. Er reckte sich und kam wieder zur Ruhe. Von der Welt in ihren Bann gezogen. Wie früher ihre Mutter, wenn sie von einer Sekunde auf die andere in eine ganz andere Stimmungslage wechselte. Er setzte sich wieder hinter seinen Bildschirm, als wäre nichts gewesen.

Sie verließ die Wohnung, und während sie draußen die Straße entlangging, warf sie einen Blick in ihre Mailbox. Seimourt hatte ihr eine Nachricht geschickt. Er wollte sich mit ihr in seiner Lieblingsbar, dem *Ètoiles,* treffen. Seit er sie gerettet hatte, rief er jeden Tag an. Sie schätzte das Gespräch mit ihm, seine Intelligenz und mochte sogar seinen Dandy-Stil, aber sie war sich nicht sicher, ob sie mehr wollte.

Sie verspürte Schuldgefühle, weil sie ihren Bruder für einen Moment in eine diffuse Verbindung zum Mörder gebracht hatte. Aber man durfte seinen Scharfblick nicht verlieren und musste alle Möglichkeiten in Betracht ziehen, ohne sich dabei jemals selbst zu belügen. Ohne unangenehmen oder schmerzlichen Fragen auszuweichen.

Das hatte ihnen ihr Vater immer gesagt. Und in diesem Fall hatte er recht.

Sollte sie ihn anrufen und bitten, Joey nicht in das alles hineinzuziehen? Ihr Bruder war labil. Man musste ihn nicht noch zusätzlich mit Horrorgeschichten füttern, von denen er bereits mehr als genug aus dem Internet in sich hineinsaugte.

Ein Regentropfen rann ihr die Wange hinunter, und sie suchte, das Handy in der Hand, Schutz unter dem Vordach eines Geschäfts. Ein bisher verdrängter Gedanke verschaffte sich Raum, ohne dass sie ihn sofort wieder verscheuchte, wie sie es bisher stets eilig getan hatte. *Ich ähnele ihm mehr, als ich denke. Schließlich habe ich damit angefangen, Joey von meinen Ermittlungen zu erzählen.* Es war immer eine Gepflogenheit in ihrer Familie gewesen. Als sie klein waren, hatte ihr Vater es immer wieder gepredigt. *Ich benutze die Sprache der Erwachsenen, wenn ich mit euch rede. Ich halte die Wirklichkeit nicht von euch fern, so hart sie auch sein mag. Auf unserem Planeten gibt es viel Feindseliges, dem muss man früh ins Auge blicken, um zu überleben.*

Die Erziehungsmethoden von Bernard Kehlmann hatten Früchte getragen. *Ob ich es will oder nicht, mein Vater hat mich geprägt*, sagte sie sich.

Ihr Handy klingelte. *Philippe Seimourt.* Sie entschied, nicht zu antworten.

42 Die Geständnisse

Carat fühlte, wie sein Handy in seiner Tasche vibrierte.

»Man hat ein Schriftstück bei Kiefert gefunden. Raten Sie mal …«

»Zwei Sätze?«

»Genau, Chef. Handgeschrieben, in der gleichen mittelalterlichen Schrift.«

»Lies vor.«

»*Du wirst im Äther tanzen … Du wirst in den glühenden Pfuhl geworfen werden.* Diesmal wurde das Blatt aber nicht in irgendwelche Unterlagen hineingeschoben, sondern es hing ganz offen an der Tür des Kühlschranks.«

Der Mörder hatte diese beiden beschwörenden Sätze absichtlich so platziert, dass man sie fand, und zwar schnell. Er legte an Tempo zu.

»War auch eine Zahl dabei?«

»Nein, diesmal nicht.«

»Kommt morgen früh um acht ins Präsidium. Du rufst Garut und die anderen an, Kehlmann habe ich bereits informiert.«

»In Ordnung, Chef.«

Er rief Seimourt an und setzte ihn über die jüngsten Erkenntnisse ins Bild.

»Der glühende Pfuhl! Wenn man bedenkt, dass sich dieser Irre auch noch für einen Dichter hält…« Der Richter seufzte.

»Vielleicht hilft uns gerade seine Selbstgefälligkeit, seiner habhaft zu werden.«

»Vielleicht, Bastien. Wo wir gerade bei Selbstgefälligkeit sind: Ich habe einen Anruf von Mansour erhalten. Er will helfen.«

»Der träumt wohl.«

»Ich glaube, er hatte getrunken. Er hat sich beklagt, dass alle ihn meiden. Du, sein bester Freund. Und sogar seine Schwester. Er war sehr aufgebracht, was Julie betrifft. Ich habe ihn noch nie zuvor so von ihr sprechen hören.«

Ein bisher schlummernder Bereich in Carats Gehirn war mit einem Mal hellwach. Warum, zum Teufel, hatte er nicht früher daran gedacht? Er sagte Seimourt, dass er dringend ein Detail überprüfen musste und ihn später zurückrufen würde. Julie wohnte im 20. Arrondissement. Er rief ein Taxi und ließ sich dorthin fahren.

Mansours Schwester trug einen abgetragenen Morgenmantel und sah aus, als hätte sie seit Wochen nicht mehr richtig geschlafen. Ihr Ehemann war beruflich oft unterwegs. Und auch in dieser Nacht war sie allein. In ihren Augen konnte er Erstaunen und dann Angst erkennen.

»Was ist los?«

»Ich glaube, du weißt es.«

»Bastien, ich…«

»Nach deinem Gesichtsausdruck zu urteilen, ist es ziemlich schwerwiegend. Ich höre.«

»Ich darf meine Arbeit nicht verlieren…«

»Du wirst sie nicht verlieren. Aber ich will jetzt die Wahrheit wissen. Dein Bruder wollte mir in meine Ermittlungen hineinpfuschen. Jetzt haben wir ein neues Opfer gefunden. Heute Nacht. Verstehst du, was das bedeutet?«

Ihr Gesicht verzog sich schmerzlich, dann begann sie heftig zu weinen. Als sie sich wieder beruhigt hatte, befahl er ihr, ihm alles zu erzählen. Sie sei es gewesen, die Colin über die Entwicklung des Falles auf dem Laufenden gehalten habe. Er habe behauptet, dass es ihn förmlich zerriss, keinen Beitrag leisten zu können.

»Er wollte angeblich seine Spitzel mobilisieren. Es ging ihm darum, teilzuhaben. Er hat mich manipuliert.«

»War er es, der Franka Kehlmann entführen ließ?«

»Vergib mir, Bastien. Ich hätte niemals geglaubt, dass er zu einer solchen Schweinerei fähig sein würde. Als ich ihm an den Kopf geworfen habe, dass er sich wie ein Verbrecher verhalten hat und ich ihm nicht mehr helfen würde, hat er mich beleidigt und von seinem Krankenpfleger hinauswerfen lassen.«

Carat erinnerte sich an diesen unangenehmen Typen, der ihn im Krankenhaus provoziert hatte. Wie hieß er noch gleich? Eine freche Schnauze, dazu der Name eines Engels. Gabriel. Ja, so hieß er. Franka Kehlmann war von einem jungen Mann entführt worden, der medizinische Kenntnisse besaß.

»Es war der Pfleger, mit dem dein Bruder im Krankenhaus so dick befreundet ist, der Kehlmann entführt hat, stimmt's? Und zwar im Auftrag von Colin?«

»Ja, ich glaube, das stimmt.«

»Als du bei mir warst, um mich zu bitten, dass ich Colin besuche, hattest du ihm da bereits Informationen gegeben?«

»Ja, mir war aufgefallen, dass er seine Dienstwaffe bei sich trug, und ich hatte Angst, dass er sie gegen sich selbst richten könnte.«

Carat rieb sich das Gesicht mit beiden Händen, als wollte er Erschöpfung, Müdigkeit und Abscheu in einen großen, imaginären Sack stopfen und dann in einem unsichtbaren Brunnen versenken. Er hob den Kopf und versicherte Julie, dass sie sich keine Sorgen mehr machen muss. Er würde die Situation klären.

Das Taxi setzte ihn vor dem Krankenhaus ab. Er schlich sich durch den der Notaufnahme vorbehaltenen Eingang ins Gebäude, achtete darauf, dass das diensthabende Personal ihn nicht bemerkte, und stieg die Treppen hinauf. Oben verschaffte er sich ohne Schwierigkeiten Zutritt zu dem Zimmer, das von einem Nachtlicht lediglich schwach beleuchtet wurde. Er hörte die regelmäßigen Atemzüge des Schlafenden und wartete, bis seine Augen sich an die Dunkelheit gewöhnt hatten. Als er die Umrisse der Einrichtung erkennen konnte, durchsuchte er geräuschlos den Schrank, stieß auf eine mit einem Vorhängeschloss gesicherte Umhängetasche, schnitt mit seinem Taschenmesser das Leder auf und fand, was er gesucht hatte. Die Glock 17 – das gleiche Modell wie seine eigene Pistole. Die halbautomatische Schusswaffe, die sie seit ihren beruflichen Anfängen besaßen. Er presste den Lauf der Pistole unter das Kinn des im Bett liegenden Mannes, der aufwachte.

»Ich weiß, dass du das mit Kehlmann warst.«

Mansour griff nach Carats Jacke.

»Lass mich los.«

Mansour gehorchte, begann dann aber zu lachen.

»Hör mit dem Blödsinn auf, Mann. Ich wette, dass du nicht einmal entsichert hast.«

»Jetzt schon«, erwiderte Carat und behielt den Finger am Abzug.

Es war das bei der Glock charakteristische Klicken zu hören, und Mansour war nicht länger nach Lachen zumute.

»Wenn du mich abknallst, bist du selbst auch dran, Bastien. Vergiss das nicht.«

»Es ist deine Dienstwaffe, du Idiot. Außerdem hast du Depressionen, wie du vielleicht weißt.«

Er drückte die Waffe ein wenig fester ins Fleisch seines früheren Kumpels. Der Nervenkitzel verschaffte ihm eine gewisse Befriedigung, und auch die Panik, die er in diesem Mistkerl aufsteigen spürte, tat ihm gut.

»Sie war allein und ist vor Angst beinahe umgekommen.

Wie du jetzt auch. Es ist genau diese Empfindung, die dir bleiben wird, kapierst du das?«

Carat hörte Mansour bei seinen Ausflüchten zu und beobachtete ihn schweigend. Am Ende geriet Mansour ins Stottern und flehte ihn an. Als Carat die Strafaktion für ausreichend befand, zerriss er den Kopfkissenbezug, um Mansour zu knebeln, und fesselte ihn mit Handschellen an den Bettpfosten. Dann machte er sich auf die Suche nach dem Krankenpfleger und fand ihn in der kleinen Stationsküche, wo er vor einem Mini-Fernseher herumlungerte.

»Was machen Sie denn hier?«

»Ich bin hier, um dich festzunehmen, Gabriel. Ganz einfach.« Er warf ihm ein zweites Paar Handschellen zu. »Leg sie dir um die Handgelenke.«

Die Handschellen landeten vor den Füßen des Mannes, der auf der Stelle die Flucht ergriff. Carat jagte ihm hinterher, warf ihn zu Boden und widerstand nur mit Mühe dem Drang, ihm die Fresse zu polieren. Er kettete ihn an eine Heizung und rief bei der örtlichen Polizeiwache an, um ein Einsatzfahrzeug anzufordern.

Er wollte Kehlmann eine SMS schicken – die erste in seinem Leben –, aber seine Finger waren zu dick für das lächerlich kleine Display, also rief er sie an. Mit schlaftrunkener Stimme meldete sie sich, und er teilte ihr mit, wer die beiden hinter ihrer Entführung steckenden Halunken waren.

Als er auflegte, schlich sich unwillkürlich ein Lächeln auf seine Lippen. Er lehnte sich an die Wand, schloss die Augen und dachte an seine Frau. Wenn dieser Fall erst einmal abgeschlossen war, würde er ein Auto mieten, um an die Küste der Normandie zu fahren. Garance würde das Steuer übernehmen, aber er würde sich deswegen kein bisschen herabgesetzt fühlen.

»Gabriel Payet, neunundzwanzig Jahre alt, Krankenpfleger in der Psychiatrie.«

»Wohnsitz?«

»Ich wohne in Nanterre.«

Seine Stimme hatte sich fest in ihre Erinnerung eingegraben. Sie nickte zustimmend. Er war es, er hatte sie eingesperrt und ihr das Betäubungsmittel gespritzt.

»Ich habe Gabriel bezahlt«, gestand Mansour. »Um deine Ermittlung möglichst effektiv zu stören, Bastien. Früher hast du dich nicht so in die Irre führen lassen. Ich war vor dem Haus des Trinkers, den du ganz verrückt gemacht hast. Aber deine Ermittlung wäre ohnehin ins Schlingern geraten, ob ich mich nun einmische oder nicht. Du bist am Ende, mein Freund. Total erledigt.«

Sie erriet die Gedanken ihres Chefs, der die Beleidigungen hinnahm, ohne das Gesicht zu verziehen. Mansour würde es nicht mehr gelingen, ihn zu verletzen.

Der abgestürzte Bulle drehte und wendete eine nicht angezündete Zigarette zwischen seinen Fingern. Seine zitternden Hände glichen denen eines Greises, in seinen Augen flackerte Hass. Sie musste sich beherrschen, um ihn nicht ihrerseits zu beleidigen.

»Was für eine Scheißzeit, Bastien«, fuhr er jetzt fort. »Die größten Feministen sind heutzutage die Kerle selbst. Sie rasieren sich und recken ihre Ärsche, damit man sie ordentlich rannimmt. Aber ich, ich habe beschlossen, dass mir niemand mehr in die Eier tritt. Und ganz besonders nicht Gören, die gerade von der Schule kommen und sich schon für wer weiß was halten. Mehr Frauen in der französischen Polizei, ein toller Witz! Ihr seid doch mittlerweile alle zu Zicken geworden…«

»Und du bist ein Superheld?«, spottete Carat.

»Wenn meine Schwester nicht gequatscht hätte, hätte ich euch noch eine ganze Weile an der Nase herumgeführt.«

»Du bist mittlerweile ja vollkommen übergeschnappt, du Ärmster.«

»Ich lach mich tot.«

»Darf ich mitlachen?«

»Ich habe einen Brief verfasst, und den muss ich nur noch an Santini schicken …«

Franka erstarrte und ahnte, was jetzt kommen würde.

»Du verheimlichst deine Krankheit vor deinen Vorgesetzten, Bastien. Wenn erst einmal herauskommt, dass du manchmal als Zombie auftrittst, wird dich niemand mehr eine Einsatztruppe leiten lassen. Auf jeden Fall nicht deine neue Chefin, die es gar nicht schön findet, wenn ihre hübsche Karriere irgendwelche Schrammen bekommt. Kannst du mir folgen?«

Carat nahm seine übliche Haltung ein. Er hielt den Kopf gesenkt, die Augen geschlossen und rieb sich schweigend kurz unter der Nase. Das war seine Art, Gemeinheiten wegzustecken und Fassung zu bewahren. Er rief eine Wache und befahl, die beiden Männer abführen zu lassen. Der Krankenpfleger war am Boden zerstört, aber Mansour schritt mit dem Lächeln eines Siegers aus dem Raum. Der Hauptkommissar schloss die Tür hinter ihnen und lehnte sich mit entschlossener Miene dagegen.

»Ich werde Santini alles sagen. Dann soll sie entscheiden, ob ich in der Lage bin, mein Team zu leiten oder nicht.«

Er lächelte Franka niedergeschlagen an, während er seine Krawatte löste.

»Wann?«

»Heute Nacht.«

»Chef …«

»Es geht letztlich nur darum, dass wir diesen Irren finden und hinter Gitter bringen, ohne noch mehr Zeit zu verlieren. Ich bin nicht der Einzige, der das tun kann.«

Er reckte sich und zog seine Jacke wieder an. Sie schlug ihm vor, ihn im Auto mitzunehmen und zu Hause abzusetzen. Sie hoffte, ihn während der Fahrt von seinem Vorhaben abbringen zu können.

»Ich geh allein, Kehlmann. Du bist nicht mein Schutzengel. Gute Nacht.«

Der dezente Klingelton ihres auf dem Nachttisch deponierten Handys erklang. Denis Santini knurrte im Schlaf kurz vor sich hin und drehte sich dann auf die andere Seite. Christine erkannte die Nummer auf dem leuchtenden Display.

»Hallo? Weißt du, wie spät es ist?«

Franka entschuldigte sich nicht, sondern packte sofort ihre ganze Geschichte aus. Colin Mansour hatte ihre Entführung eingefädelt, um Carat zu schaden. Er hatte auch vor, dessen Krankheit aufzudecken. Sie bestand in einem Syndrom, das ihn ohne jede Vorwarnung zeitweilig in einen Zustand der Unzurechnungsfähigkeit stürzen konnte.

»Carat wird bei dir auftauchen, um dir das zu gestehen. Ich weiß, dass das eine Riesensache ist und du Grund genug hättest, den Fall einem anderen Team zu übertragen…«

»Du brauchst gar nicht im Konditional reden, Franka. Ihr seid wohl alle vollkommen übergeschnappt in diesem verdammten Team. Der Tod von Teddy Brunet war ein gefundenes Fressen für die Journalisten. Wenn jetzt auch noch die Geschichte von deiner Entführung durchsickert… Ich kann mir nicht mal mehr das geringste Zögern leisten. Mit dem Carat-Team ist es aus und vorbei.«

»Carat ist ein anständiger Mensch, Christine. Er macht seine Arbeit gut, und es gibt nicht viele, die ihm das Wasser reichen können.«

»Du bist ja regelrecht vernarrt in ihn! Jetzt bleib mal auf dem Teppich!«

»Damit hat das gar nichts zu tun. Unser Team mag vielleicht etwas lädiert wirken, aber der Schein trügt. Der Mörder schlägt in immer kürzeren Abständen zu. Er wird sich schon bald ein neues Opfer suchen. Du willst doch kein Blut an deinen Händen kleben haben, oder?«

»Und du willst mir doch wohl nicht länger sagen, was ich zu tun habe, oder?«

»Carat wirkt etwas ungehobelt, aber er ist jemand, der gleichermaßen stark und empfindsam ist. Er opfert sich auf für seine Arbeit und ist dabei konzentriert und effizient wie kein anderer. Es ist ihm gelungen, unser Team zusammenzuschweißen. Sogar Bergerin ist mit Feuereifer dabei. Mach das nicht kaputt, Christine. Ich bitte dich inständig.«

Und du, du siehst wie ein braves Mädchen aus, aber man darf dir nicht auf den Leim gehen, dachte Santini und seufzte innerlich. *Du bist ebenso zäh wie das Schilfrohr, das sich biegt, aber niemals bricht. Obendrein bist du auch noch ein Schilfrohr mit Verstand. Du kannst ganz schön nerven, meine Liebe, wirklich.*

43 Die Straße der Hölle

Mittwoch, 10. April

Die Polizeidirektorin hatte die etwa zwanzig Ermittler einbestellt. Es herrschte Totenstille, während sie Bilanz zog. Die Entführung von Franka Kehlmann war eine falsche Fährte, der ehemalige Kommissar Mansour war offenbar von einem Anfall von Wahnsinn heimgesucht worden. Er befand sich zum gegenwärtigen Zeitpunkt in Polizeigewahrsam und würde in Kürze der polizeilichen Dienstaufsichtsbehörde vorgeführt. Seine Ränkespiele hätten dem Team von Carat nicht geschadet, und dieses würde seine Aufgabe nun zu Ende führen. Es dürfen keinerlei Informationen an die Presse oder andere Medien durchsickern. Niemand dürfe sich auch nur die geringste Andeutung erlauben. Sie würde persönlich dafür sorgen, dass jeder, der dieser Anordnung zuwiderhandelte, »gefeuert« würde.

Carat durchlebte noch einmal die Szene der gestrigen Nacht, als er an ihre Tür geklopft hatte. Santini hatte ihn ganz ruhig nach seinen »vorübergehenden mentalen Absenzen« befragt. Am Ende hatte sie ihm versichert, dass er ihr volles Vertrauen habe. *Ich glaube, dass Sie in der Lage sind, diesen Dreckskerl zu erwischen, Carat, wenn Sie sich wieder fangen.* Zunächst war er starr vor Staunen, dann hatte er Santinis Gesichtsausdruck genau beobachtet und einen Anflug von Verachtung wahrgenommen. Kehlmann hatte bereits mit ihr gesprochen und sich für ihn eingesetzt. Ein weiteres Mal.

Er konnte nicht genau sagen, was er empfand. Fühlte er sich erleichtert oder gedemütigt, dass ihn ein junges Ding, das vom Alter her seine Tochter sein könnte, aus der Schlinge befreit hatte? Für Kehlmann waren die Leute nicht austauschbar. Sie sah in ihm den richtigen Mann für diese Situation – trotz seiner Schwächen oder gerade wegen ihnen.

Santini kam jetzt auf ein »kleines Problem« zu sprechen.

»Seimourt kommt gleich mit einem Profiler. Einem gewissen David Milan.«

»Ich dachte, er hätte davon abgesehen«, wunderte sich Kehlmann.

»Was Sturheit angeht, so schlägt er dich um Längen, Franka.«

»Ich wette, diesen Psychofritzen hat er aus seiner weit verstreuten Freundesschar rekrutiert«, spottete Bergerin. »Wir haben den mondänsten Richter überhaupt abbekommen.«

Santini bestätigte das. Seimourt hatte ihnen nichts davon gesagt, aber er hatte Milan unmittelbar nach dem ersten Mordfall ins Vertrauen gezogen.

»Er findet seine Schlussfolgerungen *interessant.*«

»Na, dann hoffen wir mal, dass wir keine Tratschtante frei Haus geliefert bekommen«, entfuhr es Garut. »Zum Teetrinken haben wir nämlich keine Zeit.«

Der Richter und sein Psychologenfreund trafen kurz darauf ein. Milan erwies sich als ein smarter Vierzigjähriger im schicken Anzug. Sein perfekter Dreitagebart verriet eine übertriebene Eitelkeit, und seine Krawatten kaufte er nicht im Supermarkt. Carat rückte die seine zurecht, bat um Ruhe und erinnerte daran, dass sie mittlerweile von einer gut begründeten Hypothese ausgingen. Die Vorgehensweise des

Mörders stand in Verbindung mit dem Gottesurteil, einem zugleich in Religion und Rechtsprechung verankerten Ritual. Genau am Schnittpunkt zwischen Religion und Rechtsprechung mussten sie nun ansetzen und sich dabei auf die drei Opfer und ihre möglichen Verbindungen konzentrieren.

»Philippe, du hast uns einen Experten mitgebracht. Hören wir doch einfach, was er uns zu sagen hat.«

Milan klopfte auf seinen Aktenordner, ohne ihn zu öffnen, und setzte ein Hollywood-Lächeln auf.

»Es handelt sich um einen sehr kontrolliert vorgehenden Mörder«, begann er, »der seine Wahl sehr genau trifft und bei seinen Taten einem minutiös ausgearbeiteten Plan folgt. Opfer, Tatorte, Rituale – nichts überlässt er dem Zufall. Allerdings lassen die Foltermethoden und seine Gewalttätigkeit beim Morden auf eine Persönlichkeit schließen, die unter hohem emotionalem Druck steht. Unter einer ruhigen äußeren Erscheinung verbirgt der Mörder Frustration und Hass und zweifellos überdimensionalen Schmerz. Er hat ohne jeden Zweifel Traumatisches erlebt. Die Anrufung des Göttlichen gibt seiner Existenz einen Sinn und gestattet es ihm, sich eine Bestimmung, eine Aufgabe zuzuschreiben, denn bisher hat er im Schatten gelebt. Deshalb schleppt er seine Opfer auch stets in die Dunkelheit. Ein Boot in der Nacht bei Aubernay, ein Kellergewölbe bei Pélissier, eine Grotte bei Kiefert.«

»Es geht ihm also darum, sich zu rächen?«, fragte Santini.

»Ja, und darum, über das zwischengeschaltete Opfer das Gefühl erlittener Ungerechtigkeit auszutreiben.«

»Verbessere mich ruhig, David, wenn ich mich täusche«, unterbrach Seimourt ihn, »aber ich glaube, dass dieser Mann über Zeit verfügt. Er nimmt sich Zeit, seine Opfer zu beobachten, sie zu verfolgen und in komplizierte Szenarien zu integrieren. Er macht es sich sogar zur Aufgabe, sie zu warnen, bevor er zur eigentlichen Tat schreitet. Er treibt ein ausgetüfteltes Katz-und-Maus-Spiel. Und zeitaufwendig ist es außerdem.«

»Er muss in der Tat einen Beruf ohne feste Arbeitszeiten haben, oder er ist nicht erwerbstätig. Aber es steht für mich fest, dass dieser Mann in der Vergangenheit eine Machtposition innehatte, die er dann aus irgendeinem Grund verloren hat.«

»Eine bedeutende Position?«, wollte Santini wissen.

»Nicht zwangsläufig. Aber auf jeden Fall besaß er einen Platz in der Gesellschaft.«

Carat ließ Milan noch ein paar Allgemeinplätze ausbreiten, dann ergriff er das Wort und brachte das Ganze zum Abschluss. Die Ermittler erhielten den Befehl, selbst bei der kleinsten Entdeckung Alarm zu geben. Der Mörder war ebenso reaktionsschnell wie wachsam, deshalb durfte er auf keinen Fall spüren, dass die Schlinge sich um ihn zusammenzog. Milan packte seinen Aktenordner und seine Selbstgefälligkeit wieder ein, bevor er mit geschmeidigem Schritt den Raum verließ.

»Ist er Psychologe oder Model?«, spottete Carat nun.

»Du nimmst es mir also übel.«

»Milan zwingt der Realität seine Redeweise auf, Philippe. Nimmst du ihm denn diese Geschichte von Dunkelheit und Exorzismus ab? Der Mörder zieht seine Opfer in den Schatten, um sich dafür zu rächen, selbst kein Star zu sein. So ein Geschwätz.

Die Strafe der Opfer hatte ihren Ursprung in einem genau definierten Ritual. Die Auswahl der Orte konnte deshalb nicht zufällig erfolgen. Nun waren aber die Tatorte sehr unähnlich. Ein Kanal, ein Kellergewölbe, ein stillgelegter Steinbruch. Der Keller befand sich in einem Gebäude des Bauunternehmers Frey. Aber was lässt sich über den Gipssteinbruch oder den Kanal in Chalifert sagen?«

»Da siehst du es«, erwiderte Seimourt mit einem breiten Grinsen. »Du regst dich zwar über meinen Profiler auf, aber er stimuliert dich. Ich hatte recht, ihn herzubitten.«

Der Richter zwinkerte Kehlmann rasch zu, bevor er ging.

»Untersuch bitte die Zahlen unten auf den drei Schriftstücken für mich, Kehlmann. Bemüh dich, irgendeine Verbindung zu finden.«

»Schon unterwegs, Chef.«

Carat zog sich in sein Büro zurück. *Stimuliert durch einen Schönling, der einem Modemagazin entsprungen ist. Was es nicht alles gibt …*

Er las noch einmal in den Aufzeichnungen der Polizeibeamten und versuchte, dabei mit größter Unvoreingenommenheit und Konzentration vorzugehen. Bei der Betrachtung eines Fotos hielt er inne. Es zeigte den Gipssteinbruch von außen. Der blaue Mégane der Polizisten parkte vor einem Schild. *»Achtung, Gefahr …«* Mehr war nicht zu lesen. Er telefonierte mit Duvauchelle. Der Polizeibeamte erklärte ihm, dass das Schild vor der Gefahr eines Steinschlags warnte.

»Es wurden übereinander verschiedene Abbausohlen angelegt, und Gips ist ein sehr brüchiges Gestein.«

»Gab es Unfälle dort?«

»Nein, hier nicht. Aber das kommt immer wieder vor im Zusammenhang mit solchen Grabungen. In dieser Gegend der Île-de-France lebt man gewissermaßen auf einem Schweizer Käse. Im 19. Jahrhundert wurde der Boden im Zug des Baubooms richtiggehend geplündert. Der Gips für die Herstellung von Baustoff, die Kreide für Kalk und Zement, kalkhaltiges Gestein für Backsteine. Es glich einem wahren Raubzug. Heute gibt es in dieser Region dreihundertfünfzig Hektar gefährliche und daher geschlossene Steinbrüche.«

Das galt auch für den Steinbruch in Garancière.

»Wenn Sie mehr zu diesem Thema wissen möchten, dann rufen Sie doch meinen Freund, Ingenieur Gilles Daho, an«, schlug ihm der Polizist vor. »Wir kennen uns seit Jahren. Er kontrolliert auch den Zustand des Steinbruchs in Garancière. Er weiß bezüglich Paris und die Île-de-France bestens Bescheid, was die Situation der Steinbrüche und die dortigen Gefahren angeht.«

»Warum?«

»Er arbeitet in der Generalinspektion der Steinbrüche. Diese Behörde wurde im 18. Jahrhundert gegründet, nachdem es durch einen Gipssteinbruch in Paris zum Einsturz eines ganzen Straßenzuges kam. Die Straße hieß *Rue de l'Enfer*, also Straße der Hölle. *Nomen est omen*. Bei dem Unglück wurden alle Häuser in die Tiefe gerissen.«

Er notierte die Telefonnummer des Ingenieurs und dankte dem Polizeibeamten.

Eine Idee nahm in seinen Gedanken Gestalt an.

Der Mörder hatte sich also dafür entschieden, sein Ritual an einem gefährlichen Ort durchzuführen, wo es jederzeit ohne Vorzeichen zu einem Einsturz kommen konnte. In Chalifert hatten Scotto und die Stammgäste der Gartenwirtschaft ebenfalls eine mögliche Gefahr erwähnt. Dort waren es die drohenden Überschwemmungen. Jemand hatte sogar angeführt, dass in der Gemeinde schon so manches Mal der »Ausnahmezustand infolge einer Naturkatastrophe« verhängt worden war. *Es regnet hier deutlich mehr als an anderen Orten. Zwischen den schlammigen Flussarmen und den sumpfigen Niederungen, zwischen dem Kanal und dem Himmel grollt Mutter Natur leider allzu oft.*

Die Generalinspektion für Steinbrüche verwaltete die ehemaligen Steinbrüche und die Katakomben von Paris – ein unterirdisches Universum, in dem der Tod zu Hause war. Carat beschloss, seinem Instinkt zu folgen, und rief den Ingenieur an. Gilles Daho schlug ihm vor, sich mit ihm in einem Café in der Nähe seiner Wohnung zu treffen.

Daho bestätigte, dass die Tunnel von Garancière ohne jede Vorwarnung einstürzen konnten. Ein Gipssteinbruch war eine zufällig entstandene Welt, die durch das wechselnde Grundwasseraufkommen immer wieder unberechenbaren Schaden nehmen konnte. Es ließ sich unmöglich vorhersehen, wann und in welchem Maß das Grundwasser den Gips so brüchig werden ließ, dass er nachgab.

»Ich dachte, dass meine Informationen Ihnen weiterhelfen würden, aber Sie wirken jetzt besorgter als zuvor.«

Carat legte ihm seine Vermutungen dar: Er hatte einen instabilen Gipssteinbruch und einen Kanal, der immer wieder über die Ufer trat, darüber miteinander in Verbindung gebracht, dass beide einen Risikofaktor bargen.

»Allerdings begreife ich nicht, wie eine stillgelegte Baustelle in der *Rue du Laos* in diese Gleichung passt, Herr Daho.«

»Wo liegt diese Straße denn?«

»Im Viertel von *La Motte-Picquet-Grenelle*.«

»In der Nähe der École Militaire?«

»Ja, genau.«

»Dann habe ich vielleicht eine Idee. Das betreffende Gebiet befindet sich heute genau an der Grenze zwischen dem 7. und dem 15. Arrondissement; dort hat sich kurz nach der Französischen Revolution eine furchtbare Katastrophe ereignet. Im Augenblick sind wir alle sehr bewegt über die Ereignisse in Japan. Aber wer erinnert sich noch an das Schießpulverlager von Grenelle? Es ist vollkommen in Vergessenheit geraten, dass wir in gewisser Weise auch eine Art Fukushima hatten. Mitten in Paris. Vor mehr als zweihundert Jahren.

Im Sommer 1794 explodierte das militärisch wichtige Schießpulvermagazin im Château de Grenelle und riss eintausend Arbeiter in den Tod. Außerdem gab es Hunderte von Verletzten. Die Wohnhäuser in den angrenzenden Straßen wurden zerstört, Trümmerteile wurden kilometerweit herumgeschleudert. Um die Produktion zu steigern, hatte man den Arbeitern einen schnelleren Arbeitsrhythmus aufgezwungen, und Sicherheitsvorschriften gab es überhaupt nicht.

Dieses Ereignis bildete den Ausgangspunkt für die Verkündung der ersten Gesetze zur Regulierung industrieller Belästigungen. Das war im Jahr 1810 … Herr Hauptkommissar?«

»Ja?«

»Sie sagen gar nichts mehr. Finden Sie meine Idee so abwegig?«

»Nein, überhaupt nicht. Sie gefällt mir sogar sehr gut, Herr Daho.«

»Hallo? Ich möchte gern mit dem Kommissar sprechen, der die Ermittlungen zu dem Serienmörder leitet«, sagte eine Frau.

»Möchten Sie uns irgendwelche Informationen mitteilen?«

»Ja, aber ich werde nur mit dem für den Fall Verantwortlichen sprechen.«

»Wir erhalten sehr viele Anrufe. Der Hauptkommissar ist sehr beschäftigt. Aber ich bin dafür da, Ihnen zuzuhören.«

Jetzt herrschte so lange Stille, dass die Polizeiangestellte am Empfang bereits dachte, ihre Gesprächspartnerin hätte wieder aufgelegt. Eine höfliche, aber entschlossene Ansage dieser Art brachte zwei Drittel der nervtötenden Anrufer dazu, aufzulegen. Was die Verrückten anging, so lag die Quote lediglich bei dreißig Prozent.

»Es geht um meine Tochter …«

»Erzählen Sie.«

»Sie hat den Mörder gesehen, den Sie suchen. Dieses Monster, er hat …«

»Ja?«

»Er hat sie beinahe umgebracht.«

»Was heißt das?«

»Er hat sie entführt und in der Kanalisation gefangen gehalten.«

»In Paris?«

»Nein. In Issy-les-Moulineaux. Ich hatte erst nicht vor, anzurufen, weil Maud nicht mehr darüber sprechen will. Aber dann habe ich nachgedacht. Dieser Verrückte wird wieder morden, nicht wahr?«

»Geben Sie mir Ihre Adresse. Ein Beamter wird Sie unverzüglich aufsuchen.«

»Ein Mann? Meine Tochter hat ein Problem mit Männern, seit ihr das zugestoßen ist…«

»Wir haben auch Frauen im Polizeidienst.«

»Dann muss unbedingt eine Frau herkommen. Anders geht es nicht, verstehen Sie?«

»Kein Problem. Zu den Ermittlern zählt auch eine junge Kommissarin.«

44 Trübe Gewässer

Nachdem sie die Adresse erfahren hatte, fuhr Franka allein mit der Métro nach Belleville.

Mit ihren hellen Locken und dem rundlichen Gesicht wirkte Maud Leroy sehr mädchenhaft und auf den ersten Blick auch unbeschwert, aber ihre Körperhaltung verriet höchste Anspannung. Die Angst hatte sie fest im Griff. Die Namen der drei Opfer sagten ihr nichts. Ihre Mutter, eine erschöpft wirkende, etwa fünfzigjährige Frau, hatte die Zeitungen aufgehoben.

AM HELLLICHTEN TAG ENTFÜHRT UND IN EINEM KELLERLOCH GEFOLTERT!

schleuderte die Titelseite des *Parisien* dem Leser entgegen.

»Maud, ich verstehe sehr gut, dass Sie nicht noch einmal über die Vergangenheit sprechen möchten, aber Ihre Zeugenaussage kann uns dabei helfen, diesen Mann festzunehmen.«

»Das war nicht er.«

»Sind Sie da sicher?«

»Der, den Sie suchen… kennt kein Erbarmen.«

»Ihr Entführer hat Sie freigelassen, aber das beweist gar nichts. Geben Sie mir eine Chance. Erzählen Sie, damit ich mir Klarheit verschaffen kann.«

»Es bringt nichts, zu reden.«

»Warum nicht?«

»Ich habe damals beim Kommissariat ausgesagt. Ihre Kollegen haben nichts gefunden. Und kein Psychologe hat meine Albträume zum Verschwinden gebracht. Es wäre mir lieber, Sie würden wieder gehen, Frau Kommissarin.«

In Begleitung von Richter Seimourt und Bagneux erwartete Santini Carat in ihrem Büro. Auf der Toilette benetzte er sich das Gesicht mit kaltem Wasser, rückte seine Krawatte zurecht und zog sein Jackett über.

»Sie haben den Tod meines Mandanten auf dem Gewissen«, herrschte der Anwalt ihn an.

Unnachgiebig, stolz, die Finger in die Weste gehakt, die Ellbogen abgespreizt wie die Flügel eines Kampfhahns. So sah man Bagneux oft in Fernsehsendungen.

»Teddy Brunet wurde absolut vorschriftsmäßig befragt. Außerdem war sein Lebenswandel alles andere als gesund. Das wissen Sie genau.«

»Kaum hat man ihn freigelassen, da erleidet er eine Herzattacke. Sie haben ihm ordentlich zugesetzt, ihn misshandelt. Dafür kriege ich Sie dran, Carat.«

»Wie bitte?«

»Sie sind die Inkarnation dessen, was ich an unserer sogenannten Demokratie verabscheue.«

»Und das wäre?«

»Die willkürliche Staatsgewalt. Und ich werde Sie von jetzt an jagen. Das sage ich hiermit vor Zeugen, und ich meine es verdammt ernst.«

»Dafür hätten Sie nicht herkommen brauchen.«

Bagneux' Gesicht blieb starr wie eine Totenmaske. Er packte seinen Aktenkoffer und verließ den Raum.

»Es scheint mir ganz so, als hätten Sie sich hier nicht gerade einen Freund gemacht, Carat.«

»Er konnte Bullen noch nie leiden, Chefin. Das ist nichts Neues.«

»Ich glaube, dass er Richter auch nicht sonderlich mag«, machte Seimourt sich mit einem Lächeln bemerkbar.

»Bagneux besitzt ein phänomenales Image in den Medien. Finden Sie irgendetwas, um ihn zu neutralisieren, Philippe.«

»Das ist unmöglich. Der alte Schönling ist zäh wie Leder. Nicht kleinzukriegen. Bagneux ist ein echter Rebell.«

Santini wunderte sich.

»Der Alte hat mich immer schon interessiert, Christine, ich muss es zugeben. Ich habe seine Bücher gelesen. Sie etwa nicht?«

»Nein.«

»Einen derartigen Narzissmus findet man nicht alle Tage. Er ist ein glühender Antikolonialist, der unablässig auf sein Identitätsproblem zu sprechen kommt. Sein Vater war ein haitianisch-vietnamesischer Mestize, seine Mutter eine in Französisch-Polynesien geborene Weiße; er verbrachte seine Kindheit in Asien und im Maghreb, je nach der Anstellung seines Vaters, der Chauffeur von Diplomaten war.«

»Als junger Mann war Bagneux Kommunist, glaube ich.«

»Ja, aber er hat schon vor dem Tod Stalins seinen Parteiausweis zurückgegeben. Er war bei allen Protestbewegungen mit von der Partie, insbesondere während des Algerienkrieges.«

Und das Alter hat ihn kein bisschen ruhiger werden lassen, dachte Carat.

Kehlmann blieb hartnäckig.

»Ich werde Ihnen jetzt noch etwas erzählen, was die Journalisten nicht wissen, Maud.«

Ohne die Spuren der Angst besäße das Gesicht von Maud Leroy die harmonische Anmut der Porträts von Raphael, die

Joey so liebte. Aber sie kämpfte mit den Tränen, und links und rechts von ihrem Mund hatten sich zwei tiefe Falten eingegraben.

»Er hat seine drei Opfer einem Gottesurteil unterzogen. Das war ein Verfahren der Rechtsprechung, als die Religion noch allgegenwärtig war und es keine wissenschaftlichen Beweise gab. Er hat Überlegungen angestellt zu dem Unterschied zwischen der Rechtsprechung im Mittelalter und unserem modernen rechtsstaatlichen Verfahren. Er hat sich gut informiert. Es handelt sich um einen sehr schwierigen Menschen.«

»Ich verstehe nicht, worauf Sie hinauswollen …«

»Er überlässt nichts dem Zufall. Ist Ihnen vielleicht irgendeine Geste, irgendein Spruch aufgefallen?«

»Nein. Gar nichts.«

»Ein Hinweis von Ihnen könnte viel zur Aufklärung beitragen. Sie wissen mehr, als Sie ahnen, glauben Sie mir.«

Franka ergriff die Hände der jungen Frau und zwang sie, sie anzusehen.

»Ihr Name wird nicht genannt werden. Darauf gebe ich Ihnen mein Wort.«

Maud schluckte mühsam.

»Dieser Irre schwingt sich also zu einem Vertreter der Gerechtigkeit auf?«

»Möglich. Denken Sie an etwas Bestimmtes?«

Sie war blass geworden und atmete schwer.

»Maïté war Richterin«, gab ihre Mutter jetzt zu bedenken.

»Maïté?«

»Meine Cousine«, erklärte Maud. »Sie ist bei einem Autounfall ums Leben gekommen.«

»Wann?«

»Zwei Wochen bevor Maud angegriffen wurde«, antwortete ihre Mutter.

Sie wühlte in einer Schublade und zog das Foto von einer lächelnden Blondine heraus. Die Cousinen sahen sich auf verblüffende Weise ähnlich. Maud brach in Schluchzen aus.

Franka ging auf den Flur hinaus, um zu telefonieren.

»Ich habe jemanden gefunden, der ihm entkommen ist, Chef.«

Mit triumphierender Miene stürmte sie in das Büro ihres Vorgesetzten.

»Was hast du denn so lang getrieben?«, wollte Bergerin wissen.

»Wir stehen uns hier seit einer Stunde die Beine in den Bauch«, maulte Garut.

»Ich musste Maud Leroy, die Überlebende, davon überzeugen, eine Zeugenaussage zu machen.«

In Anbetracht ihrer Abneigung gegen Männer hatte man die junge Frau der Polizeidirektorin anvertraut.

Carat hatte genug Zeit gehabt, um sein Team in Kenntnis zu setzen. Die Studentin Maud Leroy war am 12. Juni 2008 mit dem Fahrrad zu ihrer Pariser Wohnung zurückgefahren, die sie sich mit ihrer Cousine Maïté teilte. An einer Ampel wird sie angefahren, verliert das Bewusstsein und kommt, gefesselt und geknebelt, in einem Lieferwagen wieder zu sich. Am Ende der Fahrt spritzt der maskierte Fahrer ihr ein Schlafmittel. Als sie wach wird, liegt sie nackt und gefesselt irgendwo im Dunkeln. Ihr Angreifer durchsucht in aller Ruhe ihre Papiere, bevor er sich wieder ihr zuwendet. Sie fleht ihn an und hört, wie er schließlich antwortet: *»Sei ruhig. Du bist frei. Vergiss, was geschehen ist.«* Er befreit sie von ihren Fesseln und lässt sie allein in der Dunkelheit zurück. Maud irrt durch die unterirdischen Gänge, bis ihr Kanalarbeiter zu Hilfe kommen. Wieder am Tageslicht, erfährt sie, dass sie sich in Issy-les-Moulineux befindet.

Kehlmann erklärte nun, dass Maud ungefähr genauso alt war wie ihre Cousine Maïté, eine Untersuchungsrichterin, die kurze Zeit vor dem Angriff bei einem Autounfall ums Leben gekommen war.

»Er hat die beiden Frauen verwechselt.«

»Und Maud verschont, als er seinen Irrtum bemerkte, Chef. Wer in dieser Weise in der Lage ist, sein Vorhaben wieder aufzugeben, ist kein Geisteskranker.«

»Hast du auch die beiden üblichen Sätze gefunden?«

»Nein. Maud ist im Vorfeld nicht bedroht worden. Bei Maïté weiß man es bislang nicht.«

»Sie lebten zusammen. Hätte Maud da nicht bemerkt, wenn ihre Cousine beunruhigt gewesen wäre?«, wandte Bergerin ein. »Das kann ich mir nur schwer vorstellen.«

»Maud ist traumatisiert«, beharrte Kehlmann. »Ihre Erinnerung ist lückenhaft. Ihr ist erst nach meinem Besuch klar geworden, dass sie nicht die Richtige war. Ich hoffe, dass ihr diese Erkenntnis hilft, ihr Trauma zu verarbeiten.«

»Dein Optimismus in allen Ehren«, entfuhr es Bergerin.

»Ja, du hast recht, besonders wahrscheinlich ist das nicht. Das arme Mädchen, sie tut mir wirklich leid. Sie träumt von ihm, musst du wissen. Ziemlich oft sogar.«

Sie spricht über Maud, aber ein wenig auch über sich selbst, dachte Carat. Über jenes Mädchen, das seine unglückliche Kindheit nicht überwunden hat und sich nie ganz davon erholen wird, auf den eigenen Vater geschossen zu haben.

»Sie ist unsere einzige Zeugin«, murmelte er, als spräche er mit sich selbst.

»Sie hat sein Gesicht nicht gesehen, Chef.«

»Aber sie hat seine Stimme gehört.«

»Sie beschreibt sie als eine Stimme ohne besonderen Akzent. Mit einem spöttischen Unterton, dass es einem kalt wird.«

»Na, das bringt uns aber wirklich ein gutes Stück vorwärts.« Garut seufzte.

Carat schlug vor, einen Versuch zu machen. Das Team fand seine Idee ausgezeichnet.

Kehlmann hatte die junge Frau gebeten, sich auf die Rückbank eines als Privatfahrzeug getarnten Polizeikombiwagens zu legen, und fuhr nun seit mehr als einer Stunde kreuz und quer durch Paris. Bisher hatte Carats Idee noch keinen Erfolg gezeitigt. Ihr Handy klingelte. Es war Joey. Sie ließ es klingeln.

Maud packte sie an der Schulter, während sie an einer Ampel zum Stehen kam.

»Sein Handy klingelte, als ich in dem Lieferwagen lag.«

»Nahm er das Gespräch an?«

»Nein, aber ich erinnere mich, dass es die ersten Takte eines Songs der *Eurythmics* waren.«

Sie summte die Melodie vor sich hin. *There Must Be An Angel*. Franka Kehlmann spürte, wie es ihr einen Schauer über den Rücken jagte. Ihr Bruder hatte diesen Klingelton bei Louis Bagneux gehört. Sie parkte, um ins Internet zu gehen, suchte dort ein Video, in dem der Anwalt zu sehen war, und spielte Maud seine Stimme vor.

»Das ist er nicht, da bin ich ganz sicher.«

Enttäuscht fuhr sie Maud nach Hause und machte sich dann auf den Weg zurück ins Präsidium.

Vor dem granatfarbenen Himmel türmten sich metallisch-grau glänzende Wolken zu einem dräuenden Gebirge auf. Nicht mehr lang, und ein sintflutartiger Regen würde über Paris niedergehen. Sie hatte eine SMS ihres Bruders erhalten: *»Du wirst befreit sein von allen Mühen. Du wirst, an Händen und Füßen gefesselt, in die Finsternis geworfen werden.«* Sie wählte seine Nummer, aber es dauerte eine Weile, bis er sich meldete.

»Ich bin unterwegs mit meinen Pizzas, Franka.«

»Ein Gewitter ist im Anzug, du Dummkopf.«

»Das ist mir nicht entgangen. Aber ich habe nun mal einen Auftrag. Nämlich Pizzas auszuliefern, komme, was wolle.«

»Was soll denn dieser verflixte Text?«

»Ein Gedicht, das der Mörder auch hätte verfassen können.«

»Ich verstehe nicht, dass dich das amüsiert, Joey.«

»Es amüsiert mich auch nicht. Ich nehme die blutrünstigen Geschichten deiner Arbeit sehr ernst.«

Ein Donnerschlag unterbrach ihr Gespräch. Die Wolken platzten auf, und ihre Wassermassen ergossen sich über Paris.

»Es geht nicht um Geschichten. Schließlich haben Menschen ihr Leben dabei verloren.«

Er bat sie, ein paar Sekunden zu warten, da er sich an einer Bushaltestelle unterstellen wollte.

»Ich spüre, dass ihr vorangekommen seid«, schrie er gegen den prasselnden Regen an. »Erzähl schon.«

»Lass mich in Ruhe.«

»Wenn du gerade Lust hast, erzählst du mir alles bis ins kleinste Detail, und dann wiederum bist du stumm wie ein Fisch, wie jetzt. Macht aber auch nichts, ich spüre, dass etwas passieren wird. Ihr wisst jetzt, wo der Minotaurus sich versteckt, nicht wahr?«

»Du bist ja ein Hellseher, Joey. Und das ist kein Kompliment.«

»Ihr werdet ihn schon in die Enge treiben. Sei vorsichtig, du Königin des Gemetzels. Manche Göttinnen werden zu sterblichen Wesen, vor allem, wenn sie einen Menschen lieben. Und ich möchte nicht, dass dir etwas zustößt…«

»Wovon sprichst du?«

»Von deiner Leidenschaft für den Neandertaler alias Hauptkommissar Carat.«

»Lass mich meine Arbeit machen.«

»Ich verstehe ja, dass er dich interessiert, Franka. Er hätte bei dem Unfall mit seiner Frau sterben können. Er ist ein Überlebender. Und Überlebende haben etwas Faszinierendes. Aber vergiss nicht, dass er nicht der Einzige in deinem Umfeld ist. Ich bin schließlich auch dem Tod von der Schippe gesprungen…«

45 Sakrosankte Wahrheit

Maud sprach mit ihrer Mutter über den Klingelton des Handys, an den sie sich erinnert hatte. Das Handy eines Anwalts hatte den gleichen Klingelton. Madame Leroy schlug vor, der Sache nachzugehen, aber Maud weigerte sich.

»Es vergeht kein Tag, an dem ich mir nicht vorstelle, dass er noch einmal kommt, um mich zu holen.«

»Du solltest dagegen angehen, Maud. Sonst macht dich das Ganze noch verrückt und mich auch!«

Sofort bedauerte die Mutter, so heftig geworden zu sein, und versuchte, ihre Tochter zu beschwichtigen. Maud schrie sie an, sie solle ihr die Luft zum Atmen lassen, und rannte wutentbrannt aus dem Zimmer. Nach einer Weile kam Maud jedoch wieder zur Besinnung und begann nachzudenken. Vor dem Auftauchen der Polizeibeamtin war ihr Gehirn wie von einem Nebel bedeckt gewesen. Die Angst ist das schlimmste aller Gefühle. Ergreift sie von einem Menschen Besitz, so macht sie ihn dumm.

Ich bin dreißig Jahre alt, mein Freund hat sich aus dem Staub gemacht, ich lebe bei meiner Mutter, und für einen Gang durch die Straßen benötige ich den Mut einer Löwin.

Dieser Anwalt war eine Berühmtheit und ein alter Mann. Es war unbestritten, dass er nicht der Angreifer sein konnte, denn dieser war recht kräftig gebaut. Die Tonspur des Videos, das Franka Kehlmann ihr gezeigt hatte, war ziemlich schlecht gewesen. Also gab sie »Bagneux« in die Suchzeile ihres Computers ein; mehr als einhundertfünfzigtausend Einträge wurden angezeigt. Sie sah sich zunächst die Unterhaltungssendungen an; die Stimme des Anwalts rief auch jetzt nichts bei ihr wach. Anschließend sah sie das Archiv eines Fernsehsenders durch. Im November 2005 hatte Bagneux vor dem Justizpalast zu einer Gruppe von Journalisten gesprochen.

»Heute ist ein großer Tag für Justinien Duquesne, und ich bin genauso erleichtert wie er. Ein schrecklicher Justizirrtum konnte korrigiert werden. Justinien hat kein leichtes Leben gehabt. Er wanderte von einem Heim ins andere, von einer Pflegefamilie in die nächste. Ich betone hier noch einmal, dass er zu Unrecht verhaftet und verurteilt wurde und mehr als sechs Jahre im Gefängnis verbracht hat. Es ist höchste Zeit für ihn, seinen Platz in unserer Gesellschaft zu finden.«

Ein Journalist wandte sich nun an den Freigesprochenen, einen jungen Mann mit blondem, kurzem Haar und ausgezehrtem Gesicht, der neben Bagneux stand. Er fragte ihn, was er im Augenblick empfinde.

»Ich danke meinem Anwalt, der sich unermüdlich für mich eingesetzt hat. Dank seiner Bemühungen kann ich in ein normales Leben zurückkehren und meine Würde …«

Alles, was Kehlmann von ihrem Ausflug mitbrachte, war die lächerliche Geschichte eines Handyklingeltons. Maud hatte die Stimme von Bagneux nicht wiedererkannt. Carat spürte ein Gefühl der Entmutigung in sich aufsteigen.

»Und zum Profil, das uns der elegante Milan geliefert hat, passt es auch nicht«, ergänzte Bergerin. »Der Mörder ist ein Gefallener, der die soziale Leiter hinuntergestürzt ist. Bei Bagneux verläuft der Weg ja nun genau in die umgekehrte Richtung.«

Kehlmanns Handy unterbrach ihr Gespräch. Was sie hörte, ließ ihr das Blut zu Kopf steigen.

»Chef, das war Maud Leroy. Die Stimme ihres Angreifers …«

»Ja und? Sag schon!«

»Es ist die Stimme des Chauffeurs von Bagneux.«

Carat stand Seimourt gegenüber, der ebenfalls der Meinung war, dass man jetzt mit großer Umsicht vorgehen musste.

»Was weißt du über Justinien Duquesne?«, fragte Carat.

»Ein wundersam Geretteter.«

»Was soll das heißen?«

»Justinien saß im Gefängnis wegen der Vergewaltigung einer Minderjährigen. Bagneux hat ein Gegengutachten verlangt und bewiesen, dass der Laborant sich geirrt hat. Die sakrosankte Wahrheit einer DNA-Analyse anzuzweifeln – das war eine aufsehenerregende juristische Premiere. Damit katapultierte er sich überall ins Rampenlicht.«

»Ich fand diesen Duquesne von Anfang an unerträglich. Aber die ganze Sache hat einen Haken.«

Carat setzte seine Brille auf und las laut aus seinen Aufzeichnungen vor. Maurice Aubernay war im Oktober 2005 entführt und ertränkt worden. Zu diesem Zeitpunkt saß Duquesne aber noch im Gefängnis. Zu seiner Freilassung kam es erst im November diesen Jahres. Der Chauffeur hatte also den Wirtschaftsprüfer nicht entführen und dann umbringen können.

»Maud Leroy ist durch den Angriff auf sie sehr durcheinander«, fügte Carat hinzu. »Und dieser Fall hat sich vor fünf Jahren zugetragen. Wir können nicht davon ausgehen, dass ihre Erinnerungen zutreffen.«

»Nach dem großen Auftritt von Bagneux bei Santini können wir seinen Chauffeur unmöglich verhaften, ohne absolut sicher zu sein, dass er unser Mann ist, nicht wahr?«

»Genau, Philippe. Kannst du etwas für mich überprüfen?«

»Zu Diensten, Eure Herrlichkeit.«

Eine Stunde später bestätigte Seimourt Carat, dass Justinien Duquesne zu keiner Zeit Freigang erhalten hatte.

»Scheiße. Also kommt er für den Wirtschaftsprüfer nicht infrage.«

»Pichon.«

»*Pichon?*«

»Der Mann, der sich eine Zelle mit Justinien geteilt hat. Er sitzt immer noch ein. Diese Gelegenheit sollten wir beim Schopf packen, Bastien.«

Carat ließ sich nach Fleury fahren, wo er den Häftling im Besuchszimmer sprechen konnte. Der etwa fünfzigjährige Pichon erinnerte sich noch gut an Justinien. Der »Kleine« hatte sich sehr schwer damit getan, sich ans Eingesperrtsein zu gewöhnen.

»Justinien, der war ein Getriebener. Es ist für jeden von uns schwer, immer am gleichen Ort zu pennen, aber für ihn war es die Hölle. Und die Jungs hier haben ihm auch ziemlich übel mitgespielt. Alle glaubten, dass er das Mädchen auf dem Gewissen hatte.«

»Haben sie ihn misshandelt?«

»Das fragst du? Du bist doch Bulle, oder etwa nicht? Da musst du doch wissen, wie es im Knast zugeht.«

»Denkst du auch, dass er es war, was das Mädchen betrifft?«

»Eher nicht. Aber ich denke so wenig wie möglich. Was würde mir das hier schon nützen?«

»Jetzt mach mal halblang, Pichon. Ich habe dir italienischen Kaffee und Zigaretten mitgebracht.«

»Du edler Ritter. Aber warum interessierst du dich überhaupt so für diesen Justinien?«

»Man verdächtigt ihn, drei Menschen umgebracht zu haben.«

»Möglich wäre das.«

»Was bringt dich zu so einer Behauptung?«

»Justinien war eine richtige Heulsuse. Er denkt immer, dass die Welt ihn ungerecht behandelt. Ich, ich habe zwanzig Jahre aufgebrummt bekommen, weil ich den Fahrer eines Geldtransporters umgelegt habe. Ich habe alles aufs Spiel gesetzt und verloren, und mir ist die Gesellschaft jetzt scheißegal. Aber bei ihm war das anders. Er glaubte felsenfest daran, dass man ihm eine Wiedergutmachung schuldig ist.«

»Wiedergutmachung wofür?«

»Für ein schweres Schicksal. Für den Tod seiner Alten. Na ja, die Alten waren eben noch jung. Genauer gesagt, waren sie nicht einmal dreißig, als ihr Auto in eine Schlucht stürzte. So, wie ich es verstanden habe, war sein Vater ein Scheißkerl, der keine Gelegenheit für eine Schlägerei ausließ. Aber Justinien liebte seine Mama. So wie er von ihr sprach, muss sie ein Engel gewesen sein, eine Schönheit, eine Märtyrerin, die auf das falsche Pferd gesetzt hat. Er heulte mir die Ohren voll mit dieser Geschichte. Ich liebe meine Mutter schließlich auch, aber in aller Unschuld. Wenn du weißt, was ich meine.«

Das Mädchen war auf einem Campingplatz in Fréjus vergewaltigt worden. Carat telefonierte mit dem Rathaus der Gemeinde und anschließend mit der dortigen Polizeiwache. Die Aussagen des Standesbeamten und des Kommissars lieferten ihm hinreichend Aufschluss über den Lebensweg von Duquesne. Er war 1976 in Fréjus geboren worden. Die Eltern waren Jean-Michel Duquesne und Mireille Malo, beide zum Zeitpunkt der Geburt noch nicht einmal achtzehn Jahre alt. Die Eltern waren bei einem Autounfall ums Leben gekommen, als ihr Kind zwölf Jahre alt war. Der Vater saß am Steuer. Mit einem stark erhöhten Alkoholspiegel im Blut.

»Justinien Duquesne, ein arroganter Typ, der ziemlich komfortabel in der Wohnung seines Chefs wohnt«, fasste Santini zusammen. »Vor dem Knast ohne festen Wohnsitz, im Knast misshandelt von seinen Mithäftlingen. Nach dem Gefängnis gefährlicher als vorher. Ich würde sagen, das ist ein explosives Gemisch.«

»Also setzen wir ihn fest, Chefin?«

»Allerdings, Carat. Wir haben weniger zu verlieren, als zu gewinnen, wenn wir ihn in Gewahrsam nehmen.«

Um ihn zu Hause festnehmen zu können, mussten strenge Vorsichtsmaßnahmen getroffen werden. Beim kleinsten Fehler würde der Bursche abhauen, oder noch schlimmer, er würde seine Gefährtin oder seinen Arbeitgeber als Geisel nehmen. Carat rief Seimourt an. Der Richter erteilte ihm die Erlaubnis, Bagneux abzuhören.

46

»Im Hass gegen mich sind sich alle einig; sie tuscheln über mich und sinnen auf Unheil: ›Verderben hat sich über ihn ergossen; wer einmal daliegt, steht nicht mehr auf.‹«

Sie
Richten ihre Bosheit
Ganz auf mich.

Du aber, Herr, sei mir gnädig; richte mich auf, damit ich ihnen vergelten kann.

Verleih mir die Kraft, ihnen ihre Eingeweide auszusaugen.

47 Im Wald

Dionstag, 16. April

Als der Tag sich dem Ende zuneigte, ballten sich am Himmel einmal mehr anthrazitfarbene Wolken zusammen, aus denen wahre Sturzbäche niedergingen. Das falsche Taxi parkte am Quai du Docteur-Dervaux, nur wenige Meter von der Wohnung des Anwalts entfernt. Am Steuer saß Garut, Carat und Kehlmann spielten die Fahrgäste. Joncour, der von einer anderen Einsatzgruppe der Kripo abgezogen worden war, und Bergerin waren an der Kreuzung auf einer Kawasaki-Maschine in Stellung gegangen. Moreau und Dubosc schoben an der Brücke Richtung Clichy in einem als Privatwagen getarnten Renault Wache.

Bei der Abhöraktion hatten sie erfahren, dass Bagneux

einen Freund zum Abendessen empfing; der Chauffeur würde den Gast dann wieder nach Hause fahren. Eine ideale Gelegenheit, um ihn dingfest zu machen.

Trotz des auf die Windschutzscheibe prasselnden Regens war das erleuchtete Fenster der Wohnung von Bagneux zu erkennen. Von dem Unwetter verschreckt, verharrten die Bewohner des Häuserblocks in ihren vier Wänden. Seit geraumer Zeit hatte niemand mehr das Haus verlassen.

Carat beobachtete die Gemütsverfassung seiner Kommissarin. Sie war still und blickte konzentriert vor sich hin, während sie unter ihrer schusssicheren Weste schwitzte und innerlich einen harten Kampf mit ihrer Angst ausfocht. Zwei Mal hatte sie bereits die Sicherung ihrer Sig Sauer überprüft. Ihm ging durch den Kopf, dass er wohl der Einzige war, der wusste, warum sie es verabscheute, eine Waffe in die Hand zu nehmen.

»Der Himmel schifft uns schon seit Wochen aufs Dach«, beschwerte sich Garut. »Glaubst du, dass das vielleicht etwas mit den Schweinereien zu tun hat, die die Fabriken in die Luft pusten, Franka?«

»Unsere Abgasemissionen haben den Treibhauseffekt sicher beschleunigt, aber man weiß ja nicht genau, ob die Klimaerwärmung ausschließlich durch die Menschen verursacht wird. Aber es stimmt schon, die Auswirkungen werden immer heftiger.«

»Ach ja?«

Carat hörte zu, wie sie über das immer extremer werdende Klima redete. Mörderische Hitzewellen, Stürme, sintflutartige Regenfälle, der unaufhaltsame Anstieg des Meeresspiegels verhießen ähnliche Katastrophen wie die von New Orleans.

»So ist es, Garut. Und es ist schlimmer, als die Klimaforscher es vorhergesagt haben.«

»Na toll.«

Dieses Mädchen war ein wandelndes Lexikon auf zwei Beinen. Carat lächelte ihr zu. Wenn sie zu ihren wissenschaftlichen Exkursionen ausholte, erinnerte ihre Redeweise an die ihres Vaters.

Der Polizeiobermeister empfing einen Funkspruch von Moreau. Ein Audi mit abgedunkelten Scheiben passierte die Brücke. Schon tauchte er auf dem Quai auf und verlangsamte seine Fahrt vor dem Haus. Bagneux und Duquesne stiegen aus. Der Chauffeur trotzte dem Unwetter und geleitete seinen Chef unter einem Regenschirm trocken zur Tür.

Dann stieg er wieder ins Auto. Anstatt aber die Einfahrt zum Parkdeck zu nehmen, legte er den Rückwärtsgang ein. Garut umklammerte das Funkgerät.

»Er hat uns gerochen!«

Carat stieg über die Lehne des Sitzes nach vorn. Garut setzte hastig das Blaulicht aufs Dach des Taxis und nahm die Verfolgung des Audi auf. Duquesne war an der Kreuzung scharf abgebogen und fuhr nun auf die Brücke, hinter sich die Kawasaki. Er schlängelte sich zwischen den Autos hindurch, aber Joncour folgte ihm geschickt und war rasch gleichauf mit ihm. Der Audi machte ein Ausweichmanöver und fuhr das Motorrad dabei an. Joncour verlor die Kontrolle. Er geriet ins Schleudern und stürzte. Das Motorrad rutschte zur Seite und schleifte Fahrer und Beifahrer mit bis zur Brüstung.

»Bergerin und Joncour sind gestürzt!«, rief Garut.

Er beschleunigte. Am Ende der Brücke stand ein Lastwagen. Duquesne fuhr über den Mittelstreifen, raste über die linke Spur weiter, missachtete die Ampel und zwang die entgegenkommenden Autos zu einer Vollbremsung. Garut tat es ihm gleich. *»DUQUESNE, ERGIB DICH!«,* rief Carat in den Lautsprecher. Er sah sich um. Moreau und Dobosc waren dicht hinter ihnen.

»Er will über die Périphérique abhauen. Bei diesem Sauwetter wird das eine verteufelte Rallye geben!«

Die Vorhersage war unzutreffend. Duquesne fuhr an der Auffahrt zur Périphérique vorbei und wollte offenbar in Richtung Paris flüchten. Ein Bus verstopfte den Boulevard.

Der Audi raste mit Höchstgeschwindigkeit darauf zu.

Carat sah ihn bereits als Kamikaze-Kämpfer vor sich, der an der rückwärtigen Front des Busses zerschellt, aber der Verrückte scherte im letzten Augenblick aus und fuhr erneut über den Mittelstreifen. Der Fahrer eines BMW wollte ihm ausweichen, riss das Steuer herum und rammte einen Lieferwagen.

Blechschaden.

Carat forderte die Fahrer des BMW und des Lieferwagens über Lautsprecher auf, die Straße frei zu machen. Aber als sie ihre Verfolgung fortsetzen konnten, hatte Duquesne bereits einen beträchtlichen Vorsprung.

Garut ignorierte erneut eine rote Ampel, wich um Haaresbreite einem Auto des Gegenverkehrs aus und sah gerade noch, wie der Audi in die enge *Rue Legendre* bog.

»Da riskiert er doch, dass er gleich feststeckt. Ich kapier gar nichts mehr.«

Sie hingegen verstand sofort, was da vor sich ging.

»Hier arbeitet Joey!«

Garut drückte aufs Gaspedal, um den Abstand zu verringern. Carat betete, dass niemand aus einer Querstraße auftauchen möge. Kehlmann versuchte, ihren Bruder ans Telefon zu kriegen.

Der Audi war mitten auf der Straße stehen geblieben, die Wagentür stand offen. Durch das Schaufenster von Rapid' Pizza sah man nur den menschenleeren Verkaufsraum mit Tresen und Kasse.

Kehlmann reichte ihrem Vorgesetzten ihr Handy.

»Er will Sie sprechen«, sagte sie mit nicht wiederzuerkennender, tonloser, kindlicher Stimme.

»In zwei Minuten seid ihr verschwunden, du und deine Jungs«, forderte Duquesne. »Oder ich knall Joey Kehlmann ab. Verstanden, Carat?«

»Du kommst hier nicht mehr raus. Wir verschwinden, und was dann? Du hast keine Chance.«

Er hörte, wie jemand aufheulte.

»Ich hab ihm gerade die Visage aufgeschlitzt. Ich war davon überzeugt, du seist ein schlauer Fuchs, enttäusch mich nicht!«

Carat deckte das Telefon mit seiner Hand ab und beauftragte Garut, die Kollegen von Villacoublay anzurufen, um vom dortigen Luftstützpunkt einen Hubschrauber zu ordern.

Das Handy am Ohr und den Lauf seiner Waffe gegen die Schläfe von Joey gepresst, verließ Duquesne jetzt das Ladenlokal. Das Gesicht der Geisel war blutüberströmt, aber der Regen wusch eine Schnittwunde auf der linken Wange frei.

»Chef, sagen Sie ihm, dass ich anstelle von Joey mit ihm gehe«, flehte Kehlmann.

»Kommt nicht infrage. Das würde überhaupt nichts bringen.«

»Was kann es ihm denn schon ausmachen, ob er ihn oder mich als Geisel hat?«

»Noch zehn Sekunden, und ich knöpf mir die andere Seite und das Auge vor«, drohte Duquesne.

Damit begann er auch schon zu zählen.

Carat bedeutete Moreau, der hinter ihnen stand, den Weg freizugeben. Garut fuhr ebenfalls an die Seite. Die Gestalten von Joey Kehlmann und Justinien Duquesne verschwammen hinter den regennassen Scheiben. Dann schluckte sie der Audi und verschwand.

Das Bild der beiden durch die Dunkelheit taumelnden Männer brachte Carat auf eine Idee. Er rief noch einmal die Polizeifliegerstaffel an und bat darum, dass der betreffende Hubschrauber mit einer Wärmebildkamera ausgestattet sein sollte.

Dann drehte er sich zu Kehlmann um. Wilde Entschlossenheit lag in seinen Zügen.

»Ich verspreche dir, dass ich deinen Bruder da heraushole.«

Joncour musste mit einer Gehirnerschütterung ins Krankenhaus gebracht werden. Bergerin hatte keinen Schaden genommen und war wieder zu ihrem Team gestoßen. Sobald die Regenwolken für einen Moment aufrissen, ergoss ein blasser Vollmond sein fahles Licht über die wuchtigen Mauern des Lycée Chaptal. Das vermeintliche Taxi und das als Privatfahrzeug getarnte Auto parkten bereits am *Boulevard des Batignolles*. Die Kollegen aus Villacoublay ließen mit Nachrichten auf sich warten.

Diesmal hofften sie alle, dass der Regen anhalten möge. Sein Prasseln würde den Lärm der Rotorblätter übertönen, und der Hubschrauber könnte sich unbemerkt nähern. Duquesne würde dann nicht bemerken, dass er aus der Luft verfolgt wurde.

»Wie konnte dieser Mistkerl wissen, dass der kleine Kehlmann dort sein würde?«, fragte Garut.

»Reines Glücksspiel. Wäre Joey nicht dort gewesen, so hätte er sich mit Sicherheit den Erstbesten gegriffen, der Rapid'Pizza betreten hätte.«

»Stimmt, das ist möglich.«

Jetzt ertönte die Stimme des Copiloten. Endlich.

»Das Fahrzeug ist auf der Landstraße 922 unterwegs. Das ist die Route de Pontoise, und zwar in Richtung Vaux. Er ist schnell unterwegs und fährt stetig geradeaus …«

Duquesne schien also ein klares, ihnen unbekanntes Ziel zu haben. Carat gab die Koordinaten in sein GPS ein. Das erste Etappenziel lautete Gennevilliers. Garut lenkte das Taxi auf die Straße und fädelte sich, gefolgt von Moreau, Bergerin und Dubosc in ihrem Renault, in den Verkehr ein.

Der Audi war in einem bewaldeten Gebiet auf der D 922 stehen gelassen worden. Carat verlangte über Funk, dass man die Wärmebildkamera einsetzte, um die Bewegungen des Gesuchten und seiner Geisel aufzuspüren.

»Die feuchte Luft kann die Infrarotstrahlung behindern …«

»Versuchen Sie es trotzdem.«

»Verstanden.«

Franka Kehlmann hatte ihre Fassung wiedererlangt.

»Wenn der Regen nicht nachlässt, wird es so gut wie unmöglich sein, in diesem dichten Wald die Gestalten und ihre Bewegungen ausfindig zu machen«, stellte sie fest. »Und wenn der Regen aufhört, bildet sich womöglich Nebel, der sich dann wie eine Wand zwischen die Gesuchten und die Kamera schiebt.«

»Duquesne ist sicher nicht ohne Grund hierhergefahren.«

»Gibt es hier einen Steinbruch?«

Der Hauptkommissar rief Gilles Daho an. Der Ingenieur aus der Generalinspektion der Steinbrüche überprüfte seine Ortsangabe. Fehlanzeige.

»Vielleicht ist das Versteck viel einfacherer Natur«, mutmaßte Kehlmann. »Ein Haus, beispielsweise, von dem Duquesne den Schlüssel hat.«

»Und wenn Bagneux hier in der Gegend ein Haus hat? Ich rufe die Polizeiwache von Vaux an.«

Man fand keine Adresse auf den Namen des Anwalts; vor sich hin schimpfend massierte Carat sich das Gesicht mit den Händen.

»Mein Bruder hat einmal erzählt, dass die Frau von Bagneux Architektin war. Und dass sie ein Haus im Einklang mit dem Wald und der Natur geschaffen hat. Irgendwo in der Nähe von Paris.«

Es war nicht der richtige Augenblick, um nachzufragen, wie Joey diese Informationen erhalten hatte. Carat rief die Abteilung für Identitätsfeststellung an, die ihm den Mädchennamen der Frau von Bagneux mitteilte. *Caroline Fabert*. Diesmal konnte ihm die Polizeiwache umgehend eine Adresse nennen.

Er setzte die Mannschaft des Hubschraubers davon in Kenntnis, dass sie zu ihrem Stützpunkt zurückkehren könne, da das Ziel des Flüchtigen jetzt bekannt war. Auf keinen Fall durfte unnötigerweise das Risiko eingegangen werden, ihn durch den Lärm des Hubschraubers misstrauisch zu machen.

Garut fuhr wie der Teufel. Eine halbe Stunde später näherten sie sich den sogenannten »Grimons«, wo die D 922 die *Allée de la Croix* kreuzt.

Sie stellten das Auto in sicherer Entfernung ab, streiften ihre Polizeiarmbinden über und schlichen über einen aufgeweichten Waldweg so nah wie möglich an das Anwesen heran, das von einem hohen Bambuszaun eingefasst war.

Durch das Tor war die Villa zu sehen: ein Rechteck aus blassem Beton, dessen Längsseiten große Fensterfronten aufwiesen. Ein schwacher Lichtschein drang zu ihnen heraus. Sie konnten mehrere, hintereinanderliegende, leere Zimmer erkennen, die Anzahl der Eingänge ließ sich jedoch unmöglich feststellen. Carat entschied, dass Moreau, Dubosc, Kehlmann und Garut das Haus umstellen sollten, während Bergerin und er selbst in die Villa eindringen würden. Er schob ein Fenster auf. Nun war die Stimme von Duquesne zu hören und half ihm dabei, sich zu orientieren. Der Chauffeur von Bagneux verabschiedete sich am Telefon gerade von Muriel, seiner schweigsamen Gefährtin.

Carat und Bergerin gaben einander Zeichen. Sofortiger Angriff. Sie würden einander Deckung geben.

Carat drang als Erster ein.

Joey lag mit geschlossenen Augen regungslos am Boden. Vor Duquesne stand ein geöffneter Koffer.

»Keine Bewegung!«

Den Blick fest auf Duquesne gerichtet, befahl der Hauptkommissar Bergerin, Duquesne zu entwaffnen. Er selbst kniete neben Joey nieder. War er tot oder nur betäubt?

Plötzlich hörte er neben sich ein Geräusch. Als er den Kopf hob, richtete der Chauffeur eine Waffe auf ihn. *Bergerin, was treibst du denn da*? Die Fensterscheibe barst in tausend Stücke. Er warf sich zu Boden, rollte, den Revolver in der Hand, zur Seite, da brach Duquesne auch schon zusammen und ließ seine Waffe fallen.

Bergerin und ein Unbekannter kämpften um den Lauf eines Karabiners. Immer noch am Boden liegend, richtete Carat seine Pistole auf den Fremden und schrie ihn an, sich nicht mehr zu bewegen. Daraufhin ließ dieser sich entwaffnen. Die bereits kahle Stirn und seine eng stehenden Augen unter den abfallenden Brauen verstärkten den debilen Gesichtsausdruck noch. Er fiel auf die Knie, und es zeigte sich, dass er sich außerdem in die Hose gemacht hatte.

»Wer bist du?«

»Ben Berton. Erschießen Sie mich nicht.«

»Was hast du hier zu suchen?«

»Ich hüte das Haus von Herrn Bagneux. Es gibt nichts zu stehlen! Warum haben Sie auf meinen Kumpel Justinien geschossen?«

Es hatte ganz den Anschein, als könne Ben Berton nicht lesen. Nicht einmal die Aufschrift ihrer Armbinden: POLIZEI.

Carat wandte den Blick nach links und sah in die trüben Augen von Duquesne. Aus seinem Mund lief Blut.

Dann sah er nach rechts. Mit der Sig Sauer in der Hand trat Franka Kehlmann durch die gesprengte Fensterscheibe. Ihre Schritte knirschten, als sie über die Abertausenden von Splittern lief. Sie war diejenige, die geschossen hatte.

Er stützte sich auf die Ellbogen. Sie sprach mit ihrem Bruder. Und ihr Bruder antwortete. Mit einem Seufzer der Erleichterung ließ er sich erneut zu Boden gleiten. Wenn er erst einmal wieder zu Kräften gekommen sein würde, würde er sich um die in seiner Seite steckenden Glassplitter kümmern.

48

Es war vorherbestimmt, was mit mir geschieht. Und dennoch ergreift mich der Zweifel. Das Leid trachtet danach, mich von meinem Ziel abzubringen.

Warum ist meine Wunde so bösartig? Solltest du ein unzuverlässiges Wasser für mich sein?

49 Der Anteil des Lasters

Mittwoch, 17. April

Es war ein seltsames Gefühlsgemenge. Beinahe so, als wäre er verlassen worden. Seit Wochen kreisten Carats Gedanken unaufhörlich um den Täter. Er hatte sogar einen imaginären Dialog mit ihm geführt. Jetzt besaß dieser Mann ein Gesicht, einen Namen und eine Vergangenheit. Aber er würde ihn nie befragen können. Er würde ihn nie gestehen hören, dass er Victoire Pélissier, Lise Kiefert getötet und die junge Maud Leroy verschont hatte. Und über ihn würde man auch nicht mehr herausfinden können, wer Maurice Aubernay gefoltert und ertränkt hatte.

Justinien Duquesne war gegen ein Uhr morgens in dem Krankenwagen, der ihn zur Notaufnahme bringen sollte, gestorben.

Im Augenblick lehnte jedoch der Schatten dieses Mannes an der Karosserie des Audis mit den abgedunkelten Scheiben, und die Stimme von Bagneux klang in Carat nach. *Wie ich sehe, haben Sie meinen Chauffeur bereits kennengelernt, Hauptkommissar. Was halten Sie von seiner direkten Art?* Sie hatten Katz und Maus miteinander gespielt. Ein unsinniges, verrücktes Spiel. Und Duquesne hätte ihn beinahe erwischt.

Carat dachte daran, dass es genauso gut ihn hätte treffen können, dass er jetzt ein Schatten unter anderen Schattenwesen sein könnte, während sein Gegner sich am berühmtesten Strand dieser Erde die Sonne auf den Bauch scheinen ließe.

Eine junge Frau, gerade einmal dreiundzwanzig Jahre alt, hatte ihm das Leben gerettet. Ein Mädchen, das Feuerwaffen verabscheute, seit sie beinahe ihren Vater erschossen hatte.

Franka mit ihrer sanften, zugleich aber wilden Entschlossenheit. Die, die Seimourt so aufwühlte. Die, die den Lauf des Schicksals veränderte.

In der großen Villa waren sie fündig geworden. Außer einer Beretta 92 und 9-mm-Kugeln hatten sie einen Koffer mit falschen Papieren und einem Flugticket nach Rio sowie dreißigtausend Euro in Hunderterscheinen gefunden. Im Kofferraum eines gebrauchten Toyota waren sie auf einen Louis-Vuitton-Koffer gestoßen. Er enthielt zwölf Hemden und sechs maßgeschneiderte, leichte Anzüge, vier Paar handgenähte Schuhe, ein paar goldene Schmuckstücke für Männer und eine Luxusarmbanduhr. Die Zulassung für den Toyota lief auf den gleichen Namen wie der Reisepass.

Duquesne hatte sich einen Schlüssel für das Anwesen beschafft. Das hatte Bagneux am Morgen bei seiner Befragung bestätigt. Sein Chauffeur hatte sich den Schlüssel ohne sein Wissen geliehen. Er fiel aus allen Wolken, als er erfuhr, wen er da bei sich arbeiten ließ. Ben Berton wiederum war von Duquesne manipuliert worden. Der Chauffeur hatte sich ohne jede Mühe das Vertrauen des gutgläubigen Hauswärters erschlichen, sodass dieser den Anwalt nie von den wiederkehrenden Besuchen Duquesnes unterrichtet hatte.

Die Beamten des polizeilichen Erkennungsdienstes hatten sowohl die Villa in dem Waldgebiet als auch die Wohnung in Suresnes akribisch untersucht. Aber die Suche nach DNA-Spuren oder anderen erfolgversprechenden Hinweisen war bis jetzt ohne Erfolg geblieben.

Carat breitete noch einmal die Fotos der Opfer aus.

Sie verlangten eine restlose Aufklärung des Falles. Aber dazu war ein Wunder vonnöten. Wie sollte man einem Toten Geständnisse abringen?

Er setzte seine Brille auf, presste seine Finger gegen die Schläfen und betrachtete die Gesichtszüge des Wirtschaftsprüfers. Dieses friedliche Gesicht begann ihn besonders zu quälen. Duquesne war im Gefängnis gewesen, als Aubernay in dem Kanal bei Chalifert ertrunken war. Gleichwohl stimmte die Vorgehensweise bei seiner Ermordung mit derjenigen von Victoire und Lise überein, und auch Maud war auf die gleiche Weise angegriffen worden. Andererseits hatte Maud Leroy ganz offiziell die Stimme von Duquesne wiedererkannt.

Er spürte, wie seine Müdigkeit in eine hartnäckige Migräne überging. Er schluckte eine Paracetamol-Tablette, zog an der Kaffeemaschine zwei Espresso und ging damit zu Kehlmann, die sich konzentriert über die Geschäftsbücher des Anwalts beugte. Dankbar nahm sie den Kaffee entgegen. Beide trieb die gleiche Frage um. Sie hatten sich den Mörder als einen Asketen vorgestellt, den materielle Güter nicht interessierten. Warum, zum Teufel, hatte Justinien Duquesne nun bei seiner beabsichtigten Flucht nach Brasilien eine Ausstattung dabei, die eines Prinzen würdig gewesen wäre? Bagneux schwor, dass er nicht wusste, woher das Geld kam.

»Ich werde es herausfinden, Chef.«

»Das bezweifle ich nicht, Kehlmann.«

»Sein Koffer quoll förmlich über von Luxusartikeln, hingegen fanden sich gerade einmal dreißigtausend Euro für den Neuanfang in Brasilien. Da muss es einfach noch mehr Geld geben. Aber wo?«

Er brauchte nicht bestätigen, dass er ganz ihrer Meinung war.

»Wie geht es Joey?«

»Er musste mit ganz schön vielen Stichen genäht werden,

Hoffen wir mal, dass er es gut findet, so gezeichnet auszusehen. Vielen Dank noch mal.«

»Das gebe ich gern zurück. Ohne dich wäre ich jetzt nicht mehr hier.«

Sie beschränkte sich darauf, zustimmend zu nicken.

»Hast du vor, bei der Kripo zu bleiben?« Seine Frage traf sie ganz offensichtlich unvorbereitet. »Nach allem, was du eingesteckt hast, dachte ich, dass du vielleicht doch lieber …«

»… zu meinen Betrügern mit den weißen Hemden und überhaupt zu dem ruhigen Leben dort zurückkehre?«

Jetzt nickte er.

»Ich finde, das Carat-Team ist eine gute Truppe«, erwiderte sie lediglich.

Joey war beinahe gestorben, und er würde von diesem Erlebnis im wahrsten Sinne des Wortes gezeichnet bleiben. Sie hatte einen Mann erschossen, zum ersten Mal in ihrem Leben. Und auch wenn es sich um einen Mörder handelte, würde sie Zeit brauchen, um das zu verarbeiten. Kaum war sie wieder im Präsidium, hatte sie sich sofort in die Akten vertieft. Sie stürzte sich in die Arbeit, um sich auf andere Gedanken zu bringen. Das war also ihre Methode der Genesung. Carat verstand sie.

Das Handy in seiner Tasche klingelte. Santini erwartete ihn, um Muriel zu verhören. Die Polizeidirektorin wollte verhindern, dass die Gefährtin von Duquesne sich den Journalisten oder Zeitungsmachern anvertraute, die bereits nach ihrer düsteren Geschichte lechzten. Solange ihre Verbindung zu Duquesne nicht restlos geklärt war, wäre es auf jeden Fall besser, wenn die Medien zunächst außen vor blieben. Was diesen Punkt anging, musste er ihr recht geben.

Muriel ging es schlecht, und sie hatte nicht geschlafen. Sie habe »ein Monster entdeckt«. Sie hatte von Justinien Duquesne gehört, als sie ehrenamtlich Gefängnisinsassen besuchte. Nach ihrer ersten Begegnung im Besuchsraum hatte sie keinen Zweifel mehr an seiner Unschuld gehabt. Aber heute hatte sie das Gefühl, ihr »Leben mit einem vollkommen Unbekannten« geteilt zu haben. Sie hatte auch keinerlei Erklärung für seinen finanziellen Wohlstand.

»Wir führten ein bescheidenes Leben. Ich dachte, dass Geld ihm nicht so wichtig sei.«

»Hat er Ihnen niemals von den Opfern erzählt?«, fragte Carat.

»Was wollen Sie damit sagen?«

»Manche Mörder verspüren das Bedürfnis zu prahlen. Sie erzählen den ihnen Nahestehenden widersprüchliche Dinge. Und viele Details bekommen dann erst im Nachhinein einen Sinn.«

»Justinien war nicht sehr gesprächig. Er redete eigentlich nachts mehr als tagsüber.«

»Was soll das heißen?«

»Ja, er redete im Schlaf.«

»Hat er da auch Namen genannt? Den von Maurice Aubernay zum Beispiel?«

»Nein, nie. Es war eher ein Brummeln, oder …«

»Ja?«

»Es hörte sich so an, als spräche Justinien in einer fremden Sprache.«

Sie verschränkte fröstelnd die Arme vor ihrer Brust und blickte nervös im Raum umher. Es schien, als breite sich für sie erst jetzt das grelle Licht der Wirklichkeit aus.

»Duquesne war im Gefängnis, als der Wirtschaftsprüfer umgebracht wurde. Ist es möglich, dass er einen Komplizen hatte?«

»Justinien nahm niemals jemanden mit, wenn er seine Freunde traf.«

»Kennen Sie diese?«

»Nein.«

»Sprach er von ehemaligen Bekanntschaften aus der Zeit im Gefängnis?«

»Die Häftlinge haben ihm ziemlich brutal zugesetzt. Er hatte keinerlei Verbindung mehr zu diesen Leuten.«

Santini gab ihr einige Ratschläge mit auf den Weg, bevor sie sie gehen ließ. Insbesondere: Kein Wort zu irgendjemandem über ihr Leben mit einem Mörder.

Bastien Carat beobachtete Muriel, während sie davonging. Sie trug eine dunkle Perücke im Stil von Louise Brooks.

»Diese Frau ist nicht die Erste, die ihr Leben mit einem Serienmörder geteilt hat, ohne es zu wissen«, kommentierte Santini ihren Aufbruch.

»Oder es nicht wissen *wollte?*«

»Man kann die Wahrheit ausblenden, wenn man jemanden liebt.«

»Oder man kann seinen eigenen Vorteil daraus ziehen. Das Gefühl der Allmacht über die Opfer.«

»Sie schenken wohl niemandem Glauben, Carat?«

»Und Sie?«

»Laden Sie sie so oft vor, wie Sie wollen. Es ist Ihr Job, die Triebkraft des Mörders herauszufinden. Mein Job ist es nicht mehr. Gott sei Dank.«

»Ich habe mich nicht beklagt.«

»Mein erster Chef hat einmal zu mir gesagt, dass man, um ein guter Bulle zu sein, einen gewissen Anteil der dunklen Seite auch in sich selbst tragen muss. Etwas, das es einem erlaubt, die Schandtaten der Dreckskerle zu verstehen.«

»Ich denke allerdings eher an die Opfer.«

»Sprechen Sie mit ihnen?«

»Manchmal.«

Tiefe Falten hatten sich in das Gesicht von Santini eingegraben, sie wirkte erschöpft. Er spürte ihre Bedrängnis. Das Ende der Jagd bedeutete eine Erleichterung, aber sie steckte nur mühsam weg, was ihren beiden Schützlingen widerfahren war. Er nahm ihre Einladung zu einem Glas Scotch an und hörte ihr zu, als sie über Franka und Joey sprach, den sie wie einen eigenen Sohn liebte.

Diese Geständnisse wurden von Kehlmann unterbrochen, die mit triumphierender Miene hereinkam.

»Ich habe die Zollpapiere gefunden. Justinien Duquesne

wollte seinen verbeulten Toyota nach Brasilien verschiffen.«

»Einen Gebrauchtwagen auf der einen Seite, Maßanzüge auf der anderen. Seltsame Kombination«, kommentierte Santini.

Der nächste Schritt drängte sich förmlich auf. Sie mussten überprüfen, was sich in der Karosserie des Autos verbarg. Carat ordnete an, den Wagen in die Werkstatt der Kriminalpolizei zu überführen.

Der Toyota wurde auf einer Hebebühne aufgebockt und Stück für Stück auseinandergenommen. Die Techniker brauchten weniger als eine Stunde, um etwa vierzig Goldbarren von je einem Kilogramm zu finden. Sie waren im Motor, der Klimaanlage und unter den Kunststoffschalen der Sitze versteckt. Franka schätzte ihren Wert auf mehr als neunhunderttausend Euro.

Zwei Stunden später hatten sie über die Nummern auf den Barren ihre Herkunft festgestellt. Sie waren vor ungefähr zwanzig Jahren bei Solidor gekauft worden, einer in Vienne ansässigen Maklerfirma. Sie versuchte, bei der Firma im Département Isère den Namen des oder der Käufer zu erhalten, aber der Geschäftsführer von Solidor verweigerte die Auskunft. Vertrauliche Daten dieser Art konnte er keinesfalls am Telefon weitergeben.

Die Fahrt in den Süden erwies sich als zwingend erforderlich.

»Der nächste Zug fährt schon bald, Chef. Und der Geschäftsführer hat sich bereit erklärt, uns zu empfangen.«

»Uns?«

»In einem solchen Fall brauchen Sie eine Steuerfahnderin. Und einen Chauffeur.«

50 Laue Abendluft

In Lyon stiegen sie in den Zug nach Vienne um. Bei einer dortigen Autovermietung entschieden sie sich unter den wenigen verfügbaren Modellen für einen Opel und machten sich auf den Weg zu ihrem Termin.

Die Nachforschungen, die der Direktor von Solidor angestellt hatte, hatten ihm einige Mühe bereitet, denn die Transaktion war im Januar 1992 von seinem Vorgänger durchgeführt worden, der mittlerweile jedoch verstorben war. Ein gewisser Joseph Dutilleux hatte fünfundvierzig Barren gekauft. Dutilleux war kaufmännischer Leiter des Unternehmens Felicia, das in Audier-Saint-Jonas östlich von Vienne angesiedelt war. Der Kauf war ordnungsgemäß abgewickelt worden, es hatten Ausweispapiere vorgelegen und auch ein rechtsgültiger Firmenname war angegeben worden, sonst hätte Solidor die Transaktion niemals durchgeführt.

Sie machten sich in ihrem Opel auf den Weg nach Audier-Saint-Jonas. Carat suchte im Autoradio den Sender *Nostalgie FM*, und sie tauchten in die Achtzigerjahre ein. Er summte die ersten Takte eines Liedes von Alphaville mit, was Kehlmann ein Lächeln auf die Lippen zauberte.

Forever young/I want to be forever young/Do you really want to live forever/Forever, and ever…

Es wurde bereits dunkel, als sie das Dorf endlich erreichten. Rasch ließen sie die Ortschaft selbst hinter sich und fuhren durch einen Landstrich, in dem nur hin und wieder ein einsamer Bauernhof auftauchte. An der von Solidor genannten Adresse war nichts zu finden. Das einzige Gebäude in der näheren Umgebung war eine vereinzelt dastehende Scheune.

Ein Fußweg führte dorthin. Sie machten sich in der noch immer lauen Abendluft auf den Weg. Das Tor der Scheune war mit einem Vorhängeschloss gesichert. Carat leuchtete mit seiner Taschenlampe zwischen den Holzplanken hindurch ins Innere. In dem Lichtschein waren zwei Traktoren, Landwirtschaftsgeräte und Drahtzaunrollen zu erkennen.

Auf dem nächstgelegenen, bewirtschafteten Hof erklärte ein Landwirt ihnen, dass Scheune und Material seiner Genossenschaft gehörte. Er erinnerte sich nicht daran, wann genau der Grund und Boden erworben worden war, schlug aber vor, den Sekretär anzurufen, um es in Erfahrung zu bringen.

»Es war im Jahr 1992«, sagte er, nachdem er aufgelegt hatte. »André Mougin, ein Notar aus Vienne, hat den Verkauf abgewickelt.«

Kehlmann fand dessen Adresse und Telefonnummer in ihrem Smartphone. Es war 21:15 Uhr. Carat rief den Notar an und bestand darauf, dass er sie noch an diesem Abend empfing. Sie machten sich auf den Weg zurück nach Vienne.

Das Haus des Beamten atmete den Geist gutbürgerlicher Gelehrsamkeit. Der Notar, ein kleiner, missmutig dreinblickender Mann, bat sie, sich auszuweisen, bevor er sie in sein Büro führte. Er hatte die Akten bereits herausgesucht, um »möglichst wenig Zeit zu verlieren«. Er bestätigte, dass die landwirtschaftliche Genossenschaft den Grund und Boden im März 1992 erworben hatte, und zwar von dem Unternehmen Felicia, das auf die Herstellung von Damenschuhen spezialisiert war. Der Geschäftsführer hieß Joseph Dutilleux.

Bingo, frohlockte Carat innerlich, verzog jedoch keine Miene. Derselbe Mann wie derjenige, der im Januar des gleichen Jahres die Goldbarren bei Solidor gekauft hatte.

»Haben Sie Adresse und Telefonnummer von ihm?«

»Dutilleux ist vor zehn Jahren gestorben.«

Die Laune des Notars war nun noch etwas schlechter geworden. Sie warteten geduldig auf die Fortsetzung seiner Erläuterungen. Felicia gehörte zu den Unternehmen von Jacques Chandellerie, einem hier in der Gegend geborenen Schuhdesigner, dessen Ruhm auf die 1970er-Jahre zurückging. Seinerzeit hatte er die berühmten schwarzen kniehohen Stiefel entworfen, die Anita Solo in *Grausame Tage*, dem Kultfilm der Nouvelle Vague, trug. Während der Zeit, als die Verkaufszahlen von Felicia geradezu explodiert waren und sich die Schuhe auch international gut verkauften, hatte man Chandellerie den Spitznamen »Picasso der Schuhwelt« gegeben.

Im Jahr 1991 hatte sich das Glück dann gewendet. Ein junges Mädchen aus der Gegend, das als Modell für die hauseigenen Kreationen arbeitete, hatte ein heimliches Liebesverhältnis mit dem Unternehmer. Ihre Leiche wurde auf einer Mülldeponie unweit von Vienne gefunden. Chandellerie wurde der Vergewaltigung und des Mordes angeklagt, verurteilt und hinter Gitter gebracht. Der Fall hatte für Schlagzeilen gesorgt, ganz besonders, weil die Geschichte damit noch nicht zu Ende war. Das Atelier und die Produktionsstätte des Unternehmens waren von Unbekannten in Brand gesteckt worden. Vermutlich handelte es sich bei den Tätern um Leute aus der Gegend, die es nach Rache dürstete. Die Firma war verkauft worden und hatte ihren Standort gewechselt. Felicia vegetierte dann eine Zeit lang vor sich hin, bevor das Unternehmen Insolvenz anmelden musste und endgültig dichtmachte. Was den »Picasso der Schuhwelt« anging, so gereichte ihm sein Ruf als reicher Unternehmer, Vergewaltiger und Mörder nicht zum Vorteil. Im Jahr 1998 war er im Gefängnis durch Mithäftlinge umgebracht worden.

»Wenn Sie wüssten, wie sehr ich es bedauert habe, diese Transaktion übernommen zu haben«, sagte der Notar und seufzte. »Immer wieder fanden sich Journalisten, Neugierige und Schriftsteller ein. Jetzt glaubte ich allmählich, wieder Frieden gefunden zu haben. Und da tauchen Sie auf …«

»Wer war dieser Joseph Dutilleux?«, unterbrach Kehlmann ihn.

»Ich habe es Ihnen bereits gesagt. Der Mann, der den Verkauf abgewickelt hat. Ein Bevollmächtigter.«

»Für wen oder was besaß er die Vollmacht? Chandellerie saß doch bereits im Gefängnis.«

»Chandellerie hatte eine Frau und eine Tochter. Aber ich habe seit Jahren nichts von ihnen gehört.«

»Haben Sie eine Adresse?«

Der Notar wühlte missmutig in seinen Papieren und machte schließlich eine Adresse in der *Rue de la Boétie* im 8. Arrondissement von Paris ausfindig.

»Wie heißt die Frau von Chandellerie?«

»Barbara.«

»Hat sie nicht wieder geheiratet?«

»Das weiß ich nicht.«

»Sagt Ihnen der Name Justinien Duquesne etwas?«

»Nein, gar nichts.«

Im Auto tauschten sie ihre Einschätzungen aus. Franka wies darauf hin, dass Justinien Duquesne und Jacques Chandellerie für ähnliche Verbrechen verurteilt worden waren. Vergewaltigung einer Minderjährigen bei Justinien. Vergewaltigung und Mord einer jungen Frau bei Jacques. Justinien war dank Louis Bagneux freigesprochen worden. Jacques war im Gefängnis ums Leben gekommen, massakriert von seinen Mithäftlingen.

Carat fand diese Vergleichbarkeiten interessant, zog aber im Augenblick keinerlei Schlüsse daraus. Er rief Santini an und riss sie damit aus dem Schlaf.

»Sie brauchen sich nicht zu entschuldigen, Carat. Ich bin über meinen Akten eingeschlafen. Was ist los?«

Er erzählte ihr, was sie in Vienne ausfindig gemacht hatten. Die Verurteilung eines superreichen Designers, seine Ermordung im Gefängnis. Kurze Zeit nach seiner Verhaftung habe sein Bevollmächtigter den Erlös aus dem Verkauf des Unternehmens gegen fünfundvierzig Goldbarren eingetauscht.

»Darunter die Goldbarren, die man in dem Toyota von Justinien gefunden hat?«

»Genau. Die Erben sind die Ehefrau und die Tochter von Chandellerie. Sie haben die Gegend nach der Tragödie verlassen und leben jetzt in Paris. Der Notar hat uns eine Adresse gegeben.«

»Statten Sie ihnen einen Besuch ab, Carat.«

»Mach ich so bald wie möglich.«

»Ich hoffe, Sie haben die lokale Presse nicht aufgewiegelt?«

»Natürlich nicht.«

Franka war mit ihrem Handy im Internet unterwegs. Er wies sie darauf hin, dass die Angst vor den Journalisten sich bei der Polizeidirektorin allmählich zu einer Manie auswuchs. Franka sah davon ab, ihm das Geheimnis der Familie Santini zu enthüllen. Der Großvater, vermutlich ein Kollaborateur im besetzten Frankreich, war kurz nach dem Krieg spurlos verschwunden. Aber seine Enkelin kannte die Wahrheit. Der Großvater war 1945 von französischen Widerstandskämpfern entführt und hingerichtet worden. Der Schakal hatte ihr die Geschichte erzählt, und ihm war immer klar gewesen, dass von dieser Familienschande Christines gestörtes Verhältnis zu den Medien herrührte.

Es steht mir nicht zu, dieses Geheimnis zu enthüllen, dachte sie. *Nicht einmal dem Mann, zu dem ich das größte Vertrauen habe.*

Zu dieser späten Stunde fuhr kein Zug mehr nach Paris zurück, weder von Vienne noch von Lyon aus. Die einzige Lösung bestand darin, den Leihwagen zu behalten und über die Autobahn zurückzufahren.

»Ich schlage Ihnen lieber nicht vor, dass wir uns am Steuer abwechseln, Chef.«

»Sehr witzig, Kehlmann.«

51

Wie schön ist dein Gang in den Schuhen, du Fürstentochter! Deine Lenden stehen gleich aneinander wie zwei Spangen, die des Meisters Hand gemacht hat.

Ich bin allein.

Nein, nicht wirklich. Seine Kraft hat mir geholfen, das steht fest. Ohne ihn könnte ich meine Flügel nicht ausbreiten. Jetzt ja, jetzt ist meine Macht gewachsen.

Mein Herz ist getränkt von Blut, von Eiter, von Angst und von Tränen. Die Verdammten haben mich genährt.

Ich bin unbesiegbar.

52 Das Königreich

Donnerstag, 18. April

Um fünf Uhr vierzig in der Früh parkte Franka den Opel vor Carats Wohnung. Er war kurz nach Chalon-sur-Saône eingeschlafen. Sie beneidete ihn um diese Fähigkeit, einfach so in den Schlaf sinken zu können. Sie stellte den Motor ab und wartete darauf, dass er aufwachte. Als er zu sich kam, sah er sie mit seinen dunklen Augen eindringlich an.

»Danke, dass du die Taxifahrerin gespielt hast. Du musst ziemlich erschöpft sein.«

»Es geht schon, Chef, kein Problem.«

Sie schlug vor, direkt zu Barbara Chandellerie zu fahren. Eine Zeugenbefragung konnte auch außerhalb der normalen Dienstzeiten stattfinden.

»Geh lieber erst einmal schlafen. Bergerin wird dich ablösen.«

Sie bestand darauf, ihn zu begleiten.

»Wir sind kurz vor dem Ziel, Chef.«

»Das ist noch nicht sicher. Aber in Ordnung, wenn es dir Spaß macht. Zuerst gehen wir jedoch hoch zu mir.«

In der Wohnung herrschte vollkommene Stille, und sie unterhielten sich nur im Flüsterton, um Garance nicht zu wecken. Auf dem Küchentisch stand eine mit Frischhaltefolie abgedeckte Rhabarber-Tarte. Carat machte sich an der Kaffeemaschine zu schaffen.

»Nimm eine Dusche. Das wird dich erfrischen.«

Im Bad drehte Franka den Temperaturregler so heiß, dass sie den Wasserstrahl gerade noch ertragen konnte. Der Chef besaß einen marineblauen Morgenmantel, seine Frau das gleiche Modell in Weiß. Wie spielte sich das Leben eines glücklichen Paares ab? Sicherlich warf keiner dem anderen Beleidigungen an den Kopf, und Ohrfeigen gehörten erst recht nicht zum Repertoire der Kommunikation. Sie zog sich wieder an.

Carat reichte ihr eine Tasse Kaffee. Dann nahmen sie die Tarte in Angriff.

»An was denkst du gerade?«

»Ich denke an die Bibliothekarin meines Vaters.«

»Und weiter?«

»Auch sie kann bei den Zahlenfolgen, die wir mit den Sprüchen bei den Opfern gefunden haben, keine Beziehungen zur Bibel herstellen. Während Sie geschlafen haben, habe ich nach einem anderen Ansatz gesucht. Aber ich habe nichts gefunden.«

»Und deshalb deine leidende Miene?«

»Ich mag es nicht, wenn Zahlen mir solchen Widerstand entgegensetzen.«

Er hob den Blick zum Himmel, bevor er sich ein weiteres Stück Kuchen genehmigte. Sie tat es ihm gleich. Die Backkünste von Garance waren einfach umwerfend.

»Justinien hat die beiden Frauen mit ihrem Erbe erpresst, Chef.«

»Möglich.«

»Wir hatten Glück, dass wir diesen Notar aufgetrieben haben. Man hätte ihn in Kenntnis gesetzt, wenn die Mutter oder die Tochter bereits verstorben wären.«

»Und deshalb willst du jetzt auch mit mir kommen, weil du denkst, dass wir unmittelbar vor der Aufklärung stehen.«

Sie nickte lächelnd.

»Du bist so klebrig wie eine Strandschnecke, Kehlmann. Hat dir das schon einmal jemand gesagt?«

»Nein, nein. Das höre ich zum ersten Mal. Ich fasse es aber als Kompliment auf.«

Sein Gesicht verwandelte sich, wenn er lächelte. Er hatte kräftige, ausgeprägte Schneidezähne, und seine Augen sprühten Funken.

Kein Wunder, dass Joey davon träumte, ihn auf Fotos zu verewigen.

Ein zaghafter gelb-orangefarbener Schimmer hinter einer ausgedehnten Wolkenschicht kündigte den Tag an. Das Wohnhaus lag zwischen einer Post und einem Veranstaltungssaal. Die Eingangstür war mit einem Zahlencode versehen, aber eine Concierge gab es nicht. Als ein Bewohner das Haus verließ, nutzten sie die Gelegenheit, um in den Eingangsbereich einzudringen. Auf den Briefkästen fanden sie nicht den Namen, nach dem sie suchten. Beide versuchten, ihre Enttäuschung so gut wie möglich zu verbergen.

Gegen sieben Uhr stellte sich Carat einer alten Frau mit ihrem Caddie in den Weg. Sie behauptete, seit vierzig Jahren hier im Haus zu wohnen. Madame Chandellerie und ihre Tochter hatten eine Zeit lang die Wohnung in der fünften Etage gemietet. Die Gründe für ihren Umzug waren rätselhaft geblieben.

»Lebten sie allein?«

»Im Prinzip, ja.«

»Was heißt das?«

»Es gab einen Mann, der die Mutter recht häufig besuchte.«

»Kennen Sie seinen Namen?«

»Sie nannte ihn Jérémy. Mehr weiß ich nicht. Und wollte ich auch nicht wissen.«

»Warum?«

»Ich mochte diesen Mann nicht. Er sah meine Enkelin immer sehr seltsam an. Louise war damals minderjährig. Es tut mir leid, aber mehr weiß ich nicht.«

»Können Sie ihn beschreiben?«

»Groß, schmal und dunkelhaarig. Er hielt sich offensichtlich für ziemlich verführerisch. Inzwischen müsste er um die fünfzig sein.«

»Kannte Ihre Enkelin die Tochter von Madame Chandellerie?«

»Sie spielten zusammen, aber wegen diesem Kerl war es mir lieber, dass sie sich bei mir trafen.«

Die Filiale der Bank Crédit Lyonnais hatte gerade geöffnet. Louise Darcet empfing sie in ihrem Büro. Carat erklärte ihr, dass sie mit ihrer Großmutter gesprochen hatten.

»Ich habe Mariette nicht vergessen. Sie besaß eine unglaubliche Fantasie und erfand immer wieder neue Spiele. Als sie fortzog, war ich sehr traurig.«

»Wohin ist sie denn gezogen?«

»Nach Croissy-les-Ormes. Mit ihrer Mutter und ihrem zukünftigen Stiefvater. Sie war nicht gerade froh darüber.«

»Warum?«

»Sie mochte diesen Jérémy nicht.«

»Erinnern Sie sich an ihn?«

»Ja, an seine langen spitzen Schuhe und seine seltsamen Geschichten. Er sprach unaufhörlich von Gott.«

»Welcher Religion gehörte er an?«

»Das weiß ich nicht. Mariette erzählte mir oft von dem ›Saal des Königreiches‹. Das war der Ort, zu dem dieser Jérémy sie und ihre Mutter mitnahm, um dort zu beten. Sie hasste das.«

Franka Kehlmann stellte Nachforschungen in ihrem iPhone an und fand einen »Saal des Königreichs« in Croissy-les-Ormes. Es war die Versammlungsstätte einer Gemeinschaft von Zeugen Jehovas.

»Fahren wir hin, Chef.«

»Du kannst dich ja kaum noch auf den Beinen halten, Kehlmann.«

Aber sie hatte bereits den Motor angelassen und richtete ihre Aufmerksamkeit auf den dichten Verkehr. Ohne Sirene brauchten sie fast eine ganze Stunde bis zu dem im Südwesten an Paris angrenzenden Département Essonne. Sie bog in eine kleine, holprige Straße ein, die an einer Bahnlinie entlangführte. Als sie aus dem Wagen stiegen, schallte ihnen das beleidigte Gekrächze von Raben entgegen. Je näher sie dem Gebäude kamen, desto deutlicher drang ein kraftvoller Gesang zu ihnen heraus.

Sie betraten eine weiträumige Halle. Gut einhundert Zeugen Jehovas sangen im Stehen und wurden dabei von einer Klavierspielerin begleitet. Nach dem Ende des Liedes trat ein Prediger mit Schlips und Kragen an ein Rednerpult, baute sich auf und rief mit eindringlicher Stimme: »Wie können wir der Liebe Gottes huldigen, Brüder und Schwestern?« Ein Gläubiger äußerte seine Meinung dazu in das Mikrofon, andere folgten ihm. Ein Mitglied erging sich in einer endlosen Schmährede zum Thema Ehebruch und Lüge. Sein Nachredner legte noch eins drauf. Carat seufzte. Er erinnerte sich daran, was Bergerin, der Kirchenfeind, ihm einmal gesagt hatte. *»Alle drehen gegenwärtig durch, Chef. Allen voran die verschiedenen religiösen Strömungen. Die Extremisten unter ihnen lehnen die Empfängnisverhütung ab und setzen in blinder Begeisterung Kinder in die Welt. Im Großen und Ganzen vermehren sich dadurch Idioten und Intolerante sehr viel schneller als Durchschnittsmenschen. Das ist keine gute Neuigkeit für die Menschheit …«* In dieser Erklärung des Wikingers lag mit Sicherheit etwas Wahres.

Kehlmanns Handy klingelte. Die Gläubigen warfen ihr

bitterböse Blicke zu. Sie verließ eiligen Schrittes das Gebäude.

»Hallo? Ihr habt eine falsche Fährte verfolgt. Ich habe die Zeitungen gelesen. Glaub nicht, dass ihr schon gewonnen habt.«

Die Stimme ihres Vaters klang wie aus dem Jenseits. Der übliche Ton nach seinen Trinkgelagen. War er rückfällig geworden? Sie erklärte ihm, dass der Zeitpunkt gerade äußerst ungünstig war, da Carat und sie die Spur des Geldes zurückverfolgten. Er fuhr ihr ins Wort.

»Ich habe über diesen Begriff der Katastrophe nachgedacht, Franka. Du kennst doch den Unterschied zwischen dem Gottesurteil und dem Jüngsten Gericht…«

»Lass uns ein anderes Mal darüber reden…«

»Sag mir, was du darüber weißt«, befahl er.

»Ersteres betrifft das Individuum. Letzteres ist ein finales und globales Urteil, es geht um das Schicksal der ganzen Menschheit.«

»Genau. In der Bibel steht das Jüngste Gericht am Ende aller Zeiten, nicht wahr?«

Anschließend verkündete er ihr, dass er furchterregende Verheißungen in den heiligen Büchern der monotheistischen Religionen aufgelistet habe, und schon zitierte er die Tora: *»Denn siehe, des HERRN Tag kommt grausam, zornig, grimmig, die Erde zu verwüsten und die Sünder von ihr zu vertilgen.«* Dann den Koran: *»Die Frommen werden wahrlich in Wonne sein, und die Sittenlosen werden wahrlich in einem Höllenbrand sein.«*

Sie hörte, wie er die Seiten umblätterte. Er erwähnte das Werk eines Religionshistorikers, räusperte sich und zitierte:

»Der Apokalypse gehen ankündigende Zeichen voraus wie Naturkatastrophen oder Katastrophen, die der Mensch verursacht hat. Unwetter mit Hagelschlag, Heuschreckenplagen, Erdbeben, Flutwellen, Aufstände, Massaker und

Kriege. Das Jüngste Gericht macht weder vor dem Teufel halt noch vor den Menschen, die seinen Verführungskünsten erlegen sind. ›*Und der Teufel, der sie verführte, ward geworfen in den feurigen Pfuhl und Schwefel, da auch das Tier und der falsche Prophet war; und sie werden gequält werden Tag und Nacht von Ewigkeit zu Ewigkeit.*‹«

Sie verstand inzwischen, worauf er hinauswollte.

»Wir leben in einer von der Technik beherrschten Welt, Franka, aber die Urängste der Menschheit sind deshalb keineswegs verschwunden. Die Erdbeben richten immer noch furchtbare Verwüstungen an, die Völker erheben sich und stürzen in blutigen Aufständen ihre Herrscher, die man auf Lebzeiten inthronisiert wähnte.«

»Unser Leben bleibt ebenso zerbrechlich wie unbeständig.«

»Genau. In diesem Kontext kann ein Mensch sich sehr leicht zu einer Mission berufen fühlen und Erdbeben, gesellschaftliche Unruhen und göttlichen Zorn in einen Topf werfen. Nichts stellt eine größere Versuchung dar, als sich in eine Verbindung zu Gott zu bringen. Sobald eine neue Katastrophe geschieht, wird sie zu einer Botschaft.«

»Das Göttliche deutet ihm an, dass das Jüngste Gericht nicht mehr fern ist, meinst du das?«

»Ja, und dass der Wahnsinn der überaus sündigen Menschen das Eintreffen der Apokalypse beschleunigt. Bringt er nun seinem Gott Menschenopfer dar, so hofft er, dessen Zorn auf diesem Weg besänftigen zu können.«

Franka lehnte sich an das Gebäude. Ihr war schwindlig, in ihrem Kopf schwirrten alle möglichen Gedankenfetzen, die sich ganz allmählich zusammenfügten.

»Dann wären die Gottesurteile mit anschließendem Schuldspruch eine Art und Weise, das Unvermeidliche hinauszuzögern?«

»Wir haben uns geirrt, als wir vermuteten, es müsse sich um einen Richter handeln, Franka. Es ist eher ein Soldat. Ein Gotteskrieger im Kampf gegen das Chaos. Ein Erzengel.«

»Der Erzengel des Chaos.«

»Genau, das ist es. Und ich sehe keine allzu enge Beziehung zwischen diesem Erzengel und dem Mann, den du niedergeschossen hast, mein Kind.«

Die Zeugen Jehovas sangen im Chor. Die Stimme eines Mannes fiel aus dem Rahmen. Sie klang rau wie die eines Bluessängers, und falsch sang er obendrein.

»Ich rufe dich zurück«, versprach sie, bevor sie auflegte.

Die Kommissarin war zurückgekehrt und saß nun mit nachdenklicher Miene neben Carat. Sie mussten diese nicht enden wollende Messe jetzt wohl oder übel bis zum Schluss durchstehen. Als es endlich so weit war, ging der Hauptkommissar zielstrebig auf den Prediger zu. Einige der Zeugen hörten ihnen aus einer gewissen Entfernung zu. Der Wortwechsel war nicht von Wohlwollen geprägt.

»Unsere Aktivitäten sind legal.«

»Deswegen bin ich nicht hier. Ich suche einen gewissen Jérémy. Er war vor ungefähr zwanzig Jahren in Ihrer Gemeinschaft.«

»Unserer Kongregation.«

»Wenn Ihnen das lieber ist. Der Name seiner damaligen Lebensgefährtin lautet Barbara Chandellerie.«

»Ach, warum rufen Sie so schmerzliche Erinnerungen bei uns wach?«

»Klären Sie mich bitte auf.«

»Bruder Jérémy zählte zu unseren Ältesten wie auch ich. Er half den Zeugen Jehovas, ihren Glauben zu leben.«

»Warum sprechen Sie in der Vergangenheitsform?«

»Bruder Jérémy und Schwester Barbara haben uns verlassen. Jehova hat sie zu sich gerufen.«

»Wann?«

»Sie kamen am 26. Dezember 2004 auf einer Reise ins Ausland ums Leben.«

»Wie kamen sie ums Leben?«

»Sie sind im Meer ertrunken. Das Schicksal.«

Die Jünger waren während des Gesprächs näher an sie herangetreten. Der Älteste gab ihnen zu verstehen, dass sie gehen sollten. Sie gehorchten, ohne sich zu widersetzen.

»Was geschah mit Mariette, der Tochter von Barbara?«

»Anfangs hatte Schwester Mariette große Vorbehalte. Aber dann ist sie zu einer der glühendsten Anhängerinnen der Kongregation geworden. Jérémy war glücklich darüber, sie bekehrt zu haben.«

»Wo ist sie?«

»Mariette ist eine Heuchlerin. Ihr sogenannter Glaube hatte keinen Bestand. Sie hat uns nach dem Tod von Schwester Barbara und Bruder Jérémy verlassen und wurde damit auch aus unserer Kongregation ausgeschlossen. Wir wissen nichts mehr von ihr, und das ist auch gut so.«

Carat zeigte ihm ein Foto von Justinien Duquesne, das er bei Bagneux gefunden hatte. Lächelnd, im Muskelshirt, mit Schwamm und Eimer in der Hand. Sein Ohrdiamant blitzte wie die Karosserie des Audi.

»Diesen Mann habe ich nie gesehen.«

53 Zahlen

Sie hatten im Café an der Ecke Sandwiches bestellt. In Gedanken versunken, trank Kehlmann ihren zweiten Espresso aus. Als sie den Kopf hob, sah sie Carat mit so eindringlichem Blick an, dass er stutzte.

»Chef, das Datum, das der Älteste uns nannte, kam ihm ohne jedes Zögern über die Lippen. Er brauchte keine Sekunde, um sich daran zu erinnern. Finden Sie das nicht seltsam?«

»Für einen Ältesten besitzt er ein gutes Gedächtnis, der Glückspilz.«

Der unpassende Witz ließ Franka Kehlmann ungerührt, die sich auf ihrem iPhone bereits ins Netz klickte. Sie gab das Datum in die Suchzeile ein und zeigte ihm das Ergebnis der Suche:

Am 26. Dezember 2004 löste ein Erdbeben der Stärke 9 auf der Richterskala einen riesigen Tsunami aus, der mehr als 226 000 Opfer in Südostasien forderte.

Sie sah in ihrem Notizbuch nach, bevor sie eine neue Suche im Netz startete. Carat beobachtete sie und war fasziniert von der Schnelligkeit, mit der ihre Finger über die kleine Tastatur huschten. Sie stellte eine Reihe von Zahlen auf und fügte ein paar Anmerkungen hinzu, bevor sie wieder aufsah – mit einem Gesicht, aus dem jede Spur von Müdigkeit verschwunden war.

»Es war so naheliegend, dass ich gar nicht daran gedacht habe.«

»Was denn?«

»2985.«

»Die bei Aubernay gefundenen Zahlen.«

»Ja, es kann sich um ein Datum handeln, Chef. Ganz einfach.«

»Der 29. August 2005?«

»Das ist der Tag, an dem der Hurrikan Katrina New Orleans verwüstet hat. Einen guten Monat später, am 7. Oktober 2005 wurde Aubernay bei seinem Haus entführt.«

»Und Maud Leroy?«

»Sie wurde am 12. Juni 2008 angegriffen. Kurz zuvor, am 2. Mai 2008, verursachte der Zyklon Nargis Überschwemmungen, bei denen etwa hundertvierzigtausend Menschen in Myanmar ihr Leben verloren.«

»Was ist mit Pélissier?«

Die Nummer auf dem in Victoires persönlichen Papieren gefundenen Dokument lautete 11311. Der Mörder hatte sie am 15. März 2013 entführt. Das Erdbeben von Fukushima hatte sich ebenfalls in einem März ereignet. Und zwar genau am 11. März 2011.

Sie hob den Kopf von ihren Aufzeichnungen und sah ihn aus ihren großen schwarzen Augen fragend an.

»Bei der Journalistin Kiefert haben wir kein Datum gefunden«, stellte er fest.

»Dank seiner Verbindung zu Bagneux hatte Duquesne einen recht guten Einblick in den Fortschritt unserer Ermittlungen. Er hat anscheinend gewusst, dass wir ihm auf der Spur waren. Aber er hatte vielleicht keine Zeit oder Gelegenheit, seine Todesverse samt Zahl bei seinem letzten Opfer unterzubringen.«

Carat neigte den Kopf zur Seite, spitzte die Lippen und saugte seine Wangen nach innen.

»Bedeutet das, dass Sie meine Hypothese interessant finden, Chef?«

Ohne seine Antwort abzuwarten, holte sie zu einer weiteren Erklärung aus. Sie hatte Nachforschungen angestellt. Justinien war bei seinen wahnsinnigen Taten sehr methodisch, ja, fast mathematisch vorgegangen. Die Naturkatastrophen hatten sich in den letzten fünf Jahren verdreifacht. Die Anzahl der Todesopfer bei solchen Ereignissen war seit den 1980er-Jahren um sechzig Prozent gestiegen. In dem Zeitraum von 1994 bis 2004 hatten beinahe 800 000 Menschen auf diese Weise ihr Leben verloren, und das Leben von 2,8 Milliarden Menschen war durch die Folgen der Katastrophen aus den Fugen geraten. Das schürte die Angst. Und der Zusammenbruch einiger westlicher Wirtschaftsnationen im Zuge der Globalisierung tat sein Übriges.

Carat hob abwehrend die Hand.

»Du brauchst mich nicht mit Zahlen zuschütten, Kehlmann. Ich gebe zu, dass du gute Arbeit geleistet hast. Aber ich habe auch so meine Theorie, stell dir vor, ich auch.«

Er rief Gilles Daho an. Hatte sich in Issy-les-Moulineaux irgendwann einmal eine Katastrophe ereignet? Er stellte sein Handy auf laut.

Am 1. Juni 1961 hatte der Einsturz in einem stillgelegten Kreidesteinbruch zwischen Clamart und Issy-les-Moulineaux zahlreiche Häuser und mehrere Straßen in die Tiefe gerissen. Die Bilanz dieser unvorhersehbaren Katastrophe, die vermutlich durch anhaltende Regenfälle verursacht worden war, lautete: mehr als zwanzig Tote, außerdem zahlreiche Verletzte und Geschädigte.

Er dankte dem Steinbruchexperten und legte wieder auf. Franka sah ihn lächeln.

»Maud Leroy wäre also beinahe in den Abgründen einer Stadt ums Leben gekommen, die in den Sechzigerjahren Schauplatz eines gewaltigen Erdrutsches war«, fasste sie zusammen.

Carat nickte und fügte dann erläuternd hinzu, dass das Kellergewölbe in der *Rue du Laos* sich in einem Viertel befand, das im 18. Jahrhundert von einer heftigen Explosion heimgesucht worden war. Und dass es in dem Gipssteinbruch von Garancière, in dem Lise Kiefert gestorben war, jederzeit und ohne Vorzeichen zu einem Einsturz kommen konnte.

»Außerdem haben uns der Polizist Scotto und seine Freunde erzählt, dass die Gegend am Kanal von Chalifert häufig überschwemmt wird. Wie nennt man einen Typen, den Katastrophen erregen, Kehlmann? Einen Katastrophilen?«

»Einen Dreckskerl. Aber ich wäre niemals auf die Idee gekommen, dass im Kopf von Justinien Duquesne ein solches Gedankengewitter tobt.«

»Ich auch nicht.«

Franka sah ihn mit ernstem Blick eindringlich an. Ihr Gesicht war so blass, dass ihr Haar im Kontrast dazu kohlrabenschwarz wirkte.

54 Schicksal

Sie warteten im Büro des Richters, der in der von einem Kollegen zur Verfügung gestellten Akte Chandellerie las. Hin und wieder suchte der Blick Seimourts den der Kommissarin. Es war überdeutlich, dass dieses kleine Spielchen Carat auf die Palme brachte.

Seimourt fasste noch einmal zusammen. Da der Schuhdesigner Chandellerie eine bekannte Persönlichkeit war, hatte man den Fall einem Superbullen übertragen. Paul Justang, der strahlende Stern der Kripo von Lyon, ermittelte unter der Leitung der Richterin Isabelle de Coulanges. Martin Chandellerie, der Vater, hatte seinerseits die Verurteilung und den Tod seines Sohnes im Gefängnis nie akzeptiert und deshalb einen Anwalt, Henri Darieux, mit dem Fall beauftragt. Paul Justang und Martin Chandellerie waren seit Jahren tot, aber der Fall hatte immer wieder das Interesse der Medien geweckt.

»Maître Darieux ist es gelungen, Jacques Chandellerie postum zu rehabilitieren. Das war im Jahr 2001. Hier haben wir auch Adresse und Telefonnummer von ihm.«

Carat steckte den kleinen Zettel ein, den Seimourt ihm reichte, und nahm gleichzeitig ein Gespräch auf seinem Handy an. Es musste Garance sein, wie Franka an seinem Gesichtsausdruck erriet. Ihr Chef ging auf den Flur hinaus.

Einen Moment presste Seimourt die flachen Hände auf seine lederne Schreibtischunterlage, dann brach es wütend aus ihm hervor: »Kannst du mir jetzt vielleicht dein großes Schweigen erklären? Ich habe dich tausend Mal angerufen.«

»Dieser Fall frisst meine Zeit restlos auf, Philippe. Es tut mir leid.«

Franka wagte einen erneuten Blick zur Tür hin. Aber Carat kam noch nicht zurück.

»So eine lächerliche Entschuldigung.«

»Hör zu …«

»Im Grunde bist du immer noch das gleiche Flittchen.«

»Was?«

»Du hast mich schon richtig verstanden.«

»Dafür, dass du mir zu Hilfe gekommen bist, werde ich dir ewig dankbar sein. Aber das gibt dir nicht das Recht, mich zu belästigen.«

Mit flammend rotem Gesicht stand der Richter regungslos da, bevor ihm eine passende Erwiderung einfiel.

»Verschwinde, ich habe in ein paar Minuten eine Anhörung.«

Franka kam seiner Aufforderung unverzüglich nach. Carat, der immer noch telefonierte, blickte verwirrt auf, als er sie näher kommen sah.

Sie hörte noch, wie er seiner Frau versprach, zu einer vernünftigen Zeit nach Hause zu kommen. Anschließend rief er den Anwalt der Familie Chandellerie an, und es gelang ihm, einen sofortigen Termin in der *Rue de Verneuil* auszuhandeln. Da diese Adresse unweit des Präsidiums lag, konnte man sich zu Fuß auf den Weg dorthin machen.

Schweigend gingen sie nebeneinander her: Carat wartete darauf, dass sie von ihrem Streit mit dem Richter erzählte, während Franka dieses Thema lieber vermeiden wollte. Sie erreichten die *Rue de Verneuil* zu früh, aber der Anwalt war zu Hause und empfing sie. Er erzählte ihnen, wie es ihm gelungen war, die Ehre von Jacques Chandellerie zu retten.

»Ich habe ein Gegengutachten in Auftrag gegeben. Neue DNA-Spuren haben die Wahrheit ans Licht gebracht. Der Schuldige war ein Mann aus der Gegend, der bereits ein langes Vorstrafenregister wegen sexueller Belästigungen hatte. Er kam dann ins Gefängnis. Aber Tatsache blieb, dass Jacques von seinen Mithäftlingen brutal ermordet worden war, und das für nichts. Sein Vater ist kurz nach der Rehabilitierung seines Sohnes gestorben.«

»Weiß seine Frau Bescheid?«

»Ja, ich habe sie damals angerufen, um ihr die gute Neuigkeit mitzuteilen. Es war im Übrigen verteufelt schwierig, sie ausfindig zu machen. Sie hatte wieder geheiratet, und zwar einen Zeugen Jehovas. Er hieß Jérémy Goriat, ein sehr seltsamer Mensch.«

»Was heißt das?«

»Barbaras neuer Lebensgefährte schottete sie förmlich von der Außenwelt ab. Seit dem Tod von Jacques lief es in dieser Familie alles andere als gut.«

»Wie meinen Sie das?«

»Glaubt man den Aussagen von Martin Chandellerie, so verstand sich Jérémy Goriat nicht mit Mariette. Der Großvater von Mariette war sogar überzeugt davon, dass er sie missbrauchte. Das beunruhigte ihn umso mehr, als er seine Enkelin ohnehin für labil hielt.«

»Können Sie das präzisieren?«

»Jacques war geistreich, sensibel und manisch-depressiv. Heute würde man sagen, er hatte eine bipolare Störung. Sein Vater fürchtete nun zu Recht oder Unrecht, dass seine Enkelin an der gleichen Krankheit leiden könnte. Er wollte das Sozialamt zum Einschreiten bewegen, aber die Gemeinschaft der Zeugen Jehovas blockte jede Einmischung ab, und es gelang denen, den Fall totzuschweigen. Mein Mandant konnte nichts beweisen und wurde darüber krank. Am Ende schlug das Schicksal zu, denn Barbara und Jérémy kamen ums Leben.«

»Genau, bei dem Tsunami im Jahr 2004. Wer hat das Vermögen von Jacques geerbt?«

»Mariette. Sie war seine einzige Tochter. Jacques hatte Vorkehrungen getroffen, sodass ihr das gesamte Erbe zufiel. Er hatte einen sehr zuverlässigen Bevollmächtigten.«

»Joseph Dutilleux?«

»Genau.«

»Barbara ging leer aus?«

»Ja. Jacques hatte sein Testament geändert. Er verstand sich schon lang nicht mehr mit Barbara. Es gab einen neuen

Mann in ihrem Leben. Jener berühmte Bruder Jérémy. Der Kerl beherrschte sein Geschäft. Barbara konvertierte. Und Mariette ebenfalls.«

»Mariette Chandellerie muss heute ungefähr dreißig Jahre alt sein…«

»Sie ist vierunddreißig Jahre alt. Aber ich kann Ihnen bei der Suche nach ihr leider nicht helfen. Ich habe keine Ahnung, wo sie lebt.«

»Wer hat die Erbangelegenheit geregelt?«

»Ein Notar, der inzwischen auch verstorben ist. Ja, ich weiß, es ist das reinste Blutbad.«

»Können Sie mir Mariette beschreiben?«

»Nein, ich bin ihr nie begegnet. Es tut mir leid.«

Sie machten sich auf den Weg zurück ins Präsidium.

»Eine Möglichkeit gibt es«, mutmaßte Kehlmann. »Mariette ist nicht aufzufinden, weil jemand sie umgebracht hat. Sie war reich und außerdem anscheinend verwirrt. Sie konnte leicht an irgendeinen windigen Kerl geraten, der es nur auf ihr Vermögen abgesehen hatte.«

»Einen Kerl namens Justinien Duquesne.«

»Zum Beispiel.«

Carat ging langsamer und beugte sich über das Geländer der Pont Saint-Michel. Sie tat es ihm gleich. Glitzernd floss die Seine unter ihnen dahin, und sie erinnerte sich mit einem Mal an etwas, das ihr Vater ihr irgendwann erzählt hatte. Im 14. Jahrhundert ertränkte man manche Verbrecher unter einer der Brücken von Paris. Die Verurteilten wurden in einen Sack gesteckt und dann in die Seine geworfen. Aber welche Brücke war es gewesen?

»Duquesne war ein Großmaul, Franka.«

»Das stimmt.«

Er hatte sie mit ihrem Vornamen angesprochen! Sie mochte das, unterdrückte aber ihr Lächeln.

»Duquesne quatschte den Häftling voll, mit dem er in Fleury die Zelle teilte. Einen gewissen Pichon. Der war ein Dickschädel, aber kein Dummkopf.«

»Fahren wir nach Fleury, Chef?«

»Ja, aber vorher machen wir noch einen kleinen Umweg in einen Supermarkt.«

»Echt freundlich von dir, dass du mit einer so hübschen Person vorbeischaust, Carat. Hattest du etwa Angst, dass ich dich sonst in die Wüste schicke?«

»Nein, Pichon. Ich weiß doch genau, dass du von einer überbordenden Liebe zur Wahrheit beseelt bist.«

Carat überreichte ihm eine Stange Zigaretten, geräucherten Schinken und eine Dose mit Entenleberpastete.

»Vielen Dank, mein Prinz. Was willst du dafür haben?«

»Ich will wissen, ob Justinien Duquesne dir von der Familie Chandellerie erzählt hat.«

»Nein, an einen so tollen Namen würde ich mich erinnern.«

»Hat er von einer gewissen Mariette gesprochen? Sie wäre heute vierunddreißig Jahre alt.«

»Nein, eine Mariette gab es in seinem Leben nicht.«

Franka drehte sich zu ihrem Chef um. Seine Hände waren in den Taschen vergraben, seine Gesichtszüge hatten sich verfinstert.

»Aber Justinien war richtig besessen von einer Tussi«, gab Pichon jetzt preis.

»Wer war sie?«

»Seine Besucherin. Sie wissen schon, eines von den Mädchen, die bei Häftlingen feucht werden.«

»Auf diesem Weg hat er seine Lebensgefährtin kennengelernt – Muriel«, gab Kehlmann zu bedenken.

»Ja, so lautete ihr Vorname. Er sagte, dass er nach seiner Entlassung mit Muriel zusammenleben würde. Dass das Schicksal sie zueinandergeführt hätte. Und noch mehr solches Zeug.«

»Das Schicksal?«, fragte Carat nach.

»Wenn man ganz unten angekommen ist, macht man sich

so manches vor, um durchzuhalten. Justinien glaubte, total verrückt nach seiner Besucherin zu sein. Sie war diejenige, die ihm diese Geschichte weisgemacht hat.«

»Welche Geschichte?«

»Die von ihrem Vater, der wegen Vergewaltigung verurteilt wurde. Wie Justinien. Für sie war das ein Zeichen. Von Gott. Ich glaube, dass diese Muriel wirklich unbedingt einen Psychiater gebraucht hätte.«

55 Im Justizpalast

Freitag, 19. April

Seit dem Auseinanderbrechen seiner kleinen Sippe war Bagneux um zehn Jahre gealtert und sah aus wie ein alter Marabu. Jetzt verließ er in seiner schwarzen Robe das Haus. Mit verstörtem Blick und hochgezogenen Schultern ging er, gestützt von Muriel, langsam zu seinem Wagen. Muriel trug eine Chauffeurskappe und eine Anzughose, die an die adrette Uniform von Justinien Duquesne erinnerte. Sie ließ den Anwalt hinten in den Audi einsteigen und setzte sich ans Steuer. Garut wartete einen Augenblick, bevor er die Verfolgung aufnahm.

Carat verwendete das Funkgerät, um Moreau vorzuwarnen, der nicht weit entfernt auf seinem Motorrad postiert war.

Das Fahrzeug fuhr auf die Pont de Clichy und ordnete sich anschließend auf der Périphérique in den Verkehr ein. Die ganze Zeit über hielt sich der Wagen an die vorgeschriebene Geschwindigkeit. An der Porte Maillot fuhr er schließlich in Richtung Stadtmitte. Das Carat-Team hatte den Wagen bei der Beschattung in die Mitte genommen, das Motorrad fuhr in einiger Entfernung voraus, das als Privatwagen getarnte Polizeifahrzeug folgte unauffällig.

Es war rasch klar, wohin die beiden fuhren. Muriel steuerte den Justizpalast an. Sie parkte unvorschriftsmäßig hinter einem Renault Estafette der Kriminalpolizei. Ganz offenbar legte sie keinen Wert darauf, eine günstige Position für eine schnelle Weiterfahrt sicherzustellen. Es war 7:30 Uhr. Auf dem Boulevard vor dem Justizpalast herrschte flüssiger Verkehr, die Ankunft des Beschuldigten Ludovic Bosco war für ungefähr acht Uhr vorgesehen. Carat und Kehlmann schlichen sich durch den Seiteneingang ins Gebäude. Garut behielt aus sicherer Entfernung den Audi im Blick, hinter dessen abgedunkelten Scheiben nichts zu erkennen war. Um 7:55 Uhr kontaktierte er den Hauptkommissar über Funk.

»Bosco ist im Anmarsch, Chef…«

Er kommentierte, was vor sich ging. Das gepanzerte Polizeifahrzeug parkte vor dem hohen Zaun des Justizpalasts. Ludovic Bosco und seine Aufseher stiegen aus, um die Stufen hochzusteigen und das Gebäude zu betreten. Muriel stieg ebenfalls aus. Sie trug eine Umhängetasche und zwang Bagneux, Bosco auf seinem Weg zu folgen.

Carat hatte den diensthabenden Wachmann rechtzeitig ins Bild setzen können. Er sollte Muriel und Bagneux die elektronische Sicherheitsschleuse passieren lassen. Der Mann grüßte den Anwalt, als sei nichts geschehen. Über das Funkgerät ertönte die Stimme von Garut.

»Der Metalldetektor reagiert nicht, Chef. Muriel hat offenbar vor, die Letzte Ölung mit etwas anderem zu spenden als mit einer Pistole…«

Die Eingangshalle des Justizpalastes war bereits evakuiert worden. Carat sah Bagneux und Muriel hereinkommen. Der Anwalt wirkte wie betäubt, die Gesichtszüge seiner Begleiterin waren starr wie die einer Maske.

Carat richtete seine Waffe auf sie und rief zu ihr hinüber, dass sie verhaftet sei. Ohne die Ruhe zu verlieren, beobachtete sie, was um sie herum vorging. Die Beamten des Carat-Teams hatten ihre Verstecke verlassen und versperrten nun die Ausgänge. Garut kam ebenfalls zu Hilfe.

»Es ist aus, Muriel. Lassen Sie Ihren Chef gehen.«

Sie zog blitzschnell einen kleinen Benzinkanister aus ihrer Tasche hervor und kippte Bagneux den Inhalt über den Kopf.

Dann öffnete sie ihre rechte Hand. Carat erkannte ein Feuerzeug.

»Werfen Sie Ihre Waffe zu mir herüber und sagen Sie Ihren Leuten, dass sie das Gleiche tun und dann verschwinden sollen.«

Ihre Stimme klang klar und bar jeder Emotion. Garut befahl seiner Truppe, ihr zu gehorchen. Bei dem Lärm der auf die Fliesen fallenden Waffen blinzelte er. Eine Sekunde lang sah er Bagneux als lebende Fackel vor sich. Zum Teufel, er war sich nicht mehr sicher, ob er tatsächlich alles bedacht hatte. Ein flüchtiger Gedanke an Mansour huschte vorüber – seine Süffisanz, seine Verachtung –, aber er konzentrierte sich sofort wieder.

Das Feuerzeug immer noch in der Hand, bugsierte Muriel Bagneux zu der großen Haupttreppe.

»Bringen Sie mich zu Isabelle de Coulanges. Und zwar schnell.«

»Muriel, so seien Sie doch vernünftig«, stammelte Louis Bagneux. »Ich werde Sie verteidigen … noch ist es nicht zu spät.«

Sie schenkte ihm keine Beachtung und bedeutete Carat, ihnen auf der Treppe vorauszugehen.

In der zweiten Etage tauchten in dem gedämpften Flurlicht vier Gestalten vor ihnen auf. Bosco und die Polizeibeamten warteten vor der Tür der Richterin Isabelle de Coulanges.

»Verschwindet«, rief Muriel ihnen entgegen.

Die Aufseher warteten Carats Zustimmung ab, dann zogen sie mit ihrem Gefangenen davon.

»Gehen Sie vor, Carat.«

Isabelle de Coulanges saß ruhig hinter ihrem mit Akten überfüllten Schreibtisch.

Muriel zog einen Schlagstock aus ihrer Tasche und knüppelte mit einem einzigen Schlag Bagneux zu Boden. Coulanges unterdrückte mühsam einen Schrei und wich auf ihrem Stuhl zurück. Muriel zückte ein Skalpell und stürzte auf sie zu. Da sprang Bergerin hervor, der sich unter dem Schreibtisch versteckt gehalten hatte, und richtete seine Waffe auf sie. Carat versetzte ihr einen heftigen Stoß, und sie taumelte zu Boden. Ihr Kopf musste an ein Möbelstück gestoßen sein, denn sie verlor das Bewusstsein. Bei dem Sturz hatte sie ihre Kappe verloren, sodass man ihren glänzenden Schädel sah. Das Feuerzeug war ihr aus der Hand geglitten, und Carat bückte sich, um es aufzuheben.

Als er sich wieder aufrichtete, zielte Muriel mit einer Waffe auf ihn. Meine eigene Glock, erkannte er sofort. Sie hatte die Situation blitzschnell erfasst und die Ohnmacht vorgetäuscht.

»Her mit der Waffe!«, befahl sie Bergerin.

Dieser warf einen raschen Blick zu seinem Chef hinüber. Die zum Fenster geflüchtete Richterin ebenfalls.

»Tu, was sie sagt, Bergerin. Dann können wir verhandeln. Nicht wahr, Muriel?«

»Sie tragen schusssichere Westen. Alle beide.«

»Nein.«

»In Ihrem Beruf lernt man, gut zu lügen. Herunter mit den Hemden.«

Sie kamen ihrer Aufforderung nach und stellten unter Beweis, dass sie keine schusssicheren Westen trugen. Muriel richtete die halbautomatische Schusswaffe erst auf das Herz Bergerins, dann auf seinen Kopf.

»Ich habe beschlossen, jedem von euch eine Kugel ins Gesicht zu jagen. Dann werde ich der dort hinten die Kehle durchschneiden. Wie geplant. Ein Gottesurteil ist hier nicht nötig. Sie ist schuldig, und sie weiß es.«

»Das bringt nichts. Es gibt bereits genug Tote.«

»Darüber haben nicht Sie zu urteilen, Carat.«

»Es ist aus, Mariette.«

»Niemand hat mehr das Recht, mich Mariette zu nennen. Sie werden sterben, aber ich gewähre Ihnen Zeit für ein Gebet. Sie sind schließlich auch ein Soldat. Also steht Ihnen das Recht darauf zu.«

»Ich bin vor allem ein Ungläubiger.«

»Wie Sie wollen.«

Sie zielte auf seinen Kopf und spannte den Abzug.

In einem unwillkürlicher Reflex schloss er die Augen.

Als er sie wieder öffnete, hatte sich der Gesichtsausdruck seiner Gegnerin verändert. Ihre Verblüffung war so groß, dass sie einen Augenblick mit geöffnetem Mund regungslos verharrte. Dann fasste sie sich wieder, packte die Pistole an ihrem Lauf und wollte ihm damit den Schädel einschlagen. Er rammte ihr sein Knie in die Seite, schlug ihr die Waffe aus der Hand und steckte die Glock in seinen Gürtel.

Muriel war zu Boden gegangen und rang nach Luft.

»Platzpatronen ...«

»Ganz und gar nicht, die verletzen nämlich auch. Es sind leere Patronen, aus denen ich eigenhändig das Pulver herausgenommen habe.«

»Was?«

»Hätte sich kein Magazin in der Waffe befunden, so hätten Sie das am Gewicht bemerkt. Irgendwie habe ich nämlich das Gefühl, dass Sie sich mit Feuerwaffen ziemlich gut auskennen.«

»Was nützt es denn, sich so dem Schicksal zu widersetzen?«

»Ich vermute, es nützt mir, die Engel in Schach zu halten.«

Sie musterte ihn mit einem Ausdruck vollkommenen Unverständnisses und stellte dann fest: »Niemand kann sich gegen das Schicksal wehren, Carat. Alles steht geschrieben ...«

»Ja, und Ihre Strafe auch. Es tut mir leid, dass ich ein solcher Spielverderber bin, Mariette Chandellerie.«

56 Die Weissagung

Als er Santini aufsuchte, war das Fernsehgerät ausgeschaltet und Sonne durchflutete das Büro.

»Gute Arbeit, Carat. Meinen Glückwunsch.«

»Ich habe ein schlagkräftiges Team.«

Sie wollte einen detaillierten Bericht hören. Er teilte ihr mit, dass Isabelle de Coulanges kein Haar gekrümmt worden war. Die Beamtin hatte sich als äußerst furchtlos erwiesen. Als sie erfahren hatte, dass die Mörderin, die Paris im Atem hielt, jetzt sie selbst im Visier hatte und die Kriminalpolizei sie brauchte, um die Mörderin auszuschalten, hatte sie es abgelehnt, sich von einem Double ersetzen zu lassen. Keinesfalls wollte sie den geplanten Zugriff durch ein solches Vorgehen gefährden.

»Letztlich ging es dabei um einen persönlichen Rachefeldzug.«

»Ja, Coulanges hat im Jahr 1992 im Fall Chandellerie ermittelt.«

»Ihre Intuition war richtig. Es ging nie um einen Sexualtriebtäter.«

»Nein, eher um einen mystischen Triebtäter.«

Der sich Justinien Duquesne als Werkzeug auserkoren hatte. Mariette hatte ein Zeichen in der Tatsache gesehen, dass ihr Vater und Justinien aus dem gleichen Grund verurteilt worden waren.

»Haben Sie eine Ahnung, was sie den anderen Opfern vorwarf?«

Zwischen langen Phasen des Schweigens hatte Mariette ihnen nach und nach einige Bruchstücke geliefert. Sie gab die drei Morde zu, weigerte sich aber, mögliche frühere Verbrechen zu gestehen. Anstatt ihre Motivation für die Taten genauer darzulegen, verlor sie sich in ausufernden Erklärungen über die Erleuchtung, die den Ermittlern nicht weiterhalfen. Carat hatte allerdings einen Ansatzpunkt, der Kehlmanns Zustimmung fand.

»Maïté Leroy war ebenfalls Richterin. Eine Zeit lang gehörte sie zu dem gleichen Pool wie Isabelle de Coulanges.«

»Maïté Leroy war zu jung, um am Fall Chandellerie mitgearbeitet zu haben.«

»Genau.«

»Gut. Und was ist mit den anderen?«

»Was die Notärztin, den Wirtschaftsprüfer und die Journalistin angeht, da tappen wir noch im Dunkeln.«

»Es muss eine Verbindung geben. Diese Frau hat Zwangsvorstellungen und geht nach einer ihr eigenen Logik vor.«

»Stimmt.«

»Wir müssen nur ihren Code knacken.«

»Eben.«

Carat wollte das Büro verlassen. Sie hielt ihn zurück.

»Was ich noch gern wissen würde: Hat man Ihnen noch nie gesagt, dass Sie telegen sind?«

»In der Rubrik ›Gorilla im Anzug‹, meinen Sie?«

»Das haben Sie gesagt, nicht ich. Im Ernst, mir sitzen die Journalisten im Nacken, und da habe ich mich gefragt …«

»Nein, Chefin. Sehen Sie einmal, wie schön die Sonne scheint. Sie passt sehr gut zu Ihrem Teint.«

»Soll das ein Kompliment sein? Na, so etwas, das ist ja wie Weihnachten im Frühling.«

»Nein, es ist lediglich das passende Bild, um Ihnen zu verstehen zu geben, dass Sie im Licht eine tolle Figur machen und ich im Schatten sehr zufrieden bin.«

Als er sich noch einmal umwandte, um die gepolsterte Tür hinter sich zu schließen, sah er, wie Santini lächelte und nach ihrer Fernbedienung griff.

»Denn die Gerechten haben nichts von mir zu befürchten. Der Allerhöchste zeigt mir all jene, an denen er sein Urteil vollstrecken will.«

Franka drehte sich zu Carat um. Er hatte sie gebeten, das Verhör an seiner Stelle zu führen. *Ich weiß nicht, warum, aber du gefällst ihr, Kehlmann.* Er verschränkte die Arme vor der Brust, sein Gesicht war von Müdigkeit gezeichnet. Diese außerhalb jeder Norm stehende Beschuldigte mit ihrer salbungsvollen Sprechweise bereitete ihm großes Unbehagen. Widersprüchliche Gefühle trieben Franka Kehlmann um: Sie bewunderte ihren Chef wegen seiner Fähigkeit, vollkommen in den Hintergrund zu treten, falls dies den Ermittlungen förderlich war. Aber sie fürchtete zugleich, dass dieser abgründige Fall ihn zu tief erschüttert haben könnte.

Mariette Chandellerie hatte ihnen in aller Seelenruhe gestanden, dass sie Maurice Aubernay, Victoire Pélissier und Lise Kiefert exekutiert hatte. Sie waren »der Ausdruck des Bösen«. Opfer, derer sie mit Geduld und Entschlossenheit habhaft geworden war, »weil dies der Wille des Allerhöchsten war«.

»Richterin Coulanges hat die Verurteilung Ihres Vaters zugelassen. Er war unschuldig. Sie wollten sie bestrafen. Aber was ist mit den anderen? Richterin Leroy hat nie etwas mit dem Fall Chandellerie zu tun gehabt.«

Franka war es gelungen, eine Beziehung zu der Beschuldigten aufzubauen. Als sie auf die Freundschaft der beiden Mädchen, Mariette und Louise, zu sprechen gekommen war, war ihr plötzlich eine Idee gekommen. Das Leben in der *Rue de Boétie* war für Mariette die letzte glückliche Phase vor einer langen Zeit der Kälte gewesen. Jener Zeit, in der sie ein abgeschottetes Leben in der Gemeinschaft der Zeugen Jehovas führen musste.

»Ich werde Ihnen jetzt etwas gestehen, Mariette. Ich beneide Sie.«

»Warum?«

»Sie hatten das Glück, einen Vater zu haben, der Sie liebt.«

»Sie etwa nicht?«

»Nein, ich nicht. Mein Vater ist ein bekannter Universitätsprofessor, aber vor allem ein übler Schuft. Meine Mutter ist seinetwegen gestorben.«

»Hat er sie umgebracht?«

Eine so sanfte Stimme. Ein so friedvolles Gesicht. Wer konnte da die Gewalt und die Verbissenheit erahnen, zu der diese Frau imstande war?

»Nein, sie hat sich das Leben genommen, aber das kommt auf das Gleiche heraus.«

Mariette musterte einen Augenblick lang ihr Gesicht, dann sagte sie schließlich, dass der Tod ihres Vaters ein »Leid und ein Glück zugleich« war. Indem der Allerhöchste ihr das Liebste auf der Welt nahm, bedeutete er ihr, dass sie zu etwas Großem ausersehen war. Ein Interview von Bagneux, das sie im Fernsehen gesehen hatte, hatte dann alles in Gang gebracht. Der Anwalt verteidigte inbrünstig einen jungen Mann, der zu Unrecht der Vergewaltigung beschuldigt wurde. Die Ähnlichkeit zwischen dem unglückseligen Duquesne und dem Schicksal ihres Vaters konnte kein Zufall sein. Gott hatte ihr die Eingebung geschickt, Besucherin für Gefangene zu werden.

Justinien war auf Geld aus, damit hatte sie ihn an der Leine. Zunächst hatte sie alles getan, um ihn zu verführen, dann hatte sie geduldig Überzeugungsarbeit geleistet. Sie würde ihn für seine Dienste entlohnen, und zwar großzügig. Sie würde ihm auch sagen, was er zu tun hatte. Justinien war jung, stark und zornig über die schlechte Behandlung im Gefängnis – genau der Handlanger, den sie brauchte. Sie hatten wie Mann und Frau zusammengelebt, was nicht einmal unangenehm gewesen war. Justinien war ein einfacher Mensch. Nachdem sie sich erst einmal als Paar bei Bagneux eingenistet hatten, war alles nur noch eine Frage der Geduld gewesen.

Franka zwang sich zu einem gleichmütigen Gesichtsausdruck, in ihrem Innern aber jubilierte sie. Carat und sie hatten recht behalten, im Gegensatz zu Seimourt und auch im Gegensatz zu Santini. Mariette bestätigte ihre Theorie. Sie war die Institution, die die Strafe verhängte und auch vollzog. Gott gab ihr in Form von gewaltigen Störfaktoren auf dem Planeten ein Zeichen, wenn es an der Zeit war.

Mariette fuhr in ihrem Bericht fort. Die Urteile mussten in geeigneten Phasen vollstreckt werden. Aubernay, Pélissier und Leroy waren alle während der Nachwehen einer Katastrophe gejagt worden. Der Planet lag in Blut und Asche darnieder, aufgeladen von der negativen Kraft der Sünde. Nichts war umsonst. Jede blutige Revolte, jede Katastrophe war der Preis, der bezahlt werden musste für die Arroganz einer ihrem nahen Ende entgegengehenden Welt.

»Mein Privileg ist es, zu Gott zurückzuführen. Ich bin der Soldat des Zorns und der Vergebung. Mein Ausschluss aus der menschlichen Gemeinschaft wird durch die Liebe des Göttlichen aufgewogen.«

»Ist es richtig, dass Justinien Duquesne es übernahm, die Opfer zu entführen?«

»Justinien war verlässlich und schnell. Und er verstand es, sich so zu verwandeln, dass er die von mir bezeichneten Sünder nicht erschreckte. Er war ein Mann mit einem kindlichen Gemüt. Ich mochte ihn gern.«

»Zum Zeitpunkt der Entführung von Aubernay saß Justinien im Gefängnis. Wer hat Ihnen geholfen?«

»Niemand. Der alte Wirtschaftsprüfer war hinfällig und freute sich, eine Frau in seiner Einsamkeit auftauchen zu sehen.«

»Sie geben also zu, dass Sie ihn umgebracht haben?«

»Ja, ich gebe es zu.«

Franka vermied es, zu Carat hinüberzublicken, konnte sich aber genau vorstellen, wie erleichtert er sein musste.

»Aber bei Pélissier und Leroy brauchten Sie einen Helfer, nicht wahr?«, setzte sie die Befragung fort.

»Ja, genau.«

»Wer schnitt die Zunge der Opfer heraus? Duquesne oder Sie?«

»Ich. Eine Mission ist eine Mission. Man darf ihr niemals aus dem Weg gehen.«

»Warum diese Amputation?«

»Die Stimme der Sünder ist hochmütig. Sie beschmutzt diejenige des Allerhöchsten.«

»Sie führten ein Gottesurteil durch.«

»Mein Vater war sehr gläubig. Er nahm mich auf eine Pilgerfahrt nach Santiago de Compostela mit, als ich klein war.«

»War er derjenige, der Ihnen vom Gottesurteil erzählt hat?«

»Nein, ich las viel in der Bibel, als ich bei meiner Mutter und Bruder Jérémy lebte. Das war die einzige Lektüre, die man mir gestattete. Sie versuchten, mich für ihren absurden Glauben zu rekrutieren. Aber ich, ich hatte meinen eigenen Glauben.«

»Ihre eigene Wahrheit?«

»Ich habe ganz allmählich zu ihr gefunden. Das Gottesurteil ist nur ein Ritual. Wenn mir der Allerhöchste die Opfer gezeigt hatte, so war klar, dass es sich um Sünder handeln musste.«

»Waren Sie vor Aubernay noch anderen Sündern auf der Spur?«

»Nein, er stand am Anfang meiner Mission.«

»Warum? Er war doch nichts weiter als ein Wirtschaftsprüfer.«

»Das werden Sie nicht verstehen können.«

»Waren Sie es, die beschlossen hat, den Verdacht auf Teddy Brunet zu lenken?«

»Nein, das war die Idee von Justinien. Er war nicht gläubig. Er wusste nicht, dass unsere Wege vorgezeichnet sind.«

»Wollen Sie damit sagen, dass er fürchtete, verhaftet zu werden?«

»Ja, natürlich. Maître Bagneux suchte den Kontakt zum Hauptkommissar und dann auch zu Ihrem Bruder. Die Polizei, Sie alle, tauchten einfach zu oft auf. Justinien wollte Sie auf eine falsche Fährte locken.«

»Er behielt den Bolzenschneider, mit dem er das Schloss

an der Baustelle in der *Rue du Laos* aufgebrochen hatte. Oder täusche ich mich?«

»Nein, Sie täuschen sich nicht. Das war seine Art und Weise, sich einen Ausweg offen zu halten. Als Sie Teddy Brunet verhaftet haben, versteckte Justinien den Bolzenschneider in seiner Bleibe am Montmartre.«

»Hat Justinien etwas mit dem Tod von Teddy zu tun?«

»Nein, sein Herz war wirklich zu schwach. Mir war klar, dass dieser Mann sehr ungesund lebt. Außerdem hat er sich auffressen lassen.«

»Auffressen lassen?«

»Von all den Kränkungen und der Enttäuschung. Wie heißt es so schön: Liebe macht blind.«

»Wie ist es mit Ihnen, kennen Sie so etwas nicht? Betrachten Sie sich nicht als menschliches Wesen?«

In dem Gesicht von Mariette vollzog sich ein langsamer Wandel.

Franka musste an eine gleichförmige, graue Welle denken. Unter der glatten Oberfläche tobte eine Unheil bringende Raserei. Die immer weiter anschwoll.

»Es reicht.«

»Nein, erzählen Sie mir etwas über die Orte, Mariette.«

»Die göttliche Macht gebietet mir zu schweigen.«

Ihre Stimme hatte einen metallischen Klang angenommen. Der Kontrast zwischen der ruhigen Frau und dem Folterknecht schrumpfte zusammen. Franka versuchte, das Gespräch weiterzuführen, erreichte jedoch nichts mehr. Mariette Chandellerie saß ihr jetzt wie ein schweigendes Bollwerk gegenüber.

Das Dépôt, ein ehemaliges Waffenlager. Jenes übel riechende Verlies, in dem der Putz von den Wänden bröckelte. Dort musste man sie einsperren, um ihren Widerstand zu brechen. Man würde ihr den Schlaf verwehren und sich bei der Befragung abwechseln. Sie wandte sich zu Carat um und war sicher, dass er ihr zustimmen würde.

Es war zwei Uhr morgens.

Der Hauptkommissar zog seine Jacke über und ging auf den Flur hinaus. Kehlmann sollte sich in seinem Büro ausruhen, zumindest hoffte er, dass sie es tat. Diese Befragung laugte ihn aus. Und er spürte, dass sie sich Sorgen um ihn machte. Das war überraschend für eine so vernunftbetonte junge Frau.

Er ließ sich die Zelle von Chandellerie aufschließen. Die Deckenbeleuchtung war eingeschaltet. Sie saß auf dem Bett, die Beine hochgezogen. Wasser hatte sie akzeptiert, aber die belegten Brote hatte sie abgelehnt. Ihr Gesicht war leichenblass, ihr Blick wanderte unruhig umher.

»Du hast gesagt, dass du ein Soldat bist, Mariette. Wie ich. Soldaten verstehen einander.«

Sie warf ihm ein verächtliches Lächeln zu. Unwillkürlich sah er Mansour vor sich mit seiner beleidigenden Überheblichkeit und ballte die Fäuste.

»Eure Wände werden fallen wie Papier, eure Gitter werden schmelzen wie Schnee in der Sonne. Morgen werde ich wieder nach meinem Schwert greifen, um die Rückkehr des glorreichen Christus vorzubereiten. Und die Sünder werden einer nach dem anderen den Tod finden. Dann werden die Gerechten in den Himmel auffahren, und die Gottlosen werden in der Hölle schmoren.«

Ihre Stimme hätte bei diesen Worten eigentlich ergriffen klingen müssen; aber das war nicht der Fall. Ihr Gesichtsausdruck war ein anderer geworden. Er sah jetzt die Grausamkeit in ihren Zügen.

»Carat?«

»Ja?«

»Kehlmann zählt zu den Gerechten, du nicht.«

»Was willst du damit sagen?«

»Du hast mich getäuscht, um mich zu verhaften. Du bist nicht besser als die anderen. Du bist nur eine Schraube in diesem verkommenen Getriebe unserer Welt. Diesem ungerechten System.«

»Du sprichst wie ein Zeuge Jehovas. Glaubst du, dass deinem Vater so etwas gefallen hätte? Der Gesellschaft bist du vielleicht nicht die Wahrheit schuldig. Aber was ist mit ihm? Hast du einmal daran gedacht? Er hört dich von dort oben.«

»Sprich nicht von ihm. Streich ihn sofort aus deinen Gedanken. Verstanden?«

»Beruhige dich ...«

»Sein Bild in deinem Kopf, damit beschmutzt du ihn.«

Sie sprang mit einer ungeheuren Schnelligkeit auf und warf sich auf ihn. Er spürte, wie sich eine Spitze in sein Brustbein bohrte. Schimpfend stieß er sie zurück und erblickte den blutigen Gegenstand in ihrer rechten Hand. Endlich tauchte der Aufseher auf, und gemeinsam gelang es ihnen, sie zu überwältigen. Sie sahen, dass sie sich aus einer Plastikwasserflasche eine behelfsmäßige Waffe gebastelt hatte.

»Bei dir wird der Tod keine Milde walten lassen, Carat. Sei bereit.«

Er drückte sich eine Kompresse auf den Bauch, während er auf den Arzt wartete. Die Verletzung war nicht tief, musste aber mit ein paar Stichen genäht werden.

»Chef, soll ich den angeforderten Arzt auch zu Mariette Chandellerie schicken, damit er ihr ein Beruhigungsmittel verabreicht?«, wollte Bergerin wissen.

»Nein, sie soll in ihrem eigenen Saft schmoren. Ich will, dass sie einen klaren Kopf behält.«

»Es ist Ihre Entscheidung.«

Er spürte durch die Kompresse auf seinem Bauch hindurch sein Herz schlagen. Auf dem Weg zum Kaffeeautomaten kam er an Kehlmanns Büro vorbei. Sie verschickte gerade eine SMS. Sicher an ihren Bruder. Garut leistete ihr Gesellschaft, sein leise laufendes Sputnik-Radio hielt er ans Ohr gepresst.

Garance anrufen, das sollte er jetzt eigentlich tun. Den Angriff auf seine eigene Person würde er ihr so lang wie möglich verschweigen, aber er musste ihr unbedingt das Ende der Ermittlungen mitteilen. Sie wäre erleichtert.

Er schob eine Münze in den Kaffeeautomaten und wählte »Kaffee ohne Zucker«. Seimourt würde ihn ablösen. Sein Team würde nun den ungeheuren Papierkram in Angriff nehmen. Protokolle und Berichte aller Art – der am wenigsten geliebte Teil dieses verflixten Berufs.

Die Maschine brummte, und er sah zu, wie der Plastikbecher sich füllte. Ein diffuser Gedanke nistete sich zwischen seinen Schläfen ein. Ebenso diffus wie der Schmerz unter dem Druckverband. Er nahm seinen Kaffee, drehte sich um und betrat das Büro. Garut schaltete sein Sputnik-Radio aus.

»Ein *angeforderter* Arzt«, setzte er an.

»Ja und?« Garut sah ihn fragend an.

»Eine Journalistin, zwei Richter, ein Bulle – damit meine ich mich –, ein von der Polizei oder der Justiz angeforderter Arzt und ein Wirtschaftsprüfer.«

»War der Wirtschaftsprüfer etwa auch von der Justiz angefordert worden?«, folgerte Kehlmann messerscharf. »Als Zeuge oder Geschworener, zum Beispiel?«

»Genau. Jetzt ist erst einmal Schluss mit dem Herumlungern, ihr Lieben. Es gibt was zu tun. Wo ist der Wikinger?«

»An dem Örtchen, wo jeder selbst hingehen muss«, erwiderte Garut.

Er eilte auf den Flur und öffnete schwungvoll die Tür der Toiletten.

»Bergerin, an die Arbeit!«

Kehlmann war die Erste, die einen Treffer landete: Die Journalistin Lise Kiefert war Coautorin des von Isabelle de Coulanges veröffentlichten Buches *Madame le Juge* gewesen. Dieser Titel hatte sich recht ordentlich verkauft. Mariette Chandellerie warf Lise Kiefert vor, ihre schlimmste Feindin verherrlicht zu haben.

Kurz darauf stieß Bergerin einen Freudenschrei aus, der selbst seine souveränsten Kollegen erschreckte. Ohne anzuklopfen, stürmte er in das Büro des Hauptkommissars, der Garance rasch noch mitteilte, dass er sie zurückrufen würde, bevor er auflegte.

»Es geschah im Jahr 1998, Chef.«

»Ich höre.«

»Victoire Pélissier war Assistenzärztin in einem Pariser Krankenhaus. Die Medizinerin wurde als Expertin im Prozess gegen einen Typen angefordert, der des Mordes an seiner Frau angeklagt war. Der Mord war besonders grausam, und der Typ bekam eine lange Haftstrafe aufgebrummt. Er hat aber nur drei Jahre abgesessen, weil seine Schwester einen ehemaligen Polizisten beauftragte, noch einmal zu ermitteln. Dieser erreichte schließlich das Geständnis eines Cousins des Ehemanns. Der Fall wurde neu aufgerollt. Der Gefangene kam frei.«

»Und ich habe eine ebenso aufschlussreiche Information bezüglich Aubernay gefunden. Als er noch berufstätig war, hat er gegen einen seiner Arbeitgeber ausgesagt, der im Verdacht stand, Gelder veruntreut zu haben. Seine Aussage war entscheidend. Der Typ wurde eingebuchtet.«

»Und rehabilitiert?«

»Ja, fünf Jahre später.«

»Wissen Sie, was ich denke, Chef?«

»Sag es mir.«

»Chandellerie besuchte während all dieser Jahre ehrenamtlich Gefangene. Sie muss dabei vertrauliche Informationen bekommen und gesammelt haben! Später schnappte sie im Haushalt von Bagneux unzählige Anekdoten auf. Geschichten von Prozessen, die schlecht endeten, von Angeklagten, die zu Unrecht verurteilt wurden.«

»So gab es unzählige Gelegenheiten, die ihren Hass auf die Welt der Justiz schürten.

Jene Welt, die ihr den geliebten Vater genommen und ihre Jugend in eine Hölle verwandelt hatte. Pélissier, Aubernay, Leroy, Kiefert, Coulanges und ich. Alle sind wir Komplizen des gleichen Systems, und alle sind wir schuldig.«

Wenn mir der Allerhöchste die Opfer gezeigt hatte, so war klar, dass es sich um Sünder handeln musste …

57 Komplizenschaft

Bagneux trug einen viel zu großen Trainingsanzug und zeichnete mit abwesendem Blick Hieroglyphen auf den Tisch. Sein Anzug steckte zusammengerollt in einer Plastiktüte. Dennoch verpestete der Benzingeruch das ganze Büro.

»Ich bin nicht mehr in Form, Carat. Ich kann nicht einmal mehr ein Psychopathen-Duo von zwei Turteltauben unterscheiden.«

»Ich weiß nicht, was Sie als einen Psychopathen definieren, Bagneux, aber ich glaube, dass das Motiv bei Justinien ganz einfach das Geld war. Mariette war eine sehr reiche Erbin. Und sie kann sehr überzeugend sein, wenn sie erst einmal beschließt zu reden.«

»Jetzt hat sie aber beschlossen zu schweigen, nicht wahr?«

»Ich befürchte es. Aber wir haben dennoch bereits gewisse Informationen erhalten.«

»Ich brauche nicht zu betonen, dass ich diesbezüglich gern in Kenntnis gesetzt würde.«

»Und ich brauche nicht zu betonen, dass ich dieses Risiko nicht eingehen werde. So wie ich Sie kenne, wären Sie durchaus fähig, die Verteidigung dieser Frau zu übernehmen.«

Anwalt und Hauptkommissar warfen sich ein kurzes Lächeln zu.

»Man hat mir gesagt, dass sie Sie angegriffen hat.«

»Solche Nachrichten verbreiten sich schnell.«

»Es gibt so manche Dinge, die ich gern verstehen würde. Ich tue mich schwer mit der Vorstellung, dass Justinien drei Menschen entführt, wohl wissend, dass Muriel beziehungsweise Mariette sie umbringen wird.«

»In dem Auto, das er nach Brasilien überführen wollte, waren Goldbarren versteckt. Ein wahres Vermögen. Ihr Chauffeur hatte sehr gut vorgesorgt für seine Flucht.«

»Eine solche Niedertracht hätte ich ihm nie zugetraut.«

»Mariette Chandellerie hat ausgesagt, dass sie zugleich Richterin und Vollstreckerin war. Vom bloßen Ablauf her hat Duquesne niemanden umgebracht.«

»Aber er war es, der die Ermordung von Victoire Pélissier Teddy Brunet anhängen wollte. Und ich gehe davon aus, dass er nicht gezögert hätte, Joey umzubringen, wenn dies für seine Flucht erforderlich gewesen wäre.«

»Das werden wir nie wissen, Bagneux.«

»Ich hatte keine Geheimnisse vor Justinien und sah in ihm so etwas wie ein Familienmitglied. Mein Wagen war zu meinem zweiten Büro geworden. Ich hatte Vertrauen zu ihm. Dieser Dreckskerl hat mich hintergangen. Jahrelang.«

»Er war unschuldig, was die Vergewaltigung des Mädchens betrifft.«

»Ja, das ist das Einzige, was ich mit Sicherheit weiß.«

»Ich habe einmal gehört, wie Sie sagten, dass es Ihnen auch nach vierzig Jahren Berufstätigkeit nicht gelänge, zu erahnen, ob jemand unschuldig oder schuldig ist.«

»Sie hören mir wenigstens zu, Carat. Ausgerechnet Sie. Aber das tut gut.«

»Wir bei der Kripo sind eben eher Beichtväter als Revolverhelden.«

»Möglich. Im Übrigen ähnelt Muriel Ihnen in dieser Hinsicht sehr: Sie hörte äußerst genau zu. Sie saugte gierig alles auf, wenn ich ihr Vorträge über die Entwicklung unseres Rechtssystems hielt, über die Magistrate in der Antike, die auf einen Blitz oder eine Invasion hungriger Heuschrecken warteten, um ein Urteil zu fällen. Wenn ich denke, dass ich damit ihren Wahnvorstellungen noch Vorschub geleistet habe ...«

»Wenn ich richtig verstanden habe, standen sich ihr Vater und ihr Stiefvater auf diesem Gebiet in nichts nach.«

»So war es zweifellos. Was für eine Vergeudung! Muriel las viel. Sie hatte freien Zugang zu meiner Bibliothek. Sie war ein blitzgescheites Mädchen und hätte ein ganz anderes Leben führen können ...«

»Ihre Kindheit war der Grund, warum sie Feuer fing. Sie glaubte sich zu einer Mission berufen. Sie ist der Erzengel. In der Bibel ist der Erzengel doch der Einzige, dem es zusteht, ohne die Erlaubnis Gottes zu handeln.«

»Ja, damit hat sie freie Hand.«

»Gelinde gesagt.«

»Wenn ich recht verstanden habe, hat sich ihr Gedankenkonstrukt gegen sie selbst gekehrt.«

»Glauben Sie wirklich?«

»Sie hat ihre Opfer umgebracht, in dem Glauben, von einer göttlichen Macht unterstützt zu werden. Das Fehlen jeglichen Zweifels verleiht große Kraft. Und schließlich hat sie sich sogar verhaften lassen, weil sie überzeugt war, dass ihr Gott sie niemals verlassen wird.«

»Gut beobachtet.«

»Ich bin Ihnen sehr dankbar, Carat. Ohne Sie wäre ich jetzt rundum karamellisiert.«

»Stets zu Ihren Diensten.«

»Jetzt wird mir auch so manches andere klar. Immer wieder ging Muriel angeblich zu den Terminen ihrer Chemotherapie. Ich wunderte mich über die seltsamen Uhrzeiten, aber nur, weil ich mich um sie sorgte. Ich betete für ihre Genesung und auch dafür, dass Justinien und sie gemeinsam alt werden könnten.«

»Mariette Chandellerie ist nicht krebskrank.«

»Wirklich?«

»Wir haben nirgendwo eine Krankenakte von ihr gefunden. Sich den Schädel kahl zu rasieren und sich zu enthaaren, das stellt eine sehr effektive Methode dar, um zu verhindern, dass man am Tatort DNA-Spuren hinterlässt. Das brauche ich Ihnen nicht erklären.«

»Nein, natürlich nicht. Es ist meine Schuld, Carat. Ich hätte genauer hinsehen müssen bei meiner Hausgemeinschaft.«

Bagneux hatte einer geisteskranken Mörderin und ihrem Komplizen Unterschlupf unter seinem Dach gewährt, betrachtete die beiden aber immer noch wie Familienmitglieder. Für Carat war das ein Hinweis darauf, wie einsam der Anwalt sein musste. Er fragte sich, ob er selbst im Alter gegen eine solche Naivität gefeit sein würde.

Sein Handy klingelte. Carat nahm das Gespräch an.

»Hallo? Hier ist Oberkommissar Hardy von der Dienstaufsichtsbehörde. Ich leite die Ermittlungen gegen Ihren Exkollegen Colin Mansour. Ich will nicht lang darum herumreden. Er belastet Sie. Und zwar außerordentlich schwer.«

»Warten Sie ...«

»Ich sehe keinen anderen Weg als eine Gegenüberstellung. Können Sie in unseren Büroräumen in der *Rue Cambacérès* vorbeikommen?«

»Unmöglich. Unser Team befindet sich an einer entscheidenden Phase bei unserem Fall.«

»Ja, und mein Team ebenfalls ...«

Carat kannte Hardys Ruf als Weichkocher. Er würde nicht lockerlassen.

»Gut, aber dann soll die Gegenüberstellung hier im Präsidium stattfinden. Heute Nacht oder morgen in der Früh.«

»Abgemacht, dann morgen früh. Ich werde Mansour sofort ins Dépôt und damit in den Gewahrsam des Präsidiums am Quai des Orfèvres überstellen.«

Carat erklärte sich einverstanden und beendete das Gespräch. Er hätte beleidigt sein müssen, aber das Gegenteil war der Fall – er fühlte sich erleichtert. Mansour, das war Vergangenheit.

58 Befreiung

Mariette wurde durch das Quietschen der Gittertür wach. Das musste Carat sein. Die Falschheit dieses Polizisten war grenzenlos. Sie kannte seine Methoden. Einerseits wollte er sie in die totale Erschöpfung treiben, bis sie schließlich alles sagte, was er hören wollte. Dann wieder versuchte er, ihr weiszumachen, dass er Mitgefühl für sie hegte. Aber sie würde ihm nichts mehr sagen. Sie war die Auserwählte. Dieser Bulle musste ausgelöscht werden wie die anderen auch. Und ein Prozess brauchte ihm vorher nicht gewährt werden.

Sie stützte sich auf einen Ellbogen. Jetzt fühlte sie sich wieder wach und stark. Ihr Vater hatte sie in der Nacht besucht. Er war von Ewigkeit zu Ewigkeit bei ihr gewesen. Bald würden ihre Seelen vereint im Äther tanzen. Jérémy mit seinen schmutzigen Händen und dem stinkenden Körper und all seine Brüder der Kongregation hatten zumindest in einem Punkt recht: Es würde eine große Entscheidungsschlacht geben, Armageddon, an deren Ende das Reich des Allerhöchsten auch auf die Erde herabkäme. Bis dahin scharrte Leviathan, der Dämon der Hölle, voller Ungeduld mit den Hufen. Schon bald würden die Flüsse vor Blut schäumen, und der Himmel würde sich im tosenden Aufruhr einer furchtbaren Gewalt auftun.

Dann werden die Gerechten spüren, wie ihr Fleisch sich von ihren Knochen löst, meine Tochter. Und ihre endlich befreiten Seelen werden sich zum Licht des Glücks erheben. Wir werden vereint sein für die Ewigkeit, du und ich …

Vor der Zelle wartete jemand, aber es war nicht dieser Heuchler. Es war ein Mann seines Alters, aber er war schmaler und verhärmter. Seine Jacke war schmutzig, seine Traurigkeit erfüllte die stickige Luft. Er sprach mit dem Aufseher, der ihn gut zu kennen schien.

—

»Carat!«

Santinis scharfe Stimme ließ ihn erschreckt hochfahren. Er war auf seinem Schreibtisch eingeschlafen, ohne es zu merken. Sogleich fiel ihm auf, dass die Polizeidirektorin vollkommen außer sich war.

»Was ist los?«

»Es ist furchtbar. Colin Mansour.«

Mansour war mit Mariette Chandellerie geflohen, nachdem er den Aufseher im Dépôt bequatscht hatte.

»Aber wie konnte dieser irre Aufseher das denn zulassen?«

»Er kannte ihn schon ewige Zeiten. Mansour hat ihm weisgemacht, dass er Opfer einer Verschwörung sei, die Sie angezettelt hätten. Der Aufseher hatte Mitgefühl. Er ließ ihn aus seiner Zelle heraus, um ihm einen Kaffee anzubieten. Mansour hat ihn niedergeschlagen und dann Chandellerie befreit.«

Sie hatte bereits die Fahndung eingeleitet. Carat rief Julie Mansour an. Sie schwor, keinerlei Nachrichten von ihrem Bruder zu haben. In der Zwischenzeit hatte Bergerin in der Klinik nachgefragt, wo Mansour seine Entgiftung absolvierte. Niemand vom Pflege- oder Verwaltungspersonal hatte eine Vorstellung, wo sich der ehemalige Patient aufhalten konnte.

59

Er wird den Tod jenes Menschen erleiden, den er am meisten auf der Welt liebt, so wie auch ich ihn erlitten habe.

Wer Hunden dient, ist weniger wert als ein Hund.

Ich bin das Alpha und das Omega, der Erste und der Letzte, der Anfang und das Ende.

60 Das Schwert

Samstag, 20. April

Sie murmelte offenbar im Schlaf vor sich hin, oder was war das sonst?

Sie waren in einem Golf GTI unterwegs, den er gestohlen hatte. Er war in seinem Leben schon so einigem Abschaum begegnet – Mythomanen und anderen Verrückten –, aber die Person, die hier auf dem Sitz neben ihm schlief, war aus einer anderen Welt. Sie hatte ihm mit »ewiger Verdammnis« gedroht, wenn er keinen Tigerbalsam für sie auftrieb.

Schließlich musste er ein Geschäft im 13. Arrondissement überfallen.

Das Schlimmste war, dass sie das kleine, runde Döschen geöffnet hatte, um seinen Inhalt auszulecken. Das hatte sie ein wenig beruhigt, aber die ganze Karre roch jetzt nach Kampfer.

Nun hatte er Zeit, mehrere Szenarios durchzuspielen. Er konnte in Marseille bei einem Kumpel unterschlüpfen und ihn bitten, eine Fluchtmöglichkeit nach Spanien zu organisieren. Von dort würde er es irgendwie schaffen, nach Südafrika zu gelangen. Er hatte immer schon wissen wollen, wie es an diesem äußersten Zipfel der Welt aussieht.

Aber es gab auch einen Plan, in dem Camille vorkam. Bedeutete er seiner Frau überhaupt noch etwas? Er hatte ihr das Leben unglaublich schwer gemacht. Aber er war sicher, dass sie ihn niemals verraten würde. Allerdings würden die Exkollegen mit Sicherheit die Wohnung bereits überwachen. Scheiße, wie gern hätte er Südafrika gemeinsam mit Camille entdeckt. Oder Thailand. Die Sonne. Alles hinter sich lassen. Die alten Knochen von der Wärme umschmeicheln lassen. Und frühere Leidenschaften wieder entfachen.

Mit der Irren an seiner Seite würde er Carat vernichten. Und zwar gründlich. Seine Lungen sollten sich mit dem beißenden Gestank des Verfalls füllen. Dem Gestank der vollkommenen Auslöschung, der sich in den Stirnhöhlen einnistet und sich auf ewig zwischen den Augen festsetzt. Der Dreckskerl. Oh, es schmerzte. Der reine, blanke Hass schmerzte, wie er jetzt am eigenen Leib spürte. Sein Magen blutete angesichts dieser überwältigenden Klarheit.

Aber was sollte er mit der Voodoo-Priesterin anstellen, die so gern zum Messer griff?

Er konnte sie aus dem Weg räumen, und zwar so, dass Carat ihre Leiche niemals finden würde.

Allerdings hatte er noch nie jemanden getötet. Auch wenn es so manchen Idioten gegeben hatte, der es verdient gehabt hätte, mit offenem Mund zu krepieren. Außerdem würde Camille es herausfinden. Und dann wäre er endgültig unten durch bei ihr.

Ich weiß, dass du besser bist, als du selbst glaubst, Colin, verstehst du mich?

Er konnte die Tussi auch seinen Kumpeln in Marseille zuschieben, die schon einen Weg finden würden, sie unauffällig verschwinden zu lassen. Aber das war feiger, als es selbst zu tun.

Das Beste war, sie den Bullen auszuliefern; in Lyon, Montpellier oder irgendwo sonst. Sollten sie zusehen, wie sie mit ihr fertigwurden. Carat stünde am Ende in jedem Fall wie ein Idiot da, nicht imstande, eine Beschuldigte zu bewachen. Ein Scheißhauptkommissar. Eine Witzfigur.

Ja, das war die beste Lösung.

Aber wo blieb Camille in dem ganzen Durcheinander?

Wo sollte er sie treffen? In Marseille oder an einem anderen Ort? Es gab Augenblicke, in denen es nicht leichter war, einen Backstein zu zermahlen, als eine Entscheidung zu treffen.

»Sind wir auf dem Weg nach Rungis?«

Die Verrückte redete mit ihm wie mit einem Kumpel, mit

dem sie gemeinsam auf Achse ist. Sie reckte sich und zog ihre Jacke zurecht.

»Was?«

»Du hast mich schon verstanden.«

»Was, zum Teufel, sollen wir denn in Rungis?« Er hörte, wie sie vor sich hin murmelte, und fuhr fort: »Wir können es uns nicht leisten, einfach so herumzugondeln. Aber wir können nach Marseille fahren. Dort habe ich Kumpel. Sie können uns helfen, nach Spanien zu fliehen. Oder nach Italien.«

»Nein, ich will nach Rungis fahren.«

Er blieb ruhig. Das war nicht weiter schwierig. Er hatte die Smith & Wesson des Gefängnisaufsehers in der Tasche. Also war er derjenige, der hier am Ende die Entscheidungen traf.

»Ich habe dich aus dem Gefängnis befreit. Also habe ich ja wohl auch das Recht, zu entscheiden, verstanden? Rungis, das ist viel zu gefährlich.«

Er beobachtete sie aus dem Augenwinkel. Sie lächelte. Ein engelgleiches Lächeln. Während er sich auf das Fahren konzentrierte, hörte er, wie sie herumhantierte. Er warf einen raschen Blick zu ihr hinüber: Sie war dabei, sich auszuziehen. Jacke, T-Shirt, Büstenhalter. Sie hatte wohlgeformte Brüste, zwei schöne, weiche, kleine Kürbisse.

Was für eine vergebliche Liebesmühe – sie konnte sich gar nicht vorstellen, wie gleichgültig ihm ihr Arsch war. Der Alkohol hatte ihn abgestumpft. Und außerdem war da immer noch Camille. Niemals würde es eine andere Frau für ihn geben als Camille.

»Hör mit dieser Nummer auf. Ich habe keine Lust zu ficken.«

Die Tochter Gottes fuhr jedoch ungerührt fort und machte sich jetzt daran, Hose und Slip auszuziehen.

»Zieh dich wieder an. Verstanden?«

Sie brachte ihren Sitz in Liegeposition, spreizte die Beine und begann, sich zu streicheln. Er seufzte, wohl oder übel musste er mit dieser Irren klarkommen. Oder sie hinauswerfen. Nackt im Mondschein. Hopp, und schon wäre er sie los. Im Grunde genommen kümmerte es ihn nicht, ob Carat sie fand oder nicht. Er wollte Camille wiedersehen und mit ihr in Johannesburg untertauchen. Oder an irgendeinem anderen Ort.

Er spürte einen spitzen Schmerz an seinem Adamsapfel und wandte sich um. Den linken Arm ausgestreckt, presste sie die Klinge eines Messers an seinen Hals. Sie befahl ihm, sich nicht zu bewegen, beugte sich zu ihm hinüber, ohne die Position ihres Arms zu verändern, hakte mit der rechten Hand das Holster auf und zog den Revolver des Aufsehers heraus.

Was für ein Idiot ich war! Er hatte sie abgetastet, bevor sie in den Golf gestiegen waren, aber daran hatte er in keinem Augenblick gedacht. Sie hatte sich ein Klappmesser in die Muschi geschoben. Er wusste auch, woher sie es hatte. Aus dem Kabuff des Aufsehers. Sie hatte ihn gebeten, auf die Toilette gehen zu dürfen, bevor sie aus dem Dépôt türmten; jetzt begriff er, warum.

Sie hielt die Waffe auf ihn gerichtet, während sie sich wieder anzog. Ihr engelgleiches Lächeln war verflogen.

»Nach Rungis«, wiederholte sie.

Gedankenverloren saß Garance in ihrem Wagen. Die Hände ruhten noch auf dem Lenkrad. Sie beugte sich vor und stützte den Kopf darauf ab. Sie hatte gehofft, dass Bastien hier zu ihr stoßen würde wie früher, aber er hatte ihr mitgeteilt, dass der Albtraum doch noch nicht zu Ende war. Er würde nicht so schnell nach Hause kommen, da ihre Gefangene geflüchtet war. Mansour hatte vollkommen durchgedreht. An seiner Stimme hatte sie bemerkt, dass er am Ende mit den Nerven war. Diese weitere Kränkung brachte das Fass zum Überlaufen. Und die schreckliche Santini würde ihm das obendrein nicht verzeihen.

Und wenn ich meinen Job an den Nagel hänge, Garance?

Wir schmeißen alles hin und verschwinden in die Normandie. Wir nehmen einen Kredit auf und kaufen ein kleines Restaurant. Du übernimmst die Küche und ich den Empfang …

Bastien mit seiner Ringkämpfer-Visage am Empfang! Sehr witzig.

Wie dumm von mir! Ich hätte die Gelegenheit beim Schopf greifen und einschlagen sollen. Dann wären wir jetzt weit weg von dieser ganzen Niedertracht. Von all diesen überflüssigen Demütigungen.

Sie wollte ihn am liebsten anrufen. Aber nein. Jetzt war kein guter Zeitpunkt dafür. Er war vollkommen in Anspruch genommen von seinem Fall.

Sie hob den Kopf und sah zu den Markthallen hinüber. Zwischen den zahlreichen Lastwagen eilten die Lieferanten geschäftig mit ihren Warenkisten hin und her. Das Leben ging weiter, hier, am Großmarkt von Rungis, genauso wie anderswo.

Wenn sie ihre dreißig Gedecke für den Mittagstisch rechtzeitig fertig bekommen wollte, durfte sie sich kein weiteres Grübeln erlauben. Sie stellte ihr Handy auf Vibrationsmodus und stieg aus dem Auto.

—

Sie hatten Villejuif bereits hinter sich gelassen. Der Bulle schwieg, aber sie wusste, dass er fieberhaft nachdachte und ihren Plan begriffen hatte. Zu keinem Zeitpunkt hatte sie vorgehabt, gemeinsam mit diesem Judas zu fliehen, der nun keinerlei Nutzen mehr für sie hatte. Ein paar Stunden lang war er das Werkzeug des Allerhöchsten gewesen. Jetzt war seine Zeit abgelaufen.

Sie befahl ihm, rechts abzubiegen. Die Straße durchschnitt die Landschaft. Im Licht der Morgendämmerung lagen ringsum fruchtbare Äcker, auf denen hier und da kleine Hütten standen.

Der Bulle kam ihrer Aufforderung nach und bog bedächtig und ruhig ab. Er wollte ihr weismachen, dass er entspannt war. In Wirklichkeit aber waren seine Nerven zum Zerreißen gespannt. Er spürte, dass der Tod bereits auf ihn lauerte. Rechts fuhren sie nun an dichten, weiß blühenden Hecken vorbei. Links standen ein paar Schuppen. Das war der richtige Zeitpunkt.

Sie befahl ihm anzuhalten. Er stammelte, dass sie ihn brauchte, wiederholte, dass seine Kontakte in Marseille ihnen helfen würden, das Land zu verlassen.

Du hast wohl immer noch nicht begriffen, dass mein Gott mir zur Seite steht, du armer Irrer! Wenn ich über die Grenze gelangen muss, so wird das dank seiner unendlichen Güte auch geschehen.

Sie presste den Revolverlauf gegen seine Schläfe und befahl ihm, sich aufzurichten. Sie würde ihm die Kehle durchschneiden. Noch nie hatte sie einen Menschen auf andere Weise getötet. Es war eine edle Handbewegung – klar und schwierig zugleich. Seit Menschengedenken eine Tötungsart der Krieger.

Er gehorchte und richtete sich auf.

»Lass mich Gott um Verzeihung bitten«, flehte er sie an.

Für einen Moment hatte sie ihren Griff gelockert, um ihm zuzuhören. Er reagierte sofort: Sein Schlag traf sie unter dem Kinn. Blut spritzte in ihren Mund. Er packte ihren Arm, aber sie schoss dennoch. Die Kugel durchschlug das Dach. Der Bulle war stark, doch sie wehrte sich mit aller Kraft.

Plötzlich durchflutete Licht das Wageninnere, schon glaubte sie an ein Einschreiten des Allerhöchsten und drehte sich um. Aber ein rasender Schmerz durchfuhr sie, und ihr wurde für einen Augenblick schwarz vor Augen: Der Bulle hatte sie geschlagen. Sie hörte, wie die Tür entriegelt wurde. Er floh.

Auch sie stürzte aus dem Auto. Im Gegenlicht konnte sie nur seine Silhouette erkennen. Die Scheinwerfer eines Autos, das hinten auf dem Weg auftauchte, blendeten sie. Sie schoss ein weiteres Mal. Glas zersplitterte. Der Bulle brach zusammen. Sie vernahm die Stimme des Allerhöchsten, der ihr befahl, weiterzufahren.

Sie stieg wieder in den Golf, legte den Rückwärtsgang ein und fuhr zur Straße zurück, auf der sie beinahe mit einem anderen Wagen zusammenstieß. Der Fahrer hupte. Aber sie überholte ihn bereits.

Denn für den Herrn, den Gott des Universums, ist dieser Tag ein Tag der Rache. Er wird sich an seinen Feinden rächen. Das Schwert wird sie hungrig verschlingen, es dürstet nach ihrem Blut…

»Bastien… ich bin es.«

»Was machst du nur, du Idiot? Weißt du überhaupt, wen du da befreit hast? Eine total Übergeschnappte. Wo ist sie?«

»Es ist jetzt nicht der Augenblick, um zu streiten. Sie fährt einen weißen Golf GTI. Und sie ist nach Rungis unterwegs.«

»Was?«

»Du hast schon richtig verstanden. Beeil dich. Sie ist hinter Garance her, verdammt! Sie hat eine Waffe und ein Messer.«

Carat legte sein Holster an, rannte los und wählte unterdessen die eingespeicherte Nummer seiner Frau. Keine Antwort. Er hörte Schritte hinter sich. Und die Stimme Kehlmanns.

»Chef, wo rennen Sie hin?«

Er lief schneller. Auf dem Parkplatz schnappte er sich einen Renault und ließ den Motor an. Kehlmann warf sich auf den Beifahrersitz.

»Sagen Sie mir doch, was los ist, verflucht!«

Garance. Ihr Einkaufstag in Rungis. Der bewaffnete Pseudo-Erzengel mit seiner wilden Entschlossenheit. Garance, die nicht ans Telefon ging. Schon überquerten sie die Seine. Kehlmann bestürmte ihn, sie ans Steuer zu lassen.

»Ruf lieber bei mir zu Hause an. Wer weiß, vielleicht…«

Sie gehorchte. Das Klingeln verhallte ungehört. Anschließend rief sie auf dem Kommissariat von Rungis an, legte die Situation dar und verlangte, dass eine Streife sich unverzüglich auf den Weg zum Großmarkt machte und sie ständig auf dem Laufenden hielt.

Als sie das Gespräch beendet hatte, setzte Carat das Blaulicht aufs Dach und drängte in wilder Verzweiflung alles beiseite, was auf dem Boulevard die Weiterfahrt behinderte. Die anderen Autofahrer wichen aus, einige hupten, empört über sein rüdes Verhalten.

Erneut versuchte er, seine Frau auf dem Handy zu erreichen. Der Anrufbeantworter sprang an. Die Stimme von Garance ertönte, heiter und sorglos.

Es dämmerte zwar immer noch, aber es waren bereits viel zu viele Stimmen zu hören, viel zu viel Lärm. Sie hatte ihre Kappe verloren, ihr kahler Schädel zog die Blicke der Passanten auf sich. So bemerkten sie das Messer nicht, das sie gegen ihren Oberschenkel presste. In Wahrheit war es ein mächtiges Schwert. Sie kannte das Gesicht der Frau von Hauptkommissar Carat, sie hatte ihr Foto im Internet gesehen. Ein Artikel hatte über sie berichtet, dass sie *»eine außergewöhnlich begabte Chefköchin in einer von Männern beherrschten Domäne«* war.

Schnell hatte sie sie an einem farbenprächtigen Marktstand ausgemacht. Ihr blondes Haar fiel ihr auf die Schultern. Sie war zierlich gebaut, trug eine schlichte blaue Jeansjacke und darunter ein helles Kleid. Das Schuhwerk bestand aus Espadrilles, deren Bänder um die Knöchel gebunden waren. Gemüseberge türmten sich vor Garance auf, der Duft wohlriechender Kräuter drang zu ihr, und die beiden Händler in ihrer Nähe waren offenbar guter Laune.

Ehre den HERRN von deinem Gut und von den Erstlingen all deines Einkommens, so werden deine Scheunen voll werden und deine Kelter mit Most übergehen.

Sich von hinten an sie heranschleichen, den eigenen Körper gegen ihren pressen, ihr die Kehle durchschneiden. Schnell. Keine Zeit für Erstaunen, keine Zeit für Leid lassen. Die Bestrafung würde Carat gelten. Er würde später sterben, und zwar elendig.

Sie näherte sich ihr. Garance Carat beugte sich vor, um ein paar Tomaten zu begutachten. Ihre blasse Haut auf dem roten Fleisch der Früchte. Ein Augenblick des Friedens.

Aber des Farren Fleisch, Fell und Mist sollst du draußen vor dem Lager verbrennen; denn es ist ein Sündopfer …

Mariette erinnerte sich jetzt, dass sie Hunger und Durst hatte. Ihr Körper war eine Last, immer stellte er Forderungen. Die menschliche Schwäche hatte ihn noch nicht vollständig verlassen. Immer noch waren seine Sinne mit dieser in Reichtum und Lärm schwelgenden Welt verbunden. Mit dieser Welt voller Feiglinge, Ungläubiger und Verräter.

Der Händler stellte mehrere Steigen mit Gemüse bereit. Die Hand von Garance glitt in die Tasche ihrer blauen Jacke, um dort nach etwas zu greifen. Ihrem Telefon. Sie hörte der Stimme aus dem Handy zu, dann drehte sie sich um. Das Lächeln auf ihren Lippen erstarb.

Ihre Blicke hatten sich getroffen.

Sie unterdrückte einen Schrei.

Mariette drehte sich um, weil sie in ihrem Rücken einen Tumult wahrnahm. Rechts tauchten drei behelmte Bullen in Uniform auf, die im Laufschritt herbeieilten.

»*Opfere die blonde Ehefrau!*«, befahl der Allerhöchste.

Da zückte sie ihr Schwert.

Carat hupte und fuhr zwischen den Ständen und den protestierenden Händlern hindurch. In einiger Entfernung sah er vor sich eine tumultartige Szene. Er beschleunigte kurz, dann hielt er und stürmte aus dem Auto.

Die Menschen wichen vor seiner furchterregenden Gestalt zurück. Kehlmann erkannte das helle Kleid, dann sah sie das Blut und spürte, wie sich alles in ihrer Brust zusammenkrampfte. Garance lag am Boden, mit fast geschlossenen Augen und mit durchschnittener Kehle.

Carat schrie auf wie ein verwundetes Tier und umschlang den Körper seiner Frau. Franka starrte auf seinen breiten, gekrümmten Rücken.

Schüsse im Hintergrund rissen sie aus ihrer Benommenheit.

»Das war im Kühlhaus für das Fleisch«, stellte eine Frau fest und sah sie entsetzt an.

Franka stürzte in die Richtung, aus der die Schüsse gekommen waren, vorbei an Fleischern in ihren weißen, blutverschmierten Schürzen, die mit ihren Motorsägen in die umgekehrte Richtung davonliefen.

»Die Verrückte ist dort drinnen. Mit drei Kollegen von Ihnen.«

Die Eingangstür stand offen. In dem Kühlhaus war eine grelle Beleuchtung eingeschaltet, dicht an dicht hingen Tierhälften an Fleischerhaken und baumelten über einem gelb gekachelten Fußboden.

Franka drang, die Waffe im Anschlag, in das Gebäude ein. Kalte Luft schlug ihr entgegen. Während sie sich Schritt für Schritt zwischen den toten Tieren vorwärtsbewegte, spürte sie, wie der eigene Schweiß nun eiskalt an ihrem Rücken klebte.

Zwei Männer in Uniform lagen tödlich getroffen am Boden. Ihr Visier war geborsten.

Im Innern des Kühlhauses herrschte Stille. Nur von draußen drang panisches Geschrei herein, die Sirene eines Krankenwagens war zu hören. Unter einem Tiergerippe kamen eine schwarze Hose und derbe Stiefel zum Vorschein. Der dritte Kollege, schoss es ihr durch den Kopf. Sie gab sich zu erkennen und rief ihm ihren Namen zu. Er kam auf sie zu und fuchtelte dabei herum. Er war äußerst klein und zierlich.

Behelmt und in der Uniform ihres letzten Opfers. Außerdem bewaffnet. Chandellerie.

Kehlmann, die Waffe weiterhin auf Mariette gerichtet, schrie ihr zu, dass sie stehen bleiben solle.

Diese gehorchte nicht und machte vielmehr zwei feste Schritte auf Kehlmann zu. Sie war in dieser Entfernung durch ihre kugelsichere Weste geschützt. *Aber ich nicht.*

»Wo ist Carat? Ihn will ich haben. Ruf ihn an. Sag ihm, dass ich dich in fünf Minuten abknalle, wenn er nicht sofort vor meinem Gericht erscheint.«

Ohne ihre Waffe sinken zu lassen, beugte sie sich zur Seite, griff nach einer herumliegenden Motorsäge der Fleischer und schaltete sie ein. Unter dem Metalldach schwoll der Lärm des Motors an, bis nur noch ein ohrenbetäubendes Getöse zu hören war.

»Carat wird sterben. Wie Holofernes, der Feldherr, von Judiths bewehrter Hand niedergestreckt wurde. Kennst du das Buch der Bücher, Franka Kehlmann?«

»Nein.«

»Sie griff nach seinem Schwert, das dort hing, zog es heraus, ergriff ihn beim Schopf und betete abermals: Herr, Gott Israels, stärke mich in dieser Stunde! Darauf stach sie ihn zwei Mal mit ganzer Kraft in den Hals und schnitt ihm den Kopf ab. Danach wälzte sie den Körper aus dem Bett und nahm das Netz von den Säulen herunter.«

Kehlmann hatte die Bewegung eines Schattens wahrgenommen, der rechts an ihr vorbeihuschte. Ganz langsam zog sie das Handy aus ihrer Tasche, wählte ihre eigene Nummer und ließ es klingeln. Sie täuschte ein Gespräch mit ihrem Chef vor und übermittelte ihm das Ultimatum. Chandellerie fuhr mit ihrem Sprechgesang fort.

»Und Judith sagte: Wenn ihr erkennt, dass von Gott kommt, was ich gesagt habe, so prüft nun, ob auch das von Gott kommt, was ich vorhabe, und betet, dass Gott es gelingen lässt.«

Die Detonation erschütterte den Raum in seinen Grundfesten. Chandellerie brach zusammen.

Carat stand nur zwei Meter von ihrer Leiche entfernt. Er hatte sich zwischen den Tiergerippen hindurch herangeschlichen, um sie von links kommend zu überraschen und ohne Vorwarnung zu erschießen. Die Kugel hatte den Helm in der Schläfenregion durchschlagen.

»Chef…«

Er drehte sich zu ihr um, ohne sie zu sehen, ließ seine Glock fallen und ging dann Richtung Ausgang. Seine Gestalt zeichnete sich in dem Rechteck der Türöffnung ab. Draußen ertönte die Sirene eines Krankenwagens. Carat sank auf die Knie, bevor er das Bewusstsein verlor.

61 Das Konzert

Dienstag, 30. April

»Fährst du wieder ins Krankenhaus Val-de-Grâce?«

»Ja, Joey.«

»Ich würde dich gern begleiten, aber ich muss diese verflixten Pizzas ausliefern. Glaubst du, dass er es schaffen wird?«

»Die Ärzte wissen es nicht. Sein Koma kann vorübergehend sein oder auch nicht. Vielleicht wollen sie mir die Wahrheit auch nicht sagen.«

»Logisch. Schließlich gehörst du nicht zur Familie.«

»Ja, logisch.«

»Warum nimmst du deine Gibson mit?«

»Einfach so.«

Auf der Treppe bemerkte sie, dass sie eine SMS erhalten hatte, und stellte Verstärker und Gitarre ab, um sie zu lesen. Santini forderte sie auf, sie auf den neuesten Stand zu bringen. Sie löschte die Nachricht. Dann nahm sie die RER und stieg an der Station Port-Royal aus.

Der Himmel scherte sich nicht um die Welt mit ihren Sorgen. Er war strahlend blau.

Sie betrat das Café, das ihr schon vertraut geworden war,

setzte sich an den Tresen und bestellte einen Cognac. Gedankenverloren hob sie den Kopf zu dem eingeschalteten Fernseher.

…Ein Asteroid von der Größe eines Flugzeugträgers wird heute Nacht in einer Entfernung von 324 600 Kilometern an der Erde vorbeifliegen, das ist eine geringere Distanz als diejenige, die uns vom Mond trennt. Es handelt sich um den größten Himmelskörper, der seit den Siebzigerjahren an uns vorüberfliegt…

Sie mochte harte Getränke nicht, aber seit Carat in unbekannten Gefilden trieb, verspürte sie hin und wieder das Bedürfnis, ihre Nerven zu betäuben. Der Cognac brachte ihr jedoch nicht die Entspannung, die sie sich von ihm erhofft hatte.

Franka begab sich zum Krankenhaus. Im Spiegel des Aufzugs glaubte sie, ihre Mutter zu erblicken. Ja, es stimmte schon, sie ähnelte ihr immer mehr, von Jahr zu Jahr, vor allem, wenn sie mit der Gibson unterwegs war. Als sie den Flur entlangging, erkannte sie die Stimmen von Christine und ihrem Vater. Sie stritten miteinander.

Empfand Christine etwa Mitleid mit Carat? Ja, vielleicht, denn schließlich hatte sie ihn besucht. Sicher nutzte sie die Gelegenheit aber auch, um das Pflegepersonal zu nerven und sicherzustellen, dass sich kein Journalist hier herumtrieb. Aber was hatte ihr Vater hier zu suchen? Sie ging so nah wie möglich an die leicht geöffnete Tür heran, lehnte sich an die Wand und lauschte.

»Du beantwortest meine Anrufe nicht mehr, aber ich habe das Recht, zu erfahren, was los ist.«

»Ich habe keine Lust mehr, mich zu wiederholen, Bernard.«

»Du behauptest, dass Franka nicht zur Arbeit erschienen ist seit diesem Ereignis…«

»Ich behaupte es nicht, es ist die Wahrheit. Sie ist nicht einmal zu dem Umtrunk erschienen, den Bergerin anlässlich der Geburt seines Sohnes gegeben hat. Du hast mir nachspioniert, bist mir hierher gefolgt, und jetzt weißt du, dass ihr Chef im Koma liegt. Franka kommt damit nicht klar.«

»Im Koma. Etwas Genaueres kann man nicht sagen?«

»Den Ärzten ist bekannt, dass Carat unter Absenzen leidet. Aber diesmal ist es weitaus ernster. Sie sprechen von einer hochgradigen Bewusstseinsstörung. Ausgelöst durch die traumatischen Ereignisse, als seine Frau ermordet wurde.«

»Und jetzt will Franka mich nicht mehr sehen. Sie geht nicht mehr ans Telefon, wenn ich sie anrufe.«

»Bei mir auch nicht. Was soll ich denn deiner Meinung nach tun?«

»Du hattest immer Einfluss auf sie, also sprich mit ihr.«

»Dazu muss sie mich erst einmal anhören wollen, Bernard.«

»Aber was hat sie denn in einen solchen Zustand versetzt? Hast du eine Vorstellung?«

»Es war ein schrecklicher Fall. Auch sie ist beinahe dabei umgekommen. Liest du denn keine Zeitungen?«

»Nicht die, die dir vorschweben.«

»Und in den Fernsehnachrichten hast du auch nichts gesehen?«

»Nein, ich habe noch nie einen Fernseher besessen.«

»Garance Carat wurde die Kehle durchgeschnitten. Bastien Carat ist nicht mehr rechtzeitig gekommen, um sie zu retten. Sein neurologisches Problem hat ihn am Ende wieder eingeholt. Franka hat alles aus nächster Nähe miterlebt. Was willst du noch hören? Durch die ausgiebige Beschäftigung mit Gräueltaten bist du wohl nicht mehr zu normalen Gefühlsregungen in der Lage, oder wie?«

»Hör auf, du weißt, dass das nicht stimmt.«

Einen Augenblick lang schwiegen sie, und Franka hörte nichts außer dem gleichförmigen Geräusch der Beatmungsmaschine.

»Christine?«

»Ja?«

»Ich habe dir das noch nie gesagt, aber was wir beide miteinander hatten …«

»Das ist lang her, Bernard.«

»Ja, aber es war gut.«

Franka entfernte sich, sah ein leeres Zimmer und flüchtete sich dort hinein. Christine und ihr Vater. Warum hatte sie niemals etwas geahnt? Diese beiden Heuchler hatten eine Affäre gehabt. Wann war es wohl gewesen? Als Ève noch lebte? Sie kauerte sich in einen Sessel und verharrte in dieser Stellung, bis die Polizeidirektorin und ihr Vater verschwunden waren.

Dann betrat sie das Zimmer von Carat und schloss die Tür. Wie gestern lag er auf dem Rücken, die Arme neben seinem Körper ausgestreckt. Sonden, Infusionen und das Beatmungsgerät hielten ihn hier im Leben. Sie beugte sich vor, um ihn auf die Wange zu küssen. Die Krankenschwester musste ihn heute Morgen rasiert haben, aber sein Bart wuchs bereits wieder.

Sie beobachtete sein Gesicht. Seine dichten Augenbrauen, seine gewaltige Nase, sein schöner Mund. Keinerlei Augenbewegung. Unendliche Ruhe. Sie holte die Gitarre aus der Hülle, schloss sie an den Verstärker an und den Verstärker an die Steckdose.

»Ich werde für Sie spielen, Chef. Und als Dank tun Sie mir den Gefallen und werden wach. Ohne Sie geht gar nichts mehr, einverstanden? Ohne Sie ist alles völlig belanglos, können Sie mir folgen?«

Sie legte den Gurt der Gitarre um, zog das Blättchen aus ihrer Hosentasche und spielte den ersten Akkord. Sie hoffte, dass ihr genug Zeit bliebe, um Carat dem Reich der Toten zu entreißen, bevor das Personal auftauchen würde. Die Akustik war gar nicht so schlecht in diesem verflixten Krankenhaus.

Bastien? Hör zu. Frank Zappa. Auf der Höhe seines Ruhms. Nur für dich allein …